英国ちいさな村の謎⑲

アガサ・レーズンと毒入りジャム

M・C・ビートン　羽田詩津子 訳

Agatha Raisin and a Spoonful of Poison

by M. C. Beaton

コージーブックス

挿画／浦本典子

アガサ・レーズンと毒入りジャム

この本はグロスターシャー州モートン・イン・マーシュにある〈コッツウォルズ書店〉の三人のすばらしい販売員、トニー・キーツ、デイヴィッド・ホワイトヘッド、ニーナ・スミスに捧げる。

主要登場人物

アガサ・レーズン……………………元PR会社経営者。私立探偵
ジェームズ・レイシー………………アガサの元夫
ヘレン・フリードマン………………探偵事務所の秘書
トニ・ギルモア………………………探偵事務所のスタッフ
フィル・ウィザースプーン…………探偵事務所のスタッフ
パトリック・マリガン………………元刑事。探偵事務所のスタッフ
ジミー・ウィルソン…………………元刑事。探偵事務所の新入りスタッフ
アーサー・チャンス…………………聖オド厳格教会の牧師
トリクシー・チャンス………………アーサーの妻
ジョージ・セルビー…………………村祭りのスタッフ。建築家
ミセス・グレアリー…………………村祭りのジャム担当
ミセス・クラントン…………………村祭りのジャム担当
シビラ・トリアスト＝パーキンズ……領主屋敷の女主人。ジャムコンテストの応募者
ハル・バセット………………………豚農場主
ミセス・アンドリューズ……………ジャムコンテストの応募者で、ジャム事件の被害者
ミセス・ジェソップ…………………ジャムコンテストの応募者で、ジャム事件の被害者
マギー・タビー………………………ジャムコンテストの応募者。陶芸家
フィリス・トーリング………………ジャムコンテストの応募者。マギーの同居人で画家
フレッド・コリー……………………村祭りのくじびき担当
アーノルド・バーントウェザー……村の税理士

1

カースリー村の牧師の妻、ミセス・ブロクスビーはとまどいながら訪問者に目を向けた。

「ええ、ミセス・レーズンはわたしの友人です。とても親しくさせていただいております。でも、このところ探偵事務所の経営がとても忙しくて、とうてい他のことに割けるような時間は――」

「しかし、これはりっぱな目的のためなのですよ」アーサー・チャンスはミセス・ブロクスビーの言葉をさえぎった。彼はコンフリー・マグナ村にある聖オド厳格教会の牧師だった。「ぜひとも腕のいいPRの専門家に、わが村の年一度の祭りに多くの人々を呼び寄せてほしいのです。村祭りの収益で教会の屋根の修理ができるし、さまざまな慈善事業にも寄付できます」

「ええ、でも――」

「ご都合を聞いていただくだけなら支障ないでしょう？　どうですか？　これはあなたのキリスト教徒としての務めですよ」

「わたしの務めについては、わざわざご教示いただくまでもありません」ミセス・ブロクスビーはうんざりしながら答えた。教区の人々を訪問する仕事や母親会やカースリー婦人会など、いくつもの仕事が次々に頭をよぎる。この牧師ったら、穏やかでおとなしそうな外見をしているくせに、まったくもう、なんて強引なのかしら、とあきれずにはいられなかった。アーサー・チャンスは小柄で分厚い眼鏡をかけた白髪交じりの男で、皺くちゃの顔の両側から髪の房が角みたいに突き立っている。そういえば二十歳も年下の女性と結婚していたはずだ。たぶん、この押しの強さで無理やり結婚を承諾させたのだろう、とミセス・ブロクスビーは想像した。

「わかりました！　お約束はできませんけど、できるだけのことはしてみます。村祭りはいつですか？」

「来週の土曜です」

「わずか一週間しかないんですか。ミセス・レーズンには準備する時間が全然ないわ」

「神のご加護がありますよ」ミスター・チャンスは言った。

中年のアガサ・レーズンは成功していたロンドンのPR会社を売却し、早めの引退をしてコッツウォルズのコテージに引っ越してきた。ところが偶然にも、いろいろな事件にかかわるうちに何もしないでいるのは性に合わないことがわかり、自分の探偵事務所を立ち上げることにした。その事務所が繁盛するようになると、今度はもっとゆっくりできる時間がほしくなってきた。しかも、次々に入ってくる依頼ときたら、こじれた離婚問題や行方不明の子どもの捜索、それに迷い犬と迷い猫がほとんどで、たまに産業スパイの案件が舞い込むぐらいだった。貴重な時間をむだにしている気がして、週末は探偵事務所を休みにするようにした。ただし、時間がたくさんあると、それをどう使ったらいいのかわからなくなる性分だということを忘れていたのだ。

アガサは五十代前半だが、まだまだ若々しかった。髪はカラーリングこそしていたが、つやがあり、きれいな脚をしていた。目は小さかったが、皺はほとんどない。胸は豊かだが、ウエストが太めなのが悩みの種だった。

金曜の夜、アガサは家に帰ってくると、二匹の猫ホッジとボズウェルをなでてやってから靴を脱ぎ捨てた。ジントニックをたっぷり作って煙草に火をつけると、ほっとため息をもらしてソファに寝そべる。

ぼんやり寝ころがりながら、元夫のジェームズ・レイシーは今頃どこにいるのだろうと考えた。ジェームズは隣のコテージに住んでいたが、トラベルライターをしているのでしょっちゅう海外に行っていた。アガサはいつものように頭の中をひっかき回して、かつてのジェームズへの執着や狂おしいほどの恋心を見つけようとしたが、そういう気持ちは永遠に消えてしまったようだった。執着を失うと、アガサは自分自身と向き合わざるをえない。すると、元夫への執着のせいで味わわされたあの痛みも惨めさもすっかり忘れ、胸をしめつけられるようなときめきばかりが思い出されるのだった。

ドアベルが鳴った。ソファから脚をおろし、ドアに向かった。牧師の妻のミセス・ブロクスビーが立っているのを見て、アガサは顔を輝かせた。

「入ってちょうだい。ちょうどジントニックを飲んでいたところなの。一杯いかが？」

「いえ、できたらシェリーをいただきたいわ」

ときおり自分の貧しい生い立ちを強く意識してしまうアガサは、外見も中身もミセス・ブロクスビーのような女性ならどうだっただろう、と想像した。牧師の妻はだぼっとしたツイードのスカートに、かなりくたびれたローズピンクのブラウスという格好だった。うなじでまとめた灰色の髪は何本かほつれていたが、いつもように慈愛と威厳を漂わせている。

カースリー婦人会の伝統に従って、親しいにもかかわらず二人はお互いを苗字で呼び合っていた。

「ごぶさたしちゃってごめんなさい。仕事がとても忙しかったの」

アガサはミセス・ブロクスビーにシェリーを注いだ。

ミセス・ブロクスビーの灰色の目に恐縮するような表情がよぎった。

「まだあの若い探偵はいるの、トニ・ギルモアは?」

「ええ、おかげさまで。とても優秀よ。だけど、今後は少し依頼を断ることになりそう。これ以上はスタッフを増やしたくないから」

ミセス・ブロクスビーはシェリーをひと口飲むと、気まずそうに口を開いた。

「とても忙しいのはわかってたわ。彼にもそう言ったのよ」

「彼って?」

「ミスター・アーサー・チャンス。聖オド厳格教会の牧師よ」

「聖オド?」

「アングロサクソンの聖人。何をしたのかは忘れたわ。聖人って、あまりにもたくさんいるから」

「それで、チャンス牧師との話にどうしてわたしの名前が出てきたの？」

「牧師はコンフリー・マグナ村に住んでいて――」

「行ったことないわね」

「行く人なんてめったにいないわよ。観光ルートからはずれているし。ともあれ八日後に、年に一度の村祭りを開くことになっていて、チャンス牧師があなたにイベントのPRをしてほしいって言ってきたのよ」

「この牧師は特別な人物なの？　わたしが引き受けなくちゃいけない理由でも？」

「たんに慈善のためってだけよ。ただ、とても押しが強い人なの」

アガサは微笑んだ。「さんざんゴリ押しされたようね。じゃあ、こうしましょ。明日の朝いっしょに向こうまで行って、わたしの口からきっぱりと断ってあげる。そうすれば、二度とあなたを困らせることもないでしょ」

「ありがたいわ、ミセス・レーズン。慈善のためと言われると、わたし、どうしても拒否できないのよ」

冬のあいだじゅう雨がしとしと降り、丘陵が湿っぽい濃い霧に覆われていると、コッツウォルズの茅葺（かやぶ）き屋根のコテージに閉じこめられて暮らすなんてもううんざりだ。

ときどきアガサはそう思わずにいられなかった。

しかし、翌朝ミセス・ブロクスビーといっしょに車で出発したとき、コッツウォルズはまさに春らんまん、ぽかぽか陽気になっていた。生け垣ではブラックソーンが花をつけはじめ、ウィステリアとクレマチスの蔓が庭の塀から垂れ下がり、ブルーベルはかすかな風に揺れ、頭上には青空がどこまでも広がっている。

ミセス・ブロクスビーはハンドルを握っているアガサに田舎の迷路のような道を案内していった。「ようやく着いた。教会の正面に車を停めておけばいいわ」

コンフリー・マグナは風変わりな閉鎖的な村のようね、とアガサは思った。道の両側には古いコテージがぎっしり建ち並び、場違いな新しい家は一軒も見当たらない。通りにも庭にも、おまけに窓辺にすら人っ子ひとりいなかった。

「怖いほど静かね」アガサは感じたままに口にした。

「若い人がほとんどいないのよ。それが問題ね。初めて家を買う人には手が届かないから、終の棲家の住人ばかり」

「こんなにへんぴな村の家なら、それほど高くないはずよ」アガサは車を停めながら言った。

「最近はどこだろうと不動産がぞっとするほど高騰しているわ」

二人は車を降りた。「あそこが牧師館ね」ミセス・ブロクスビーは言った。「教会墓地を突っ切っていきましょう」

牧師館はコッツウォルズ産の瓦の傾斜屋根がついた古い灰色の建物だった。こういう屋根の修理には莫大な費用がかかるが、役所は前と同じ瓦で修復しない限り建物の売却を許可してくれない。当然、そのせいで売るに売れなかった。

教会墓地に入っていくと、墓に花を捧げていた男性が立ち上がった。男性はこちらを見て微笑んだ。

アガサはまばたきした。背が高くて金髪で軽く日に焼けたハンサムな男性だ。しかも、目は緑色。茶色の斑点すら散っていない本物の緑だわ、とアガサは思った。ツイードのスポーツジャケットに綾織りのズボンをあわせている。

「おはようございます」ミセス・ブロクスビーは愛想よく言うと、根が生えたように立ち尽くしているアガサの腕を小突いた。

「おはようございます」彼は応じた。

「あれ、誰なの？」牧師館の玄関に歩きながら、アガサはささやいた。

「さあねえ」

ミセス・ブロクスビーがベルを鳴らした。ドアを開けたのはレオタード姿の長身の女性だった。ナス色に染められた長いストレートヘアをしている。いかにも意地の悪そうな顔をしていた――薄い小さな唇に細い目。鼻は細くて中央に妙なこぶができている。一度折れて、ゆがんだまま骨がついてしまったみたいだ。四十近いわね、とアガサは値踏みした。

「ピラティスをやっていたところなのに」と不機嫌に言った。

「ミスター・チャンスにお目にかかりにうかがいました」ミセス・ブロクスビーが言った。

「ああ、PRの方たちね。主人は書斎にいるわ。わたしはトリクシー・チャンスよ」

なんてこと、ミセス・ブロクスビーは暗澹（あんたん）たる気持ちになった。流行に敏感な牧師はもちろん、流行に目の色を変える牧師の妻も信徒を減らす原因になっているというのが、ミセス・ブロクスビーの以前からの考えだ。ミセス・チャンスみたいな女性はよく見かける。常に「イケて」いたいと考え、最新流行のものを追いかけ、流行のポップグループの名前を頻繁に口にするタイプだ。

トリクシーはどこかに行ってしまった。玄関ホールの先のドアをふたつほど開けてみて、二人は書斎を見つけた。アーサー・チャンスは、書類が山のように積まれたヴィクトリア朝様式の大きなデスクについていた。

牧師は分厚い眼鏡の奥で薄いブルーの目を輝かせながら、いそいそと立ち上がって二人を出迎えた。彼はアガサの両手をとった。「ああ、ミセス・レーズン、来てくださると思っていました。力をお貸しいただけるとは光栄の至りです！」

アガサは手をひっこめた。「ここにうかがったのは、実は――」

外から軽やかな笑い声がして、窓越しにトリクシーがあのハンサムな男性に話しかけているのが見えた。

「あの男性はどなたですか？」アガサは窓の外を指さしてたずねた。

牧師は驚いて振り返った。「ああ、あれは教区民のミスター・ジョージ・セルビーです。奥さまがあんなふうにお亡くなりになって、本当にお気の毒ですよ！　祭りの企画にいろいろと力を貸してくれていましてね、雨に備えて大テントも注文してくれました。気まぐれなイギリスの天候では、必需品です。そう思いませんか、ミセス・レーズン？」

「そのとおりですね」アガサは意気込んで答えた。「よろしければミスター・セルビーをこちらに呼んで、いっしょに宣伝について話し合いませんか？」

「ええ、いいですとも」チャンス牧師はあたふたと外に飛びだしていった。ミセス・ブロクスビーはため息をついた。アガサは新しいロマンスを求める気まんまんになっているらしい。アガサがもっと大人になってくれれば、と改めて思わずにいられなかった。

ジョージ・セルビーが牧師のあとから書斎に入ってきた。彼はアガサに微笑みかけた。

「本気で引き受けるおつもりなんですか？　ミスター・チャンスはまったく説得がうまいですからね」

「いえ、問題ありませんよ」アガサは答えながら、こんなダサいサンダルではなくてハイヒールをはいてくれればよかったと後悔した。

しかし、村祭りのイベントの詳細について聞くと、心が沈んだ。村のバンドの演奏と地元のグループのモリスダンスが予定されている。あとは手作りのケーキ、パン、ピクルスなどのコンテスト。目玉は自家製ジャムのテイスティング。

牧師がイベントの概要を説明したあと、アガサはしばらく黙りこんでいた。ジョージが美しい緑の目で気の毒そうにこちらを見ている。そのとき、すばらしい考えが閃いた。

「ええ、大丈夫です」アガサは言った。「あまり時間はありませんけど、わたしに任せてください」ジョージの方を向いた。「来週のどこかで、ディナーをとりながら計画の進捗状況について相談できません?」

彼はためらっている。

「すばらしい考えだ」牧師が口をはさんできた。「作戦会議ってわけですな。ミルセスターにとてもいいレストランがあるんです。妻のトリクシーはそこが大のお気に入りでね。〈ラ・ベル・キュイジン〉という店です。水曜に全員で夕食に行きませんか? 六時では?」

「わかりました」アガサはむっつりと答えた。

「たぶん大丈夫だと思いますけど」ジョージはあきらかに気乗りしない様子だった。

アガサのスタッフ、フィル・ウィザースプーン、パトリック・マリガン、トニ・ギルモアの三人の探偵と秘書のミセス・フリードマンは、月曜定例の朝の会議は中止だと伝えられた。「それぞれ、今とりかかっている仕事を続けて」アガサは指示した。「わたしは村祭りの企画を立てなくちゃいけないの」

トニはがっくりした。またもや離婚案件を割り当てられていたが、離婚案件は大嫌いなのだ。しかし、オフィスでぐずぐずしていると、アガサが驚くほどの押しの強さを発揮して電話でしゃべっているのが耳に入り、驚嘆させられた。

「ええ、記者を送り込んだ方がいいわよ。自然食品キャンペーンをするつもりなの。おいしい地元の手作り品よ、スーパーで売っているようなしろものじゃなくて。それに、サプライズも用意してるわ。ええ、このアガサ・レーズンが乗りだしているんですからね。いえいえ、まさか殺人なんて、あはは。とにかく記者を寄越してちょうだい」

次の電話。「ベッツィ・ウィルソンにつないで」

トニははっとした。ベッツィ・ウィルソンは有名なポップシンガーだ。

「アガサ・レーズンだって伝えて。もしもし、ベッツィ、わたしのこと覚えてる？　来週の土曜に村祭りの開会式で歌ってもらいたいの。スケジュールがぎっしりなのは承知しているけど、たまたま空きがあることも知ってるのよ。メディアもたくさん来る予定よ。あなたのイメージもよくなるわ。領主屋敷の女主人みたいな感じでよろしくね。大きな帽子、優雅なふわっとしたドレス――お願いよ、いずれウィリアム王子と婚約させてあげるから（本書が執筆されたのは二〇〇八年で、二〇一一年にウィリアム王子は結婚している）。ええ、来てくれれば、王子を呼んでおくわ」アガサはベッツィに二時に来るように伝え、コンフリー・マグナまでの道順を教えた。

「まったくのろまな子よね」アガサはつぶやいた。「でも来てくれるって」

「あんな有名人が!」トニは息をのんだ。

「どうして来てくれるんですか?」

「ドラッグ使用で逮捕されてキャリアがおしまいになりかけていたときに、わたしがフリーで仕事を請け負って、また復活させてあげたのよ」

アガサはまた受話器をとった。「ニュースデスク? ヘルシーな食べ物のことは忘れて。もっといい知らせよ。村祭りの開会式でベッツィ・ウィルソンが歌うことになったの。でしょ、きっと興味を持つと思ってたわ」

トニはアガサが電話を終えるまで待っていて質問した。

「ほんとにウィリアム王子を連れてこられるんですか?」

「もちろん無理よ。だけど、あのおつむの弱い子は、わたしがどんなことでもできるって思いこんでるの」

水曜夜のディナーの席で、ベッツィ・ウィルソンが開会式で歌ってくれるという知らせに喜んだのはトリクシー一人だった。ジョージ・セルビーは心配そうに言った。

「でも、ティーンエイジャーやメディアが大挙して村に詰めかけますよ。大変な騒ぎになる」

アガサはあせった。地元紙ばかりか全国紙にまで来るように依頼してしまったのだ。

「こうすればいいわ」アガサは言った。「牧師さん、開会式の冒頭で祈禱をしてください。それから、ちゃんとした音響装置を用意してくださいね。どのぐらいの人が集まるか考慮のうえで。ベッツィには《アメージング・グレース》を歌ってもらいます。それによって敬虔な雰囲気を打ちだせるわ」

牧師は目を輝かせた。「目に浮かびますよ」彼は祈るように両手を組み合わせた。

「ぼくも目に浮かびますよ」ジョージが言った。「そこらじゅうでゴタゴタが起き、ゴミが散乱している様子が」

トリクシーが彼の腕に触れた。「まあ、ジョージったら。そんな意地悪なこと言わないで。ちっちゃなトリクシーはわくわくしているのよ」

この人、一七二センチはあるけど、とアガサは苦々しく思った。それに、自分のことを名前で呼ぶ人間は鼻持ちならない性格だと相場が決まっている。

「すばらしいイベントになりますよ」アガサは力をこめた。「コンフリー・マグナが世間から注目されるようにするつもりです」

どうしたらジョージと二人だけで夜を過ごせるようにもっていけるだろう、とアガサは頭をしぼった。愛情に飢えているように見えるのはまずい。男というのは、地球の反対側からでもがっついている女を嗅ぎつけるものだ。

食事中ずっと、ジョージはポップスターが来ることを思いとどまらせようとしたが、うまくいかなかった。牧師も妻もすっかり舞い上がり、彼の話に耳を貸そうとしなかったのだ。

さらにまずいことに、アガサを見るジョージの美しい緑の目に不快感らしきものが見え隠れしはじめた。

ジョージはテーブルに乗りだすと、計画について熱心にしゃべっている牧師の話をさえぎり、冷たく言い放った。「ぼくはこの計画には加わらないことにしました」

「だけど、ジョージ」トリクシーが悲しげな声をあげた。「大テントのことや何かで、あなたを頼りにしているのよ」

「有能なミセス・レーズンが、ぼくの仕事を引き継いでくれますよ。聖オド教会はとても美しい建物だし、村祭りを開けば慈善への寄付はもちろん必要な修繕もできると思ったから、口をはさんだまでなんです」

「ねえ、聞いて」男性とは無縁の味気ない生活の地平線のかなたに、ハンサムなジョージが消えてしまう。アガサはあせりながら口を開いた。「カテドラルを新たに建てられるぐらいお金が儲かるアイディアを思いついたんです。混雑するのは一日だけですよ。村に通じる二本の道にバリケードを設置するんです。そして一人当たり五ポンドの入場料を徴収する。それから駐車場のために農場主二人ぐらいに土地を提供してもらう。ボーイスカウトかガールスカウトはいますか？」

「ええ、います」と牧師。

「連中に駐車場係をさせ、料金徴収やらなんやら、せっせと働いてもらう。お金がザクザク入りますよ」

三人は茫然として黙りこんだ。牧師は聖杯を贈られた人のような顔をしている。ジョージがしぶしぶ笑みを浮かべた。

「なかなかいい案ですね。ただし時間があまりないが」

「明日、村の公会堂で緊急会議をしましょう」アガサは熱心に言った。

「あと数日しかないんですよ」ジョージは警告した。

「やれますよ。わたしにはやれるってわかってます」

「押しかけてくる人々のことは？　警察に連絡する必要があるんじゃないかな」

アガサは友人のビル・ウォン部長刑事の反応を思い浮かべて怖気（おぞけ）をふるった。

「それについても手を打ちます。この一帯を見回るために、わたしが自腹で警備会社を雇いますよ」

「なんとまあ、ありがたいことだ」牧師は喜色満面で言った。

しかし、ジョージはまだ確信が持てずにいるようだった。

「何か悪いことが起こりそうな気がします」

牧師が早めに食事をして早めに寝たいと言うので、ディナーは八時にお開きになった。

自分の車に歩いていく仕立てのいい服に包まれたジョージの背中を、アガサは名残惜しそうに見送った。

もっと彼について知らなくては。きっとミセス・ブロクスビーなら知っているはずだわ。

その晩遅く、ミセス・ブロクスビーはアガサの計画を聞きながら警戒心を募らせていた。恋に駆り立てられているアガサをいさめようとしてもむだだ、とミセス・ブロクスビーも知っていた。帰り際に、コッツウォルズの春はなんて美しいのかしら、とアガサが口にしたので、ミセス・ブロクスビーはため息をこらえた。アガサが美しいと感じているのはホルモンのせいだ。あのハンサムな男性と墓地で会わなければよかった。アガサとは古い知り合いだから、ミセス・ブロクスビーにはよくわかっていた。新たな執着に向かって突き進んでいくあいだ、アガサにとってコッツウォルズはとびきり美しく、どんなポップミュージックも特別な意味を持つことだろう。

金曜の夜、ビル・ウォンがとても腹を立ててアガサを訪ねてきた。

「計画について、まずぼくに話すべきだった」彼は文句をつけた。「そうしたら、それをやめさせるために全力を尽くしたのに。ベッツィ・ウィルソンとは！　セリーヌ・ディオンを雇うのと同じぐらいむちゃくちゃな話ですよ」

アガサが警備会社と契約して、できるだけたくさんの警備員を配置すると聞いて、ビルはようやく少し機嫌を直した。

ビルの父親は中国人で、母親はグロスターシャー出身だった。彼は父親のアーモンド形の目を受け継いでいて、その目がアガサを疑わしげに見つめた。

「誰なんですか？」ビルは追及した。

「誰？　何のこと？」

「また誰かに夢中になったんでしょう」

「ビル、一度ぐらいわたしの善意を信じてもらえない？　これは慈善のためにやっていることなのよ」

「ま、そういうことにしておきましょう。土曜日にはぼくも現地に行きますよ」

「あなたの方こそ、おつきあいはどうなってるの？」アガサは反撃に出た。「うちの若い探偵のトニ・ギルモアとまだデートしているの？」

「お互いに時間が空いているときに会っていますけど……」

「だけど、何？」

「アガサ、彼女はぼくのことをどう思っているのか探ってもらえませんか？　トニはとてもやさしいし、ぼくに好意を持っているのはわかるんですけど、燃えるような情熱が感じられないんです。父さんも母さんも、彼女が大好きなんですよ」

アガサはじろっとビルを見た。「ねえ、ビル、両親が気に入っているからという理由で女の子とつきあってはだめよ。あなた、本気で彼女に恋い焦がれているの？」

「そんなこと、照れくさくて」

「いいわ。トニの気持ちを探ってあげる」

「そろそろ行かないと。じゃあ、また明日」

キッチンの椅子にすわっていたアガサは、ビルを見送るためになめらかな動作で立ち上がった。

「人工股関節にしたんですね！」ビルが叫んだ。

「まさか。そもそも関節炎なんかじゃなかったの。ただの肉離れよ」

ビルにしろ誰にしろ、チェルトナムのナフィールド病院で千ポンド払って股関節に注射してもらっていると話すつもりは一切なかった。外科医は早急に人工股関節置換術が必要だと言っているが、今は痛みもないので、その言葉をすっかり忘れていた。関節炎だなんて年寄りくさいったらない。アガサは絶対に肉離れだと信じていた。

さすがのジョージ・セルビーも、村祭りは成功しそうだと認めざるをえなかった。ベッツィ・ウィルソンはティーンエイジャーばかりか家族連れにも受ける希有なポップシンガーだった。それに彼女が村祭りの開会式で歌わなかったら、まちがいなくわずかな人しか来なかっただろう。なにしろ村祭りの目玉は自家製ジャムをテイスティングして、いちばんおいしいジャムを選ぶという地味なコンテストなのだ。小さなジャムの皿が並べられ、お客たちはそれぞれを味見して、いちばん気に入ったものを紙に書いて投票することになっていた。

雲ひとつない美しい春の空から降り注ぐ日差しはまぶしいほどだ。春になったばかりの頃は寒くて雨ばかりだったが、急に暖かくなり天気がよくなったので、何もかもがいちどきに花開いたかのようだった。桜、ライラック、ウィステリア、ホーソン、それに村じゅうの果樹園の木々。

ベッツィ・ウィルソンはバラをあしらった薄手のドレスをまとい、短いスピーチをすると、両手を組み合わせて最新のヒット曲《隔週の日曜日》を歌った。それは心にしみるバラードで、その透明な若い声はコッツウォルズの丘陵に響き渡った。百戦錬磨の記者ですら言葉もなく立ち尽くしていた。

ベッツィはさらに二曲のバラードを歌い、最後に《アメージング・グレース》でしめくくった。それから、おつきのボディガードにストレッチリムジンにそそくさと押しこめられると走り去った。彼女についてきたバンドも荷物をまとめて撤収し、代わって村のバンドが演奏を始めた。

そのときアガサといっしょにいたトニが彼女の袖を引っ張ってささやいた。

「妙ですね」

「妙って、何が？」

「ジャムのテントの外で列を作っているティーンエイジャーたちを見てください」

「あらまあ。そんなに人気のイベントだとわかっていたら、追加の入場料をとったのに」

「あのテントの中で誰かがドラッグを売ってるって可能性はないですか？」トニがたずねた。

「どうして？」

「ハイになって出てくる人がいますよ」

アガサがテントに向かおうとしたとき、教会の方から悲鳴や叫び声が聞こえてきた。みんな上を指さしている。一人の女性が四角いノルマン様式の塔に立ち、両腕を広げている。アガサがトニを従えて教会まで走っていくと、誰かの言葉が聞こえた。

「あれはミセス・アンドリューズだ。空を飛べるとか言ってるぞ」

ジョージが教会に走りこんでいくのが見えたので、アガサは彼を追っていった。そのあとをトニが走ってくる。ジョージは教会の奥のドアに走りこんだ。そこから塔に通じる階段が延びている。アガサは階段を駆け上がり、てっぺんについたときはぜいぜい息を切らしていた。ミセス・アンドリューズは胸壁によじ登り、うっとりとつぶやいていた。

「わたし、空を飛べるの。スーパーマンみたいに」

ミセス・アンドリューズはよろよろと屋根に出ていく。

ジョージが彼女に走り寄った――だが間に合わなかった。

異様な笑い声をあげながら、ミセス・アンドリューズは宙に飛びだした。ジョージ、アガサ、トニは胸壁の向こうをのぞきこんだ。ミセス・アンドリューズは平らな墓石にたたきつけられていた。頭から流れだした血が黒っぽい血だまりをこしらえていく。

ジョージの顔は蒼白だった。「いったい何にとりつかれたんだろう？　頭のしっかりした女性だったのに」

「ジャムよ」トニがいきなり言った。「ジャムに何か入れられたんだと思います」

「下りていって、警備員にテントを立ち入り禁止にさせるわ」アガサは言った。

アガサがトニのあとから走っていこうとすると、ジョージが腕をとらえた。

「ジャムがどうのってどういうことですか？」

「ジャムのテントから出てくるたくさんのティーンエイジャーたちがハイになっているって、トニが気づいたのよ。とにかく、あそこに戻らなくては」

アガサたちが教会の外に出ると、取り乱した一人の女性が近づいてきた。

「救急車を呼んで。ミセス・ジェソップが川に飛びこんだの」

警察が拡声器で、全員、話を聞くまでその場から動かないように、と叫んでいる。

「何千人もいるんですよ」トニが息をのんだ。「さっきビルにジャムがどこかおかしいって伝えたところです」

2

アガサの友人のサー・チャールズ・フレイスはスリッパをはいた足をリビングのフットスツールにのせると、テレビをつけてBBCニュースを観はじめた。たちまち、画面にアガサの動揺した顔が映しだされた。「何が起きたのかわかりません」彼女は記者に語っていた。「異常者がジャムに何か入れたんだと思います」

記者は災難が起きた村祭りのイベントについて詳しく語った。ミセス・アンドリューズとミセス・ジェソップ以外に、二人の村人が心臓発作を起こしていた。

カメラは村の様子をぐるっと映しだした。郡の警察官全員が現場に駆けつけているようで、来場者の名前や住所を書きとっている。これだけの人員を動員させられたせいで、警察はアガサを永遠に許さないだろう、とチャールズは思った。今夜あっちに行って情報を集めてこよう。

コッツウォルズに夕暮れが広がり、花々は薄れゆく光の中で白っぽく輝いていた。あらゆるものが平和で静かだった。コンフリー・マグナを除いては。ハロゲンライトの強烈な光に照らされたテント内では、ジャムのテイスティング担当のミセス・グレアリーとミセス・クラントンが声を殺してすすり泣いていた。

アガサとトニは、もうこれで百回目に思えるぐらい、同じ質問をされた。アガサの前にはウィルクス警部、その隣にはコリンズ部長刑事がすわっている。ビル・ウォンはコリンズのせいではずされたのだ。意地が悪くて強引なコリンズが、ビルはアガサと仲がいいので聴取からはずすべきだと、ウィルクスに進言したのだった。コリンズはロンドン警視庁に異動すると言っていたのにまた戻ってきたので、ビルはがっかりしていた。アガサの背後で聴取を待っているのは、牧師と妻とジョージだ。

「このベッツィ・ウィルソンは数年前にドラッグスキャンダルに関わっていましたね」ウィルクスが言った。

「もうドラッグとは手を切りました。それにジャムのテントには近づいていません。ベッツィはまっすぐステージに上がった。バンドが早めに到着して、ステージのセットをしたんです。彼女は何曲か歌ってすぐに帰りました」

「バンドのメンバーはどうなんですか？」コリンズが追及した。この人、髪をこんなにきつくひっつめているのに痛くないのかしら、とアガサは不思議だった。「バンドの連中っていうのはしじゅうドラッグに手を染めているでしょ。ジャムに入っていたのがドラッグで、地元の毒ハーブじゃないとしてですが」

「LSDだと思います」トニがいきなり言いだした。「ずっと考えていたんですけど、あれは幻覚症状が出るんです」

「どうしてそんなことを知っているんですか、お嬢さん？」ウィルクスがたずねた。

「今年の初めにウースター警察に引き渡した事件がLSDがらみでした。覚えていますか、アガサ？　息子がドラッグをやっていると疑った母親のこと。イヴシャムのクラブまで息子をつけていくと、おおっぴらにタブをやりとりしていた。だから警察に報告して、クラブは手入れされたんです」

「タブとは何ですか？」

「小さな紙片にLSDの水溶液を染みこませたものがタブと呼ばれています。そのままだと透明な液体です。それをジャムのテイスティングの皿に数滴垂らせばいいだけですよ。展示は早朝に準備され、それから担当者は朝食に家に帰ったそうです。ドラッグの出所をたどった方がいいかもしれません。LSDは最近のクラブではめったにやりとりされていませんから。エクスタシーかクラック・コカインかヘロインばかりなんです」

トニは十八歳のきれいな若い娘で、生まれつきの金髪だった。コリンズは憎々しげにトニをにらみつけた。「あんた、ずいぶんドラッグに詳しいのね」

「それがあたしの仕事ですから」トニは応じた。「あたしは探偵です。ですから、二人の担当者がテントを離れたことも調べだしました。テントが一般公開されるまで、各種のジャムの皿は白い布をかけて画鋲で留めてあった。テントが公開されたのは、ベッツィが歌い終えてからです」

「わたしたちじゃありません」ミセス・グレアリーが訴えた。

「ジャムを寄付した女性全員の名前が必要だ」ウィルクスが言った。彼はため息をついた。「大勢いるのかな？」

「七人だけです」トニは言い、ノートを取り出した。「名前と住所は調べてあります」

「よくやった」ウィルクスがほめたので、アガサは嫉妬で胸が疼いた。ジョージはトニに目を留めたかしら？　中年男性の困ったところはそこよ。若い女の子を好きになっても許される。ところが中年女性が若い男性を好きになると、若いツバメを囲っている、とさげすまれるのだ。

「それから」とトニが続けた。「ミセス・クラントンの話だと、彼女たち二人以外に正式なオープン前にテントに入ったのは、ミスター・ジョージ・セルビー、牧師とその奥さん、それにハル・バセットという豚農場主だけで――」

「豚農場の男が公開前のジャムのテントで何をしていたんだ？」ウィルクスがさえぎった。

「まえもって味見をしようとしていたんです。それから領主屋敷のミス・トリアスト＝パーキンズ。すべてのイベントの飾りつけを点検していたそうです。彼女はミセス・レーズンが村祭りを騒々しいサーカスみたいにして村に損害を与えた、と文句をつけていました」

アガサは蚊帳（かや）の外に置かれるのが気に入らなかった。

「この続きは明日の朝にしませんか？」

「それに、明日は大テントを業者に回収してもらわなくてはならないんです」ジョージが言った。

「あと二、三点だけ」コリンズは譲らなかった。

そんな調子で真夜中近くまで聴取は続き、もう帰っていいが、翌朝には村に設置される移動警察車に出頭するように、と指示されて解放された。

テントから出ていきながら、アガサはジョージにたずねた。「いくらぐらい収益があったかわかります?」

「牧師がお金を計算することになっています。何千ポンドにもなるでしょう。もちろん、ミセス・アンドリューズとミセス・ジェソップのご遺族には補償金を払わなくてはなりません。それに、健康を害した人々にも」

アガサは警備会社を雇った代金も出してほしい、と言おうとしたが、自腹と言った手前もあり、言葉をのみこんだ。どうやったらジョージとデートできるだろうと知恵をしぼっていると、牧師に声をかけられた。

しぶしぶ振り向いているあいだに、ジョージはさっさと歩き去った。

「ミセス・レーズン」アーサー・チャンスが言った。「恐ろしい事件です。あなたの事務所を雇って、こんな恐ろしい真似をした犯人をつかまえてもらいたいのですが」

トリクシーが反対した。「そこらじゅうに警察がいるじゃないの」

「ミセス・レーズンの事務所は評判がいいんだよ」牧師は頑固に言い張った。

「お引き受けします。責任を感じていますから」

「当然よね」長い髪をさっと手でかきあげ、トリクシーが言った。「ジョージはどこかしら?」

「家に帰ったと思います」アガサは言った。「朝いちばんでまた戻ってきます」

車を停めた場所に戻ると、トニが待っていた。

「事件の捜査に雇われたわ。あなたとわたしはこの事件に集中して、フィルとパトリックに残りの案件を担当してもらう方がいいわね」ふと、アガサはビルに頼まれたことを思い出した。「そういえば、ビルとはうまくいっているの？」

「ええ」

「熱々ってこと？」

「ただの友人です。燃えるような情熱なんてありませんよ。あたしの方も、彼の方も。でも、お父さんとお母さんが望んでいるからどうにかしなくちゃって、気の毒なビルは感じているみたいです」実はトニは探偵事務所を辞めて警察に入りたいと前々から思っていたのだが、アガサには大きな恩を感じてためらっていた。すさんだ家庭から自分を救いだしてくれたのだ。この事件が終わったら、辞める勇気が出るかもしれない。

「じゃ、オフィスで」アガサは言うと、あくびをこらえた。「八時にしましょう。フィルとパトリックに電話して、二人にもその時間に集まってもらうわ」

コテージに帰り着くと、チャールズの車が外に停まっていた。アガサは眉をひそめた。今夜はチャールズの相手をする気分ではなかったし、ホテル代わりに自分のコテージを勝手に使われるのも気に入らなかった。

アガサは中に入った。チャールズはテレビをつけたままソファでぐっすり眠っている。テレビを消すと、チャールズを起こさずに二階に上がってベッドにもぐりこんだ。なかなか寝付かれなかった。何度も寝返りを打ちながら、悲惨な結果になったイベントについて思い返した。スタートは上々だった。お行儀のよい人々が村にぞくぞくと入ってきて、ベッツィのステージが設置された野原へと集まってきた。薄手のドレスをそよ風になびかせ、ベッツィはとても愛らしかった。ベッツィがひきあげると、大半の人々は帰りはじめた。そのとき、気の毒なミセス・アンドリューズが塔から飛び降りるという悲劇が起きたのだ。原因がＬＳＤだとしたら、誰がそんなものをジャムに入れたのだろう？　トニの簡潔明瞭な報告について考えた。部下の若い探偵はあきらかに手腕を発揮していた。かたやアガサときたら、現場を落ち着かせるために警備員を配置しようと駆けずり回っているだけだった。ようやく眠りに落ちたものの、村祭りに一糸まとわぬ姿で現れたせいでトニとジョージに笑われる、という悪夢にうなされた。

朝、ベッドから出たときは信じられないほどの疲労感を覚えていた。シャワーを浴びて服を着ると、急いで階下に行った。チャールズはまだソファで寝ていて、二匹の猫がかたわらに寄り添っている。猫にえさをやって庭に出しておいて、とメモを走り書きすると、オフィスのあるミルセスターに出発した。

日曜の緊急会議に招集されていたフィル・ウィザースプーンとパトリック・マリガンは、アガサとトニがコンフリー・マグナの事件を担当すると聞くと、うめき声をもらした。フィルは七十代で、パトリックは引退した警察官だった。

「誰か雇うべきだよ」パトリックが意見を言った。「フィルとおれだけじゃ、これだけの案件をこなせない。実は引退した刑事の知り合いがいるんだ」

「ここは老人職業斡旋所になりかけてるの？」アガサはつい口走ったが、フィルの傷ついた表情に気づいて急いで言いつくろった。「ごめんなさい、今の言葉は撤回。そうね、その人を雇いましょう。ミセス・フリードマンに契約書を作ってもらうわ」

秘書のミセス・フリードマンは小さな笑みを浮かべた。アガサがやって来る前に、実はすでにもう一人雇うことについてみんなで話し合っていて、引退した刑事というのはミセス・フリードマンのいとこだったのだ。アガサはファイルを調べて月曜の仕事を割り振ってから、トニに言った。

「犯罪現場に向かった方がよさそうね。メディアがたくさん来てるでしょう。もっとも、大半はロンドンのベッツィの家に押しかけてるわね」しまったと、唇を噛んだ。日曜の朝刊を読む時間がなかったが、ベッツィの昔のドラッグスキャンダルが暴きたてられているにちがいない。ベッツィは聖人みたいにりっぱな人だったと、牧師にひとこと言ってもらわなくては、とアガサは思った。

アガサはトニとコンフリー・マグナに戻ると、移動警察車を避け、メディアをかき分けながらまっすぐ牧師館に向かった。

うれしいことに、ドアを開けたのはジョージだった。

「ミスター・チャンスは税理士といっしょに書斎にいます。お金を勘定しているところです」

アガサはジョージの背中をうっとりと眺めながら書斎に入っていった。彼は青空を思わせるブルーのシャツにチノパンツ、ハンドメイドらしき靴という服装だった。

「ああ、ミセス・レーズン！」牧師はデスクを回ってくると、アガサの手を両手で握りしめた。「ひと財産できましたよ。これでさまざまな慈善事業にたっぷりと寄付できるし、教会の屋根も修理できるでしょう。さらに亡くなられた方のご遺族にも補償金を支払えます」

「全部でどのぐらいになりましたか？」アガサはたずねた。

「ああ、税理士をご紹介しましょう、ミセス・レーズン。アガサとお呼びしてもいいですか？」

「ええ、ぜひ」

「アガサ、ミスター・アーノルド・バーントウェザーをご紹介します。村に住んでいる方で、ご親切にも協力を申し出てくださったんです。売り上げがどのぐらいになったか、アガサに教えてあげてください」

「三万ポンドの売り上げになりました」アーノルドは伝えた。

税理士はとても小柄な猫背の男で、小さな目が分厚い眼鏡のせいで拡大されている。髪の毛は地毛とはとうてい思えない茶色だった。

またもやアガサは警備会社の費用を支払ってほしい、と喉まで出かかったが、ケチだと思われそうだったのであきらめた。それに、昨今は教会の屋根を修理できる専門業者を雇ったら、集めた全額とは言わなくても大半が消えてしまうだろう。

「トリクシーはどこですか？」アガサはたずね、ひそかに〝競争相手〟として嫌っている相手がいないかと見回した。

「妻は美容院に行っています。かわいそうに、きのうの事件にすっかりショックを受けてしまってね。美容院で髪を手入れしてもらえば神経が落ち着くと思ったようです。さて、わたしは朝の礼拝のために教会に戻ります」

「礼拝のあとで、外にいるメディアにベッツィについてひとこと言っていただけませんか？」アガサは頼んだ。「有名なポップシンガーが忙しい時間を割いて慈善のために協力してくれて感謝しているとか、何か賞賛の言葉を」

「いいですとも」アーサーは請け合った。

「ぼくも教会に行きます」ジョージが言いだした。

「では、わたしも」アガサはうれしそうに言った。

「外にいる人たちに話を聞かなくていいんですか？」トニがひそひそ声でたずねた。

「どうせ全員が教会にいるわよ」アガサは小声で答えた。牧師はお説教の原稿をつかむと大急ぎで出ていった。

聖オド厳格教会も、クロムウェルの軍隊の教会破壊活動を避けられなかった。ステンドグラスは壊されて今はもうなく、縦仕切りのある窓の透明なガラスからまばゆい光が射しこんでいる。教会は満員だった。トニはいらいらしていた。仕事にとりかかれずに、朝の礼拝がおこなわれている教会に足止めされていたからだ。

いっぽうのアガサは、牧師の妻は日曜に開いている美容院をどこで見つけたのだろう、と気になっていた。

礼拝はだらだら続いたので、さすがのアガサも良心がとがめてきた。ジョージは前の席にいて、見えるのは後頭部だけだ。

アガサは《日暮れて四方は暗く》が演奏されている最中にトニの腕を軽くつかみ、ドアの方にぐいっと顎をしゃくった。

二人は外に出て、日差しにまばたきした。ボーイスカウトとガールスカウトが、ビニール袋にゴミを入れながら村を歩き回っている。この子どもたちは周囲の村から招集されたのかしら、とアガサは思った。「豚農場主のハル・バセットにまず会いに行くわよ」

アガサはスカウトの一人を呼び止めると、バセットの豚農場を知っているかとたずねた。

「ぼくはこの村の子じゃない」男の子はむっつりと言うと、尖ったステッキでビニール袋を突いた。「あそこの子に訊いて、ニンジンみたいな髪の子。ここに住んでるから」

質問された女の子は、ハル・バセットの農場は村を出て左側の丘を登ったところにあると答えた。

「遠いの?」アガサはたずねた。ハイヒールサンダルをはいてきていた。「ううん」女の子は左側を指さした。「村のはずれまで行って、まっすぐ丘を登ったとこ。農場の看板が見えるよ。バセットの養豚場だって、絶対わかる。臭いから」

「教会にいたらどうしましょう?」出発するとトニがたずねた。

「それはないでしょ」ジャム好きの豚農場主は信仰に篤くないに決まってると、アガサは確信していた。

ここは人家もまばらな細長い村で、おそらく昔の家畜を追う道沿いに集落ができたのだろう。村の一方のはずれに教会があり、反対側のはずれにある豚農場まで道が延びている。道の両側の小さなコテージは表側に庭がまったくなかった。どの小さな家も、昔から道路脇にひっそりと立っているようだった。さびれた道にはひとつも人影が見当たらない。カースリーとはちがって、脇道もない。コンフリー・マグナは一本のメイン・ストリートが村のすべてだった。家と家の隙間から春の花々が咲き乱れる裏手の庭が見えたが、そのあいだの狭い地面や表側の道には何も草木が植えられていない。わびしい土地だった。

通りには丸石を敷きつめてあった。アガサのサンダルのヒールが石の間にはさまり、もぎとられてしまった。

「ここで待っていてください」トニが言った。「急いで戻って車をとってきます」

トニが飛ぶように走っていく姿を見送りながら、アガサはうらやましく思った。トニの金髪が日差しにきらめいている。ジーンズにTシャツ、ぺたんこのサンダルという格好だ。わたしったら、どうしてこんなにドレスアップしてきちゃったのかしら？　短いスカートのマスタード色のリネンスーツでおしゃれしてきたアガサは悔やんだ。ハンサムなジョージの気を惹きたかったからでしょ、心の中にいすわっているお目付役が指摘した。アガサはインナーチャイルド（大人の中に存在する子どもの部分）の子どもっぽさに悩まされることはなかったが、このお目付役ときたら口うるさいことこのうえない。

「どうしてそんなに愚かなの？　ジョージの何を知っているというの？　彼はウィットやユーモアや魅力を少しでも見せた？　ゼロでしょ。なのに、あなたときたら派手に着飾ってきて」

トニが早く戻ってくればいいんだけど、とアガサは痛切に思った。古いコテージの古い石壁から憎悪が発散されているように感じられる。視界の隅で窓辺に顔が現れた気がしたが、振り向くとそこには誰もいなかった。

トニがようやく車で戻って来たので、アガサはほっとため息をついて乗りこんだ。

「トランクにフラットシューズを入れてあるの。農場に着いたら、それに履き替えるわ」

農場は村を出て急な丘を登っていくと、その頂上近くにあった。

「きっと豚みたいに卑しい男にちがいないわ」アガサは言った。「ジャムをすごく食べたがったらしいし。たぶん外見も丸々太ったピンク色の豚に似てるかもね」

「すごく臭いですね」トニは農場に車を乗り入れながら言った。

「ようやくたどり着いたんだから、彼が家にいるといいけど」アガサは言いながらフラットサンダルをはき、ほっとしながら爪先を伸ばした。

「ジャムのテイスティングには妙な季節ですよね」トニが言った。「だって、ふつうはイチゴがとれてからでしょう」

「こういうへんぴな村じゃ、野生に生えているものでジャムを作っているのよ。農場のドアは開いているわ。こんにちは。どなたかいませんか？」

ジーンズに洗いざらしのコットンのブラウスを着た威嚇的な顔つきのやせた女性が戸口に現れた。

彼女はアガサをじろっと見ると、ため息をついた。「エホバの証人ね」そのしゃべり方は上流階級のものだった。「哀れな子どもたちを引き連れて、一軒一軒訪ねてるんでしょ」

「わたしはエホバじゃありません」アガサは声を荒らげた。「探偵で、アガサ・レーズンと申します。こちらは助手のミス・トニ・ギルモアです」

「ああ、あなたがきのうの死を引き起こした張本人ね」

「ミスター・バセットと話したいんですが」

「わたしはミセス・バセットよ」彼女はアガサの頭のてっぺんから爪先までじろじろ観察している。バーミンガムのスラムはもう過去の話よ、とアガサは自信を持とうとしている。しかし、その記憶は心の奥底に根を生やしていて、アガサに劣等感を抱かせようと常に手ぐすねをひいていた。

「お話ししたいのはご主人なんですけど」アガサは小さな目でミセス・バセットの顔をにらみつけた。

「入って」いきなり彼女は言った。

二人は彼女のあとからキッチンに入っていった。そこは『コッツウォルズ・ライフ』誌から抜けでてきたかのようだった。最新式の調理器具から御影石のカウンターの上にぶら下がる銅鍋にいたるまで、どれもピカピカに磨かれ日差しに輝いている。

「そこで待っていて」ミセス・バセットは命じると、ウィンザーチェアに囲まれたキッチンテーブルを指さした。

彼女は裏口から出ていき、大声で叫んだ。「ハル！」

かすかな返事が聞こえた。

いつものようにアガサは部屋を見回して灰皿を探したが、ひとつも見当たらなかった。

ミセス・バセットはコーヒー豆を挽きはじめた。二人に背中を向け、その存在すら忘れているみたいだ。

ハル・バセットがキッチンに入ってきた。ミセス・バセットは振り向いて叫んだ。

「長靴！」

彼は戸口に後退し、入り口の小さなスツールにすわって緑の長靴を脱いだ。

「誰なんだ？」彼はたずねた。

「アガサ・レーズンとその部下よ」とミセス・バセット。

彼はキッチンテーブルに近づいてくると、椅子の向きを反対にしてまたがった。これをする男って大嫌い、とアガサは思った。

ミスター・バセットは長身で茶色の髪をした男で、チェックのシャツにコーデュロイのズボンをはいていた。豚の強烈な臭いをプンプンさせている。

「じゃ、あんたがきのうの騒ぎの原因になった女か」彼は切りだした。その声は軽やかで心地よかった。整った角張った顔をしていて、無理やりジャムのテイスティングをしようとする人物には見えなかった。

「ジャムに入れられたLSDはわたしの責任じゃありません——ドラッグがLSDだとしてですけど」アガサは言った。

「大勢のクズどもをここに来させて何を考えてたんだ？」

「来場者とは関係がありませんよ。あの展示は朝早く、担当のミセス・グレアリーとミセス・クラントンによって大テント内に設置されました。公開前にテントを訪れたのはあなたとミス・トリアスト＝パーキンズ、牧師夫妻、それにミスター・セルビーだけなんです。あなたはジャムをテイスティングしましたか？」

「いいや」ハルは言った。「売っていたプラムジャムを買おうとしたんだが、公開まで待たなくちゃだめだって言われた。ミセス・クラントンは、一般公開されるまで、売るのもテイスティングもできないって譲らなかったんだ。村はあのポップシンガーのドタバタで浮き足立ってた」

「じゃあ、あとでまた大テントに行ったんですか？」

「行けなかった。雌豚が出産でね。こっちに戻ってこなくちゃならなかった」

トニがハルに微笑みかけた。「あなたが事件に関係しているると言っているんじゃないんです。もちろん、そんなわけありません。ただ、大テントの中で何か見ていないかお訊きしたいんです」

ハルはにやっと笑いかけた。「あんたみたいなかわいい子が探偵をしているのかい？いや、おかしなものは何も見なかった。だけど、思い出したら電話するよ。名刺はあるかい？」

トニは名刺を取り出したが、彼が受けとろうとしたとたんミセス・バセットがそれをひったくった。彼女は冷たく言った。「ハルにはやることがあるの。用がすんだら、仕事に戻りたいんだけど」

二人が農場に停めた車に乗りこもうとしたとき、ハルが走ってきた。彼はトニにソーセージの包みを差しだした。「やるよ。最高のポークだ。おれの育てた豚だ」

「まあ、ご親切に」トニは言った。「いつもこのあたりはこんなに臭いんですか？」

彼は笑った。「肥料として農夫たちに売るために豚の糞を山積みにしてあるせいだ。豚たちはにおわないよ。今度来たときに案内してやろう」

「ハル」ミセス・バセットが戸口から呼んだ。

「今行く」

「うまくやったわね」アガサはほめたものの、気が滅入っていた。トニみたいに若くてきれいだったら、どんなにいいだろう。ジョージだってきっと関心を向けてくれるはずだ。

「ジョージもテントにいましたよね」トニが言った。「そのことを忘れていたけど。彼について何か知ってますか？」

「いいえ、奥さんが亡くなったことだけ」

「もしかしたら彼が毒殺したのかも」

「いいから運転して」アガサは苦々しく言った。「それから領主屋敷を見つけましょう。ミス・トリアスト＝パーキンズと話してきた方がいいわ」

二人はまた村に戻っていった。「警察に出頭しなくていいんですか？」

「あとで」

人々は礼拝から戻ってくるところだった。トニが窓を開けて領主屋敷への道順を訊くと、村の反対側で教会のすぐ先だと教えられた。

「こちらを見ている目つきに気づきましたか？」トニはたずねた。「みんな、日曜のよそいきを着ているけど、中世の衣装を着せたらぴったりって顔つきをしてますよね。

まるであたしたちを本気でリンチしたがっているみたい。絶対に閉ざされたドアの向こうで、ぞっとすることがおこなわれてますよ――家庭内暴力とか近親相姦とかアルコールの過剰摂取とか」

「あるいは、神さまが怖くて悪いことができないか。いずれにせよ、そのうちの誰かが毒草をジャムに入れたのなら想像がつく。だけどLSD？　ここの連中はどこでLSDを入手したらいいかも知らないんじゃないかしら」

「わ、大変」トニがいきなりブレーキを踏んだ。

「どうしたの？」

「ビルが移動警察車に来るように手を振ってます」

それから一時間半にわたってコリンズとウィルクスから厳しく聴取され、アガサはしまいには自分がジャムにLSDを入れたような気になってきた。

ようやくトニとともに解放されると、アガサはジョージがいないかと見回したが、彼の姿はどこにもなかった。

二人は車に乗りこみ、領主屋敷をめざした。大きな鉄門は開いている。門の脇には荒れ果てた門番小屋があった。

「どうして門番小屋をあんなふうに放置しているのかしら」アガサは首を傾げた。「最近の不動産の値上がりを考えたら、売ってもよさそうなものよね」

屋敷は四角いジョージ王朝様式の建物で、正面はちょうど咲きだした古いウィステリアのよじくれた枝に覆われている。村と同じで、そこにも空虚で閉鎖的な雰囲気が漂っていた。かつて所有者が窓税を逃れようとしてふさいだままになっている窓もいくつか残っている。

アガサは車を降りて呼び鈴を鳴らした。辛抱強く待った。横手をのぞいたトニは、庭が手入れされていないことに気づいた——雑草だらけの芝生が広がり、周囲にやぶがあるだけだ。

ドアが開いた。

「ミス・トリアスト＝パーキンズですか？」アガサはたずねた。

とても小柄なやせた女性で、真ん中分けにした灰色のストレートの髪を肩に垂らしている。顔は面長で大きな目は淡いブルー。色あせたプリント柄のサマードレス姿だった。

「あなた、村祭りを主催した人ね」彼女は言った。「中に入ってちょうだい」

「二人は彼女のあとから陰気なリビングに入っていった。そこはヴィクトリア朝時代から何ひとつ変わっていないように見えた。大きな家具、ガラスケースの中には剥製の鳥、額入りの写真、フリンジつきショールをかけたグランドピアノ。

「オープン前にジャムのテイスティングのテントにいましたね」アガサは切りだした。「ジャムのカバーをめくっている人に気づきませんでしたか？」

「いいえ。ミセス・グレアリーに、わたしのマーマレードが目立つ場所に置かれているか確認したいと言ったんですけど、彼女は頑固で見せてくれませんでした。ふだんはおどおどしたおとなしい女性が何かの責任を与えられると、とたんにいばるようになるんです。ミスター・バセットが入ってきて味見したがりましたけど、ミセス・グレアリーは彼のこともはねつけました。ミスター・バセットとわたしは、ちょうどやって来た牧師とあの頭の空っぽな奥さんと話をしました。ああ、それからすてきなミスター・ジョージ・セルビーとも。気の毒な方よね。奥さまのことで嘆き悲しんでいます。奥さまはきれいな女性で、教区のためにとても尽くしてくれたんですよ」

「どうして亡くなったんですか？」アガサは質問した。

「かわいそうに階段から落ちたんです。朝食のトレイを運んでいこうとして足を滑らせて。ジョージは建築家で、あの階段は危ないって、わたしが前から注意していたんですけどね。彼は教会の近くの古いコテージに住んでいるんですけど、とても古い石造りの急な階段なんです」

「事故が起きたのはいつですか？」

「去年の六月。彼は二度と結婚しないでしょうね。サラのような女性はもう現れないでしょう」

「サラというのは亡くなった奥さまですか？」

「そうよ」

「それで、きれいな人だった？」

いったいどうしてアガサはそんなことを質問しているんだろう？　とトニは不思議だった。

「ええ、とてもきゃしゃで。小柄な女性だったわ」

アガサは急に図体がやけに大きくてがっちりしているような気がしてきた。

トニが口を開いた。「実はこういう事情なんです。何者かがLSDをジャムのテイスティング皿に入れたのではないかと、あたしたちは考えています。ただ祭りにいた若者たちはドラッグが入れられたあとで、その噂を聞き、列を作った。となると、最初に仕込まれた可能性が高いんです。ジャムのテイスティングが一般公開される前に」

「あそこにいたテイスティングの担当者に訊くべきなんじゃない？　わたしは別の展示の方に行ってしまったし」

「ミセス・クラントンとミセス・グレアリーはどこに住んでいるんですか？」

「メインストリートのパブの両側。こちらから行くとミセス・グレアリーが手前側で、ミセス・クラントンが奥側よ」

「何か役に立ちそうなことを思い出したら、どうか電話してください」アガサは名刺を渡した。

外に出ると、トニはたずねた。

「どうしてジョージについてあれこれ質問したんですか？」

「だって、オープニング前にテントにいたからよ」アガサは弁解するように言った。

「ずっと考えていたんですけど、ＬＳＤをジャムに入れるのは簡単ですよ。透明な液体ですから。ＬＳＤのタブとはちがって、手のひらに小さな瓶を隠し持っていれば、誰にだってできます。容疑者が多すぎますよ。どうしたら犯人を見つけられるでしょう？」

「とにかく調査を進めるしかないわ」今度はアガサが運転していたが、牧師館に近づくとジョージが中に入っていくのが見えたのでブレーキを踏んだ。

「トニ、あなたが先に行って二人に話を訊いてきた方がいいわ。わたしは牧師にちょっと確認したいことがあるから」

ようするに、ジョージが牧師館に入っていくのを見かけたからね、とトニは思った。アガサは本気であの男を追いかけているのだ。しかし、声に出しては陽気にこう応じた。

「そこに車を停めておいてください。あたしは歩いていきます」

トニが行ってしまうと、アガサはグローブボックスからメイク用品のポーチを取り出してメイクを直し、髪をブラッシングした。

牧師館のドアは開いていた。入っていくと、家の奥から人声が聞こえてくる。キッチンの窓からのぞくと、ジョージだけではなく牧師夫妻と、どういうわけかチャールズ・フレイスまでいる。四人はヒマラヤスギの下のガーデンテーブルを囲み楽しそうにしゃべっていた。トリクシー・チャンスはブロンドに変身していた。長い毛が金色に波打ちながら肩先で揺れている。日曜だというのに、あんなカラーリングをどこでやってもらったのだろう？　それに、どういうこと、チャールズがいるなんて。

アガサが近づいていくと、チャールズが声をかけた。「アギーだ。ゆうべ帰ってきたとき、どうして起こしてくれなかったんだ？」

トリクシーがおもしろがるような顔つきになった。アガサが椅子にすわると、トリクシーはたずねた。「あなたたち、おつきあいしているの？」

「ただの友だちです」アガサはきっぱりと言った。

「だと思った。あなたにはちょっと若すぎますものね」

アガサは五十代前半で、チャールズは四十代だ。やっぱり、トリクシーは気に食わない、とアガサは苦々しかった。庭をそよ風が吹き抜けていくと、果樹の花びらがシャワーのように芝生に舞い落ち、トリクシーの金色の髪がジョージの肩にふわりと吹き寄せられる。彼はトリクシーにくっつくようにして隣にすわっていた。

「調査の進展はどうなんだい？」チャールズがたずねた。

「あまり進んでいないわ。容疑者のリストがどんどん長くなってる」

「LSDが混入されていたのは一種類のジャムだけなのかな」チャールズが言いだした。「それが検死でわかったら、そのジャムを作った人間に容疑者は絞られるだろう」

「それはどうかしら」アガサは反論した。「大勢の人がハイになってたのよ。トニは何者かがLSD入りの小さな瓶を隠し持っていたんじゃないかって言ってる。たぶん警察はドラッグの出所をたどるべきなんじゃないかしらね。瓶入りのLSDを売っているドラッグ・ディーラーを見つけないと」

「LSDは四角いゼラチンの形でも売られてるよ」チャールズが言った。

「どうして知っているの？」

「今朝、あなたのパソコンを使って、グーグルで調べたんだ」

チャールズはいつものように屈託がなかった。半袖のチェックのシャツに、目の玉が飛び出るほど高そうなソフト素材のブルージーンズ。金髪はきちんと手入れされ、整った顔に楽しげな表情を浮かべながら座を見回した。

「あなたを手伝おうと思って来たんだ」チャールズはアガサに言った。「手始めにジャムを作った人たちに当たってみたらどうかな」

「今、トニがそのうちの二人と話しているから、残りは四人ね」アガサはノートを取り出した。「いいえ、残りは二人だわ。亡くなったミセス・アンドリューズとミセス・ジェソップもジャムを作っていたから。残る二人は、ミス・タビーとミス・トーリング。ジャムの作り手のあいだではかなり競争が激しいんですか？」

「そんなことはないと思いますよ」牧師は答えた。「ミセス・アンドリューズがたいてい優勝していました。果肉がゴロゴロ入った彼女のマーマレードは最高の味だったんです」

「でも、マーマレードは他にも出品されてますよ」アガサは指摘した。「領主屋敷のミス・トリアスト＝パーキンズです。マーマレードをテイスティングに出したと言ってました」

「彼女のこと、忘れていたわ」トリクシーが言った。「今回初めて出品したの」

「それで、ミス・タビーとミス・トーリングにはどこに行けば会えますか？」

「二人はいっしょに住んでいます」牧師が言った。

「レズビアンなの」トリクシーはそう言って指輪がはまった指で金色の長い髪をいじった。

「おや、またそんなことを」牧師がいさめた。「二人はただの友人だと思いますよ。パブの向かいのローズ・コテージに住んでいます」

「パブなんて見かけたことがありませんけど」アガサは言った。

「以前は商店だったんです。道から少しひっこんでいるんですよ。〈グランティ・マン〉という店です」

「変な名前（グランティ・マンは不平を言う男の意味）ですね」

「たぶん昔は〈グリーン・マン〉だったのでしょう」

「メディアはどこに行ってしまったんですか？」アガサはたずねた。

「警察に捜査の邪魔だと村から追いだされたので、もう村に入ってこなくなったんですよ」

トニはミセス・グレアリーからもミセス・クラントンからも何も聞きだせなかった。どちらの家でも、夫たちから「失せろ」と怒鳴られたのだ。日差しの降り注ぐ村の道をゆっくりと引き返した。

展示品が並べられていた大テントが次々に撤去されている。トニは立ち止まって、ジャムのテントが解体されるのを眺めた。キャンバス地の屋根がたたまれたとき、何か小さなものが日差しにきらきら輝きながらひだのあいだを滑り落ちてきて、芝生にころがった。トニは走り寄った。小さなガラス瓶だ。

「そのままで！」彼女は作業員たちに叫んだ。「証拠品よ。作業をやめて！　警察を呼んできて」

移動警察署のバンの扉が開き、ビル・ウォンが現れた。「こっちよ、ビル」トニは叫んだ。

ビルが走り寄ってきたので、トニは芝生の上のガラス瓶を指さした。ビルはラテックスの手袋をはめると証拠品袋を取り出し、慎重にガラス瓶をつまみあげて袋の中に入れた。

「どうしてこれまで見つからなかったんだろう?」ビルは言った。

「大テントを解体していたら、キャンバス地の屋根から落ちてきたの」

「いっしょにこっちに来て、供述をしてもらった方がよさそうだ。コリンズに動揺させられないようにね。あいつのことだ、きみが自分でそこに置いたと言いかねない」

3

ていた。

「トリクシーはすごく魅力的だな」チャールズはアガサといっしょに村の通りを歩いていた。

「年をとったヒッピーが好きならね」アガサは不機嫌に応じた。

「美しい髪だよ。それは認めるだろう？　ラプンツェルみたいだ」

「誰？」アガサはたずねた。すさんだ子ども時代だったので童話とは無縁だったのだ。

「ま、いいや。ところで、このジョージってのは何者なんだい？」

「村祭りを手伝っているただの村人よ」アガサはさりげなくかわした。チャールズが探るようにこちらを見つめているのが意識された。

「独身？」

「奥さんを亡くしたの」

「ははーん！」

「何、その『ははーん』って？」

「また夢中になってるんだね」

「何を言いたいのかわからないわ。あれがパブね。まるで改装した商店みたい。気づかなかったのも無理はないわ」

「ここがローズ・コテージだ。ベルを押して」

「ベルなんてないわよ」

「じゃあ、ノッカーでドアをたたいて」

アガサはライオンの頭が輪をくわえている真鍮のノッカーをつかむと、強くドアにたたきつけた。左側の窓でレースのカーテンが揺れた。年配の未婚女性二人を思い浮かべながら、アガサは辛抱強く待った。

ドアが開くと、若い女性が色あせたジーンズのポケットに両手を突っ込んで立っていた。バラ色の丸顔に眼鏡をかけ、男の子みたいなベリーショートだ。

「何か？」

「ミス・タビーとミス・トーリングにお会いしたいんですが」アガサは言った。

「マギー・タビーです。どういうご用件？」

「アガサ・レーズンと申します。こちらはサー・チャールズ・フレイスです。わたしは私立探偵で、おたくの村の牧師さんから、村祭りで起きた事件について調べるように依頼されました。いくつか質問させていただきたいんですが」

「中に入ってください。あたしたち、庭にいたところで」

彼女は小さなコテージを抜け、裏の細長い庭に案内した。そこでは草むしりをしている女性がいた。「フィリス！」マギーは呼びかけた。「お客さんよ」

フィリスは腰を伸ばし、両手をぬぐった。アガサの見たところ三十代のようだ。長身で早くも髪は灰色になり、猫みたいな顔をしていた。この村は灰色の髪の人だらけだ、とアガサは思った。みんな、カラーリングを考えたこともないのかしら？

マギーが訪問の理由を説明した。フィリスはガーデンテーブルと椅子の方を手で示した。「すわって」

「お二人でジャムをコンテストに出品したんですね？」アガサはたずねた。

「ええ、プラムジャムをね。あたしたちの特製ジャムなの」

「展示品のどれかを味見しましたか？」

「ええ、した」マギーが言った。「すごいトリップだった」

「どのジャムでした？」

「シビラ・トリアスト＝パーキンズのマーマレード。気分がすごくおかしくなって、点滅する光が見えはじめたっけ」

「他の人に警告しようとは思わなかったんですか？」

「ジャムの保存状態が悪かったんだと思っただけ――人間でもそういう人がいるよね」マギーは意味ありげにフィリスに目配せした。二人ともアガサを見て、クスクス笑った。

あんたたちが塔から飛び降りればよかったのに、とアガサは内心で毒づいた。

チャールズがたずねた。「誰がそんな真似をしたか見当がつく？」

「もちろん」フィリスが言った。

「誰ですか？」アガサは意気込んでたずねた。

「あら、シビラ・トリアスト＝パーキンズに決まってるでしょ」

「証拠でもあるのか？」チャールズがたずねた。

「だって前にも人を殺しているから。あの頭のおかしい女なら、また簡単に人を殺せるんじゃないかな」

「誰を殺したの？」アガサは叫ぶようにたずねた。

「サラ・セルビーだよ、気の毒にね」

「ジョージ・セルビーの奥さん？　階段から落ちたんでしょ？」

「突き落とされたんだよ」マギーが言った。

「じゃあ、どうして逮捕されなかったの？」

「証拠はなかったし、彼女は警察署長の友だちだもの。シビラは事故のあったときにジョージの家を訪ねていて、サラは朝食のトレイを持って階段を上っていったんだって。ふだんはジョージがベッドまで奥さんの朝食を運んでたんだけどね。シビラの話だと、つまずいて階段をころげ落ち、玄関ホールの石床に頭をぶつけて首の骨を折った。だけど、おかしい話なんだよ。死後硬直からすると、サラは一時間前には息絶えていた。つまり、一時間もしてからシビラは救急車と警察を呼んだってわけ」

「すぐに呼ばなかったことについて、どう説明しているの？」アガサはたずねた。

「ショックで気絶してしまい、意識を取り戻してもめまいや吐き気がして、電話をかけられるまで一時間ぐらいかかったんだって」フィリスが言った。

「どうしてサラ・セルビーを殺したかったのかしら？」とアガサはたずねた。

フィリスとマギーは目を見合わせた。フィリスが言った。「彼女はジョージに夢中だったんだよ。なんだかんだ口実をこしらえては、彼の家をしょっちゅう訪ねていた。だけど、その事故の日までは、ジョージが家にいるときしか家を訪ねたことはなかったんだよね。彼はミルセスターにオフィスを持っていたけど、ときどき家で仕事をしていたんだ、建築家だから」

「じゃあ、村の全員が彼女を疑っているの？」アガサはたずねた。

「ううん、あたしたちだけだよ。こんな田舎だから、みんな保守的でね。なにしろ、領主屋敷のレディにはぺこぺこしているから。レディが聞いてあきれる。たしかに、トリアスト家は上流階級かもしれない。だけど、彼女の父親は生物分解可能な猫用トイレ砂で財をなしたんだよ」

「屋敷はかなり荒れているようだったわ」アガサが言った。

「あの人、ケチなのよ。そのせい」マギーが言った。

「じゃあ、どうして門番小屋を売らないの？」

「あたしが知るわけないでしょ」マギーが言った。「あそこで毒薬を作ってるのかもね」マギーはそう言うと、フィリスと大笑いした。

「ところで、あなたたちはどうやって生計を立てているの？」アガサはたずねた。

「LSDの大量製造？」

アガサは「保存状態が悪かった」と言われたことを許していなかった。

「あたしは画家」フィリスが言った。「で、マギーは陶芸をしてる。あんた、少しは罪悪感を覚えないの？　あんたが村祭りに大仰な計画を立てなければ、こんなことは起こらなかったんだよ」

「シビラが犯人なら、たくさんの人が村祭りに来たこととは関係ないでしょ」アガサは言い返した。

アガサとチャールズはひきあげた。歩きながら、アガサはバラ色の夢に浸っていた。サラ・セルビーの死の謎をわたしが解決する。それをやさしくジョージに伝える。彼の手を握り、目を見つめながら。

「ありがとう」彼はささやくだろう。「これでひと区切りついたよ。かわいそうなサラの代わりは二度と現れないと思っていたが、今は……」

「目を覚まして、アギー」チャールズが言った。「まぬけな笑みを顔に貼りつけて歩いているぞ」

「事件のことを考えていたのよ」アガサは夢を邪魔されてむっとした。牧師館が見えてきたとき、ジョージがトリクシーにさよならと言っているのが見えた。トリクシーは彼が言ったことに笑い、頬にキスしている。

あれ、ヘアエクステンションよね、とアガサは思った。そうに決まってる。わたしもヘアエクステンションをしてもらおう。

トニが走ってきて二人を出迎え、ガラス瓶を見つけたことをアガサに報告した。

「ジャムにLSDを入れた犯人はガラス瓶をキャンバス地の継ぎ目に押しこんだにちがいありません」トニは言った。

アガサは名前を呼ばれるのを聞いて振り向き、笑顔でジョージの方に歩いていった。

「事件のことがとても心配なんです。手がかりはありましたか?」ジョージはたずねた。

「ええ、いろいろと」そのときいい考えが閃いた。「ただ、今は手が離せないんです。名刺をお渡しするわ。今夜、カースリーの自宅までいらっしゃいません? そうね、七時ぐらいに。そうしたら詳しく説明させていただきます」

「了解です」ジョージは言うと、名刺を上着のポケットにしまった。「では、そのときに」

さて、チャールズを追い払わなくちゃ、とアガサは思案した。

アガサはもう今日は仕事をおしまいにすることにした。トニとチャールズには、村の外でメディアが待ちかまえているし、警察が村じゅうをうろついているから、少し騒ぎが収まった明日、また戻ってきて調べた方がいいと告げた。

スカウトたちは集めたゴミの袋を移動警察車の外に置いていき、疲れた顔の警官の一隊が中身を調べはじめている。

二人の年配女性が警察車に連れていかれるのが見えた。「あれがミセス・グレアリーとミセス・クラントンだと思います」トニが言った。「今夜ビルに電話して、何を話したのか訊いてみます」

チャールズを追い払う口実をでっちあげなくちゃ、とアガサが覚悟を決めたとき、彼の方から言いだした。「今夜は外出しなくちゃならないんだ。じゃまた夜遅くか、明日に」

「今日はまだ仕事がありますか？」トニがたずねた。「それとも、ここに残って一人で探ってみましょうか？」

「ビルに口を割らせて、何か聞きだしてみて」アガサは言った。一刻も早く家に帰って、今夜のためにお肌のお手入れをしたかった。

だが仕事はなかなか終わらず、そのうえ家に帰る前にオフィスに寄らねばならなくなった。

アガサがオフィスに着いたとき、愛想のいいミセス・フリードマンはコーヒーとビスケットで男性をもてなしていた。それが元部長刑事のジミー・ウィルソンだった。ミセス・フリードマンは言った。「ジミー、こちらが所長のミセス・レーズンよ」

ジミーは中肉中背の攻撃的な感じのする男だった。丸顔で目は小さく鼻はつぶれ口はゆがんでいる。五十代のようだったので、アガサはほっとした。

「早期引退をしたんですか？」アガサはたずねた。

「癌になったんでね」とジミーは言った。「治ったものの長期休暇をとりたくなったんで、警察は辞めた。だけど、もう健康になったし、バリバリ働けるよ。警察にもいろいろコネがあるしね」

「たくさん仕事が入っていて人手が足りないの。手始めに、ミセス・フリードマンにいくつか仕事を割り振ってもらって。契約書には署名したの？」

「ああ、いとこが書類をすべて用意してくれた」

「いとこ？」アガサは訊き返して、ミセス・フリードマンをじろっと見た。

彼女は顔を赤らめた。「あの、あなたが誰かを捜していたし、ジミーは優秀な刑事だと知っていたものですから」

「じゃあ、お手並み拝見しましょう。実はこのコンフリー・マグナの事件について何か情報がないか、警察の知り合いにあたってもらいたいと思っているの。でも、そっちの方は未決案件をこなしてからお願いするわ。あら、急がなくちゃ。担当している案件で、重要な打ち合わせがあるの」

アガサがパックをはがして顔を洗っているときに、ドアベルが鳴った。いらいらしながら腕時計を見た。まだ六時だ。ジョージのはずがない。顔をタオルでふき、階段を駆け下りてドアを開けた。ミセス・ブロクスビーだった。

「ああ、入ってちょうだい」アガサは言った。「今夜一杯飲みに人が来るので支度をしていたところなの。コーヒー？　それともシェリー？」

「何もいらないわ」ミセス・ブロクスビーは言いながら、アガサのあとからキッチンに入ってきた。「ジョージ・セルビーについて知りたいって言ってたでしょ？」

「ええ。実を言うと、これから来る人って、彼なの」

「なぜ？」

「事件の進展について知りたがっているからよ」アガサはむっとしたように答えた。

「最初の奥さんがどうして亡くなったか知っている？」

「ええ、階段から落ちたんでしょ。ミス・トリアスト＝パーキンズっていう女性がその場にいたけど、ショックのあまり、一時間ぐらい救急車を呼ぶこともできなかったそうね」

「もちろん、すべて噂話なのよ。噂ってものがどんなにいい加減かは知っているでしよ」ミセス・ブロクスビーは不愉快そうだった。

「ミス・トリアスト＝パーキンズがジョージに熱を上げていたって聞いたけど」

「それだけじゃないの。噂だと、ミスター・セルビーの方から彼女の気を惹くようにふるまったんだそうよ」

「なんて古くさい言い回しなの！　気を惹くだなんて！」

「聞きたくないなら……」

「ごめんなさい。いえ、聞かせて。どうして彼はそんな真似をしたの？」アガサはたずねた。「どう見ても魅力的な女性とは言いがたいのに」

「ミス・トリアスト＝パーキンズはとても裕福なの。お金を使うのは好きじゃないけど、門番小屋を建て替え、屋敷にお金のかかる改装や修理をほどこすように、ミスター・セルビーがさかんに勧めて、どうにかその気にさせたのよ。彼女はそれを口実にして、頻繁に彼を訪ねては計画をためらったり、延期したりしていた。ただ、ミス・トリアスト＝パーキンズはミスター・セルビーがいないときには絶対に家を訪ねなかったし、その日も、そんなに朝早く訪ねたのはとても不自然だわ。しかもミスター・セルビーはすでに出かけたあとだったのよ。それに当時、ミスター・セルビーは経済的に困窮していた。お金をかけた仕事を終えたところだったんだけど、その相手が破産して支払いができなくなったのよ。奥さんには多額の保険金がかけられていた。口さがない村の噂だと、ミスター・セルビーはミス・トリアスト＝パーキンズの契約がなかなかとれなくて、しびれを切らし、自分が自由の身になったら結婚すると約束めいたことを口にしていたらしいの。そうやって、彼女が妻を階段から突き落とすように仕向けた。あら、そろそろ時間ね。もう失礼しないと」

こうして爆弾を落とすと、ミセス・ブロクスビーは急いで帰っていった。

「最低最悪、アッタマきた！」アガサはつぶやくと、また二階に上がっていった。

「根も葉もない噂よ」

しかし、今夜に対する期待や興奮はかなりしぼんでしまった。アガサは自分がとても金持ちだと噂されていることを知っていた。まあ成り行きを見ることにしよう。ジョージがこのコテージの改装を提案したら、警戒すればいい。

七時までに、アガサはお客のためにシルクのブラウスにとても短いスカートをはき、ストッキングにハイヒールという身支度を調えていた。

ジョージを出迎えると、ストライプの開襟シャツにすりきれたスポーツジャケットとチノパンツというずいぶんラフな格好だったので、アガサはとまどわずにはいられなかった。彼をリビングに案内して所望されたウィスキーを出しながら、自分にはジントニックを作り、どこにすわろうかと迷った。短いスカートにストッキングをはくべきではなかった。ソファか肘掛け椅子にすわったら、スカートがずりあがり、ガーターが見えてしまう。アガサは硬い背もたれの椅子を選んだ。

ジョージはソファにすわり、両手でグラスを持った。

「ひどい事件ですよ。で、容疑者は？」

「今のところ、一人だけですね」アガサは言った。

「誰ですか？」

「シビラ・トリアスト＝パーキンズ」

「馬鹿馬鹿しい。シビラはハエも殺せない人だ」

「テイスティングが一般公開される前に、彼女はテントの中にいました。彼女のマーマレードにもＬＳＤが入っていたんですよ」

「ぼくもテントの中にいましたよ。彼女はジャムのそばには近寄らなかった」

「ちょっと待って！　しばらくテントが空っぽだったことを忘れているわ。テントの展示は朝の六時に準備され、それから担当者は朝食に行ったのよ！　村の誰でもこっそり忍びこむことができた。ジャムに布をかけて画鋲で留めていたのは知っているけど、布を持ち上げてＬＳＤを入れることは簡単にできたでしょう」

「ミセス・レーズン――」

「アガサと呼んでください」

「アガサ、ぼく自身、夜明けにすべてのテントを調べ、無事かどうか確認したんですよ。確実な情報があるのかと期待して来たけど、すべて推測にすぎないじゃないですか」

イケメンにはここまで寛容になれるのね、といきなりアガサは思った。もし彼が禿げて分厚い眼鏡をかけた小男だったら、今の言葉にかなり憤慨していたかもしれない。

「だけど、こうやって事件を解決していくんです」彼女は言った。「いろいろな推測についてさんざん話をして、事件をじっくりと吟味する。大きな手がかりは容疑者の性格に隠れていることが多いんです。

ジョージは頭をのけぞらせて笑った。「トリクシー！　冗談でしょう、アガサ。あまりにも荒唐無稽ですよ」

「どうして？」アガサは頑固に食い下がった。

「彼女は魅力的な女性だし、牧師の妻だ」

ジョージはかなり気を悪くしているようだったので、アガサはあわてて矛先を変えた。「テイスティングの担当者は？　ミセス・グレアリーとミセス・クラントンは？」

「罪のない女性たちですよ。村でたくさんの善行をほどこしています。怪しいところはまったくない」

アガサはため息をついた。「他に思いつきますか？」

「なんとなく、よそ者のしわざにちがいないと思うんです」ジョージは言った。

「だけど、来場者には機会がありませんでした」

「もしかしたらあったかもしれない」

「わたしが見つけなくてはならないのは、正確にいつミセス・アンドリューズとミセス・ジェソップがジャムをテイスティングしたかです。アシスタントのトニが担当者の二人と話そうとしたんですけど、ご主人たちに追い払われてしまって。あなたから頼んでいただけないかしら……？」

いきなりジョージがにっこりしたので、アガサはくらくらしながらまばたきした。

「それなら今から行きましょう。向こうまで車を飛ばして、話を聞けないか頼んでみます」

ジョージのＢＭＷで出かけるかと思うと、アガサは胸がときめいた。コッツウォルズの小道を彼の車で走りながら、これほど田舎の風景が美しく感じられたことがあったかしら、と思った。

コンフリー・マグナに着くと、ジョージはまっすぐメイン・ストリートを進み、ミセス・クラントンの家の外に駐車した。ミスター・クラントンが玄関に出てきた。彼は小柄で不機嫌そうな年配男性だった。「こんばんは、ミスター・セルビー。女房はとても動揺しているんでね」

「どうしても奥さんと話をしたいんです」ジョージはなだめるように言った。「すぐにすみます。こんなぞっとする真似をした犯人をどうしても見つけなくてはならない。そのことはご理解いただけますよね」

「わかった、だが手短に頼むよ。すっかり震えあがってるからな」

ミセス・クラントンは散らかった狭苦しいリビングにすわって、お茶を飲みビスケットを食べていた。「おやまあ、ミスター・セルビー。来てくれてうれしいよ」

「あなたのことが心配だったんです」ジョージは言った。

アガサの頭の中で皮肉っぽい声が言った。「彼は蛇口みたいに魅力を出したり止めたりできるのね」

「こちらは、探偵のミセス・レーズンです。ミスター・チャンスが彼女を雇って、恐ろしいことをした犯人を見つけてもらうことにしたんです。お加減はどうですか？」

「そんなに悪くないよ。あの恐ろしいものはちょっとしか口にしなかったから。たしかミス・タビーのプラムジャムだったね。去年は種が入っていた。ドリスに――ミセス・グレアリーのことだよ――言ったんだ。また同じことをやらかしていないか確かめておこうって。この村ではジャム作りに真剣に取り組んでるけど、ミス・タビーとミス・トーリングは遊び半分なんだ。だから、わたしはちょびっとだけ味見した。ドリスもそうしたら、すっかりおかしな気分になってしまって」

「それはいつでしたか?」アガサはたずねた。

「ああ、一般公開の直前だったよ。牧師と奥さんとあんたと、ああ、それにミス・トリアスト＝パーキンズとミスター・バセットが帰ったあとだった」

「あなたたちが朝食をとりに行っているあいだ、誰でも忍びこめたんですよね?」アガサは訊いた。

「だけど、テントは閉めておいたよ。入り口の幕を縛っておいたんだ」

「誰でもほどこうと思えばほどけたわ。そんなに早い時間に、他にあのあたりにいた人はいますか?」

「こちらのミスター・セルビーは見かけたよ。ミス・コリーはくじびきの屋台を設置していた。あとは……うらん、他には思い出せないね」

ミセス・グレアリーの夫は二本の杖に寄りかかって二人をにらみつけながら、ヒッピーと薬物乱用を攻撃する長広舌をふるった。ジョージは神妙に耳を傾けてから言った。「もちろん腹が立ちますよね。しかし、残念ながら、来場者が来る前に、ジャムにはLSDが盛られていたようなんです」

ミスター・グレアリーはやせた背の高い男で、老いた顔には生涯にわたる不満が刻みつけられていた。「女房と話した方がよさそうだな」しぶしぶそう言った。

またもやリビングに通されると、ミセス・グレアリーは透明な液体を飲んでいた。においからして、ストレートのジンだろうとアガサは判断した。彼女は二人をぼんやりと見た。ミセス・クラントンにそっくりだった——きつくパーマをかけた灰色の髪、皺だらけの顔、薄い色の目。

ジョージはたった今ミセス・クラントンから聞いたことを説明してからたずねた。「展示品を並べたあとでお二人が立ち去ったとき、誰かを見かけませんでしたか?」

しかしミセス・クラントンはくじびきの屋台にいるミス・コリーを見ただけだった。

「フレッド・コリーを訪ねた方がよさそうだ」ジョージはクラントンのコテージを出ると言った。

「あら、女性なのかと思っていたわ」

「ああ、フレッドというのが名前です。フレドリカを縮めたんです。うまい愛称ですね」

アガサは内心でうめいた。頭の足りないがっちりした陽気な女性が目に浮かぶ。

「数軒先です」ジョージは言った。

だがドアを開けた女性はまるで妖精のようで、『指輪物語』から抜け出してきたみたいだった。長い銀色のストレートヘアの愛らしい顔立ち、完璧なスタイルを目立たせるかのように白いインド製モスリンのぴったりしたドレスを着ている。

彼女は爪先立ちになってジョージの頰にキスした。

「どうぞ入って。こちらはどなた？」

ジョージはアガサを紹介した。フレッドは二人をコテージに案内した。裏側には大きな温室が作られていた。籐椅子とふかふかのクッションをのせたソファ。陶器の鉢には異国風の植物が植えられている。

庭のライラックの木にとまったブラックバードの鳴き声がするだけで、あたりはとても静かだった。

「きみに手助けしてもらえないかと思ってね」ジョージは切りだした。「こちらのミセス・レーズンは、ジャムに麻薬を入れた犯人を見つけようとしているんだ。きみは朝早く、くじびきの屋台を設置していた。誰か見なかったかい？」

「ジャム係の二人の女性は見たわ。ミセス・クラントンとミセス・グレアリーがテントから出てくるところを。あまり注意を向けていなかったけど。前の晩、よく眠れなかったし、品物を並べるために朝早く起きたからベッドに戻ってひと眠りしようと思っていたの」

「賞品を盗まれることは心配じゃなかったの？」アガサはたずねた。「全然。毎年ガラクタばかりだもの。フレッドは鈴の音のような笑い声をあげた。

ウィスキーとジンのボトルは別だけど、それは出しっぱなしにはしなかった。それに、くじびきの回転盤を盗む人なんていないわよ。来場者が入ってきたらチケットをどんどん売って、くじびきの回転盤を回し、ありとあらゆるものを処分した。毎年出品されるイワシのトマト煮の缶詰まで」

「早朝のことをもう一度考えてみてください。二人のジャムの担当者がテントを出て、家に帰っていった。そのあと、何か聞かなかった？」アガサはたずねた。

「猫がアオーンって鳴いている声だけ。苦しんでいる動物がいるのかと思った。教会の墓地の方から聞こえてきたから、そっちに行って探してみたけど、何も見つからなかった」

「でも、あなたがいないあいだに誰かがテントに忍びこんだ可能性はあるわね」アガサは身をのりだした。「あなたもジャムをテイスティングしたの?」

「いいえ、回転盤を回して、いつものガラクタを処分するのに大忙しだったから」

アガサのおなかがぐうっと鳴った。彼女は期待をこめてジョージを見た。

「あら、おなかがすいちゃったわ」

「あたしも」フレッドが言った。「でも料理をする気分じゃないし、みんなでパブに行って何か食べましょうよ」

アガサは心の中でうめいた。ジョージと二人だけでディナーをとるという期待は消えた。

三人が低い天井のパブに入っていったとき、狭い店内には二人しか客がいなかった。

「今夜はどんなメニューがあるの、ブルース?」フレッドが店主にたずねた。

「お客が来ると思っていなかったんだが、最高のハムがあるよ。それに卵とフライドポテトを添えたやつならできる」

「いいわね」フレッドは言った。「三人ともそれにするわ」

アガサはむっとして、自分の食事は自分で選びたいと言いそうになったが、他の料理はなさそうだった。

それぞれ飲み物をとってくると、長年使われて傷とシミだらけの丸テーブルを囲んだ。うれしいことに、目の前に大きなガラスの灰皿が置かれている。

ほっとしながら、アガサはベンソン＆ヘッジズのパックを取り出した。

「まさか煙草を吸うんじゃないでしょうね！」フレッドが叫んだ。

アガサは火をつけて、うれしそうに吸った。「ええ、大当たりよ」

「ああ、禁煙条例が施行されたらほっとするでしょうね」フレッドは言った。「あなたは受動喫煙については気にしないの？　あたしはするけど」

「パブのドアは開いているから、新鮮な空気が流れこんでくるわ。あなたのコテージの外にはレンジローバーが停まっていたでしょ。あなたのカーボンフットプリントはとんでもなく大きなデカ足よ。それに比べたら、わたしなんて、ほんの爪先程度ね」

「あなた、とても無礼な人だって言われたことある？」

「かもね。ただし、他人の自由に介入したと非難されたことはないわ。もう、黙ってよ、お願いだから。ああ、問題がわかった。あなた、以前は煙草を吸っていたんじゃない？」

「そうだけど――」

「やっぱり」アガサは憂鬱そうに言った。「あなたは改宗したカトリック教徒みたいなものなのよ。自分はもうお楽しみがないんだから、あんたも同じであるべきよ、ってことでしょ。この地球温暖化の詐欺がいい例よ。地球を救うために重い税金をかけていると政府は言っている。たわごとよ！　税金はすべて国庫という名のブラックホールに吸いこまれて、永遠に消えてしまい、地球を救うためには何ひとつおこなわれていない」

ぞっとすることに、涙がフレッドの目にあふれ、クリスタルのように透明な滴が頬をころがり落ちた。

「自分が何をしたか見てごらんなさい」ジョージが非難した。彼はやさしくフレッドの肩に腕を回すと、きれいなハンカチを渡した。

「あ、あたし、怒りのこもった声には我慢できないの」フレッドがしゃくりあげた。

「ごめんなさい」アガサはぶっきらぼうに謝った。「ちょっと我を忘れてしまって」

「もういいわ」フレッドは涙をふいたが、ハンカチをおろしたとき、ちらりとよぎったトゲのある悪意の表情をアガサは見逃さなかった。フレッドは笑みを浮かべた。

「あたしって、馬鹿な子ね」

「いや、とんでもない」ジョージは言った。「きみを馬鹿な子なんて言う人は一人もいないよ」

食事が運ばれてきた。フレッドはアガサの知らない人々についてジョージと熱心にしゃべっている。二人はアガサの存在を忘れているかのようだった。

せめてもの救いは、彼がアガサを家まで送ってくれるときに二人きりになれることだ。アガサは空想にふけった。一杯いかがと彼を誘う。暖炉に火をたいてもいいかもしれない。やわらかな照明。同情深い聞き手になり、彼に妻のことを話させる。ソファで隣にすわって彼の手を握り、そして……

「まあ、どうしたの、ジョージ？　また偏頭痛が始まったんじゃない？」

「どうやら、いつものやつみたいだ」ジョージは言った。「でも、これからアガサを家まで送らなくてはならない」

「あたしが送ってく」フレッドが言った。「あなたは帰って、お薬を飲んで」

その瞬間、チャールズがパブにぶらぶら入ってきた。

「やあ、アギー」

「まあ、チャールズ」アガサはほっとして言った。「家まで送ってもらえる？　ジョージは偏頭痛が始まったんですって」

「まず、一杯飲ませてもらえないかな？」

「うちで飲めばいいわ」

「紹介はしてくれないつもり？」

アガサはあわただしく紹介をした。チャールズはフレッドに微笑みかけたが、アガサに引っ張られるようにしてパブから連れだされた。

「あのきれいな娘を動揺させるようなことを何かしたんじゃないのか？　あの子の目は赤かったが」

「わたしが煙草を吸いたがったら、文句をつけたのよ」

チャールズはにやっとした。「だから、こてんぱんにやっつけた？」

「そうじゃないわよ。泣くような理由なんてなかったの。あの子は自由自在に泣けるにちがいない。性格の悪い役者よ。しかも、村祭りが始まる前、夜明けにくじびき屋台を設置するためにあのあたりにいたんですって。簡単にテントに忍びこんで、ＬＳＤをジャムに仕込めたわ」

「あなたは嫉妬してるんだよ。がむしゃらにジョージを追いかけているけど、彼については何ひとつ知らないにちがいない」

「話題を変えない？」アガサは不機嫌に言った。

「いいとも。ライブに来た若者の一人がジャムに入れたっていう可能性はないかな？」

「それはないわ。連中は展示にはまったく関心がなかった。全員がベッツィの歌を聴きに来たのよ。絶対よ、信じて。村の誰かにちがいない。ともあれ、村祭りの公開直前にジャムに薬が入れられたにちがいないのよ。そうそう、新しい探偵を雇ったわ。ジミー・ウィルソン。警察とコネがあるらしいの。彼に頼んで、LSDを口にした人は何人で、誰なのかを警察が把握しているのかどうか探ってもらうわ。噂が広まってからLSD入りジャムを味見しに行った少数の若者を別にすれば、具合が悪くなったのはほぼ地元の人間でしょうね。ジャムを提供した女性たちとジャム好きの豚農場主と領主屋敷の女主人以外、他の人々はあまりジャムに関心がなかったんじゃないかしら。村というよりも集落みたいな土地だから、大半の人が別のテントに何かしら展示品を出していたと思うわ」

昨夜の失敗もあったし、ジョージを追いかけていることが我ながら馬鹿みたいに感じられてきて、翌日アガサは仕事に集中することにした。ジミー・ウィルソンに、LSD入りジャムを口にした人々について調べるように指示を出した。それから騒ぎが落ち着くまで、他の案件に取り組むことにした。

翌日、ジミーが報告を持ってきた。「警察はドラッグの可能性を聞くと、テントを閉めた。その場で話を聞けたのは六人のティーンエイジャーだけで、少しハイになっているようだった。ジャムについての鑑識の報告は、テレビドラマとはちがい、時間がすごくかかるのでまだ出ていない。しかし、ミセス・ジェソップとミセス・アンドリューズはどちらもミス・タビーのプラムジャムをかなり食べていたようだ。テイスティング皿に盛られた他のジャムよりも、プラムジャムにはたっぷり薬物が入っていたと考えられる。あるいはいくつかの皿だけに薬物が入っていた可能性もある」

「もっと迅速に発見できるはずよ」アガサは文句を言った。「簡単な検査でしょ。DNAの専門家だって必要がないんだもの」

「いや、必要かもしれない。皿を誰が触ったのか見つけようとしているならね」

アガサはうめいた。これは解決できない事件になりそうだ、という嫌な予感がした。その敗北感はやみくもにジョージを追いかけたことで屈辱を感じているせいだとは認めたくなかった。

その晩、トニはビルとの問題に決着をつけようと決心した。ビルの家のディナーに招待されたが、トニは二人だけで話し合いたいことがあるので、パブで軽く一杯やりたいと伝えた。

トニと会ったビルは緊張した面持ちだった。これまでつきあったガールフレンドたちのうち正直に理由を言ってくれた数人は、二人きりで話し合いたいことがある、と真面目な口調で呼びだしたあとで、決まって彼をふったのだ。

ビルは飲み物をとってくると、おそるおそる切りだした。

「はっきり話してくれ。ずっと友だちでいようとか、そんなことなのかな」

「あなたを愛していないってだけ——つまり、あなたに恋をしていないんだよね」トニは思い切って言った。「それに、あなたもあたしに恋をしていない」

「そんなことない！」ビルは反論した。「父さんと母さんがぼくたちのこと、とても喜んでいるんだ。父さんはぼくたちのために家まで捜してくれるって言っているし……」

トニの唖然とした顔つきを見て、ビルの言葉は尻切れトンボになった。

「ねえ、ビル」トニはやさしく言葉を継いだ。「ご両親が気に入っているからと言う理由だけで、誰かと結婚するわけにいかないよ。それに、あなたに本気で恋をしている女の子は、結婚して二人で住む家を選ぶときに相手の両親に口を出されたくないと思う。あたしたち、まだ寝てもいないよね。それって、二人とも燃えるような情熱がないっていう証拠じゃないかな」

「きみは情熱ってものをよく知っているのかい？」ビルはすねてたずねた。

「全然。だけど、知りたいと思ってる。考えてみて、ビル。あなただって、この人がいなくちゃ生きていけないって思う女の子にいつか出会えるはずだよ」

ビルは無言のまま、恋い焦がれ、夢にまで見た少なくとも二人の女の子のことを思い返していた。だが、なぜか家に連れていったとたん、ロマンスは消えたのだった。

「あなたはご両親に気に入られるように生きてきたんだよ」トニは言葉を続けた。「今度、気に入った女の子を見つけたら、婚約指輪をはめてあげるまでは家に連れていかないようにしてみたら」

「両親を愛しているんだ」

「そこがうらやましいよね」トニは言った。「お父さんが誰なのかわかってるでしょ。あたしのママは父親については決して教えてくれないだろうし、もしかしたらママ本人もわからないんじゃないかな」

「お母さんは禁酒を続けているのかい？」

「うん、とても順調だよ」

「じゃあ、これで終わりだね。ぼくたちってことだけど」

「友だちでいようとかのせりふは聞きたくないと思うけど、正直に言うと、あたしたちって友だちになるべき運命だったと思うな」

ビルは苦い笑みを浮かべた。

「トニ、きみってアガサよりも年上なのかと思うことがあるよ」

4

翌日の仕事終わりにトニは案件についての報告書をファイルしながら、その仕事が終わったことでほっとしていた。これまでの手柄のおかげで、夫が浮気していないことを確認したがる女性の案件を任されることが多かったのだ。

ジミー・ウィルソンがオフィスに入ってきた。「やあ、ベイビー」彼は声をかけてきた。「一杯どうだ?」

「いえ、けっこうです。今夜は」ジミーは小太りで、狭いオフィスにいると圧迫感があるし、汗臭かった。トニはすでにこの人は嫌いだと結論を出していた。フィル・ウィザースプーンは紳士だった。パトリック・マリガンは外見も行動もかつての勤勉な警官らしかったが、ジミーにはなんとなくうさんくさいところがある。なぜ早期退職したのだろう、とトニは不審に感じていた。癌になったからと説明されてはいたが、何か別の理由があるにちがいない。彼女はドアに向かった。ジミーがその行く手をふさいだ。

「いいじゃねえか、一杯だけつきあえ」

彼の背後のドアが勢いよく開き、ジミーの背中にぶつかった。彼がどくと、アガサが入ってきた。彼女のクマみたいな目はトニの困ったような顔とジミーのにやついた顔をすばやく見てとった。

「ちょうど帰ろうとしていて」とトニが言った。

「いっしょに行こうか？」ジミーがトニの腕をつかもうとした。

「さっさと行って、トニ」アガサが言った。「ジミー。あなたは残って」

トニが帰ってしまうと、アガサは問いただした。「どういうことなの？」

「何がだよ？」

「彼女は不安そうだったし困っていた。あなたは彼女の前に立ちはだかっていた」

「たんに一杯どうかって訊いただけだよ」

「覚えておいて。あの子は十八歳で、あなたはもういい年でしょ。今度また彼女を困らせているのを見たら、クビよ。わかった？　じゃあ、すわって、事件について他に発見したことを報告してちょうだい」

「何も、少し放置しておこうって言ってただろう」

「じゃ、明日にはまたとりかかって。おやすみなさい！」

トニは自分の部屋に向かって急ぎ足で歩いていた。すると友人たちの一団が目に入った。全員おしゃれして、こちらに向かって歩いてくる。

「ハイ。トニ」先頭にいたサンドラが声をかけてきた。「これから新しいクラブに行くんだ。〈はじけた夜〉ってとこ。イヴシャム・ロードにできたんだよ。いっしょにどう？」

ふいにビルの悲しげな顔が目に浮かび、続いてジミー・ウィルソンのにやついた顔も浮かんだ。トニは実年齢にふさわしい若さを感じたかったし、自由を味わいたかった。

「でも、この格好じゃ」

「家に帰って着替えてから合流しなよ」サンドラが言った。

「そうするね」

その頃、ビル・ウォンはウィルクスに呼ばれていた。「新しいクラブができたんだ、〈はじけた夜〉だ。未成年の飲酒やドラッグ使用がおこなわれていないか確認しておきたい。今夜、クラブにふさわしい服装で行ってきてくれ」

ビルは他にやることもないしな、と惨めな気持ちで考えた。家に帰って黒いズボン、黒いTシャツ、黒いレザージャケットに着替えた。出かけようとすると、父親がいつもの開襟シャツ、だぼっとしたズボン、くたびれたカーディガンという格好に絨毯地のスリッパをはいてやって来た。父親のアジア系らしいところはアーモンド形の目だけだ。あとは生粋のイギリス人だった。「どうしてそんないかれた格好で出かけるんだね？」父親はたずねた。「クリスマスに買ってやった上等なスーツはどうした？」

「潜入捜査なんだよ」ビルは言った。

母親もやって来た。「きれいなハンカチを持った？」

「うん、母さん」

「それからきれいな下着は？　もしかしたら病院に運ばれるかもしれないだろう？」

「大丈夫だよ」

ビルはどうにか逃げだして、クラブへ車を走らせた。店に着かないうちに、ズンズンズンという音が聞こえてきた。車を停めて降りたとき、足下の地面ですら、そのすさまじい音に震えているように感じられた。

トニは点滅するストロボライトの下で踊り、耳をつんざくような音楽に身を任せて楽しんでいた。いっしょにいるのは髪にグリースをべったりつけたニキビだらけの顔をしたやせた青年。しかし、彼は『グリース』のジョン・トラボルタみたいにダンスがうまかった。音楽が終わると、彼はたずねた。「一杯飲む?」

「いいね、喉渇いちゃった」トニは言った。

二人は人混みをかきわけてバーに近づいていった。

「何にする?」

「ラガー半パイント」

飲み物が来ると、彼は騒音に負けじと叫んだ。「あそこのおかしな女を見てみろ!」

トニはあわてて振り返った。「どの女?」

「もう見えなくなっちまった。まあ飲め」

トニは喉が渇いていたのでごくごく飲んだ。とたんに頭がくらくらしてきた。

「外の空気を吸った方がいいみたい」

「おれにつかまれ」

ビルがちょうどクラブに入っていったとき、トニが若い男に支えられているのが見えた。トニはほとんど意識がないようだった。

「何があったんだ？」ビルは問いただした。

「ちょっとふらふらになっちまってね。外に連れてくところだ」

「彼女はぼくの友だちなんだ。あとは引き受けるよ」

「失せろ」

ビルはバッジを見せた。若者がトニから手を離したので、彼女は床に倒れた。若者が逃げようとしたので、ビルはデニムジャケットをつかんで床にひきずり倒すと、手錠をかけてドアのそばのデスクの脚につないだ。

それから、応援と救急車を要請した。

その晩遅く、アガサはビルからの電話でチャールズといっしょにミルセスター病院に駆けつけた。トニがストレッチャーで運びこまれた病室の外で、ビルは二人を待っていた。

「何があったの？」アガサはたずねた。

「トニの飲み物にデートレイプドラッグを仕込んだんだと思います」ビルは説明した。

「病院で検査をしてもらいました。それでウィルクスはクラブを手入れする口実が手に入った。バイアグラとエクスタシーを組み合わせて売っていたんです。最近レイプが増えているのも不思議じゃない」

「どうしてトニはそんな場所に行ったの？」アガサがたずねた。

「彼女は若いんだ」チャールズが言った。「若者はクラブに行くものだろ。ああ、お母さんが来た」

医師に付き添われたミセス・グリモアは、不安と心配でやつれた顔をしていた。彼女はアガサに向かって会釈すると、トニが運ばれた病棟に入っていった。

三人は辛抱強く待った。とうとう医師が現れた。「お母さんは娘さんに付き添って泊まっていきますが、心配はありません。朝にはすっかり元気になっていますよ」

「元気を出して」チャールズはアガサといっしょに歩きだすと慰めた。「今回ばかりはあなたのせいじゃないよ」

「彼女のことが心配なの。あんなに若くなかったらいいのに。だって、フィルに何か起きたら、もちろんすごくぞっとするけど、七十代だし、すでに長い人生を送ってきている。だけど、トニの人生はまだ始まったばかりだもの」

「あんなに若い子が老人だらけのオフィスにいるのはつらいにちがいないな」病院を出ながらチャールズが言った。

「口に気をつけてよ。わたしは年寄りじゃない」アガサは憤然として言い返した。

チャールズはあくびをかみ殺した。「家に帰った方がよさそうだ。いろいろやることがあるから」

アガサは孤独が身に染みた。チャールズが自分の家をホテル代わりに利用することで腹が立つこともあったが、ジョージに関心を失った今、チャールズに帰ってもらいたい理由はもうない。しぶしぶながら、チャールズといっしょの方が楽しいことを認めざるをえなかった。

だから家に帰ると、元部下のロイ・シルバーから週末に遊びに行ってもいいかという伝言が残されているのを発見して、アガサはほっとした。

アガサはロイに電話して、ロイがこれまで聞いたこともないような温かい声で、来てくれてうれしいと伝えた。

「あの殺人騒ぎのときに呼んでくれてもよかったのに」とロイはすねた。

「ああ、ロイ、実は急な手配がいろいろあってバタバタしていたものだから忘れちゃったの。ごめんなさい」

アガサ・レーズンが謝ってくれているという事実をロイが噛みしめているあいだ、しばらく沈黙が続いた。

「金曜の夜にモートン＝イン＝マーシュに着きます。六時半に到着する列車です」

「迎えに行くわ」アガサは約束した。

アガサはジャム事件と呼んでいる案件を放りだすのは気がとがめたが、ロイとののんびり週末を過ごすのが楽しみだった。

金曜にロイが列車から降りてくると、全身黒ずくめだった。黒いレザージャケット、黒いシャツ、黒いズボン、黒いかかとの高いブーツ。髪まで黒く染めている。ホームでくるっと一回転してみせた。

「どうして『メン・イン・ブラック』みたいな格好なの?」アガサはたずねた。

「探偵をするからですよ、アギー」

「アギーって呼ばないで。それに週末は休みにするつもりよ」

「事件を放っておけませんよ! ディナーをおごりますから、洗いざらい話してください」

「〈ブラック・ベア〉ならいいわよ。このいまわしい禁煙条例が国じゅうに発令されるまで、あそこは煙草を吸える唯一の店なの」

アガサはこれまでに発見したことをていねいに話しているうちに、事件に対する情熱が甦ってくるのを感じた。

「おもしろいですね」バーにいる筋骨たくましい男がこちらをじろじろ見てにやついているのを無視しようとしながら、ロイは言った。「トニはどうしてますか?」

アガサはデートレイプドラッグを飲まされたことを話し、こうしめくくった。

「仕事に復帰して、前と変わらないように見えるわ」

「じゃあ、あなたの事件に戻りましょう。LSDの大半はミス・タビーの提供したジャムに入っていたと言ってましたね。ですから、そこから始めましょう。明日、彼女に会いに行くんです」

「もっと保守的な服装をした方がいいわよ。彼女とパートナーは意地悪な二人組だから」

「ワルみたいでカッコよく見えると思うんですけど」

アガサは黒く染めてジェルで固めた短髪の軟弱そうなロイの顔を見た。

「ロンドンではとても受けるんでしょうけど、こっちではちょっと目立ちすぎるわね」珍しく如才ない言い方をした。

翌日、村に近づくにつれ、アガサは気が滅入ってきた。移動警察車はまだ駐車していたが、それを除けば、村はいつもどおり眠っているかのようで活気がなかった。

「まず牧師館を訪ねるわよ」アガサは言った。「この事件を解決するように牧師に雇われているんだから」

「どうしても？　聖職者って嫌いなんですけど」ロイは文句を言った。

「ミセス・ブロクスビーのことは好きでしょ」

「あの人は特別です。みんながミセス・ブロクスビーを好きですよ」

トリクシーがドアを開けた。白いビンテージレースのモーニングドレスを着ている。アガサは過去にさまざまなオートクチュールの宣伝のために仕事をして目が肥えていたので、そのドレスが本物のアンティークで、びっくりするほど高価だということを見てとった。

「すてきなドレスね」アガサは言った。「ご主人はご在宅ですか？」

「ええ、庭の方にどうぞ」

二人はトリクシーのあとに続いた。トリクシーのブロンドの髪は背中でゆるやかに揺れている。この人には野性的なセクシーさがあるわ、とアガサは思った。でもそのドレスと髪がなければ貧相な顔立ちだし、それほど魅力的には見えなかっただろう。

牧師はヒマラヤスギの下のガーデンテーブルに税理士のアーノルド・バーントウェ

ザーといっしょにすわっていた。

牧師は顔を上げ、アガサを見た。アガサとロイが近づいていくと、太陽が厚い眼鏡に反射して目がくらんでいるようだった。

「ようこそ！」牧師は叫んだ。「ちょうど計算をしていたところです」

アガサはロイを紹介した。「おすわりください」牧師は勧めた。「このお金を誰に出費するかを決めているところなんです。慈善を必要とする人々がたくさんいるので、すべてを教会のために使うわけにいかなくてね」

トリクシーがトレイにレモネードの入った水差しとグラスをのせて運んできた。

アガサは言った。「ロイを紹介するのを忘れていたわ、トリクシー。こちらは友人のロイ・シルバーです」

トリクシーはロイにからかうような視線を向けた。ロイがありふれたシャツとズボンに着替えていたので、アガサはとりあえず胸をなでおろした。もっとも、すでにトリクシーは嫌な女だという評価を下していたが。

トリクシーはトレイを置くと、アーノルドの曲がった背中に腕を回した。

「こんな気持ちのいい日に、お金のことで騒ぐのはやめましょ」

アーノルドは笑みを浮かべたが、こう言った。「どうしても片付けてしまわなくてはならないんだ」

「あら、そんな固いこと言わないで。さあ、レモネードをどうぞ」

トリクシーがレモネードを書類にこぼしたので、アーノルドは叫び声をあげた。

「あら、本当にごめんなさい。じゃあ、向こうに持っていって乾かしてくるわ」

アガサは庭のはずれに物干し綱があるのに気づいた。「あの綱に干せばいいわ」彼女は提案した。「じきに乾くでしょう。文字は消えてしまった？」

「いや、まだ鮮明です」アーノルドは言った。

「じゃ、大丈夫。お手伝いするわ。いえ、手を貸してもらわなくてけっこう。わたしはこういうことが得意なんです」

アガサは濡れた書類を庭のはずれに持っていき慎重に洗濯ばさみで留めながら、頭を高速で回転させていた。トリクシーは高価なドレスを着ている。さっきこぼしたのはわざとだ。トリクシーは売上金を盗んだにちがいない。

「どこにお金を保管しているんですか、アーノルド？」

「牧師館です」

「あなたが持ち帰って、銀行の貸金庫にしまっておいた方がいいと思います。だって考えてみて。殺人を犯した人間なら強盗だってやりかねませんよ」

席を立っていた牧師が戻ってきた。「妻が申し訳なかったとさかんに謝っている。とても恐縮しているようだ」

「大丈夫ですよ」アーノルドは言った。「ミセス・レーズンの機転のおかげで、被害はありませんでした」

「どうかアガサと呼んでください」

「いいですとも、アガサ。もっとも、知り合いをファーストネームで呼び合うこの現代的なやり方はやけに……親密な感じがしますが。そうそう、アガサがとてもいい案を提供してくれました」

税理士はすべてのお金を貸金庫にしまうという考えを話した。

「すばらしい」牧師は熱心に言った。「牧師館にこれほどの大金を置いておくのはたしかに危ないですよ。袋にまとめてきますね。貸金庫の鍵はアーノルドに預かってもらいましょう」

牧師館に戻ったとき、トリクシーの姿は見当たらなかった。お金は袋に詰められた。それからアガサとロイはアーノルドを銀行まで送り、彼が貸金庫の手配をして、お金が無事にしまわれるまで待っていた。

村に戻ると、自宅でお茶でも、というアーノルドの誘いを二人は断った。アガサは教会の近くに車を停めていた。「ここから歩いていくわ。運動が必要よ」

「で、今の騒ぎはどういうことだったんですか？　牧師を信用していないんですか？」

「信用していないのは奥さんの方よ。まず、彼女が着ていたドレスはものすごく高価なものなの。第二に、わざと会計報告書の上にレモネードをこぼしたでしょ。というわけで、あの人は売り上げ金に手をつけていると思う」

「だけど、あの気の毒な税理士は？　誰かが彼にお金を貸金庫からとってこさせて、殺さないとも限らないでしょう？」

アガサははっと足を止めた。それから言った。

「最低最悪！　アーノルドの命が危ないかもしれない。彼の家に戻るわよ」

アガサはアーノルドに、自分に鍵を預けた方がいいし、そのことを周囲に知らせておいた方がいい、とていねいに説明した。年配の税理士はほっとしたようだった。

「たしかに、あれだけの大金は責任が重いと感じていたんです。銀行の支店長はとても親切でした。計算をするのに小部屋を使っていいと言ってくれました。そうすれば、銀行からお金を持ち出さずにすむからと。そして、完全に計算が終わったら――すでに終わったと思っていたんですが、いくつか計算が合わないところがありましてね

――別の口座にお金を移し、小切手をさまざまな慈善事業先に振り込むことになっています」

「計算が合わないって、お金がなくなっているんですか？」

「ああ、きっとわたしの視力が悪いせいだと思います。これが鍵です。住所を教えていただければ、必要なときにあなたのオフィスにとりにうかがいます」

アガサは名刺を渡した。「そのときは銀行に同行します」彼女は言った。「小切手帳の段階になれば、別の人間が小切手にサインしても問題ありませんからね」

「わたしとミスター・チャンスでサインをしようかと考えていました」

「その必要はないと思いますよ」アガサはきびきびと言った。

「今度はあなたの命が危険になりましたね」駐車した場所に戻りながら、ロイは言った。

「トリクシーのせいで、何もかも複雑にしてしまった気がするわ」

「別の人間が犯人だったら？」

「他にはいないわよ。あら、領主屋敷の女主人だわ」

ミス・トリアスト＝パーキンズがゆっくりと二人に近づいてきた。

「今、牧師館から帰ってきたんですか？」彼女はたずねた。

「少し前にいました」アガサは答えた。

「ミセス・チャンスはレースのドレスを着ていました？」

「ええ」

「なんて図々しいの。あれはわたしの祖母のドレスだったんです。アマチュア演劇の舞台で着るからというので貸したのに、家でふだん着にしているなんて。これから行って取り返してきます。そもそも彼女に貸すんじゃなかった」

ミス・トリアスト＝パーキンズは場違いなハイヒールサンダルをはいていて、不安定な足どりで歩き去った。

「あら、どうしよう？」アガサは憂鬱そうに言った。

「牧師が犯人かもしれませんね」

「あるいはたんにアーノルドの視力のせいかも。彼といっしょに帳簿をあらためればよかったわ。あの書類は物干し綱からはずしたかしら。それともトリクシーが何かの手を使って破棄しちゃったかもね」

「やけに牧師の奥さんを犯人扱いしているんですね。どうしてですか？」

アガサは肩をすくめた。「あの書類に意図的にレモネードをぶちまけたのは確実だからよ」

「うーん、じゃあ、もう一度牧師館を訪ねてどうなっているか調べてみましょう」

牧師館に行くと、またもや二人が現れたのでアーサー・チャンスは驚いているようだった。質問に対して、書類はすぐに乾き、たった今、ジョージ・セルビーがそれを税理士に渡しに行った、と答えた。

「ほら、やっぱりね」ロイは通りを戻りながら陽気に言った。「ジョージ・セルビーって誰ですか？」

「教区民の一人よ。さて着いた。マギー・タビーとフィリス・トーリングに会う心の準備をして」

フィリスがドアを開けた。

「あら、また来たの。こちらは誰？　事務所の使い走り？」

「ロイ・シルバーはわたしの友人よ」アガサはぴしゃりとやり返した。「マギーと話したいんだけど」

「入って、さっさと話をすませて。庭の作業小屋にいるから」

二人は室内を抜けて庭に出ると、庭のはずれにある大きな作業小屋をめざした。マギーはろくろを回しているところだった。二人を見ると、まだ形になっていない陶土をそのままにしてスイッチを切った。

彼女はおもしろがっているようだった。「今度は何なの？」

「あなたのプラムジャムに、いちばんたくさんＬＳＤが入っていたの」アガサは言った。

「この作品、すばらしいですね」ロイが叫んだ。作業台にはコーヒーカップやボウル、花瓶などが並べられ、すべてに美しい色がつけられていた。「ロンドンの一流店でも売れますよ」

「すでにそうしてる」マギーは言った。

「本当ですか？　このボウルはいくらですか？」

「二百ポンドぐらいかな」

「そりゃすごい。こんな古くさいコテージじゃなくて、ケンジントンに部屋を借りればいいのに」

「この村で暮らしていて文句なく幸せだから、おかまいなく。というか、アガサ・レーズンっていう名前の毒ヘビがあたしたちの生活に入りこんでくるまでは、とっても幸せだった」

アガサは大声で言った。「要点に入らない？　どうしてあなたのジャムにそれほど大量のドラッグが入っていたの？」

「知るわけないでしょ。犯人が最初に手にとったせいかもね。だって、誰かが毒を盛ろうとしたら、どれに何滴垂らすか慎重に計ったりしないよ。そうじゃない？」

トリクシーに対するアガサの憤懣と嫌悪は、いまやこの二人の女性に向けられていた。片方か両方ともが殺人者ならいいのに、とアガサは思った。二人のとりすました見下すような態度に神経を逆なでされ、何か爆弾を落としてやりたかった。

アガサの背後に立っていたフィリスが言った。「一番目の殺人事件に戻った方がいいんじゃない？」

アガサはくるりと振り返った。「ミセス・アンドリューズの？」

「ううん、サラ・セルビーだよ」

「なぜ彼女が？」

「だって、ジョージは喉から手が出るほどお金がほしかったし、サラ・セルビーには多額の保険金がかけられていた。シビラ・トリアスト＝パーキンズはジョージに夢中だった。これでわかるよね」

「この事件とは関係がないと思う」

「どうして?」

「ミスター・ジョージ・セルビーは奥さんの死を心から嘆き悲しんでいるように見えるもの」

「みんなにそう思わせたがっているだけだよ」

アガサは追いつめられた。「証拠でもあるの?」

「ただの直観。あたしはあんたみたいにジョージの緑の瞳に惑わされたりしないから」

「わたしは優秀な探偵よ。誰にも惑わされたりしない。なぜマギーのジャムにドラッグの大半が入れられていたかを知りたいと思っているだけ」

「じゃあ、犯人を見つけたら、答えが手に入るんじゃない? もう帰って」

トニはそのときゆっくりと家路をたどっていた。十八歳なんだから、土曜の夜はデートでもしているべきだよね、と思った。

呼び止められるのを聞いて、あわてて振り向いた。以前アガサのところで働いていた若い探偵、ハリー・ビームがこちらに走ってくる。

「どうしてた?」ハリーはたずねた。

「アガサのところで働いていたら、ま、こんなもんだと思うよ。ただし、村のドラッグ事件は別だけど」

「それについて聞きたいな。一杯やる時間ある？」

「もちろん。あそこにパブがある。だけど、騒々しいよね。そうだ、あたしの部屋に来て。角の店でビールとか買ってけばいいよ」

まもなく二人はトニの部屋に落ち着いた。部屋にあったみすぼらしい家具を捨てたあとで、トニは自分で家具をそろえはじめていた。自分で組み立てる安い家具と、リサイクルショップで見つけたヴィクトリア朝様式やエドワード朝様式の家具が心地よく調和している。ヴィクトリア朝様式の大きな座面の椅子にはチンツの布をかけ、三本しか脚がなくて、切ったほうきの柄が四本目の脚代わりになっていることを隠していた。エドワード朝様式のたんすには水染みがあったが、ピカピカに磨きこんだので欠点が見えなくなっている。唯一の新しい家具は小さな二人用ソファで、鮮やかな紫色だったので安くなっていたものだ。

「すてきだね」ハリーは部屋を見回して言った。

「アガサがこの部屋を見つけてくれたんだ。すごく気前がいいよね」

「きみはとても優秀な探偵にちがいないな」ハリーは皮肉っぽく言った。「アガサはたんに資産を守ろうとしているだけだ。きみがとても感謝してくれたら辞めないんじゃないかって、期待してるんだよ。家賃は無料なのかい？」

「ううん、あたしのためにこの部屋を購入してくれたんだけど、毎月の家賃は払ってるよ」

ハリーはカジュアルだが上等な服を着ていた。スキンヘッドや鼻と耳のピアスは消えている。彼が脱いでソファの背にかけたジャケットは上等なスエードで、セーターはカシミアだ、とトニは気づいた。

ハリーは長身で男らしくて感じのいい顔をしていた。

「アガサのクリスマスパーティーではゆっくり話す機会がなかったでしょ」トニは言いながらビールの瓶を渡した。「大学の学期はもう終わったの？」

「まだだ。週末に両親に会いに来ただけだよ。村の事件について話して」

トニはこれまでに発見したことを簡潔に話した。

ハリーはトニが話し終えたとき、ある事実に関心を示した。

「アガサが貸金庫の鍵を持っているってこと？」

「そう言っている」

「危険だよ」

「そうかな？　お金は絶対、安全だと思うけど。どこかのいかれた人間がジャムにLSDを入れただけで、二度とそんな真似しないよ」

「ねえ、その村をぜひとも見てみたいな。広場にバイクを停めてあるんだ。ちょっと行ってみない？」

「いいよ」トニは言った。「何か発見できるかもしれないものね」

5

ハリーとタンデムで走るのは楽しかった。ハリーは教会墓地の塀の脇にバイクを停めた。

「最高だった！」トニは言いながらヘルメットを脱いでハリーに渡した。

「ケンブリッジの町を移動するにはうってつけの手段なんだ。交通渋滞がすごいからね。へえ、ここはめちゃくちゃ静かだな。今日が土曜日だなんて、絶対に思えないよ」

玉石を敷きつめた村の通りが教会墓地から延びていて、両側に並ぶコテージは道路側にかしいでいる。まるで年寄りが支えを求めているみたいに。村を囲む丘のどこかからトラクターの音が響いてくる。通りの反対側で犬が吠えた。しかし、そうした物音はいっそう静寂をきわだたせるだけのように思えた。かすかな風はあったが、とても暑かった。

「どこから始めたい?」トニはたずねて振り返ると、アガサの車が目に入った。アガサと顔を合わせ、ハリーといっしょに過ごす一日を邪魔されるのはいやだ。ふいにそう感じた。

「こっちよ」トニは急いで言った。「バイクに戻って。豚農場のハル・バセットを訪ねよう。あたしは彼に気に入られているの。彼ならもっといろいろ話してくれると思う。メイン・ストリートをまっすぐ行って、丘を登っていったところだよ」

「あそこにいるの、アガサだろう?」

「見られないようにして」トニはあわてて言った。「バセットは彼女を好きじゃないから口を閉ざしちゃう」

二人はヘルメットをかぶると村の通りを走りだした。「いかれた連中ね」二人乗りのバイクがエンジン音を轟かせて走り過ぎていくと、アガサはヘルメット姿のトニにもハリーにも気づかずつぶやいた。

豚農場主はまたトニに会えてうれしそうだった。

「女房はミルセスターに行ってるんだ。こいつは誰だい?」

「ハリー・ビームです」トニは言った。

「あんたの彼氏?」

「ハリーは以前、アガサ・レーズンのところで働いていたんです。今はケンブリッジで勉強しています」トニは説明した。

「あのばあさんから逃げだしたんだろ？　あんたも同じようにした方がいいぞ、トニ」

トニはアガサの弁護をしようとしたが、どうにか言葉をのみこんだ。ハルと言い合いになっては情報を引き出せない。

「家に入ってくれ。そうしたらお茶を飲もう、もっと強いやつがほしけりゃ別だが」

二人は彼のあとからキッチンに入っていった。ハリーは部屋を見回した。

「クールなキッチンですね」彼は言った。

「石の床と厚い壁でいつもひんやりしているんだよ」ハルは〝クール〟というスラングの意味を知らずにそう答えた。「すわってくれ。で、何を知りたいんだ？」

トニは事件についてのアガサのメモを思い返した。ハルはこちらに背中を向けて電気ケトルのスイッチを入れている。

「村祭りで起きたことを考えてみて、何か気づいたことがなかったですか？」トニは訊いた。

「犯人は来場者の一人じゃないってのは確かなのかい？」

「村の誰かの仕業だと感じています」

「じゃあ、頭のおかしなやつにちがいない。で、頭がいかれたやつと言えば、シビラ・トリアスト＝パーキンズだな」

「なぜ彼女だと？」

「ジョージ・セルビーに惚れこんで、頭がおかしくなったんだ。あの女がミセス・セルビーを階段から突き落としたとしても驚かないよ。今度はジョージのやつ、牧師の女房に目をつけているってもっぱらの噂だ。だからシビラは嫉妬して、トリクシーが食べるだろうと期待してジャムにヤクを入れたんだよ。さて、お茶がはいった。砂糖もミルクも使うなよ。これはホワイトティーなんだ」

「ふつうのお茶でかまわなかったのに。ものすごく高価なお茶ですよね」ハリーが恐縮した。

「ホワイトティーって何ですか？」トニがたずねた。

「グリーンティーと同じ木から収穫されるんだが、葉が完全に開く前の新芽で摘まれるんだ」ハルが解説した。「これはシルバー・ニードルってやつだ。沸点よりちょっと低い湯で淹れるのがコツだよ。カフェインはほとんど入ってなくて、抗酸化成分がたっぷりなんだ」

トニは慎重にひと口飲んだ。軽やかで甘く、とてもすがすがしい味がした。

「さて、さっきの話だけど……」ハリーが言いかけたとき、妻がキッチンに入ってきた。

彼女はまっすぐテーブルに行き、ティーポットの蓋をとって匂いを嗅いだ。それから怒って夫を見た。「一体全体どうして、わたしのホワイトティーをこの連中に出しているの？」

「それを買ったのはおれの金だろ」農場主は怒鳴った。

トニとハリーは立ち上がり、そろそろとドアに向かった。ミセス・バセットがトニにがみがみと怒鳴った。「このあいだの詮索屋ね。わたしの家から出ていって！」

外に出て二人が急いでヘルメットをかぶりバイクにまたがったとき、ティーポットが開いたキッチンの窓から飛びだしてきて、足下でガチャンと割れた。

ハリーはエンジンをかけ、急いで走りだした。教会墓地の塀の脇にまたバイクを停めた。「ふう」ヘルメットを脱ぎながら、彼は息を吐いた。

「ミセス・バセットとは結婚したくないな。教会をのぞいてみよう」

「なぜ？」

「古い教会を見学するのが好きなんだ」

二人は暗くて静かな聖オド厳格教会に入っていった。

「ここはかつてアングロサクソン人の教会だったにちがいない」ハリーは言った。「でも信徒席は現代のものだ。チューダー時代までは座席がなかったって知ってるかい、トニ？　みんな立っていなくちゃならなかったんだ。だけど、エリザベス一世の統治によって説教がどんどん長くなって、ときには四時間も続いたから、信徒をすわらせないわけにいかなくなった。内陣の仕切りが信徒席とのあいだにあったはずだけど、クロムウェルの兵士たちがたたき切ったにちがいないな」

トニはとても孤独を感じた。ハリーは別の世界の住人だった。彼女の世界では、誰も教会に行かないし、教会の建築について興味を持つことなんてない。ハリーはあきらかに裕福な育ちのせいで人当たりがよかった。どうしてビルのことが好きになれなかったんだろう？　ビルといっしょだったら場違いに感じることはなかったのに。

アガサとロイは車で領主屋敷に向かい、外に停めてからしばらく屋敷の外にたたずんでいた。アガサはシビラにどう切りだそうかと思案した。ふだん探偵をするときは、相手に矢のように質問を浴びせた。貴重な情報が偶然に落ちてこないかと期待して、木を揺すぶるようなやり方だ。

あたりはとても静かで暑かった。木の葉すら、そよとも動かない。この土地全体が何かを待ちかまえているかのように感じられる。

ロイが雲ひとつない空を見上げて言った。「もうじき嵐になりそうだな」

「あなたに天気のことなんてわかるの？」アガサは切り口上で言った。いまや田舎の住人としての自分に誇りを持っていたのだ。

ロイはやせた肩をすくめた。「そんな気がするだけですよ」

「この暑さなのに、ジェルで髪を固めるのはまずかったわね。溶けてきてカタツムリが這ったみたいな筋がほっぺたについてるわよ」

ロイはあせって悲鳴をあげると、ハンカチで顔をこすった。アガサはベルを鳴らした。

甲高いベルの音のあとに、またもや静寂が広がった。

「出かけているにちがいない」ロイが言った。

「庭にいてベルの音が聞こえないのかもしれない。裏に回ってみるわ」

アガサは屋敷の脇の錬鉄の門を押し開け、ロイを従えて雑草だらけの道を歩いて裏庭に入っていった。かつては広々とした美しい庭園だったことをうかがわせる痕跡が、あちこちに残っていた。中央の小道はうっそうとしたバラのやぶに縁取られ、水のない噴水へと続いている。そこではほこりまみれの大理石のイルカが広い水盤で跳ねていた。今では雑草が花壇を覆い尽くしている。

アガサはゆるやかな階段を下りて長いテラスに出た。

「両開きドアのひとつが開いている。行くわよ、ロイ」

「勝手に中に入るわけにいきませんよ」

「声をかければいい。ミス・トリアスト＝パーキンズ！」アガサは叫んだ。

沈黙。

アガサが開いたドアから中に入っていくと、以前シビラと話をした家具だらけの客間だった。

ロイがドアを入ったところに立ち、すぐに逃げだせる用意をしている。

アガサは長い客間を抜けて廊下に出た。たぶんシビラは午後の昼寝をしているのだろう。十八世紀の彫刻をほどこした階段の下に立ち、帰った方がよさそうだと考えた。シビラはふだんからドアを開けっぱなしにしているにちがいない。もっとも安全だったはるか昔には、アガサもそうしていた。

アガサが向きを変えたとき、床にころがっているハイヒールにつまずいた。それを拾いあげながら上を見たとたん、ショックで悲鳴をあげた。

シビラは二階の踊り場の手すりから首を吊っていた。顔は苦しげにゆがんでいる。片方の靴しかはいていない。

アガサは手にしていた靴を落とすと、急いでロイのところに戻った。「死んでる」

アガサはかすれ声で言った。

「殺人ですか？」

「自殺みたい。外に出て警察を呼ぶわ」

トニとハリーは暗い教会から外に出て、日差しにまばたきした。パトカーが何台も走っていき、警官や刑事たちが移動警察車から飛びだしてくる。村人たちも家から出てきていた。

牧師が息を切らしながらやって来た。「何があったんですか？」ハリーにたずねた。

「わかりません」

「警察は領主屋敷に向かっているようだ」牧師は言った。

トニとハリーは牧師のあとから領主屋敷まで行った。しかし、すでに警官が門を警備していて、中に入ることはできなかった。

「外にアガサの車が停まっている」トニが私道をのぞいて言った。「アガサに何かあったんじゃなければいいんだけど」

ロイとアガサはテラスの石段にすわっていた。警察が話を聞くまで、そこにいるようにと指示されていた。

アガサは煙草の煙を吐いた。

「七月に喫煙禁止法が施行されたらどうするつもりですか？」ロイがたずねた。

「吸うわよ、もちろん。ろくでなしどもが自宅でも煙草を吸ってはいけない、なんていう法律を作らない限りはね」

「だけど、田舎はとても健康的な場所なんですよ」

「あら、とんでもない。おならをする雌牛の方が四輪駆動の車よりもオゾン層に大きな悪影響を与える、っていう記事を読んだばかりよ。あら、ウィルクスよ。でもコリンズは連れていない。ついに異動になったのならいいんだけど。スコットランドヤードに行く予定だって、ビルは言っていた」

「では、ミセス・レーズン」ウィルクスは言った。「鑑識チームが作業をしているあいだに移動警察車に来て供述をしてください」

車で走っていくとき、アガサはトニの心配そうな顔を見つけた。

「トニといっしょにいたのはハリー・ビームだったわ」アガサは言った。「ここで何をしているのかしら？」

「顔を洗って身支度を整えてきたいんですけど」ロイが言った。

「なぜ？」

「じきにメディアが来ますよね？」

「警察はこの事件をできるだけ長く伏せておくつもりだと思うわ。ちょっと待って！　庭のはずれで用を足してくるって言ったけど、あのとき誰かに電話した？」

「ぼくを誰だと思っているんですか？」

「新聞に顔写真が載るのが大好きな人間だと思ってるわ」

「アガサ！　いい加減にしてください！」ロイはポケットの中の携帯が布地に焼け焦げを作りそうな気がしてきた。警察は携帯を調べるだろうか？　全国紙二紙に電話したことがばれるだろうか？　ポケットから携帯を取り出すと、車の床にそっと滑り落とした。

車を降りると、ロイは空を見上げた。「ほらね。嵐が近づいてきているって言ったでしょう」

大きな黒雲が西にもくもくとわきだしている。

「あなたからお願いします、ミセス・レーズン」ウィルクスが言った。

移動警察車の中はオーブンのように熱かった。ウィルクスはドアを開けっぱなしにして、扇風機のスイッチを入れた。ビル・ウォンもいた。彼がレコーダーにテープを入れ、時間と日にちと聴取者の名前を吹きこみ、聴取は始まった。

アガサは遅発性のショックを感じていたので、シルヴィアを発見したくだりは簡潔に述べるにとどめた。

「どうして彼女に会いに行ったんですか？」ウィルクスがたずねた。

アガサはためらった。本音を言うと、シルヴィアがジョージの妻を殺した可能性があるのかどうか知りたかったのだ。しかし、ジョージの話題を出したくなかったし証拠もなかったので、こう言った。「何か村の噂を耳にしていないか聞きたかっただけです。ジャム作りにからんで不和や競争があったか。自殺だったんですか？　遺書は残していました？」

「ええ。どこから見ても自殺ですね」

「遺書はタイプで打たれていましたか？」アガサは意気込んでたずねた。

「『主任警部モース』じゃないんですよ。現実生活なんです。遺書は今のところ彼女の筆跡のようです」

「それで、なんて書いてあったんですか？」

ウィルクスは口ごもった。アガサに情報を与えたくなかった。だが、しぶしぶ答えた。『人が一人亡くなり、良心の呵責を抱えたまま、これ以上生きていくことはできません』そして署名がしてあった」

「人が一人亡くなり？　一人だけ？　でも、二人亡くなっているんですよ。もしかしたら彼女が言っているのは――いえ、気にしないでください」

「いや、警察は気になりますよ」ビルがアーモンド形の目を鋭くして口をはさんだ。

「別の死のことを考えているんですか？」

「いえ、ちがうわ。何を言おうとしたのかしら」アガサはあわててごまかした。

聴取は続いた。ようやく逃げだせてほっとしながら、記者の輪からロイを引っ張りだして、警察が待っていると伝えた。

「シビラがジョージの奥さんを殺したかもしれないと考えていたことは黙っていてね」アガサはささやいた。

いかにして自分とロイが死体を発見したかについてメディアに簡潔な説明をすると、アガサは急いで車に向かった。メディアの連中はぞろぞろついてきたが、アガサはエンジンをかけエアコンをつけた車内にすわって、連中があきらめて引き揚げていくのを待つことにした。

駐車していた教会墓地の外はゆるやかな坂道になっていて、村へ下る道が運転席から見えた。村はずれで巨大な黒雲がもくもくとわいてくるのが見えた。メディア連中もそれを目にして、アガサのことは放りだすことにしたようだった。アガサは窓を開け、エンジンを切った。

巨大で不穏な黒雲が空を覆い、日差しが陰りはじめた。目もくらむ白い稲光が走ったとたん、耳がつぶれそうな雷鳴が轟いた。ざあっという音を立てて雨が滝のように降ってきた。アガサは窓を閉めた。すさまじい雨で、まるで滝の真ん中に駐車しているみたいだった。

助手席のドアが開き、ロイが飛びこんできた。「びしょ濡れだ」哀れっぽく訴えた。「雨が小降りになるまで車内にいさせてもらおうとしたのに追いだされたんです」「帰りましょう。この嵐じゃ、もう調査もできないわ」

トニとハリーは雨宿りをしようと、また教会に走って戻った。トニはハリーといっしょだと居心地が悪く感じるようになっていた。彼はまちがいなく裕福な家庭の出身だし、トニはといえば、公営団地で生まれ育ち、母は飲んだくれで兄は自殺し、父親は誰なのかもわからない。その事実が重く心にのしかかっていた。

トニの気まずさにまったく気づかないらしく、ハリーはケンブリッジでの暮らしについて楽しげにしゃべっている。

とうとうトニは話をさえぎった。「そろそろ嵐が去ったみたいだよ」

外に出ると、黄色い薄日が射していた。何もかもが水滴で輝き、村の通りは黄金色の川になっている。

二人はバイクにまたがって出発した。自分の部屋の前に着くと、トニはバイクを降り、ぎこちなく言った。「乗せてくれてありがとう」

「今夜は空いてる？」ハリーは陽気にたずねた。「ディナーでもどうかな？」

「ごめん。デートの約束があるんだ」トニは嘘をついた。

「そうか。わかった。じゃ、また」

アガサはコテージのリビングで行ったり来たりしていた。片手にはジントニック、もう片方の手には煙草。

「シビラは遺言ですべてをジョージに遺したのかしら」

「だけど、あきらかに自殺みたいですよ」とロイ。

「遺書に不審なところはなかった。ねえ、『ロー&オーダー』を観ているんです。話はあとにしてください」

アガサは画面に目を向けた。「金持ちの子が犯人よ」

「もう観たんだ！」

「いえ、まだよ。アメリカのテレビ番組はすごく俗物的なの。金持ちの大学生がいたら、殺人犯でまちがいないわ」

「ぼく、ドラマを観たいんですけど」ロイが泣き声をあげた。

アガサがキッチンにひっこみ椅子にすわったとたん、ドアベルが鳴った。ドアを開けると、ビル・ウォンが何か言いたいことがありそうな顔で立っていた。

「入って」アガサは言った。「ボスはどこなの？」

「今夜はプライベートで訪ねてきました。何か言おうとしていましたよね。自殺の書き置きに一人の死のことしか書いてなかったと知って、どうして驚いたんですか？」

「驚いてなんかいないわ」

「あなたとは長い知り合いですからね。さあ、話してください。アガサ。これまでにもぼくにすべてを打ち明けなかったせいでトラブルに巻きこまれ、あわや命を落としかけたことが何度もあるでしょう」

アガサは降参した。「わかったわよ、すわって。一杯飲む？」

「いいえ、運転があるので。コーヒーをいただければ」

「いいわよ。パーコレーターに入っているコーヒーはまだ熱いわ」

ビルがテーブルにつき、猫たちがその膝によじのぼると、ジョージ・セルビーの妻はシビラに階段から突き落とされたと考えていることについて、アガサはこんなふうに説明した。ジャムを作っている二人のレズビアン、マギー・タビーとフィリス・トーリングは固くそう信じているようだ。ただし、あの二人は性悪な女性に思える。ともあれ、その事件を解決できれば――と言っても、事件性があるとしてだが――ジャムに毒を入れた犯人にたどり着くかもしれない。それにジョージに言われるままシビラが妻を殺すほど彼にのぼせあがっていたなら、ジョージが自殺に追いこんだのかもしれない。

「シビラの遺言を発見しました。ジョージはシビラの金を相続しようと目論んでいたのかも。夫は建設会社の経営者で、うなるほど金を持っています」

を相続します。彼女はミセス・アンウィンといって、裕福な結婚生活を送っている。

「だけど、ジョージはすべてを自分に遺してくれると思い込んでいたのかもしれない」

「あなたが思いついた荒唐無稽の考えが結局真実だったということは、たしかに何度かありましたが、今回は馬鹿げてますよ。それに、ジャムに毒を入れたのは、誰かを殺そうと狙ったものじゃないと思うんです。思慮の浅いいたずらが大事になったんじゃないかな。考えてみてください、特定の標的は存在しなかったんですよ。そのせいで犯人を絞りこむのがとても困難になっている。しかし、今はシビラだったと確信していますよ。でなければ、彼女の自殺や遺書の説明がつきませんから。ウィルクスの考えでは、事件は一件落着です。牧師にもその結論を話したので、今後はあなたが事件を追い続けても調査料は支払われないと思いますよ」

翌週はますます忙しくなり、コンフリー・マグナの事件はアガサの頭から消えてしまった。村祭りで使った費用を埋め合わせ、事務所の収支の帳尻を合わせなくてはならないので、案件をどんどん引き受けた。急に誰も彼もが私立探偵を雇いたがるようになったみたいだった。女性たちはパートナーや夫が裏切り行為を働いていないか知りたがり、探偵事務所の調査料として喜んで千五百ポンドを支払った。アガサの記憶では、かつて冬に海外で休暇を過ごすのは金持ちだけだった。いまや、ごく普通の人間までが空港の出発ロビーに詰めかけている。それに、これまでエステに行くのは裕福な人だけだったが、今では誰でも当たり前のように利用している。私立探偵を雇うのも、最新流行のことになっているのかもしれない。

ときどき、トニのことが心配になった。相変わらず仕事では有能だったものの、どこか沈んでいるようだった。

金曜の夜、オフィスでトニと二人きりになると、アガサは言った。

「ディナーに行かない？」

「いいですね。どこにします？」

「ミルセスターに新しい魚料理のレストランができたの。広場の向かい側に。おいしそうよ」

ドーバーソールの料理と白のハウスワインのデカンタが運ばれてくると、アガサは言った。「話してみて」

「何をですか？」

「仕事ぶりは文句がつけようがないわ、トニ。だけど、あなたらしくもなく、落ち込んでいるように見える。ビルとのことでトラブルがあったの？」

「いえ、ただ……」

「妊娠したの？」

「まさか！」

「じゃあ、何があったの？」

「ばかばかしいことなんです」

「男性がからむと、わたしなんて愚の骨頂そのものよ」アガサは珍しく率直に打ち明けた。

「ハリー・ビームのことで」

「うちにいたハリーのこと？　何かあったの？　あなたたちをコンフリー・マグナで見かけたので、何をしていたのか訊こうと思ってたところよ」

トニはミルセスターでばったりハリーと会ったことと、コンフリー・マグナにいっしょに行ったことを話し、「ディナーに誘われたけどデートの約束があると断ったんです」としめくくった。

「だけど、約束なんてなかった？」

「ええ」

「どうして？」

「あたしの生い立ちを知ってますよね、アガサ？　ハリーは上流階級の出なんです。

怖じ気づいてしまって」

「そんなふうに感じちゃだめ。何も恥じることなんてないわ。お母さんは断酒してりっぱよ。家族の誰のことでも気にする必要はないわ」

「ただ……ふたつの世界にはさまれている気がして。友人たちはみんな労働者階級の出身なんです」

「結婚式のことや彼の両親と会うことまで先回りして考えたのね」

トニは弱々しい笑みを浮かべた。「ええ、まあ」

「わたしなら英国の階級制度のことは気にしないわ」アガサは言いながら、二人のグラスにさらにワインを注いだ。「世間じゃ、そのことで文句を言っているけど、フランスやスペインほどひどくない。最近じゃ仕事を持っている人は誰でもミドルクラスよ。グロスターシャーのミドルクラスは鼻につくほどきどっているけど、気にする価値もない連中だわ。わたしはあなたと同じように酔っ払いの両親のもとで育った。ハリーはあなたの家庭について気にするような人間じゃないわよ。そうだ、大学の休暇が始まったら他の人々も交えたディナーパーティーに彼を誘うから、そこで改めて判断したらいいわ。わたしもときどき社会の中で不安を感じることもあるけど、それでも突き進むのみよ。だから心配しないで。さあ、別の話をしましょ。ジミー・ウィルソンについてはどう思う？」

「彼のことは好きになれません。いやらしい目つきであたしを見るんで鳥肌が立ちます。どうして定年を待たずに警察を辞めたんでしょうね」

「たしかに。本当に癌だったのかしら。パトリックに調べてもらうわ。さあ、元気を出して！」


二人はさらにワインを飲み、仕上げにブランデーまでたっぷり飲んだ。アガサは車を置いてタクシーで帰ることにした。

タクシーがコテージのあるライラック・レーンに曲がりこむと、コテージの外にパトカーと防犯装置を取りつけてもらった警備会社のバンが停まっていたので、ぎくりとした。

タクシーを降りて運転手に支払いをしていると、警官が近づいてきた。

「ミセス・アガサ・レーズンですか？」

「ええ、そうです。何があったんですか？」

「キッチンのドアから何者かが侵入しようとしたんです。警報が鳴ったので、驚いて家に入らずに逃走したようですが、なくなっているものがないか調べた方がいいと思います」

アガサは玄関の鍵を開け、中に入った。「防犯装置は切ってあります。背後で警備会社の男が言った。「リセットはしますが、キッチンのドアは修理が必要なようですよ」

警察がやって来たので、何事かと村人たちがアガサのコテージの方に集まってきた。地元の大工が家に戻って工具をとってきてドアを直してやる、と言ってくれた。アガサはお茶をどうかという何人もからの誘いを断った。

ビル・ウォンの車がやって来た。「ありふれた泥棒だと思いますか、アガサ？　それとも何かの事件で、また藪を突いてしまったんですか？」

アガサは首にかけた銀のチェーンをそわそわといじった。それからあっと声をあげると、チェーンをブラウスの胸元から引っ張りだして先端の貸金庫の鍵を見せた。

「これと関係があるのかもしれない」

「詳しく話してください」

ミセス・ブロクスビーが急ぎ足でやって来て、何があったのかとたずねたので、アガサがコテージが押し込みにあったことを説明するあいだ、ビルはいらいらしながら待っていた。

「今ちょうど首にかけていた鍵と関係があるんじゃないかと、アガサが説明しかけていたところなんです。どこか静かな場所に移動した方がよさそうですね。まもなく鑑識チームが到着するでしょうし」

「牧師館に行きましょう」ミセス・ブロクスビーは提案した。「今夜は主人が留守だし、誰も邪魔する人はいないわ」

牧師館の居心地のいい静けさに包まれながら、アガサは税理士を守るために貸金庫の鍵を自分が持つことになったいきさつを説明した。

「LSDの事件が解決したから、もう心配する必要はないんじゃない？」ミセス・ブロクスビーは言った。

「そうはっきり断言できないかもしれない」アガサは言った。「だって、聞いて。意地悪な二人組のタビーとトーリングはシビラがジョージ・セルビーの奥さんを階段から突き落としたって言ってるの。シビラの自殺の遺書はそっちについての謝罪で、LSDを盛った犯人はまだ自由の身だったら？」

「それとお金とどう関係するの？」

「ただの勘よ」

「そうだわ」ミセス・ブロクスビーが言いだした。「ミセス・レーズン、その鍵は警察に預けなさいな。そして、たくさんの人に鍵が警察にあるって知らせるの」

「いい考えね」アガサは首にかけた鍵のついたチェーンをはずし、ビルに差しだした。彼は受領証を書いてアガサに渡した。

「じゃあ、もう口をはさまないでくださいよ、アガサ」ビルは念を押した。「サラ・セルビーの死亡記録について調べてみたんです。どこから見ても事故に思えました。トレイを運んでいて、バランスをくずしたんですよ」

「ただ、シビラ・トリアスト＝パーキンズは丸一時間もたってから救急車を呼んだのよ」

「ショックで気を失っていたという説明でした」

「へえ、怪しいものね」

「アガサ、事務所の仕事だけで手一杯なんだから、存在もしない殺人犯をつかまえようとしない方がいいですよ。さて、もう行かないと」

その頃トニは、ディナーパーティーを開けばまたハリーと会える、というアガサの提案について落ち着かない気持ちで考えていた。

最近まで母親は飲んだくれで役立たずだったので、トニは年の割に大人びていた。

アガサは部屋を見つけ車を買ってくれ、トニが自分の人生に踏みだす準備を調えてくれた。だがふいにトニは自分一人だけの人生、アガサとは関係のない人生もほしくなった。トニは事務所の鍵を持っていた。部屋を出て事務所に入ると、パソコンのファイルを調べてハリーのメールアドレスを見つけた。

彼にメールをしようと決心したのだ。「ハリーへ」とトニはキーをたたいた。「ディナーの招待を断って本当にごめんなさい。デートの約束なんてなかったんだ。ただちょっと気後れしただけ。また会えるとうれしいな。トニ」

パソコンをつけたままコーヒーを淹れ、ソファにすわって画面を見つめた。半時間後、パソコンがピンと鳴り、新しいメールの受信を知らせた。飛びつくようにして読んだ。「トニへ。次の土曜日は会える？　都合はどう？　ハリー」

急いでトニはキーをたたいた。「ハリーへ。ミルセスターの〈ジョージ〉で土曜八時に。大丈夫？　トニ」

不安になりながら待った。メールが返ってきた。「いいとも、じゃ、そのときに。ハリー」

トニは高揚感がわきあがった。念のためハリーとのやりとりをすべて消去した。それから不安になってきた。ハリーが都合が悪くなったときにオフィスにメールしてきて、アガサにそれを読まれたら？　あわててもう一通メールを書き、自分の携帯番号を教え、都合が悪くなったら携帯メールか電話をして、と頼んだ。それを送ってから消去し、パソコンの電源を切った。

ようやくアガサはベッドに入り、茅葺き屋根の中のざわざわという物音に心を乱されながら、事務所の仕事はすべてスタッフに任せ、コンフリー・マグナの事件に戻ろうと決意した。何者かがほんのいたずら心でＬＳＤをジャムに入れたとしても、二人の女性が亡くなったのだから、殺人事件は未解決のままということだ。アガサにはシビラがやったとは、どうしても信じられなかった。

6

気が滅入る天候が続いていた。嵐のあとは雨ばかりで、コッツウォルズの丘陵の上に居座っている分厚い雲はずっと涙を流している。アガサの猫、ホッジとボズウェルはキッチンの出窓から土砂降りを眺めながら、悲しげにニャーニャー鳴いた。

何もかも湿っぽかったが、空気は冷たくなかった。それどころか、もわっとした湿気がたちこめて蒸し暑かった。気象学者はエルニーニョ現象の逆、すなわちラニーニャ現象のせいだと言ったが、要するに何週間にもわたって雨が降り続くという意味のようだ。

アガサはコンフリー・マグナまで車を飛ばし、牧師館の外に駐車した。大きな傘を広げて降りると、牧師館のドアまで急いだが、古い長靴をはいてくればよかった、と後悔するほどの激しい雨だった。玄関ポーチまで短い距離を歩いただけで、靴がぐっしょり濡れてしまった。

トリクシーがドアを開けた。金色の髪が肩のあたりで波打っている。

「今度は何？」ぶしつけにたずねてきた。

「ご主人とちょっとお話ししたいんです」

「どうしてもって言うなら。入って。書斎にいるわ」

トリクシーは書斎のドアを開けると、そのまま歩き去った。アガサは中に入った。

アーサーはジョージ・セルビーとデスクにすわっている。

ジョージの姿を見て、アガサはドキッとした。彼がこれほどハンサムなのをすっかり忘れていた。

「入ってすわってください」牧師が言った。「アーノルドがたった今帰ったところです。お金の行き先をほぼ決めましたよ。貸金庫の鍵をお持ちですか？　お金を口座に入れて小切手が発行されたら、あちこちに送るつもりでいます」

「鍵は警察が持っています」アガサは言った。「何者かがわたしのコテージに侵入しようとしたので、警察に預けた方が安全だと思ったんです。ただちにお金を口座に移す方が利口だったかもしれません、あのときそれを思いついていたらよかった」

「全員が貸金庫に賛成したんです」牧師は言った。「あのときは屋根の修理に必要な予算をのぞき、どこに寄付するかを決めるまで、小切手帳をそこらに放りだしておくよりその方がいいと思えたのです。多くの人間が昼間は牧師館に出入りしています。村の人々はみな正直だと信じていますが、万一を考えて、お金は貸金庫にあるとみんなに知らせておいた。わたしはアーノルドを、ええと……ミルセスターに連れていけばいいんですね？」

「そうです」

「すぐに鍵を受けとって、銀行に行く時間を決めます。何かご用があったのかな？」

「ただ、シビラ・トリアスト＝パーキンズがジャムにLSDを入れたという結論で納得されているのかどうか、確認したかっただけです」

「ええ、残念ながら。この数カ月、あの女性のふるまいはおかしかった。実に悲しいことだ。しかし、すべてが解決して心から安堵しています。あなたの仕事に対しては小切手をお送りします」

「ありがとう。残念ながら、あまりお役に立てなかったですけど」

「何をおっしゃるのですか、あなたのおかげで教会を修理することができるんですよ」ジョージの混じりけなしの緑色の瞳が、アガサの顔にじっと注がれている。こんな緑色の目って本当にあるのかしら？　もしかしてコンタクトレンズ？

「ミセス・レーズン」

「どうかアガサと」

「アガサ。もしや警察の結論に疑いをお持ちなのかな？」

「ええ、シビラがどうやってＬＳＤみたいな薬物を手に入れたのか不思議でならないんです」

「警察ではＬＳＤだと特定したんですか？」

「ちょっと待ってください」アガサは携帯を取り出し、ジミー・ウィルソンの携帯にかけた。「ジミー、たずねるのを忘れていたわ。コンフリー・マグナでジャムに入れられていたのはＬＳＤだったの？」

じっと耳を傾けてから礼を言って電話を切った。「そうです。ＬＳＤでした。だけど、どうやって手に入れたんでしょう？　若い女性なら、クラブで手に入れたのだろうと予測がつきます。ただし、それでも妙なんです。だって、最近取り引きされているのはエクスタシーやヘロインやコカイン、それにもちろん温室で栽培している致死性のあるマリファナぐらいですから。彼女はかつて化学者だったことはありますか？」

「ぼくらが知る限り、一度も働いたことはありません」ジョージが言った。「だけど、若い頃は奔放で、当時の薬が残っていたのかもしれない」

「それになぜ遺書に二人ではなく一人の死についてしか書いていなかったのかしら？」

「あれを書いたときは正常な精神状態ではなかったんですよ」牧師が言った。「今、妹さんが屋敷に来ています。彼女に訊いてごらんなさい、しかし、アガサ、実のところ、この小さな村は、ようやくふだんの穏やかな暮らしに戻ったところなんです。ミセス・アンドリューズとミセス・ジェソップの葬儀はとても心を打つもので、みんな傷が癒やされました。わたしたちは悲しみの中でひとつにまとまったんです」

「屋敷に行ってきます。妹のミセス・アンウィンが興味深いことを話してくれるかもしれないわ」

「今は遠慮しておいた方がいいかもしれませんよ」ジョージが警告した。「気の毒に、妹さんは嘆き悲しんでいるでしょうから」

「たしかに、そうですね」

アガサが牧師館を出ると、チャールズが車の脇で待っていた。

「ここに来たら見つかると思ったんだ」彼は言った。「領主屋敷での自殺って、どういうことだったんだ？」

アガサは詳しくすべてを話し、シビラの自殺の書き置きは村祭りのジャムに薬物を入れたことではなく、サラ・セルビーの殺人のことを言っているのではないかという疑惑も打ち明けた。

「彼女に会いに行かないようにって、ジョージにたった今釘を刺されたところ」アガサはそうしめくくった。

チャールズはにやっとした。「それでも、あきらめるつもりはないんだろう？」

「もちろん」

「よし。あなたの車はここに置いて、わたしの車で行こう」

領主屋敷に着いたときには土砂降りになっていた。玄関ドアは開けっぱなしになっている。

「どなたかいますか？」アガサは呼びかけた。屋根から雨漏りしていて、玄関ホールにバケツがいくつか置かれている。

小太りの口うるさそうな女性が現れた。「どういうご用？」

「ミセス・アンウィンですか？」

「そうですけど？」

「わたしはアガサ・レーズンと申しまして……」

「ああ、村祭りに首を突っ込んで騒ぎを起こした張本人ね！　出ていって」

「それから、こちらは」アガサは声を張り上げた。「サー・チャールズ・フレイスです」

ああ、称号の魔法ときたら、とアガサは苦々しかった。たちまち、ミセス・アンウィンは態度を和らげたのだ。

「少しならお話ししてもかまわないわ。客間にどうぞ。お茶かコーヒーでもいかが、サー・チャールズ?」

「いえ、けっこうです。この雨漏りで、さぞご苦労されているでしょうね」

「いかにも姉らしいわ」カサンドラ・アンウィンはぼやきながら、二人を客間に案内した。「まったく修理をしていなかったんです」

「この屋敷は売るつもりですか?」チャールズがたずねた。

「それだと修繕が必要でしょ。でも、建設業者なら大金を支払ってくれます。屋敷を取り壊して、この土地に住宅団地を建てるそうよ」

「先祖伝来の土地じゃないんですか?」アガサはたずねた。

「ここで育ちましたけど、幸せな記憶はひとつもありません。この地所にこだわらなかったら、シビラはもっといい暮らしができたでしょう。だけど、自殺なんて! どうしても納得できないわ。姉がジャムにＬＳＤを入れるわけがありません。そんなもの、どこで手に入れるっていうんです？」

「お姉さまは書き置きに一人の死について言及していました」アガサは言った。「でも、LSDでは二人が亡くなっているんです」

「でも、それを書いたとき、姉はまともにものを考えられなくなっていたんだと思います」

「お姉さまはミスター・ジョージ・セルビーのことをとても好きだったようですね」

アガサは一触即発の地雷原を慎重に進んでいくことにした。

「ええ、ジョージのことはしょっちゅう話題にしていました。姉は高校生みたいな恋心を抱いていたんじゃないかと思います。なぜそんなことを訊くんですか？」

チャールズはアガサがいわば鋲底のブーツでドスンと飛び降りる気だと見てとり、あわてて口をはさんだ。「彼があなたを訪ねてきたんじゃないかと思いまして。彼ならお姉さまの精神状態について、もっとよく知っているかもしれませんね」

「じゃあ、ジョージに直接訊いたらいかが？　まったくもう！　やることがどっさりあるし、そんなことを訊いてどういうつもりなんですか？」

チャールズは礼を言うと、しぶっているアガサの腕をとって外に連れ出した。

「むだだよ。何も聞きだせないだろう。いきなり核心に切りこんで、シビラがジョージの妻を殺したのかなんて訊けない。どっちみちお姉さんは手がかりを持っていないよ」

「マギー・タビーとフィリス・トーリングに会いに行きましょう。その考えをわたしに吹きこんだのは、あの二人なんだから」

雨はまだ激しく降りしきっていたので、二人はメイン・ストリート沿いのコテージのポーチに傘をさしたまま立った。背後の通りは、まさに川になりかけていた。

フィリスがドアを開けた。「また、あんたなの。もう事件は解決したと思ったけど」

「まだよ」アガサは言った。

「どうぞ」

マギーはリビングで本を読んでいた。「あら、そちらの人は誰?」彼女はたずねた。

「こちらはサー・チャールズ・フレイスで、調査を手伝ってくれているんです」

「〝サー〟とはねえ」マギーはからかうように言った。「まさにドロシー・セイヤーズのウィムジイ卿の世界ね。今度はどういう用?」

「どうしてシビラがサラ・セルビーを殺したと言ったの?」

「絶対に彼女がやったと思ったから。ジョージのことになると、あの人、理性を失っていた。ますますおかしくなって、村じゅうの人間に毒を盛ろうとしたんでしょ」

「だけど自殺の書き置きでは、一人の死についてしか謝罪していない。一人だけよ、二人じゃなくて」

「まさか正常な精神状態だったとは思ってないよね？」フィリスが言った。「どうしたの？　新しい仕事にありつこうって魂胆？　はっきり言っとくけど、一刻も早く税理士が銀行に行き、あんたが例の貸金庫の鍵を渡し、アンドリューズ家とジェソップ家にお金を渡す方がいいよ」

「どうして貸金庫の鍵のことを知ってるの？」アガサは追及した。

「村じゅうに広まってるよ。みんな、分け前を手に入れようとしている。来場者に庭を踏み荒らされたとか、なんだかんだ文句をつけてね」

「じゃあ、シビラがサラ・セルビーを殺したっていうのはただの勘？」

「もちろん勘だよ、鈍い人だね。証拠があったら、警察に行ったよ」

「行こう」チャールズが言った。「この二人の魔女たちからは重要なことを聞きだせないよ」

マギーの目がいたずらっぽく光った。「あたしたちのことが好きじゃないんだね？」

「好きな人なんているかな？」チャールズは返した。

二日後、まだ雨期のような雨が続いていたとき、アガサは事務所に電話した。

「少し遅れるわ」とミセス・フリードマンに伝えた。「イヴシャムの美容院に行くつもりなの」

「無理ですよ、この雨じゃ。イヴシャムは水浸しになりそうですよ」

「それは町の中心部でしょ。わたしの美容師はブリッジ・ストリートだし、そこまで浸水したことはないから。環状道路で行くわ」

「自分の村が洪水にならないか見守っていた方がいいですよ」

「カースリーは一度も氾濫したことがないでしょ」

「今回ばかりはわかりませんよ」

環状道路のシモン・ド・モンフォール橋を渡ったとき、アガサはエイヴォン川がすでに氾濫し、両側の農地にまでどんどん水があふれていることに気づいた。彼女の側の車線は車が流れていたが、反対車線はひどく渋滞しているようだった。〈アルディ〉スーパーの駐車場に停めると、ブリッジ・ストリートを歩いていった。美容院の〈アーチル〉の前で振り返って橋の方を見た。警察がバリケードを設置している。戻っていって橋の見物人の群れに加わった。反対側の河岸は水があふれていた。

大きなトレーラーハウスが川を流れてきて、橋に激突した。巨大なシュレッダーにかけられたかのように、その破片が対岸にまで飛び散ってきた。

アガサはまだ時間があるうちに家に引き返そうかと考えたが、髪がちゃんとしていないとどうしても落ち着かなかった。

担当美容師のジャネルはアガサがやって来たので驚いたようだった。

「今日は来ないようにお客さまに電話していたところなんです」

アガサの携帯が鳴った。トニからだった。「事務所を避難させているところです。警察が回ってきて、水位が上昇しているって言うので。下の通りはすでに水があふれています。うちは二階なので、うまくいけばここまでは水が来ないかもしれませんけど、フィルがトラクターを持っている人を見つけてきたので、みんなでファイルやパソコンを積んでいるところです。駐車場はまだ乾いているので、トラクターでそこまで荷物を運んだら、それぞれの車に積みこんで高い場所に借りておいた倉庫に運んでいきます」

「そんなにひどいの？」アガサはたずねた。

「こんなのは見たことがないって、みんな言ってます」

「あとで電話するわ」

しかし、あくまで髪のお手入れはやってもらうことにした。

美容院を終えてイヴシャムから出る車の列に並んだとき、やはり来なければよかったと後悔した。美容院では、かけられていたラップミュージックに辟易させられた。大音量の音楽はアガサの耳には「ああ、ハナハナマダファダビッチ、ああ」としか聞こえなかった。

「こんなひどい音楽を好きな人なんているの？」アガサはジャネルにたずねた。

「若い人たちです。要するに、あたしたち向けの音楽ってことですね」

まるで世界を外側からのぞいているみたい、とアガサは暗澹たる思いになった。自分は中年世代のグループに属していて、若い世代とは交流できないみたいな気がしてきた。

冠水した道路をのろのろと進み、A44で折れてカースリーに入るまで三時間もかかった。

村の中心部まで差しかかると、水があふれていてそれ以上進めなくなった。うんざりしながら靴を脱ぐと、渦巻く水の中を歩き始めた。死んだ猫が流されていったので、愛猫たちのこと考えて背筋が凍りついた。

雨はまだ激しく降りしきっている。何度か足を滑らせ、つまずき、ころびそうになりながら、ようやく反対側の乾いた地面にたどり着いた。靴をはくと、ライラック・レーンに急いだ。小道で水が渦巻いている。息せききってコテージに着いた。チャールズが玄関に砂囊(さのう)を積んでおいてくれたようだ。

アガサは中に入った。チャールズはキッチンのテーブルにメモを残していた。

「自分の屋敷の様子を見に行く。濡れませんように！　愛をこめて、チャールズ」

アガサは猫たちが無事なことを確認してから、二階に行って乾いた服に着替えた。

「これ以上悪くなるはずがないわ」アガサはつぶやいた。

しかし、さらに状況は悪くなった。グロスターシャーと周囲の州が水に沈んだのだ。アガサのコテージは浸水をまぬがれたものの、家が浸水した三組の年配夫婦を泊めなくてはならず、しかも連中ときたら、この家にある食べ物は電子レンジ調理のものばかりだと文句たらたらだった。

アガサがもういやだと叫びだしたくなったとき、ようやく太陽が出て水は引いていった。心から安堵しながら、アガサは招かれざる客たちが帰って行くのを見送った。しかし、息つく暇もなく、浸水した家の掃除を手伝い、ストウのスーパーに何度も往復してパンとミルクを買ってくるように、とミセス・ブロクスビーに指示された。

ようやく自由の身になると、ミルセスターの事務所に出かけた。スタッフが全員そろっていて、パソコンなどのオフィス用品を車からおろしていた。

じょじょにすべてが通常に戻っていき、ある晩、アガサがふたたびコンフリー・マグナの毒殺事件を追うべきだろうかと考えていたとき、ビル・ウォンが訪ねてきた。

「洪水は大丈夫だった、ビル？」

「ええ、どうにか。アガサ、今夜はただおしゃべりをしに来たんじゃないんです」

「何があったの？」

「税理士のアーノルド・バーントウェザーになりすました何者かが、彼の身分証明書と金庫の鍵を銀行で見せ、もう一度金を勘定する必要があると言ったんです。そして、すべてを大きなカバンに入れると姿をくらました。外見は税理士にそっくりだった。年配で背中が曲がっていて」

「じゃあ、警察はその詐欺師に鍵を渡しちゃったの？」

「洪水が引く直前に、本物の税理士に鍵を渡したらしいんです。彼は牧師に付き添われて警察にやって来た。その後税理士から連絡がないので牧師が家を訪ねてみたら、頭を一撃されて死んでいたんです」

「だけど、銀行でミスター・バーントウェザーの姿が目撃されているんでしょ」

「ミスター・バーントウェザーは年寄りで背中が曲がり、分厚い眼鏡をかけ髪を染めていた。詐欺師はまさにそういう姿だったんですよ」

「それにしても詐欺師は貸し金庫の番号をどうやって知ったの？」

「アーノルド・バーントウェザーは財布の中に番号を書いたカードを入れていたんです。詐欺師にとって都合のいいことに、はっきりと〝貸金庫番号十一番〟って記されていた」

「最低最悪、アッタマきた！　トーリングとタビーの意地悪ペアに会いに行ったとき、わたしが鍵を持っていることは村じゅうの人間が知っていると言ってた。それでわたしのコテージの押し込みも説明がつくわ」

「くれぐれも気をつけてくださいよ、アガサ。では、仕事に戻ります」

「ちょっと待って。指紋は見つかったの？」

「最近じゃ、みんな指紋のことぐらい知ってますよ」

「銀行の防犯カメラは？」

「ちょっと不審な点があるんです。いっしょに警察に行き、映像を見てもらった方がよさそうだ。あなたなら変装を見破って、村の誰なのかわかるかもしれないですから」

警察署でアガサは防犯カメラの映像を見た。ビルは辛抱強く待っていた。

「どうですか？」ついにビルがたずねた。

「妙ね」アガサは言った。「だけど、まちがいなくアーノルドに見えるわ」

「そう。ミスター・バーントウェザーですね？」

「ミスター・バーントウェザーですね？」


「そう。詐欺師がこんなに上手に演じられるとは思えない。銀行の外が映っている映像はある？」

「急いでとってきますよ。どうしてですか？」

「もしかしたら誰かが待っていたのかもしれない——彼を脅していた人間が」

ビルは別の録画テープを持ってきた。アガサはアーノルドが古いモリス・マイナーからぎくしゃくと降りてくるのを見た。「見て！」アガサは叫んだ。

「どうしました？」

「その部分をもう一度再生して。スモークガラスの車がすぐ後ろに停まっている」

「かなり遠回りかもしれませんよ、アガサ。でも、ナンバーを照会してみます。待っていてください」

アガサは映像を見続けた。

そのときドアが開き、ビルとウィルクスとコリンズが入ってきた。ビルが言った。

「手がかりをつかみましたよ。あの車は洪水のあいだに盗まれたものでした。バジーのきちんとした商店主のものだったんです」

「もう帰ってけっこうよ」コリンズが高圧的に言った。

「『ありがとう』のひとこともないの？」アガサは言い返した。「スコットランドヤードに行ったのかと思ってたけど、またこっちに送り返されたの？」

「いいから出ていって！」コリンズが怒鳴った。

ビルがアガサを出口まで送ってきた。「彼女、もういなくなったのかと思ってたわ」アガサは言った。

「いったんいなくなったんです。でも、なぜか戻ってきて、またいっしょに仕事をすることになった。ありがとう、アガサ。とても助かりました」

走りだす前にアガサはチャールズの携帯に電話したが、いつものように電源が切られていた。ショートメールは送れなかった。というのも、最新式の携帯を持っているくせに、ショートメールの使い方はもちろん、写真を撮る方法も知らなかったからだ。屋敷に電話すると、今回ばかりはついていた。執事のグスタフや叔母ではなく、チャールズ本人が出たのだ。アガサは最新状況をチャールズに伝えた。

「今どこにいるんだ?」チャールズがたずねた。

「ミルセスターから帰るところ」

「あなたのコテージに行くよ」


「ようやく雨があがってほっとしたよ」チャールズは言った。「だが、寒いな。暖炉に火をおこしてもかまわない?」

「どうぞ。ドリスがすっかり準備しておいてくれたわ」ドリスはアガサの掃除婦で、村でアガサをファーストネームで呼ぶのは彼女ぐらいだった。「飲み物を作るわね」

ウィスキーのグラスを手に炎が勢いよく燃えさかるさまを眺めながら、チャールズは居心地よく肘掛け椅子におさまった。「どう推理する?」

「トリクシーよ、賭けてもいい」

「まさか! 牧師の妻が? 彼女が車を盗み、気の毒なアーノルドを脅すところが想像できるかい?」

「会計報告をわざとだいなしにしようとしたのはまちがいないわ」

「どういうことだ?」

アガサは煙草に火をつけてひと吸いしたが、顔をしかめてもみ消した。朝の煙草の味はすばらしいが、一日の終わりになるとその魔法が失われた。

「ロイといっしょに牧師館を訪ねたら、アーノルドと牧師が庭のテーブルで会計報告をチェックしていたの。そこへトリクシーがレモネードのピッチャーを持ってきて、書類にこぼしたのよ。絶対にわざとだわ」

「それで、書類はだめになったのかい？」

「いいえ、大丈夫だった。太陽が出ていたから。晴れていた日があったのを覚えてる？物干しロープに留めたらいいってわたしが提案したの。アーノルドの話じゃ、無事だったみたい。ねえ、トリクシーがお金をくすねて会計報告を改ざんしようとしていたなら、アーノルドはそれを知ったのかもしれない。だけど、スキャンダルにしたくなかったから、牧師と帳尻を合わせたのよ」

「信じられないな。いいかい、洪水のあいだに無法行為があちこちで起きているんだ。浸水しなかった場所に置かれていた車は次々に盗まれた。貸金庫の噂は村の外にまで広まっていたんだよ。ニュースをつけて、何か起きていないか見てみよう」

「洪水のニュース以外に何かやっていない？だめね。まともなニュースを聞きたければ、ラジオをつけるしかないわ。テレビで放映しているのは、スタジオのキャスターに話しかけている大写しになったリポーターの顔だけよ。それに猫も杓子も、川の合流地点のテュークスベリーにいる。群居本能ってやつね。いつもそうなのよ。一人のリポーターが長靴をはいてテュークスベリーの氾濫した通りに立つと、他のリポーターたちもさっそくカメラマンを引き連れてテュークスベリーに向かい、同じことをする。〈BBC24時間ニュース〉を試してみるわ」

いつもの憂鬱な国際ニュースを我慢しながら聞き流していると、いきなりアナウンサーが言った。「今夜、コンフリー・マグナの村はショックを受けています」そして、大惨事が起きた村祭りと、お金の盗難の概略について語られた。「リポーターのアラン・フリーズが、今朝コンフリー・マグナで牧師のミスター・チャンスにインタビューしました」

「こちらはチャンスご夫妻です。今回の件はつらい打撃でしたね、ミスター・チャンス」

「大変な打撃です」アーサー・チャンスが言った。トリクシーは胸元が大きく開いた黒のロングドレス姿でかたわらに立っている。

「あの胸は本物じゃないわね」アガサは意見を言った。

「どうしたらいいか途方に暮れています」アーサーの声は震えていた。「教会の屋根は雨漏りしているのに、修理のためのお金がなくなってしまったんです」彼は嗚咽しはじめた。トリクシーが夫の頭を抱きかかえ、毅然としてカメラを見つめる。

「ミセス・チャンス?」リポーターがうながした。

「もう取材はこのへんで。主人を休ませてあげたいので。教会の屋根のためだけではなく、村祭りで亡くなった二人の女性のご遺族のためにも、あのお金は必要だったのです」彼女はブロンドの髪をさっとかきあげたが、それでもすすり泣いている夫の頭は胸に抱えたままだった。

トリクシーの目に涙があふれ、少しかすれた声で彼女は訴えた。

「どうか、わたしたちを助けてください」

それから夫を支えながら牧師館に入っていった。

「では、中東の情勢についてお伝えします」キャスターが言った。

「消してちょうだい」アガサが言った。「たいした演技よね!」

「すごく感動的だった」チャールズが言った。

「そうね、牧師は本心でしょう。だけど、トリクシーが『どうか、わたしたちを助けてください』って言ったときの顔を見た? 『この恐ろしい殺人犯を見つけるのに手を貸してください』じゃなくてね。彼女は寄付を期待しているのよ。まんまと手に入れるでしょうね」

チャールズはグラスを干した。「ずいぶん皮肉っぽいんだな。朝になったらコンフリー・マグナに行ってみよう」彼は立ち上がり、伸びをしてあくびをした。「もう寝るよ」それからいたずらっぽい目つきになった。「いっしょに来るかい？」

「わたしはフリーセックスは卒業したの」

「あなたにそんな時代があったとは知らなかった。おやすみ」

彼が行ってしまうと、アガサはソファにすわって炎を見つめた。猫たちが隣にすわってきた。妙にむなしく、生きがいを失ったような気がする。あまりにも長いあいだ元夫ジェームズへの執着が、すべての行動の原動力になってきたからだ。あのジェットコースターのような激しい感情の起伏すら懐かしかった。胸の痛みですら、失ってみると寂しかった。

「少なくとも生きているという実感があったわ」素知らぬ顔の猫たちに、アガサはささやいた。

寒くて湿っぽい霧が出ている朝、アガサとチャールズはコンフリー・マグナに向かった。途中でアガサはチャールズに言った。

「ジミー・ウィルソンについて調べるのを忘れていたわ」

「誰なんだ？」

「新しいスタッフだけど、どことなくうさんくさいところがあるのよ。警察をどうして早期退職したのか調べてみて、とパトリックに頼んであったの。ジミーはトニに誘いをかけたのよ」

「ほとんどの男がそうするだろう。あの子はますますきれいになっているからね」

アガサは嫉妬に胸が疼いた。ハリー・ビームとの関係が進展するようにディナーパーティーを開いてあげる、とトニに約束していた。でも、そんなことはもうしないことにした。

アガサは村の入り口の牧師館のすぐ手前で車を停めた。道に大きな水たまりが広がり、丘を勢いよく下ってきた水が流れこんでいる。

「歩いて渡るしかないな」チャールズが言った。「わたしならここを車で抜ける危険は冒さないよ」

「水の下に地面が見えるかどうかのぞいてみる」アガサは車から降りた。やれやれと思いながら水をのぞきこむと、チャールズのところに戻った。

「歩いていかないとだめね」

「わかった」チャールズは車から降りると、ソックスと靴、さらにズボンも脱いだ。

アガサは靴を脱ぎ、スカートをたくしあげた。

ズボン、ソックス、靴を頭の上に持ちあげながら、チャールズが水に入っていった。

「それほど深くない。膝のすぐ上ぐらいだ」

「牧師館の外に郵便集配車が停まってる」アガサは渦巻く水の中でバランスをとろうと苦労しながら言った。「わたしはいつもこっちから来ているけど、反対側から村に入れば水が引いているにちがいないわ」

「郵便物をどっさり下ろしてるぞ。牧師の苦境を見て、たくさんの人がお金を送ってきたにちがいない。ようやく乾いた地面に出た。教会にこっそり入ってズボンをはこう。牧師の奥さんにショックを与えたくないからね」

「まさか。あの人は何を見てもショックなんか受けないわよ」

教会は寒くて湿っていた。雨水でいっぱいのバケツがいくつも床に並び、祭壇や信徒席にまでバケツがあぶなっかしくのっている。

アガサは靴をはきながら身震いした。「なんて哀れな様子なの」と嘆息する。

「気にすることないよ。チェルトナムとテュークスベリーの気の毒な人々のことを考えてごらん。飲み水もなく、脇の下まで下水に浸かってるんだぞ」

「他の人が不幸だからって、感謝する気持ちになったことなんてないわ」アガサはやけに高潔な答えを返した。「行きましょう。警察がいないといいけど。さもないと無駄足になっちゃう」

ちょうど教会から出ようとしたとき、アガサはウィルクスとコリンズが牧師館から出てくるのを見た。あわててあとずさったので、チャールズにドシンとぶつかった。

「警察が引き揚げるところよ」アガサはささやいた。「ちょっと待って。パトカーはどこにあるのかしら。見かけなかったけど」彼女は教会のポーチからのぞいた。パトカーが一台、村の反対側から走ってきた。ウィルクスとコリンズはそれに乗りこむと走り去った。

「邪魔者は消えたわ。さ、行きましょ」

牧師館のドアを開けたのはジョージ・セルビーだった。この人、仕事をしていないのかしら、とアガサは思った。

「ああ、あなたでしたか。いささかタイミングが悪いですね。みんな嘆き悲しんでいるところですから」

陽気な笑い声が書斎から聞こえてきた。

「そうとは思えませんけど」アガサは言った。「入れてください」

ジョージはしぶしぶ脇にどいた。アガサは彼の横を通り過ぎたとき、ほんの少しだが胸がときめいた。書斎のドアを開けると、牧師とトリクシーが封筒を開封していた。二人は満面に笑みを浮かべている。

「どうぞ！」アーサーは二人を見ると叫んだ。「みなさん、驚くほど気前がいいんですね！」

「それはよかったです」アガサは言った。「ただ、気の毒なアーノルド・バーントウエザーを殺した犯人をぜひとも見つけたいんです」

「警察が捜査してるわよ」トリクシーが新しい封筒を開封し、小切手を引っ張りだした。「ねえ、ジョージ、ダーリン、こっちに来て手伝って」

「仕事があるので。ミセス・レーズン……」

「アガサと呼んでください」

「アガサ、ちょっと二人きりで話せませんか？」

アガサはジョージのあとから部屋の外に出た。

「二人とも本当は動揺し、悲しんでいるんです」ジョージはあの催眠作用のある目でアガサをじっと見つめながら言った。

「そうは見えませんけどね。どういう用件なんですか、ジョージ？」

「あなたがアーノルドの殺人について質問をして回ったら、二人ともとても落ち込むでしょう」

「だけど、たった今警察が帰ったばかりなんでしょ。二人ともちっとも落ち込んでいるようには見えないわ」

「ねえ、今夜ディナーに行きましょう。そうしたら、知りたいことを何でも話しますよ」

アガサは明るい顔になった。「いいわ。何時にどこで？」

「ミルセスターの広東料理のレストランでどうですか？　ええと、八時では？」

「けっこうよ」ジョージがいきなり笑いかけてきたので、アガサは膝から力が抜けそうになった。チャールズを追い払わなくちゃ、とあせった。

その晩、トニは元学校友だちのシャロンを部屋に招いていた。昔の友だちとちっとも会おうとしない、とシャロンに文句を言われてしぶしぶ招いたので、落ち着かない気持ちだった。

アガサの気前のいい給料のおかげで、トニはハリーに見せてから部屋にさらに手を加えていた。絨毯ははがし、ピカピカになるまで床板を磨きあげた。今ではミルセスターの市場で買った明るい色合いのラグが何枚か敷かれている。一方の壁を新しい書棚が飾っていた。

「すっごくすてきだね」シャロンが言った。彼女はぽっちゃりした女の子で、ボリュームのある髪を赤く染めていた。チビTシャツと腰穿きにしたジーンズのせいで、おなかのお肉とおへそにつけた偽ルビーのピアスがあらわになっている。「ずいぶん本があるんだね」コーヒーテーブルにも一冊のっていた。シャロンはそれを手にとった。「マルセル・プルーストの『スワンの恋』？　学校でやらなかったっけ？」

「ううん、学校ではあまり本を読まなかった。本の梗概を手に入れて、代わりにそれを読んだんだよ」

「じゃあ、なんでフランス人なんかが書いた本を読んでるのさ？　マルセルって美容師みたいな名前だね」

トニはハリーについて話したいという気持ちに負けた。彼は洪水のせいでミルセスターに来られなくなっていたが、トニの新しいパソコンにメールをくれたし、定期的にショートメールも送ってきた。メールで、彼はどの本を読んだらいいか、どういう音楽を聴いたらいいか教えてくれた。

「新しいボーイフレンドのせいなんだ」トニは言った。「彼、ケンブリッジ大学で勉強しているの。すっごく頭がいいんだよ。何を読んだらいいか彼に訊いて、どっさり本を買いこんでるところ」

シャロンにとって、いい読書とは、セレブの私生活や、どんなバイブレーターを使ったらいいかといった女性に必須の重要なことについて書かれた雑誌だったので、こう答えた。「あたし、そういう男は好きになれないな」

「どうして？」たちまち守勢に立たされたトニはたずねた。

「だって、カイルみたいじゃん。彼女のこと覚えてる？」

「彼女、どうかしたの？」

「ウェインとデキてるんだよ。ウェインは覚えてるよね？」

クラスにいたひょろっとしたニキビ面の男の子の記憶をたぐり寄せた。

「彼がどうかしたの？」

「彼とカイルはつきあっていて、イヴシャム・ロードに部屋を借りたんだ。いっしょに暮らすようになったとたん、ウェインはあれを着ろ、これを着ろって、命令するようになったんだって。しかもダッサイ服でさ。カーディガンにぺたんこ靴まではかせたんだよ」

「つながりがよくわからないんだけど」トニは文句を言った。

「ウェインはカイルを作り直そうとしているんだよ、わかんない？　でさ、あんたの彼氏も同じことしてるよ。ありのままの自分を好きになってよ、さもなけりゃ、お節介はやめて、って言ってやんなよ」

「それとはちがうよ。だって、彼はあたしが向上したがっているのを知ってるもん」

シャロンは豊かな髪をさっと手で払った。「ねえ、聞いて、女の子の頭脳に興味がある男なんて、世間には一人もいないんだからね。彼氏があんたを変えようとしているんなら、あんたを支配して、自分よりも劣っていると感じさせたいからだよ。そうすれば、自分は他の男の子に見向きもされないって信じるようになるから」

「もう、他の話をしようよ。あんたの恋愛はどうなの？」


アガサはチャールズに探偵事務所に戻って仕事を片付けなくてはならないと言った。

「家に帰って、乾いた靴に履き替えないでいいのか？」チャールズはたずねた。

「事務所に着替えを置いてあるのよ、チャールズ。あなた、今夜は泊まっていくの？まえもって言っておくけど、わたし、遅くなるかもしれないわ」

「そんなに必死にならなくていいよ、アガサ。ジョージに誘われたのかい？」

あくまで沈黙。

「なるほど。わかった、わたしは帰るよ。あいつは何が目的なのかな？」

「アーノルドを殺した犯人の手がかりになるようなことをすべて話してくれることになっているの」

「それで、わたしにいてほしくないんだろ。なぜってディナーの途中で彼がテーブル越しに手をとり、こう言うかもしれないからだ。妻の代わりになる女性とは二度と巡り会えないと思っていたが、今は——」

「ああ、もう黙ってよ！」

アガサは本当は家に帰り、夜のためにゆっくり支度をしたかった。しかし、出かけるまで、チャールズに皮肉をさんざん言われそうな気がした。事務所に行くと言ったのは、彼を追い払いたい一心だった。

チャールズを自分のコテージで降ろすと、そのままUターンしてミルセスターに引き返した。

とびきりすてきな服を買うつもりだった。しかし、天候が問題だ。本当に寒かった。雨模様の空が土砂降りになったら、薄手の誘惑的な服はやめておいた方がいいかもしれない。

黒いウールのパンツスーツで妥協することにした。それに控えめな高さのヒールの黒いパンプスと緋色のシルクブラウスをあわせた。

しばらく感じたことがないほど浮き立つ気持ちで、アガサは今夜の夢を見始めた。

7

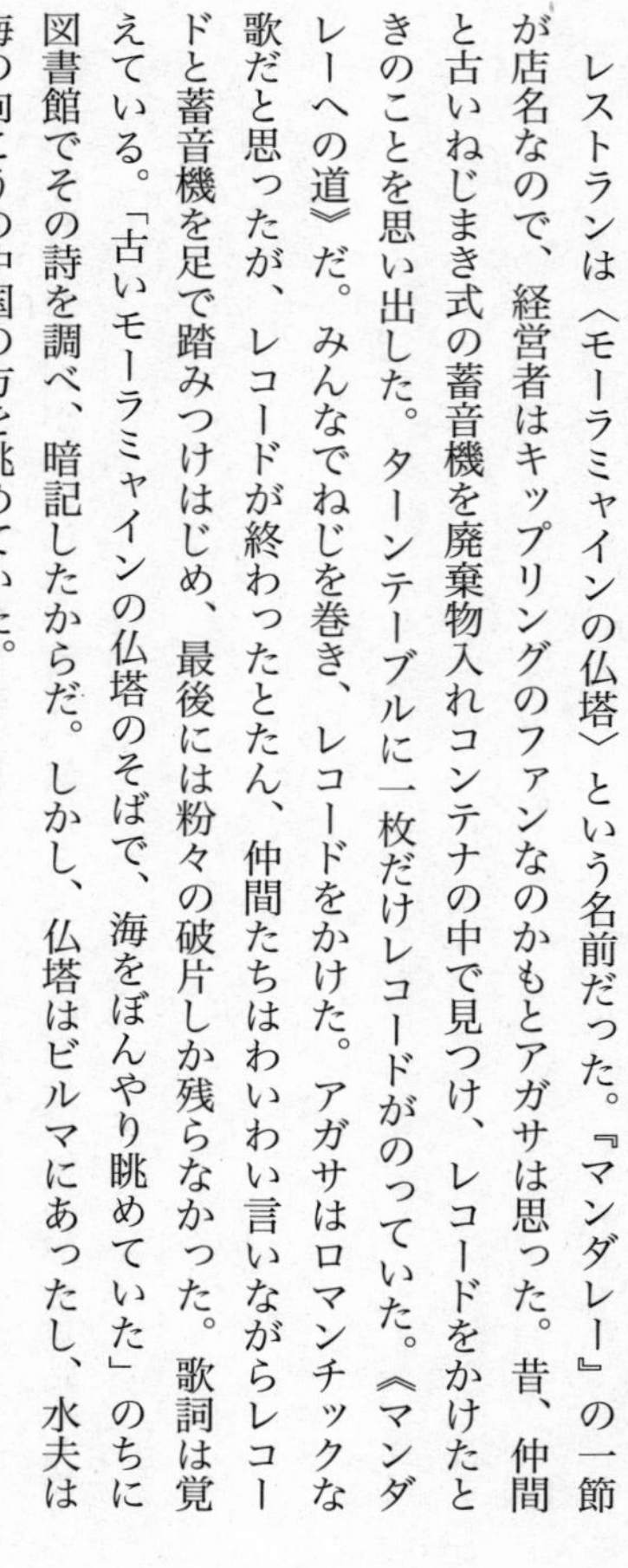

レストランは〈モーラミャインの仏塔〉という名前だった。『マンダレー』の一節が店名なので、経営者はキップリングのファンなのかもとアガサは思った。昔、仲間と古いねじまき式の蓄音機を廃棄物入れコンテナの中で見つけ、レコードをかけたときのことを思い出した。ターンテーブルに一枚だけレコードがのっていた。《マンダレーへの道》だ。みんなでねじを巻き、レコードをかけた。アガサはロマンチックな歌だと思ったが、レコードが終わったとたん、仲間たちはわいわい言いながらレコードと蓄音機を足で踏みつけはじめ、最後には粉々の破片しか残らなかった。歌詞は覚えている。「古いモーラミャインの仏塔のそばで、海をぼんやり眺めていた」のちに図書館でその詩を調べ、暗記したからだ。しかし、仏塔はビルマにあったし、水夫は海の向こうの中国の方を眺めていた。

ジョージは遅れていた。アガサはミネラルウォーターを注文し、煙草に火をつけた。

じきに喫煙禁止条例が施行されるだろう。警察は喫煙している人を通報できる無料のホットラインを開設する予定だ。もちろん、本物の犯罪を通報したければ、一分につき五十ペンスかかる。当局はスパイをレストランやパブに送りこむつもりですらいるらしい。じきに肥満警察がティールームにいる婦人たちの口からクリームケーキをひったくることになるだろう、とアガサは思った。

三十分後、アガサは帰ることにした。立ち上がったとき、ジョージが急いで入ってきた。

「ちょっと遅くなってしまってすみません」

「正確に言うと、三十分よ」アガサは指摘した。

「悪かった、すまない。とても忙しくて」

ジョージはウェイターを呼ぶと言った。

「二番のメニューを頼む。ワインは飲みますか、アガサ？」

「わたしが選んでもいいのかしら？」アガサは皮肉っぽくたずねた。

「もちろん。とてもおいしいハウスワインを揃えていますよ」

「ワインリストはどこかしら？」

「メニューの裏側です」ジョージはメニューを手渡した。「ぼくは中華には白ワインの方が合う気がしますね」彼はつけ加えた。

「わたしは赤が好きなの」アガサはきっぱりと言った。「メルローのハーフボトルをいただくわ。あなたは何にします？」

料理を勝手に注文するなんてひどいわ、とアガサは憤慨していた。どうしていつもしみったれと知り合う羽目になるのかしら？　わたしが高いアラカルト料理を注文するんじゃないかと恐れたのね。

しかし声に出してはこう言った。「経営者はキップリングのファンなのかしらって思っていたところなの」

「どうして？」

「レストランは《モーラミャインの仏塔》という名前でしょ。『マンダレー』からの一節よ」

「知らないな」

「こういう詩よ……」

アガサがコントラルトで朗々と歌いはじめたので、ジョージはぞっとしたようだ。レストランの反対側にいたグループが歌に加わった。アガサが歌い終えると大きな拍手がわきおこり、彼女は立ち上がってお辞儀をした。

「もう、いいからすわって、見世物になるのはやめてほしいな」ジョージはとげとげしい声を出した。

だが、アガサは彼にどう思われようと、もう気にしなかった。三十分も待たせあげく、勝手に料理を選ぶなんて。

「言っとくわ……二度と……そういう口のききかたをしないで」アガサは感情のこもらない声で告げた。「あなたはわたしの夫でも父親でもないのよ。もう帰りましょうか？」

「いや。ええと――最初からやり直しましょう。アーノルドが死んだせいで、まだ動揺していたみたいだ。あなたのコテージに押し入った犯人について、警察は目星がついているのかな？　たぶんアーノルドを殺し、お金を奪った犯人と同一人物ですよ」

アガサはため息をついた。「テレビ番組だったら、法医学者が髪の毛をつまんで『ああ！　これは誰々のDNAと一致します』と言うんでしょうね。でも、警察はたぶん何もしてないわ。だって、わたしが被害にあったんだし、何も盗まれずに押し入られただけだから。アーノルドを殺した犯人には心当たりがあるの？　わたしを満足させてくれるって言ってたけれど」

ふいに最後の言葉がアガサの頭の中で性的な含みを持った。アガサは顔を赤らめ、メルローのグラスを見つめた。

「アーサーはアーノルドが殺された日に彼に電話して、午後に二人で銀行へ行こうと約束していたんです。すると教区民の一人のミセス・ウィルミントンから電話がかかってきて、死が近いので宗教の力を借りたいと頼んできました。それでアーサーはアーノルドに電話して、翌日に約束を延期した。ミセス・ウィルミントンはウォリックの住所を告げたから帰りが遅くなると思ったのです。ところがウォリックの住所に着いてみると、そこは私営馬券売り場で、店の上の住人たちは誰もミセス・ウィルミントンなんて聞いたことがなかった。アーサーは牧師館に引き返して最新の住所を調べると、アンクームだったので電話した。ミセス・ウィルミントンが電話に出てきて、自分はピンピンしていてどこも悪くないし、電話などしていない、と言った」

「すぐに警察に電話しなかったんですか？」

「ええ、誰かがいたずらをしたんだと考えたんです」

「すると、この事件には女性が関わっている。たぶん、男と女の共犯ですね」アガサは心の中で警察を罵った。こういう情報をアガサにすべて伏せていたのだ。

「別の話題にしませんか？　ああ、料理が来た。どうして探偵事務所を始めたのか話してください」

食べたり飲んだりしながら、アガサはこれまでに解決した事件について相当に脚色して話し、最終的にプロとしてやっていこうと決心した経緯を話した。

そのときジョージが彼女のためにもう一本ワインを頼んでいることに気づいた。「タクシーで帰らなくちゃならないわ」アガサは言った。「今度はあなたのことを話してください。わたしばかりがずっとしゃべっていたから」

ジョージは語りはじめた。建築家をしている。増築や車庫の改造の需要がとても多かったので、コッツウォルズに住むことにした。ずっと仕事が忙しい。もちろん、ふたつの案件でクライアントが破産し、何カ月にもわたる仕事の対価を回収できなかったこともある。「コッツウォルズに引っ越してくるまで、破産がこれほど多いとは知らなかった。もちろん、世間ではよくあることだとわかっていますが、高利のクレジットカードを何枚も使った人だけのものだと思っていたんですよ」

「奥さまが亡くなって、さぞ寂しいでしょうね」アガサはワインに酔って感傷的になっていた。

ジョージはため息をついた。「サラはとても家庭的でした。引っ越してきたとき、自分ですべてのカーテンや椅子のカバーを縫ったほどです。料理はシンプルだったがおいしかった。野心とはまったく無縁でした。経済的苦境に陥ったとき、家計を助けるために仕事をしてほしいと頼んだんです。しかし、妻は泣き、家庭が自分の仕事だと言いました」

「フレッド・コリーは？」アガサはたずねた。ジョージは男に依存する何もできないタイプの女性が好きなのだ、と考えながらたずねた。

「彼女は仕事をしているんですか？」

「画家です。水彩の。あまり売れていませんが、一族の信託財産から収入があるんです。アガサ、誰かにとてもセクシーだと言われたことはありませんか？」

アガサはまばたきした。それから「なくはないわ」と答えた。

彼は笑って勘定を頼んだ。「タクシーで家までお送りしますよ。明日、車をとりに来ればいい」

タクシーの暗がりで、ジョージは手を伸ばしてアガサの手をとった。それからそっと言った。「僕たちの夜はまだ終わっていませんよね」

アガサはあわてて自分の体を棚卸しした。すね毛——大丈夫、剃ってある。脇毛、同じく。心の準備はできている？　もちろん、とホルモンが叫んだ。

タクシーがコテージの外に停まると、家じゅうの明かりがついているのが見えた。

「変ね」アガサは言った。「誰かいるみたい」

ジョージはタクシーの運転手に待っているように伝えた。アガサはドアを開け、まっすぐリビングに入っていった。チャールズがソファに寝そべり、ギプスをはめた片脚をソファにのせている。

「何があったの？」アガサは叫んだ。

「ここの階段から落ちて脚を折ったんだ」チャールズは悲しげに答えた。「救急車を呼んで、手当てしてもらったところだ」

「どうして家に帰らなかったの？」

「叔母がいないし、グスタフは休暇だから、世話を頼むならあなたがいちばんうってつけだと思ったんだよ、最愛の人」

「ぼくは帰った方がよさそうだ」いつのまにか家の中に入っていたジョージが言った。アガサは彼を玄関まで送っていった。「チャールズはただの友人なのよ」

「へえ、本当に？　おやすみ」

彼が帰ってしまうと、アガサは足音も荒く家の中に戻っていった。チャールズはソファにすわっていた。かたわらの床にころがっている脱ぎ捨てたギプスは、白い傘立てみたいだ。

「いったいどうしてこんな真似をしたの？」アガサは問い詰めた。

「落ち着いて。ねえ、怒鳴らないで。聞いてくれ。ジョージ・セルビーは容疑者だよ、忘れちゃったのかい？　ジェームズとの関係を克服してからというもの、あなたは必死に代わりを求めている。考えてごらんよ。妻の死を企んだ男と本気でベッドを共にするつもりだったのか？　かわいそうなアーノルドを殺したかもしれない男だぞ」

アガサはチャールズと並んでソファにすわりこんだ。

「どうして彼といっしょに帰ってくるってわかったのよ？」不機嫌な口調でたずねた。

「まさにそういう危険なことを過去に何度もしてきたからね」

「ギプスはどこで手に入れたの？」

「ミセス・ブロクスビーの舞台用衣装から借りてきた」

「このこと、ミセス・ブロクスビーに話したの？」

「いや、あることをやらなくてすむように怪我をしているふりをしたい、何かないだろうか、とだけ言ったんだ。あのすばらしい女性はひとことも質問しなかった。素人演劇サークルが五年前に『キャリー・オン・ドクター』を上演したらしい。一杯飲む？」

「もう充分に飲んできたわ。この事件にジョージがからんでいるって、本気で考えているの？」

「わからない。彼は牧師館で長時間過ごしているんだろう？」

「頻繁に来ているみたいね」

「なぜだろう？　善行をほどこすタイプの人間に見えるか？」

「かもしれないわよ。村祭りで大テントの手配はすべてやったようだし」

「成功している建築家は本業以外のことに割く時間なんてないと思うよ。オフィスはどこなんだ？」

「知らない」

「場所を探しだして、彼の知らない探偵事務所のスタッフを送りこんで見張らせたら何かつかめるかもしれない」

「考えてみるわ。もう寝るわね」

アガサは戸口でためらった。「ありがとう」ぼそっとつぶやいた。「とんでもない馬鹿な真似をしかねないところだった」

「おいおい、アガサ、急に大人にならないでくれよ。どうかしたんじゃないかと心配になる。ここはいろんな物を手当たり次第、わたしに投げつける場面だろ」

翌朝オフィスに出発する前に、パトリックから電話があった。

「事務所に出勤する前に伝えておいた方がいいと思ってね。ジミー・ウィルソンについて調べてくれと頼まれただろう。たしかに、彼は膀胱癌を患ったが、それが理由で退職したんじゃないんだ。治ってから仕事に復帰した。そして、自宅で女性がレイプされた現場に向かった。ミリアム・ウェルズ刑事といっしょだった。ミリアムはその女性をレイプ課に連れていき、鑑識チームが被害者の部屋に向かった。ジミーは現場に残っていた。レイプ犯は現場に残っていたDNAによって逮捕された。前科記録があったからね。しかし、彼の逮捕前に、被害女性が寝室のたんすに入れておいた五千ポンドがなくなっていると訴えた。警察はレイプ犯が持ち去ったにちがいないと言った。しかし、被害者はそうじゃないと言い張った。警察を待っているあいだにたんすを調べ、お金があることを確認していたからだ。長い調査の結果、ジミーは早期退職を勧告された」

「どうして彼だと判断されたの？　鑑識班の一人かミリアムという刑事かもしれないでしょ？」

「それまでにジミーが担当した二件の事件でも、お金が紛失していたんだ。そのときにも当然疑われたが、結局何も証拠がなかった」

「ジミーに例の工場の案件を追って、と伝えておいて。工場内で物がなくなるという案件よ。残りのみんなはこっちに来てちょうだい」

アガサはチャールズが二階の予備の部屋で寝ていることを知っていたので、そのまま寝かせておくことにした。昨夜、ジョージとベッドを共にする気になっていたことがまだ恥ずかしかったし、朝いちばんでその失敗を思い出させられたくなかったのだ。

急いで村の店に行き、クロワッサンの大袋を買った。家に戻るとコーヒーを淹れ、キッチンのテーブルにいちごジャム、バター、お砂糖、皿、ナイフ、クリーム、ミルクといっしょにクロワッサンを並べた。

アガサは庭のドアを開けて猫たちを外に出してやり、煙草に火をつけた。さまざまな物思いが浮かんでは消えていった。

パトリック、フィル、トニがやって来て、全員がクロワッサンの皿とコーヒーのマグカップを前に落ち着くと、アガサは切りだした。

「ジミーのことで困ったことを発見したの。説明してあげて、パトリック」

全員が熱心に耳を傾けた。パトリックが話し終えると、トニが叫んだ。

「あの人はどこかおかしいところがあると思ってました」

「実はね、ジミーが教会のお金を盗んでアーノルドを殺したんじゃないかと疑っているの。それが事実なら、事務所にとってとてもまずいことになる。今後、わたしたちを信頼してくれる人なんているかしら？」

「ジミーがそこまでやるとは信じられないな」パトリックが意見を言った。

「彼の家を見張りたいと思っているの」アガサは言った。「問題は、彼がわたしたち全員の顔を知っていることね」

チャールズがガウン姿でふらっと入ってきた。

「どういう家にジミーは住んでいるんですか？」トニが質問した。「一戸建て、それともマンション？　人通りの多い通りに面している？」

「ちょっと待って」とアガサ。「住所がパソコンに入ってるから調べてくる」

しばらくしてアガサは戻ってきた。「イヴシャムに住んでる。ポート・ストリートよ」

「あのあたりは浸水したんじゃなかったかな？」フィルが言った。

「浸水のことは何も言っていなかったし、休暇もとらなかった。だから、坂の上よ。商店の上の部屋に住んでいるんじゃないかしら」

「あたし、見張れます」トニが言った。

「顔が知られてるでしょ」

「こういう姿しか知りません。絶対、あたしだってわからないように変装します」

「またあなたを危険な目に遭わせたくないんだけど」アガサはためらった。

「わたしが外に車を停めておきますよ」フィルが申し出た。「眼鏡をかけ、ツイードの帽子を目深にかぶったら、わたしだってわからないでしょう。ジミーはいつもわたしを馬鹿にして、じいさんって呼ぶんです。パトリックが後部座席に寝そべって隠れていればいい。ジミーが外出したら、パトリックが彼の部屋に忍びこむ。抗議してもむだですよ、パトリック。あなたが合い鍵の束を持っているのは知ってます」

「かなりむずかしい仕事になるぞ」パトリックは言った。「月が明るい時期だろ。彼がポート・ストリートのはずれに住んでいるなら、夜はほとんど人気がない。しかも店の上の部屋だっていうから、おれが錠をいじくっていたらかなり怪しく見えるよな」

「彼をどこかに派遣できないのか？」チャールズが意見を言った。

「それ、いい案ね。彼はトロッパーの案件も担当しているの。ミセス・トロッパーは夫が愛人をブライトンのホテルに連れていくかもしれないと疑っている。それよ。明日、ブライトンに行かせるわ」

「部屋に入るときにミセス・フリードマンをいっしょに連れていったらどうかな？」パトリックが言った。「ジミーは彼女の親戚だろ」

「彼女はショックを受けて、いとこに何かしゃべるかもしれないぞ」チャールズが言った。

「そうね。ともあれ明日、彼をブライトンに行かせてから、どうするか決めましょう」

翌朝、事務所に出勤したアガサは自分の幸運が信じられなかった。ジミーがソファに寝転がってぐっすり眠っていたのだ。部屋じゅうにすえたビールの臭いがたちこめている。彼のジャケットは椅子の背にかけてあった。ポケットを探り、鍵束を取り出す。そっと外に出ると、いちばん近い合い鍵屋に急いだ。腕時計を見る。十時九分前。店のドアは閉まっていた。いらだたしげにノブをガチャガチャ揺すった。ドアのブラインドが持ち上がり、店主が唇を動かした。「営業前だ」それから腕時計を指さす。アガサはバッグを開け二十ポンド札を財布から抜くと、振ってみせた。ドアは開いた。

「大至急、家の鍵の予備が一組ほしいの。すぐにやってくれれば、料金に二十ポンド上乗せするわ」

まもなく彼女は合い鍵を作り、急いで事務所に引き返した。ジミーは起き上がり、ぼうっと周囲を見ているところだった。

アガサはデスクに歩いていき、その途中でジミーのジャケットを床にはたき落とした。ジミーの鍵束をジャケットの上にこっそり落とすと、彼の方を見た。

「事務所で寝るなんて、どうしたの？」

「ゆうべはちょっと酔っ払っちまってね。おまわりがたくさんいたから、ここで夜明かしすることにしたんだ」

「家に帰ってシャワーを浴びて、ブライトンに行ってちょうだい。トロッパーの案件よ。ミセス・トロッパーは夫が愛人をブライトンに連れていくんじゃないかと疑っている。夫は販売営業会議があるって説明したそうよ。現地で調べてきて」

ジミーは立ち上がった。「行ってくるよ。経費を前払いしてもらいたいんだけど」

アガサは事務所の金庫を開けて、札束を取り出した。「一ペニーにいたるまで、きちんと精算してね」

「もちろん。じゃ、行ってくるよ」

他のスタッフたちは、全員が仕事に出ていた。彼女はみんなに電話して、鍵を手に入れたので作戦会議をするために戻ってきてほしいと伝えた。ミセス・フリードマンに何をしているのか悟られないように、ミルセスターの〈ソレント・カフェ〉で集まることになった。チャールズにも電話したが、家に帰ってやることがあると断られた。

アガサはジミーが犯人じゃないことを祈っていた。そんなスキャンダルが明るみにでたら、探偵事務所にとって大打撃だ。

全員がカフェに揃うと、アガサは言った。「トニとわたしで行く方がいいわ。わたしたちならあまり怪しまれないだろうから」

「大丈夫ですか？」フィルがたずねた。「ボディガードとして同行してもいいですよ」

アガサは愛情のこもったまなざしで、フィルの皺だらけの顔と白髪を見やった。

「二人で大丈夫よ。ジミーは経費事務所持ちのブライトン出張から、急いで戻ってこないと思うから」

ジミーの部屋はポート・ストリートのはずれの貸しガレージの近くで、小さな食料品店の二階にあった。

二人は変装しなかった。アガサは絶好の口実を思いついたのだ。ジミーをブライントンに行かせたことをうっかり忘れてしまい、彼の様子を見に来た、と言えばいい。キーリングには鍵がふたつついていた。アガサは大きい方が通り側のドアのものだと推測し、それは正しかった。

中に入ると、すり減った石段が上階に通じている。「よかった」アガサはささやいた。「ドアはひとつだけね。隣人はいない」

ドアを開け、二人は中に入った。「まるでゴミ捨て場ね！」アガサは叫んだ。床じゅうに空のビール缶がころがっている。シャワーのあるバスルームはあまりにも小さいので、どうやってあの大柄な体で中に入るのだろう、と不思議だった。二人は食器棚、ベッドの下、トイレのタンクを順に調べていき、ジミーがお金を詰めていないかマットレスの横側も探ってみた。

アガサは楽観的な気分になってきた。ジミーが犯人であってほしくなかった。「降参！」アガサはトニに叫んだ。トニはまだ寝室を捜索している。「負けたわ」

肘掛け椅子の上から新聞を二部慎重にどかすと、ほっとため息をつきながらすわりこんだ。とたんに身をこわばらせて、ゆっくりと立ち上がった。

「トニ、こっちに来て！」

「何か見つかったんですか？」トニは寝室からやって来るとたずねた。

「肘掛け椅子のその大きなクッション、何かが詰めこまれている感じがするの」

「見てみましょう」トニは大きなシートクッションを手にとった。「裏側が不器用に縫ってあります。あたし、爪切りバサミを持ってます」

「何も不審なものが入っていなかったら、同じように縫い合わせておかなくちゃならないわね」

トニはバッグからハサミを取り出し、縫い糸を切った。「何かあります」トニは何かの端をつかんでひきずりだした。アガサはまじまじと見つめた。目の前には見慣れた銀行の袋があった。

「このまま持っていって、教会に返しましょう」トニが勢いこんで言った。「ジミーはクビにすれば、スキャンダルにはなりませんよ」

「無理よ。アーノルドが殺されたことを忘れてるわ。警察に電話する。ジミーに伝えたいことがあったので家に来た、と言うわ。電話に出なかったので、ここに来てみたらドアが開いていた。ジミーはいなかった。肘掛け椅子にすわったら、クッションの中に何か入っている感触がした、とかなんとか、そんな感じで説明する」

「信じてもらえませんよ」

「他にもっといい考えがある？」アガサは携帯を取り出しミルセスターの警察署に電

話した。

どうにかビル・ウォンをつかまえると、早口に説明した。電話が終わると、トニが心配そうにたずねた。「あたしたちも身体検査されるでしょうか？」

「それはないんじゃない。どうして？」

「あなたは合い鍵を持っているし、二人ともラテックスの手袋を所持している」

「彼の鍵は自分のキーリングにつけるわ。それに、ラテックスの手袋を持ち歩くのは当然よ。私立探偵なんだから」

「ここはイヴシャムですよ。ウースター警察の管轄になるんじゃないですか？」

「もともとグロスターの事件でしょ。連中は直接ここに来て、あとでウースター警察に知らせるんじゃないかと思う。なんだか不安になってきたわ。気の毒なミセス・フリードマン。この知らせに打ちのめされるわね」

「あ、大変！」トニが叫んだ。

「何？」

「警察は指紋がないか部屋を探しますよ」

「手袋をはめてるわ」

「わかりません？　そこですよ。どうして手袋をはめてるんですか？」

「考えさせて。そうだ。わたしが椅子にすわったので、すぐにお金を発見した。警察を待っているあいだに調べておいた方がいいと思った」

「通用しませんよ。犯罪現場に手を触れちゃいけないことは、当然あたしたちなら知っているはずです」

「ジミーがブライトンのどこに泊まっているのか知りたかったって言う。どこかにメモでも残していないかと思ったたって」

「じゃ、『どうして電話しなかったのか？』って言われますよ」

「つながらなかった」

「通話記録を調べられたら？」

「最低最悪」アガサは叫んだ。「悪いのはわたしじゃないのに」

「ミセス・レーズン？」アガサはさっと振り向いた。ウィルクスとコリンズが戸口に立っていた。そのすぐ後ろにビル・ウォンがいる。

「お金はどこですか？」ウィルクスがたずねた。

アガサは肘掛け椅子のクッションを指さした。「その中です」

「どうやって見つけたんですか？　ここはジミー・ウィルソンの部屋でしょう？　それに彼はあなたのところで働いている」

アガサはジミーと連絡をとりたかったが、彼はブライトンに行った、という作り話をした。肘掛け椅子にすわると、中に紙が入っているようだったので調べてみたのだと。

「じゃあ、彼の宿泊先を知っているんですね？」

「電話がつながらなかったんです」アガサは言った。「ジミーのことだから、経費で落とせると思ったらどこか豪華なホテルに泊まるだろうと思います」

ウィルクスは早口で電話をかけ、ブライトン警察に連絡をとって、ジミー・ウィルソンを逮捕するように命令した。

「どうしてこんな人間を雇ったんですか？」

「彼は元刑事です。あなたたちのお仲間だったのよ」

「あなたとミス・ギルモアに警察に来て、聴取を受けてもらいたい。ウォン部長刑事が付き添います」

警察署でアガサとトニは別々にされた。アガサは意地悪なコリンズとフィンチという刑事に聴取された。

矢継ぎ早に脅しつけるような質問が浴びせられた。コリンズはアガサがお金の窃盗とアーノルド殺害に関わっていると言わんばかりだった。

うんざりしながらアガサは最初の話を繰り返し、ジミーは引退した刑事だったので疑う理由はなかった、とコリンズに何度も繰り返した。

とうとう、解放されたが、今後もすぐに聴取に応じられるようにしてもらいたい、と警告された。トニが待っていた。

「一杯やりたいわ」アガサは言った。「もうジミーは逮捕されたかしら」


ジミーはブライトンの〈グランド・ホテル〉のロビーに入っていった。

「いちばんいい部屋を頼む」彼はフロント係に言った。

「お名前をお願いできますか？」

「ウィルソンだ。ジミー・ウィルソン」

フロント係はロビーの向こうに視線をやり、小さくうなずいた。ジミーの肉のついた顔に汗がにじみはじめた。ふいに恐怖を感じて振り向くことができなくなった。

「部屋は用意できたのか？」彼は震える声でたずねた。

大きな手がジミーの肩に置かれた。低い声が言った。「ジミー・ウィルソン、アーノルド・バーントウェザー殺害と教会所有の寄付金窃盗の容疑で逮捕――」

そこで言葉が途切れた。なぜならゆっくりと振り向いたジミーがシャツの襟をつかみながらこう叫んだからだ。「空気が。空気が吸えない」息をあえがせている。顔の半面がゆがみ、意識を失って床にくずおれた。

ジミーは病院に運ばれる途中、重度の卒中で亡くなった。それから二週間、アガサはミセス・フリードマンへの罪悪感と事務所が傾くのではないかという恐怖と闘わなくてはならなかった。警察はアーノルドの殺害はこれで解決されたとみなしていたが、とうとうジミーの女性共犯者は突き止めることができなかった。コンフリー・マグナはほぼ忘れられた。アガサのスタッフたちは事務所の有能ぶりを証明するために、他の目立つ案件をできるだけたくさん解決しようと忙殺されていたからだ。週末にまで仕事をしていた。

とうとうアガサは仕事を中断して、週末は休むようにスタッフ全員に伝えた。トニはわくわくしている様子のハリーから電話を受けた。ショスタコーヴィチの『ムツェンスク郡のマクベス夫人』の公演に招待したい、来英しているロシアの歌劇団が、週末にミルセスターで上演することになったから、という話だった。トニはぜひ行きたいと答えた。

ハリーの訪問に備えて、トニは愛読していた女性誌を部屋から一掃した。彼は女性誌に批判的にちがいないと思ったのだ。

まもなくハリーは、土曜午後のマチネの良席をおさえたと携帯メールをしてきた。土曜トニはほっとした。何を着ていったらいいのだろう、と頭を悩ませていたのだ。土曜午後の公演なら、仰々しいドレスは必要ないだろう。それに、ハリーは公演後すぐにケンブリッジに戻ると書いていた。

夏にしては異常なほど肌寒かったので、トニはしゃれたダークブルーのパンツスーツを高級なチャリティショップで購入した。襟ぐりが大きく開いたトップスをあわせ、市場で買った三連の偽パールのネックレスをかけた。友人のシャロンに、その服装を見せた。

「ビジネスウーマンみたい」というのがシャロンの意見だった。「熱々のデートに出かける女の子には見えないよ」

「オペラは熱々のデートとは言えないと思うな。彼はあたしの経験値を上げようとしてるんだよ」

「セックスの方は？」

「まだそこまでいってないよ」

「どうして？」シャロンは追及した。「いちばん新しい彼氏なんて、ずっとあたしの体をまさぐってるよ」

トニは顔をしかめた。「たぶんケンブリッジ大学では流儀がちがうんじゃないかな」

その日早く、ハリーはケンブリッジでのガールフレンド、オリヴィアに心のこもったキスをしてからバイクで出発した。オリヴィアはグラマーできれいだった。彼女とは温かくてややこしくない関係だと、ハリーは考えている。出発前にオリヴィアは釘を刺した。『マイ・フェア・レディ』にならないでよ」

「たんに手助けしてるだけだ。ぼくはいい先生になれそうだよ」

ミルセスターに着くと、バイクを劇場の近くに停め、バイク用のレザージャケットと手袋とヘルメットを脱いだ。レザーの下にはジーンズとチェックの開襟シャツを着ていた。荷物入れからスエードのジャケットを取り出すとはおる。劇場に向かいかけたとき、ちょうどパブから出てきたかつての学校友だちのグループにばったり出会った。「カレーを食べに行くところなんだ」バーティー・ブリット＝アンダーソンという長身でひょろっとした青年が言った。「いっしょにどうだ？」

「いや、オペラに行くところでね。友人と待ち合わせなんだよ」

「ガールフレンド？」

「ただの友だちだよ。ああ、彼女が来た。道を渡ってくるところだ」トニは信号が変わるのを待っていた。日差しに金髪が輝いている。

「ただの友だちなら、おれに紹介してくれよ」バーティーが言った。「すごい美人だ！」

「もう行かないと」ハリーははぐらかした。

野次とヒューヒューという口笛にはやしたてられながら、ハリーは急いでトニのところに行った。

「何の騒ぎ？」トニはたずね、青年たちの一団の方を見やった。

「馬鹿どもさ！　気にしないでいいよ」


座席にすわったとき、トニは期待がふくらむのを感じた。トニにとって初めてのオペラだ。指揮者が登場すると観客は拍手し、指揮者はタクトを振りあげた。数分後、トニはささやいた。「これがそうなの？　もう始まったの？」

「これは序曲だよ」ハリーはひそひそ声で答えた。

トニは惨めになって顔を赤らめた。カーテンが上がると、舞台を占領する大きな檻が現れた。トニは楽しもうとした。しかし、舞台は暴力的で荒々しかった。他の労働者に舞台上でレイプされかかった女性労働者は、ほぼ全裸にされた。休憩になると、ほっとため息が出た。「スターリンが初めてこのオペラを見たとき、途中で怒って出ていったって知ってる?」ハリーはトニをバーに連れていきながらうれしそうに言った。

「本当に?」一人で見ていたら同じことをしただろう、とトニは暗い気持ちで考えた。

ハリーはビールを、トニはオレンジジュースを飲んだ。ハリーがオペラについてさらに解説しかけたとき、以前の英語教師マーク・サザーランドが横にいることに気づいた。

「ケンブリッジはどうだね?」マークはトニを食い入るように見つめている。

マークは長身でやせた四十代の男で、鼻が大きくて明るい青い目をしていた。

「うまくやっています。ああ、トニ、こちらはぼくの元英語教師のサザーランド先生だよ。サザーランド先生、トニ・ギルモアです」

「マークと呼んでくれ。もう学校にいないんだから」マークはトニの手をとり、握手をした。「どこでこの美しい女性と知り合ったんだね?」

「トニはぼくが以前いた探偵事務所で働いているんです」

「なんと! それは興味深いね。前から探偵小説を書きたいと思っていたんだ。トニ、よかったら夜にでも一杯やりながら仕事について話してもらえないかな？」

「マーク？」

マークはいらだたしげに振り返ったとたん、渋い顔になった。

「妻のパメラを紹介させてもらってもいいかな？　きみはバーに来ないつもりかと思ってたよ」パメラは小柄でやせた女性だった。きらきらした小さな鏡をたくさん縫いつけたふわっとしたインド製のドレスを着ている。やせた顔でぎらつく黒い目がトニを食い入るように見つめた。

「やっぱり来ることにしたのよ、あなた。わたしのことは紹介してくれたけど、そちらのお二人はまだよ」

「ああ、ごめん」マークが紹介をすませたとき、ベルが鳴って席に戻るように知らせた。

トニはまた座席にすわった。自分が浮いている気がしていた。まず音楽が理解できない。たぶん、きちんとした芸術教育を受けていないせいだ。

上演時間のせいで休憩は一度だけの予定だったので、トニは公演が終わるまで別のことを考えることにした。

ハリーはちらちらとトニの穏やかな顔を盗み見た。睫（まつげ）が伏せられたとき、その睫がびっくりするほど長いことに気づいた。

ようやく劇場から出て日差しにまばたきしていると、トニはいきなりハリーに向き直り、しっかりと握手した。「とてもおもしろい経験をさせてくれて、本当にありがとう。じゃあ、急ぐので」

そしてトニは走り去った。ほっそりした姿が歩行者のあいだを縫うようにして走っていく。そうか、オペラのあとですぐにケンブリッジに戻ると言ってあったんだっけ、とハリーは思い出した。トニがきれいなのはわかっていたが、『マイ・フェア・レディ』さながら、いわば彼女の精神を形成することに躍起になっていたので、あらゆる年代の男性から求められるような女性だということをこれまできちんと理解していなかった。

しかも、多くの人が初めて観たときは楽しめなかったと言っているロシアオペラに連れていき、教養をひけらかすような真似なんてするべきではなかった。

トニはあんなにしっかりと握手をした！　まるで年上の叔父さんにするみたいに！最近じゃ、握手をする人なんてめったにいない。

バイクで走りだすと、背後でミルセスターがどんどん遠ざかっていった。ケンブリッジの平坦な土地に着く頃には、なぜか自分の体が小さくなったような気がしていた。

その晩、トニはディスコに行ってダンスし、オペラの記憶を頭から消し去ろうかと思った。しかし車に乗りこむと、カースリーに向かった。

アガサは夕食に何かないかと冷凍庫をひっかき回しているところだった。ほとんどの包みには霜がついていたので、中身が何かを確認するためにゴシゴシと霜をかき落とさねばならなかった。ドアベルが鳴った。ぱっと明るい顔になった。アガサは土曜の夜を一人で過ごす女性を負け犬だとみなす世代だったのだ。

「まあ、あなたなの、トニ」ドアを開けるとアガサは言った。「どうぞ。何があったの?」

「悩んでいることがあって」

「そう、入って。もう夕食はすませた?」

「まだです」

「パブに行ってもいいわね。いろんなものを冷凍庫に入れるもんだから何が何だかわからなくなっているの。じゃ、パブに行って、心が癒やされるコレステロールたっぷりの物を注文して、あなたの話を聞くわ」

「まあ、今じゃサラダがメニューにあるのね」パブにすわるとアガサは言った。「試してみようかしら……いいえ、やめとくわ。癒やしてくれる食べ物が必要よ。ステーキ・アンド・キドニーパイと新ジャガイモでどう？」

「おいしそうです」

「ずいぶんしゃれたスーツね。だけど、いつも着ている服とは感じがちがう。仕事の面接に着ていくみたいな服ね」アガサの小さな目がトニの顔をじっと見つめた。「別の仕事を探しているんじゃないわよね？」

「そんなんじゃありません。ハリーがオペラに連れていってくれたんです」

「ぜひ聞かせて。バーで食べ物を注文してくるまで待ってて」注文して戻ってくると、アガサはさっそく水を向けた。「で、何があったの？　ハリーとつきあっているなんて知らなかった」

「そうじゃないんです。というか、今日までは。彼はメールで、どんな音楽を聴くべきか、どんな本を読むべきか指南してくれていたんです」

「なぜ？」

「あたしに教養をつけさせようとして」

「ずうずうしい真似をするものね」

トニはため息をついた。「自分でも教養をつけなくちゃ、って思ってたんです。今の宙ぶらりんな状態がいやになっちゃって。つまり、どこにも属していないって感じです」

「で、オペラはどうだったの？　一度『カルメン』を観たことがあるわ。すごくおもしろかった」

「ショスタコーヴィチだったんです――『ムツェンスク郡のマクベス夫人』自分の馬鹿さ加減に落ち込みました。最初から何がどうなっているのかさっぱりわからなくて。とても不気味な音楽が演奏されたので、もう始まったのかって訊いたら、序曲だってわかりました」

「ミセス・ブロクスビーに訊いてみた方がよさそうね。わたしには全然わからない。人生の大半が仕事、仕事、仕事で過ぎてきたから。ハリーのことは理解できないわ。彼、あなたをベッドに誘おうとした？」

「全然」

「あの青年のことはよくわかっていると思ってたけど、恋愛となると、わたしは世界一の負け犬なのよ」アガサはさばさばと言った。「食事をすませたら牧師館まで歩いていきましょう。コンフリー・マグナの件をずっと考えていたの。警察はほぼ捜査を終了してしまった。ただのいたずらが惨事になったと考えたからよ。でもなぜか、このままにしておけない気がしているの」

「明日、行ってみませんか？」トニが提案した。「状況が落ち着いたから、人々も気楽にしゃべってくれるかもしれませんよ。チャールズはどうしていますか？」

「そうね、行ってみてもいいかも。チャールズときたら腹立たしいの。ジミー・ウィルソンのスキャンダルを耳にしたら現れると思っていたのに。たぶん休暇で出かけているんでしょ。いえ、考えてみたら、いつものように利己的にふるまっているだけね」

ステーキ・アンド・キドニーパイのあとにアップルパイのカスタードクリーム添えを平らげてしまうと、アガサはコーヒーをふたつ注文し、煙草を取り出して火をつけた。店主のジョン・フレッチャーがあわてて飛んできた。

「そのろくでもないものを消してくれ、アガサ。喫煙禁止法が始まったから、罰金を課せられちまう」

「スターリン主義の官僚どもめ」アガサはぶつぶつ言った。テーブルにはひとつも灰皿がないことに初めて気づき、煙草をジョンに手渡すと、彼は腕をいっぱいに伸ばして煙草を運んでいった。まるでそれが小さなダイナマイトであるかのように。

牧師館に近づいたとき、まず電話をすればよかった、とアガサはうしろめたくなった。村の大勢の人がミセス・ブロクスビーに悩みを相談しに押しかけてくる。まるで牧師の妻が個人的なセラピストとして常に待機している、と思っているみたいに。

「電話すればよかった」アガサは言った。「いつもいきなり訪ねていくから失礼よね」

「今、電話したらいいですよ」トニが言った。

「もう玄関先にいるも同然よ」

「それでも電話してください」

アガサはバッグから携帯を取り出した。重要な番号を登録する方法をいまだに会得していなかったので、短縮ボタンではなく電話番号をすべて押した。

「ミセス・レーズンです」アガサは言った。「ミス・ギルモアといっしょなの。あなたのアドバイスをいただきたいと思っているんだけど」

トニは待った。それからアガサがこう言うのが聞こえた。「実はお宅のすぐ前まで来ているの……かまわない？　ありがとう」

二人が進んでいくとドアがさっと開いた。穏やかな笑みを浮かべた牧師の妻のほっそりした姿を見ながら、幸運な人は家に帰ってきたとき、今みたいな気持ちになるにちがいない、とトニは思った。

「いい夕方ね」ミセス・ブロクスビーは言った。「庭にすわって煙草を吸いたいんじゃない、ミセス・レーズン？」

「ありがたいわ。イギリス政府のスパイたちが墓石の陰から飛びだしてこなければいいけど」

「外ならかまわないのよ」ミセス・ブロクスビーは二人を案内していった。「飲み物は？ コーヒー？」

トニはかぶりをふり、アガサは言った。「いえ、けっこうよ」

薄緑色をした夕暮れの下にすわると、ミセス・ブロクスビーはたずねた。

「コンフリー・マグナに関連したことでアドバイスがほしいの？」

「いえ、そのことじゃないの。だけど、コンフリー・マグナっていうと？」

「ただ、事件はどうなっているのかと思って」

「今のところ何も進展はなし」アガサはため息をついた。「実を言うと、ジミーのスキャンダルのせいで、請け負っている案件をできるだけ片付けようとして、スタッフ全員がビーバーみたいにせっせと働いていたの。ジミーみたいな人間を探偵として雇ったことで、事務所の評判がガタ落ちになると思ったから。でも、それほどでもなかったわ」

「では、何についてのアドバイス？」

「トニの問題なの。話してあげて、トニ」

トニは最初から順を追って話し、オペラでの経験と、その前にハリーの友人たちに、幕間には英語の教師に会ったことでしめくくった。「その英語教師は一杯やりに行こうとあたしを誘いました。だけど、そこへ奥さんがやって来て、不機嫌そうで。ハリーはオペラのあとですぐにケンブリッジに戻らなくちゃいけないって言っていたので、あたしは握手をすると走って帰ったんです」

「どうやら、あなたたちの友情には少しもロマンチックなところはないようね」ミセス・ブロクスビーは言った。

「ええ全然。ハリーはそちらの面にはまったく関心がないようです。コンフリー・マグナに行ったことを除けば、ハリーと出かけたのは今日が初めてでした。だけど、本物のデートじゃない気がします」

「わたしは音楽の専門家じゃないわ」ミセス・ブロクスビーは言った。「でも、そのオペラ作品は、ショスタコーヴィチをたくさん聴いている人じゃなければ楽しむのがむずかしいと思うの。ハリーはいわば個人指導をしている気になっていたんだと思うわ。彼の友人たちも英語教師も、あなたのことをとても魅力的だと思ったにちがいない。今、ハリーはあなたを新しい目で見ていることでしょうね。彼があなたに恋をしたら、困る？」

トニは金髪の頭をうなだれた。かつてわたしにもこういう華やいだ時期や純真さがあったのかしら、とアガサは寂しい気持ちになった。

トニはようやくためらいがちな笑みを浮かべた。

「友人のシャロンに、ハリーはあたしを支配しようとしているって言われたんです。彼に気をつけた方がいいよって、警告された。それに彼のせいで、自分が馬鹿みたいだと感じたし、その屈辱はずっと忘れられないと思います」

「思いがけないときに、いずれ誰かがあなたの前に現れるわよ」ミセス・ブロクスビーは言った。「だけど覚えておいて――あなたは十八歳よね、そうでしょ？　いい、十八のときに恋をした相手は、あなたが二十五、六歳になって愛する人とはちがう。ミセス・レーズンは、あなたがとても賢い女の子だと知っている。いい本を読み、クラシック音楽を聴くことはりっぱだけれど、都合のいいときに、あなたのペースでやればいいのよ。それより、ひとつ妙なことがあるわ。ケンブリッジの学期は六月十五日で終わって夏休みになっている。ハリーはまだ向こうに残って何をしているの？」

「わかりません」

「ミルセスターにご両親がいるんでしょ？」

「そうよ」アガサが答えた。「トニとセックスをしたがらず、まだケンブリッジにいるなら、たぶん向こうにつきあっている女の子がいるんだわ」

ミセス・ブロクスビーはうつむいたトニの顔をすばやく見た。

「彼に恋はしていなかったのよね？」

トニはうなずいた。「ちょっと浮かれていた、それだけです」

「大学生なんてごろごろいるわよ」アガサが励ますように言った。「だけど、あなたみたいに優秀な探偵はとても貴重だわ。わたしはよく知ってるけど、仕事をしていれば悩みなんて忘れちゃうものよ。明日、コンフリー・マグナに行って、何か探りだせるかやってみましょう」

ミセス・レーズンが忘れたい悩みって何かしら、とミセス・ブロクスビーはひそかに考えたが、たずねるのは控えた。

8

実を言うと、アガサはジョージがレストランに三十分も遅刻してきて、勝手に彼女の食事を頼んだことはすっかり忘れていた。ろくでもないセックスの夜を過ごし、のちに苦い後悔の種になったかもしれないというのに、アガサのロマンチックな空想の中では、それは逃してしまった夢のようなひとときに変わっていた。

翌朝コンフリー・マグナに車を停めると、彼女は言った。

「フレッド・コリーにもう一度会いたいわ。あなたに彼女を観察してほしいの。たぶん教会にいるわね。ここで待っていましょう」

「それっていい考えですか？」トニは反対した。「大勢の人たちといっしょかもしれませんよ。だいたい、彼女は教会に行くような女性に見えましたか？」

「そうねえ、トンボロくじを担当していたから、そうかもと思ったの。では、彼女のコテージに行って、そこで待ちましょう」

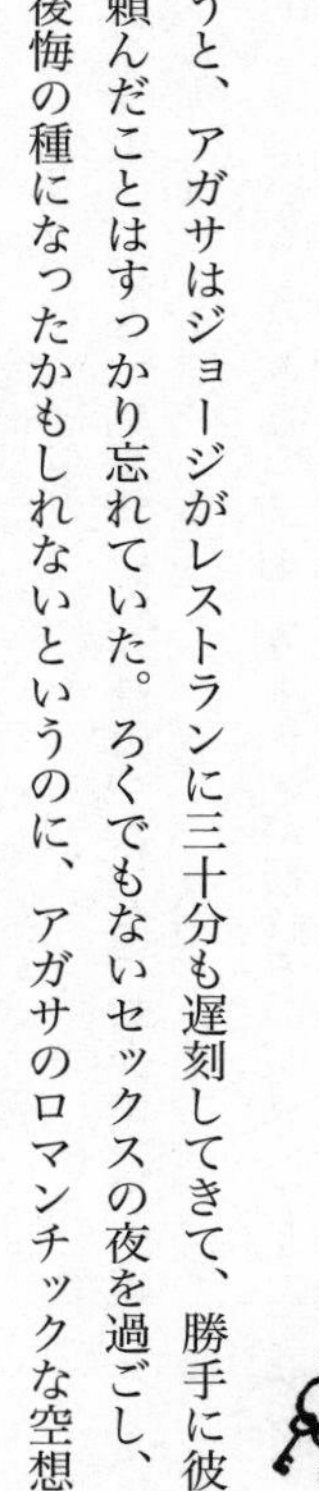

その日は特別に寒かった。地平線には灰色の大きな雨雲が湧きでている。

「なんだかぱっとしない夏になったわね」アガサは嘆いた。

「ここは本当に変な村ですね。あまりにも静かすぎます」

「たぶん、全員が教会にいるんでしょ」

「それが妙なことのひとつですよ。最近じゃ、教会に行くのは老人だけだと思ってました」

「ここには老人がたくさん住んでいるみたいよ」アガサはバックミラーをのぞいた。

「あら、神の待合室から村人たちがぞろぞろ出てくる」

「フレッドはいますか？」

「まだよ。ジョージがいる」アガサの胸が高鳴った。急に教会まで引き返したくなったが、その衝動を抑えつけた。

「フレッドは家にいるんだと思います。カーテンが揺れるのが見えました。ノックしてみましょう。あたしたちがここで何をしているのか、不審に思っているでしょうから」

車から降りながら、アガサは気が滅入ってきた。妖精のようなフレッドの前に出ると、自分が大柄で不格好に感じられる。化学者が「自尊心」というラベルを貼った効き目のある薬を発明できたら、億万長者になれるだろう。

二人が玄関前の階段まで来ると、ドアが開いた。相変わらずきゃしゃなフレッドは、リネンのショートパンツにエメラルドグリーンのスモックを着ていた。素足で足の爪もエメラルドグリーンに塗られている。

「またお邪魔して本当にすみません」アガサは謝った。「ただ、いくつか質問したいことがあって」

「どんな？　ああ、入ってください」

窓は開いていたが、トニはかすかなマリファナの臭いを嗅ぎつけた。

「それで何なの？」フレッドはたずねた。アガサはとても低いソファに腰をおろしたとたん、たちまち後悔した。パンティが見えないよう両脚を無理やり横向きに曲げた。

「村祭りの朝のことを何度も思い返しているの」アガサは切りだした。「あなたはとても早く来たのよね」

「そう言ったでしょ」フレッドは面倒くさそうに答えた。

「調査の助けになるようなことを思い出せませんか？　物音とか？」

「どんな？」

「走り去る車の音、足音、テントのフラップを開けようとしているガサゴソという音」

「いつもの夜明けのコーラスだけね」

「村で暮らすようになってから長いんですか？」トニが質問した。

「五年かな」

「噂を耳にしていませんか？」トニがさらに突っ込んだ。「ジャムにLSDを入れかねない人物につながるような噂を？」

「あたしは田舎の生活になじんでいる」フレッドは言った。「ここは人間関係が密な社会なの。ほとんどの人が教会に行くし、みんな、とてもきちんとした人たちばかりよ」

「それでも、ミスター・ジョージ・セルビーの奥さんは、ミス・トリアスト＝パーキンズに殺されたという噂があるでしょ」とアガサ。

「まさか！　まるででたらめよ！　それに、どうしてまだ探り回っているの？　シビラは自殺したんだし、罪を告白したんでしょ」

「でも、彼女の自殺の書き置きには、一人を殺したことしか書かれていなかった。一人だけなの」

「あの人はすっかり頭がいかれていたのよ。あなた、仕事がないの？　おたくのスタッフが教会のお金を盗んでアーノルドを殺したっていうし。もう帰ってちょうだい。あたしの時間をむだにするのはやめてよね」

トニがふかふかのソファからアガサを助け起こす様子をフレッドは冷たい目で見ていた。

教会墓地の塀際に車を停めると、アガサはトニにたずねた。

「彼女のこと、どう思った？」

「マリファナをやってますね」

「まちがいない？」

「ええ。窓が開けてあったけど、臭いに気づきました」

「わたしが煙草に火をつけようとしたら、あんなに怒ったくせに！　最近はニコチンじゃなくてマリファナを吸うのが政治的に正しいんだわ」

「もうちがいますよ。出回っている新しいブツはすごく強いので、統合失調症みたいな症状を起こすらしいです」

「マリファナをやっているなら、もっと強いもの、ＬＳＤも手に入れられるかもしれない」

「たくさんの人がマリファナを吸ってますよ。入手が簡単だから」トニは言った。

「あなたにクラブを回ってLSDの入手先を見つけてもらいたいところだけど、またトラブルに巻きこまれてほしくないしね」

「もう無理ですよ。このあいだの事件でテレビに出てから、みんなあたしが探偵だって知ってます。話なんて聞けません。友だちのシャロンになら訊けますけど。LSDの有効期限ってどのぐらいなんだろう。消費期限があるんでしょうか？」

「なぜ？」

「容疑者のうちで自堕落な青春時代を送った人がいるんじゃないかって、ふと思って」

アガサは眉をひそめて考えこんだ。「どこから始めたらいいかしら。そうだ、牧師館に行って、これまでの村祭りの写真を見せてもらって不審な人間がいないか調べてみましょう。きっと古い写真を保管しているはずよ」

「たしか牧師の奥さんは元ヒッピーみたいな格好をしていた、って言ってませんでした？」

「まあね。他には調査のとっかかりがないのよ」

牧師自身がドアを開けた。「何かご用ですか?」迷惑そうな口調だった。「事件は解決し、お金は返ってきた――おたくの探偵の一人によって盗まれたお金です。きっと彼がアーノルドを殺したんですよ」

「たしかに。でも、あなたのためにお金を取り戻したんですよ」アガサはきっぱりと言った。「今もミセス・ジェサップとミセス・アンドリューズを殺した犯人を見つけようとしているんです」

「警察は若者のいたずらが大騒動になっただけだと言っていますよ」

「それを確かめたいんです」

「わたしでどういうお役に立てるのかわかりませんが」

「少し前の村祭りの写真をお持ちじゃないかと思ったんです」トニが言った。「そこにいるべきではない人物を発見できるかもしれません。過去の祭りは、とてもこぢんまりした催しだったにちがいありませんから」

牧師はためらった。それからしぶしぶ承知した。「お見せしても問題ないでしょう。待っていただかなくてはなりませんが。屋根裏に何箱もあるんです」

「とてもお忙しいでしょうし、屋根裏に案内していただければ、探すのは自分たちでやりますから」トニが熱心に言った。

牧師はほっとしたようだ。三人が二階の踊り場まで上がったとき、トリクシーが階段の下に現れて叫んだ。「その二人をどこに連れていくの？」

「屋根裏だよ。古い写真を見たいそうだ」

「なぜまた？」

「下りたら話すよ」

古いコッツウォルズの建物はみんなそうだが、階段は上に行くにつれて急になった。アガサの悪い股関節に不気味な痛みが走った。これまでは高い注射にお金を注ぎこんだおかげで痛みがおさまっていただけで、必死に祈っていたように関節痛が完治したわけではないことを思い知らされた。

アーサー・チャンスは屋根裏の小さなドアを開けた。「中に入ってください。古い写真はあそこのトランクの中にすべて入っています。申し訳ないが、まったく整理されていませんよ」

「ご心配なく」アガサはトランクのかたわらにひざまずいた。「わたしたちでやりますから」

牧師が行ってしまうと、アガサはトランクを開けてうめき声をもらした。「何百枚もある。ひと山とって、トニ。わたしは別の山を担当するわ」

二人は無言で作業にとりかかった。たしかにとてもささやかな催しだった。ジョージが二人の女性と立っている写真を見つけた。一人はシビラだ。もう一人はジョージの亡き妻サラにちがいない。サラ・セルビーはアガサが想像していたほど魅力的ではなかった。小柄でほっそりした体形だったが、髪は冴えないネズミ色で、みっともない柄のプリントのドレスを着ている。シビラはうっとりとジョージを見上げていた。その写真を置いて、もう一枚を手にとろうとしたとき、あるものに気づいた。バッグを探して拡大鏡を取り出す。

トニはくすくす笑った。「現実の探偵もそれを使うとは思いませんでした」

「いいからこっちに来て、これを見て」トニは写真をのぞきこんだ。「背景のところよ、その三人の後方。それ、マギー・タビーでしょ。その表情を見て。三人のうち誰をそれほど憎んでいるんだと思う?」

「興味深いけど、何の証拠にもなりませんよ。別のものを探しましょう。マギーの他の写真もあるかもしれない」

「あれ、教会の結婚式でまたマギーが写ってる」トニが叫んだ。「これを見てください。左の後ろの方です」

「驚いた!」アガサは写真を見つめた。マギーは横向きになりジョージを熱っぽく見つめて立っている。

「これはまちがいなく恋をしている女性の表情ですね」トニが言った。「彼女はレズビアンなのかと思ってました」

「それは無視していいわ。最近ですら、とりわけ小さな村だと、女性同士で暮らしているだけでレズビアンカップルだとみなされるのよ」アガサは顔をしかめた。「これを彼女に突きつけて反応を見てみたいものね。どうやったら彼女一人のところをつかまえられるかしら。それに、ジョージがシビラに妻を殺させるように仕向けたって、あんなに熱心に主張していた理由がわからない」

「こんな小さな村で彼女につきまとうわけにいきませんよ。村には商店があるんですか？」

「見かけなかった。あなたは？」

「同じです。つまり、買い物にはミルセスターまで行かなくちゃいけないってことですよね。ふつう買い物は日曜にします。村を出て目立たない場所に車を停め、彼女が通り過ぎるのを見張るんです。あるいはフィリスが出かければ、村に戻ってマギーが一人でいるところを訪ねられますよ」

「そうね。見張りながら、あのおかしな二人組がいっしょに買い物に行かないことを祈りましょう。コテージの前を通り過ぎて、どんな車に乗っているかを確認しておいた方がいいわね」

アガサは農場に通じる小道をバックで上がっていき、木立の陰に駐車した。

「古いボルボエステートを見張っていればいいわね、あの霊柩車みたいな車を」

三十分ほど見張っていると、トニが言いだした。

「この作戦はむずかしそうです。村から出ていく人はみんな時速百キロ近いスピードを出していますよ」

「彼女よ！」アガサが叫んだとき、グレーのボルボが猛スピードで走りすぎた。二人は追跡にかかった。

「誰が運転しているか見えますか？」トニがたずねた。

「絶対にマギーよ。フィリスよりも小柄だから」

「あまり近づきすぎないで！　向こうに気づかれたくないから！」トニが叫んだ。

「近づきすぎてなんかいない」アガサは歯を食いしばりながら言い返した。トニから命令されるのが気に入らなかった。それでも幹線道路に出るとスピードを落とし、ボルボとのあいだに二台の車をはさんだ。

車はミルセスターの中心部の駐車場に入っていった。運がよければ乗っているのはマギーだ。

「見てきます」アガサが少し離れたところに駐車すると、トニが言った。トニは車から飛び降りると、一分後に走って戻ってきた。「彼女でした」

「あなたが彼女をつけた方がいいわね」アガサは仕方なく言った。「わたしだと、遠くからでも気づくでしょうから。レストランとかスーパーに入ったら連絡して。そしてすぐに戻ってきて」

待ちながらアガサは煙草に火をつけ、いつか禁煙することができるだろうか、と再び考えた。あるいは癌みたいな恐ろしいことが起きれば、決心がつくのかもしれない。

トニはずいぶん長くいなくなっているように感じられたが、実際には十分ほどで飛ぶように戻ってきた。

「どうだった？」アガサはたずねた。

「信じられませんよ」

「何があったの？」

「マギーが中華レストランに入っていくと、ジョージ・セルビーがすでにいたんです。窓からのぞきました。彼は立ち上がって彼女を迎えると、口に熱烈なキスをしました」

「これで、ひとつわかった。たぶんマギーはお金持ちなのよ。高価な陶器を売っているのは知っているけど、たぶん一族の財産があるんじゃないかしら。でも、シビラがジョージにのぼせあがってサラを殺したかもしれない、と言ったのはマギーだったのよ」

「マギーが広めている噂をジョージが聞きつけて、そんな考えを捨てさせようとしているのかもしれません」トニが推測した。

「じゃ、これから戻ってフィリスを訪ねましょう。ジョージはお金持ちの女性に興味があるのかとたずね、わたしと彼とのデートについて話す。遠回しな言い方をするつもりはないわ」

いつものようにね、とトニは思った。しかし、実際にはこう言った。

「ジョージとデートしたとは知りませんでした」

「家に帰ったときにチャールズがコテージにいなかったら、もっと楽しいデートになったかもしれないけどね。でも考えてみると、わたしが金持ちだと思ったから、ジョージは気を引こうとしたのかもしれない」

最後の言葉を口にしたとき、アガサは胃のあたりが重苦しくなるのを感じた。たった今口にしたことを信じたくなかったが、悲しいことにその可能性が高いと認めざるをえなかった。とりわけ輝くような若さのトニといっしょだと、そう確信させられた。

「車に乗って」ぶっきらぼうに命じた。

ドアベルを鳴らしても誰も出てこなかったので、アガサとトニはコテージの横から裏に回ってみた。フィリスは裏庭の古いグリーンのキャンバスチェアに仰向けになっていた。二人を見ても立ち上がろうとはせず、不敵な笑みを浮かべた。

「今度は何なの？」

「マギーのこと」アガサが言った。

フィリスの猫のような顔がこわばった。「マギーについて何か知りたいなら本人に訊いて。買い物をするためにミルセスターに出かけたけど、午後遅くには戻るよ」

「マギーはたしかにミルセスターにいるけど、ジョージ・セルビーとロマンチックなランチをしているところよ」アガサは教えた。

一瞬だけ、フィリスの顔にショックが浮かんだが、すばやく冷静さを取り戻した。

「それがどうかした？　あんたたちにどういう関係があるの？」

「ジョージはわたしも誘ってきたの」アガサは言った。「彼の動機は、わたしのお金だと思う」

フィリスはアガサをじろじろ眺めた。「たしかに他の理由はまず考えられないよね」意地悪い口調だ。それからトニに視線を向けた。トニは短いトップスにショートパンツをはき、日に焼けたおなかがわずかにのぞき、すらりと長いすべすべの脚がむきだしになっている。「ま、あんたがこういうスタイルをしていたら――」

「わたしの言うことを真剣に考えて」アガサがぴしゃりとさえぎった。「マギーには財産があるの？」

「あるよ。だけど、それがどうしてジョージ・セルビーの利益になるの？」

「こういうふうに考えてみて。シビラはジョージに夢中だったと言ったわね。おそらくジョージはシビラが妻を階段から突き落とすように仕向けた。今度はマギーを狙っているのよ」

「もう帰って！　あんた、ジョージとの仲が進展しなかったから腹立たしいだけでしょ。嫉妬しているんだよ！」

「あとで何かあっても、警告してくれなかったとは言わないでよ」アガサは言った。

「行きましょう、トニ」

「これからどうします？」外に出るとトニはたずねた。

「あの裏庭は畑に通じている。畑に入れるかしら。マギーが戻ってきたとき、二人が何を話すか聞きたいの」

「むずかしいですよ。あたしたちはすでに村じゅうのレースのカーテン越しに監視されています。誰にも気づかれずに、どうやって裏に回るんです？」

アガサは眉間に皺を寄せて考えこんだ。「誰もいない領主屋敷まで車で行って、敷地を通り抜けて畑を横断したらどう？」

「マギーはまだ当分帰ってこないですね。どこかでサンドウィッチと飲み物を買ってきませんか？」トニが提案した。

「いい考えね」

サンドウィッチと飲み物の袋を手に畑を横断していたときには、もはやアガサは暑くてへとへとだった。幸い、コテージの庭を囲む木立や茂みが目隠しになっていた。

「どれがフィリスの庭だかわかりますか？」トニがたずねた。

「フェンスのところに大きなヒマラヤスギのある庭よ。ああ、早くすわって煙草を吸いたい」

「だめです！」トニが止めた。

「どうして？　喫煙者を断罪する団体にでも入ったの？」

「そんなんじゃなくて、風がなくてもフィリスが煙草の臭いを嗅ぎつけたら、外に出て調べてみようって気になりますよ」

「たしかに。わかったわよ。煙草は吸わなくてもいい」アガサはふてくされた。だが内心では、バッグの中の二十本入りパックが恋しくてならなかった。

フィリスの裏庭を見つけると、畑との境の草地にすわって待つことにした。フィリスに聞こえるといけないので、おしゃべりはできなかった。できるだけ静かにサンドウィッチを食べ、ミネラルウォーターを飲んだ。

午後が過ぎていくうちに、アガサは眠りこんでしまった。夢の中の彼女は、ジェームズ・レイシーとまた燃えるような恋に落ちていた。再び五感が生き生きと甦り、人生がわくわくするものになった。そのときトニに揺すぶられて、カラフルな色つきの夢から目覚めた。

「マギーが戻ってきました」トニがささやいた。

二人は耳をそばだてた。

最初のうちは言い合っているらしい、かすかな声しか聞こえなかった。やがて、声はどんどん大きくなり、マギーとフィリスが庭に出てきた。

「もう一度たずねるよ」フィリスの声だ。「なぜ言わなかったの？」

「あんたはジョージのことが好きじゃないから」

「そうよ、あんたも同じだと思ってた。サラの死にはうさんくさいところがあるって、ずっと言ってたじゃない。ともかく、あのいまいましい女がまた現れたんだよ、アガサ・レーズンが。ジョージはあんたのお金が目当てだって、わざわざあたしにご注進に来たよ」

「なんですって！」

「彼女にも誘いをかけたんだって」

「でたらめだよ！」

「あの人、けっこうセクシーだものね」

「冗談でしょ！」

「なら、あんたのいとしいジョージがアガサに関心を抱いたのはお金のせいにちがいない」

マギーは言った。「ジョージはサラの保険金でかなりお金をもらえたんだよ」

「たまたま知ってるんだけどね」フィリスが冷たい声で言った。「一ペニーも手に入れられなかったんだって。奥さんの保険、失効しちゃってたから」

「ジョージはどうしてそんなにお金が必要なのか不思議です」トニは言った。「彼を

アガサは村から出ると路肩に車を停めた。「今の話、どう思う？」

どりでゆっくりと車に戻っていった。

ガサは股関節の不穏なきしみを無視しながら苦労して立ち上がった。二人は疲れた足

アガサはトニに帰ろうと合図した。トニはなめらかな動作でさっと立ち上がり、ア

いただけなの。もう中に入らないと。ミルクとチーズを冷蔵庫に入れてなかった」

ことが気に入らないだろうと思ったから、彼が奥さんの死に関わっているふりをして

「知らない」ふいにマギーは疲れた声になった。「あんたはあたしとジョージが会う

かはわからなかったけどね。あんたは知ってる？」

冷水を浴びせられたみたいな顔になったよ。結局、どうしてそんなにお金が必要なの

そのときまで、やたらにあたしをおだてていたくせに、お金がないって言ったとたん、

てやったんだよ、お金を持っているのはあんたで、あたしは一文なしも同然だって。

二人とも悠々自適で暮らしているようだ、って彼は探りを入れてきた。だから、言っ

ったからだよ。ずっとあんたは彼のことが嫌いだって言ってたでしょ。あたしたちが

「ひと月前ぐらいに、彼にロマンチックなディナーに招かれたことを知られたくなか

「そのこと、どうして言わなかったのよ？」今度はマギーが金切り声で叫んだ。

尾行してみるべきかもしれません」

「いい考えね。ジョージが何を企んでいるにしても、夜に行動を起こすと思う。ミセス・フリードマンに残業したことを伝えておいて」

その晩、トニが携帯電話をチェックすると、ハリーからメールが届いていた。「電話して。明日休暇に出発する予定」

トニは迷いながら親指を嚙んだ。大人だったら電話をするだろう。

「だけど、あたしは大人じゃない」トニは声に出して言った。「それに、彼に電話をかけたくない」携帯電話の電源を切ると、翌日までメールをチェックしないことに決めた。明日になればハリーは休暇に出発しているだろうから、連絡しても安全だ。

翌晩早く、トニとアガサはマギーが村を出ていくのを見張った場所で、またもや待機していた。「ジョージは黒いBMWを運転している」アガサは言った。「スピードを出して走り去る黒い車を見つけるのはむずかしそうね」

「そうだ。道路の少し先まで行って、木立の陰に隠れています。彼を見つけたら、走って戻ってきます」

アガサはいらいらしながら待った。煙草に火をつけ、何度かふかしてから消した。七つのときから煙草を吸っていた百歳の老婦人のニュースに一瞬だけ明るい気持ちになったが、老婦人は一日に四本しか吸わないし、しかも肺にまで吸いこんでいなかった、と聞いてがっかりした。

暗くなりかけたとき、トニが車に走ってきて叫んだ。「たった今、通過しました」

アガサは追跡にかかった。

彼の車を見張りながら十キロほど走ると、ジョージはオックスフォード・ロードに折れた。

「こんなにたくさん車がいては見つけるのがすごくむずかしいわ」アガサは弱音を吐きながら、オックスフォードに近づいていった。

「あそこです」トニが言った。「環状交差点に入っていきます。ウッドストック・ロード経由でオックスフォードに行くつもりにちがいありません」

「ロンドンに行くんじゃなければね」

ウッドストック・ロードに出ると渋滞で時速五十キロ以下ののろのろ運転になり、ぎらつくナトリウム灯で、はっきりとジョージの車が前方に見てとれた。やがてジョージはクラレンドン・ストリートに曲がり、ウォルトン・ストリートを少し走って駐車した。アガサは数台後方に慎重に車を停めた。

ジョージはオーリリアス・ストリートを歩いていき、こぢんまりした家の階段を上がっていくとベルを鳴らした。たちまち優雅なブロンド女性が現れ、彼の腕に飛びこんだ。二人は情熱的な抱擁を交わしている。

「彼女、何者かしら？」アガサは首を傾げた。トニといっしょにこっそり近づいていった。「このまま通りで成り行きを見張っているわけにはいかない。車に戻って、そこで待ちましょう」

二人はうんざりするほど待った。途中でトニはフィッシュ・アンド・チップスの店に行き、夕食を買って戻ってきた。オックスフォードの鐘が真夜中を知らせても、ジョージは現れなかった。

アガサはあくびをしながら伸びをした。「今夜はホテルに泊まって、また明日七時頃に戻ってきた方がよさそうね。ここは二時間しか駐車できないから、朝になって駐車違反監視員が調べに来る前に車を移動するはずよ」

アガサが環状交差点そばのホテルにシングルを二部屋予約してくれたので、トニはほっとした。明日の朝のために下着を洗っておきたかったし、アガサの前で服を脱ぐような親密さには耐えられそうになかったからだ。

翌朝、二人は六時半にホテルを出た。ジョージの車はまだあったので、アガサはほっとした。

七時十五分にジョージが現れ、急いで車に向かい、飛び乗ると走り去った。「あとをつけないんですか?」トニはたずねた。

「ええ。パーキングメーターにもう少しお金を入れてから、あっちまで歩いていってあの家を見張るわ。彼女が何者で、どこに行くのか知りたいの」

さらに延々と待つことになった。とうとう、九時少し前にブロンド女性が現れて、小さなフォード・エスコートに乗りこみ走り去った。アガサは小さく声をあげると、トニを連れて大急ぎで車に戻って追いかけはじめた。

「彼女の車が目立つ赤でよかった。どこに行くのかしら。ウッドストック方面に向かっている。ああ、見て、曲がった。この通り沿いには高級なスパがあるのよ。〈バートリーズ〉っていうの。週末に行ってみようかって何度か考えたことがある。向こうはわたしたちを知らないから、もしそこにいくなら施設の中までつけていけるわ」

案の定、ブロンド女性はスパのゲートをくぐった。「当たり」彼女が建物に入っていくのを見てアガサは言った。「ちょっと時間をおいてから中に入っていって、施設を案内してもらいましょう」

アガサの求めに応じて、受付係は広報担当者が喜んで施設内をご案内すると言った。次から次に施術室を回り、ヘルシーなフードメニューを眺めながら、アガサはあくびを噛み殺した。そのとき、例のブロンド女性が白い施術着姿で部屋のひとつに入っていくのが見えた。「あれはどなた？」アガサはたずねた。「どこかで見かけたことがあると思うんだけど」

「あれは、ギルダ・ブレンソン、マッサージ師の一人です」

「じゃあ、知り合いじゃないわ。彼女、上手なの?」

「とびきり腕がいいですよ。ただし、もうじきいなくなるんです。ギルダは結婚して、未来のご主人が自分の店を持たせてくれることになったんです。さて、こちらにどうぞ、ジムをご案内しましょう……」

案内してもらったあとで、アガサは明るく言った。「どこもすばらしいわ。クリスマスの一週間前に予約を入れるつもりよ。だけど、ひとつ頼みを聞いていただけない？　マッサージをどうしても受けたいの。今朝、予約が空いていれば、ギルダにぜひとも施術をお願いしたいわ」

「受付デスクにいらしてください。予約状況を見てみましょう」

受付係がギルダはあと三十分で手が空くと言ったので、アガサとトニは待つことにした。

二人がすわっている前には鏡があり、アガサは自分の姿を見た。スカートは皺くちゃで、パンティストッキングが伝線している。一方、隣にいるトニは若さと健康に輝くばかりだった。

とうとうアガサはマッサージ室に案内され、服を脱いでマッサージ台に横になるように言われた。彼女は台に上がるときに顔をしかめた。

「股関節が痛むんですか?」ギルダがたずねた。

「いいえ」アガサはきっぱりと否定した。「何も問題ないわ」自分自身にすら、関節痛だとは認めたくなかった。

ギルダはたしかにとても上手だった。アガサは眠りこみそうになったが、ここにいる目的を危ういところで思い出した。

「もうすぐ辞めるんですってね?」アガサは切りだした。

「ええ。結婚する予定で、婚約者がわたしだけの店を持たせてくれるって言っているんです。オックスフォードの中心部にいい物件があって」

「それだと高いでしょう。そんなにお金持ちと結婚できて幸運ね。彼はどういうお仕事をしているの？」

「とても成功している建築家なんです」

「おつきあいしてから長いの？」

「二、三年ぐらい。これまでにも結婚してほしいって何度か言われたんですけど、そのたびに断ったんです。生活の保障のために自分のスパ店がほしい、って頼みました」

アガサは黙りこみ、頭をフル回転させた。ジョージはなぜ金持ちの女性にばかり近づいていたのか？　彼女たちを自分の虜にして、スパ店に投資させるつもりだったのでは？　二、三年のつきあい？　妻がまだ生きていたときにギルダに結婚を申し込んでいたのか？　ジョージとまたデートをして、スパ店への投資を提案するかどうか確かめてみよう。怪しまれるといけないので、これ以上ギルダに質問するのは控えることにした。現金はそれほど持ち合わせがなかったので、支払いはクレジットカードでしなくてはならない。ギルダが興味を持って、受付でアガサの名前をたずねないように祈るしかなかった。幸い、予約をとってくれたとき、受付係はアガサの名前をたずねなかった。臨時で入れた予約だったからだ。

マッサージが終わると、アガサは受付で支払いをした。疲れきっていたので、気が進まなかったがトニにミルセスターまで運転してほしいと頼んだ。

トニはこのあと喜んで仕事をすると言った。アガサはちょっと調べたいことがある、と嘘をついたが、まっすぐ家に帰ってベッドにもぐりこむつもりだった。

目が覚めると、ジョージに連絡をとることにした。

ジョージ・セルビーは最初は驚いていたが、アガサがその晩のディナーに招待するとうれしそうだった。

アガサはミルセスターでいちばん高いレストラン〈アンリ〉を選んだ。巧みな照明と隣と充分に間隔をとって並べられたテーブルのおかげで、親密な会話ができるだろう。メニューの料理の値段を見たら、ジョージもわたしをいとしく思うかもね、とアガサは自虐的に思った。

つやつやになるまで豊かな茶色の髪をブラッシングし、ていねいにメイクをした。サマードレスでは肌寒かったので、スタイルを引き立てる深みのあるゴールドの上等なジャージのワンピースを選んだ。

フラットヒールで運転していき、ミルセスターの駐車場でハイヒールに履き替えるとレストランに歩いていった。

ジョージはすでに来ていた。彼を見たとたん、アガサの裏切り者の心臓が小さく跳ね上がった。結局ジョージはいい人だったとわかればいいのに、とアガサは心から思った。彼は美しい仕立てのダークスーツに白いシャツをあわせ、シルクのネクタイをしめている。あのひきこまれるようなグリーンの瞳がアガサを見るなり、ぱっと輝いた。

「ご招待いただけるなんて、すばらしいサプライズでしたよ」アガサがすわると言った。「今夜のあなたはとてもすてきですね。どういうお役に立てるんですか？」

アガサは落ちないように祈りながら、つけまつげをパチパチさせた。

「ハンサムな男性とのディナーには理由なんて必要ないと思いますけど。どうかおいしいお食事を選んでくださいな」

「あなたの分も選びましょうか？」

アガサのクマみたいな目にまがまがしい光がよぎったが、無理やり微笑をこしらえた。

「お願いします」

予想どおり、彼はメニューでいちばん高いものを選んだ。まず、それぞれに一ダースの牡蠣、それから牛ヒレ肉のロッシーニ風。さらに牡蠣に合わせて白ワイン、ステーキに合わせてボルドーの赤のビンテージワインを注文した。

「さて、あなたのことを話してください」アガサは言った。「ちゃんと話す機会がなかったでしょ。前回は、わたしばかりがしゃべっていたから」

「ああ、仕事はとても順調ですよ。ずっと忙しく働きづめです」

「最近、賢く投資をしたいと思うようになったんです」アガサは餌をまいた。「つまり、ただ銀行にお金を寝かせておくよりも、お金を利用して儲けた方がいいですものね」

「そのとおり！」ジョージはにっこりした。「あ、牡蠣が来た」

アガサは幸い牡蠣が好きだったが、まちがいなくジョージは嫌いにちがいなかった。牡蠣を食べるのはおしゃれだと思っているので頼んだにちがいない。まさに大量のワインで牡蠣を無理やり流しこんでいる。それは頭をはっきりさせておきたいアガサにとって好都合だった。ふと、彼は貧しい生い立ちなのかもしれないと思った。

「投資について話していましたね」ジョージは薬を飲む子どもみたいな顔つきで、最後の牡蠣を飲み込んだ。

「ええ」

「ご興味がありそうな投資があるんです」

「話してみて」

「オックスフォードに自分のスパを開業する予定の友人がいましてね」ジョージはテーブルに肘を突き、緑の瞳をアガサにひたとすえた。「そこで、考えたんです。かつてスパサロンは富裕層だけのものだったが、今は金回りがよくなり、一般人もマッサージやタンニング、エステなんかを求めるようになっている。失敗するわけがありません」

「よさそうな話ね。ご友人の名前はなんていうの？」

「なぜ？」

「ただの質問よ」

「ギルダ・ブレントン」

「じゃあ、彼女は何を売るつもり？　株？　サロンがうまくいかなければ、株式市場に会社を上場できないわよ」

「いえ、こういう提案なんです。投資者は純益の二パーセントをもらえるんです」

「あら、それはないでしょ。売り上げの二パーセントじゃなければ興味はないわ。いくらわたしに投資してほしいの？」

ジョージは深呼吸した。テーブル越しに身をのりだすと、アガサの手を握った。牛ヒレ肉が運ばれてきた。ジョージは眉をひそめた。「ずいぶん早いな。早すぎて気に入らない。まるで事前に調理して、調理場にずっと置かれていたみたいだ」

「わたしにはおいしそうに見えるわよ」アガサは楽しげに言った。「まず食べてから、ビジネスについて話し合いません？　それに、あなたに手を握られていては食べられないわ」

「ああ、たしかに」

ジョージは肉を食べ、ぐいぐいワインを飲んだ。食事の合間にアガサは天候と洪水のひどい被害についてしゃべった。彼女が食べ終え、また洪水についてしゃべり始めると、ジョージは身をのりだしてこうたずね、話をさえぎった。「じゃあ、興味があるんですね？」

「何に？」

「このサロンへの投資です」

「デザートはいかがですか？」ウエイターがたずねた。

「向こうに行って、少しぼくたちに話をさせてくれ」ジョージが語気を荒らげた。彼はアガサに視線を戻した。「どうですか?」

「いくら?」アガサはたずねた。

「ああ、たいした額じゃないです。七万五千ポンド」

「それはかなりの大金よ」

「いいですか、アガサ。これはあなたにとって金儲けをする絶好の機会なんですよ」またもやジョージは彼女の手をとった。「ぼくたち二人の未来が見える気がします」

「わたしたち二人の?」

「かまわないでしょう?」

「でも、わたしたちがいっしょになったらギルダはどう言うかしら?」

「アガサ、アガサ、ダーリン。かわいそうなギルダはただのビジネスパートナーですよ」

アガサは手をひっこめると、椅子にもたれた。

「ギルダはあなたの婚約者でしょ、ちがう?」

彼は口をあんぐり開けた。

「歯につぶれたホウレンソウのかけらがついてるわよ」アガサは教えてあげた。「あなたの目の色と同じね」

ジョージはナプキンでゴシゴシと前歯をこすった。

「ギルダがぼくの婚約者だって、どうしてわかったんだ？」

「わたしは探偵よ。調べるのが仕事。だから、あなたにとても興味を持った。あなたには借金があり、美人のギルダはあなたに財産ができるまでは結婚してくれないんでしょ。あなた、シビラに奥さんを階段の上から突き落とさせたの？」

アガサは「顔が怒りでどす黒くなる」という描写を本で何度か読んだことがあった。いまや、作家が何を言わんとしているのかがよくわかった。

「ちがう、ぼくは妻を殺してなんていない」ジョージは押し殺した声で言った。「あんたは根性曲がりのおばさんだよ」

「さて、話は終わったから、プディングはどう？」

「プディングなんてくそくらえだ！　あんたもな」

ジョージは乱暴に椅子を押しやると、立ち上がってレストランを出ていった。

危険なことをしてしまったかもしれない、とアガサは思いながら、勘定書きを頼んだ。

ハイヒールを手にコテージに入っていくと、チャールズがリビングで猫たちといっしょにすわってテレビを観ていた。

「デートはどうだった？」チャールズは物憂げにたずねた。「そのまつげはやりすぎだよ」

「ジョージ・セルビーと出かけていたの。何があったか聞いてちょうだい」

チャールズはテレビを消すと熱心に耳を傾けた。アガサが話し終えると、チャールズは言った。「どうしてそんな馬鹿な真似をしたんだ？　あの男が本当に殺人者なら、命を狙われるぞ」

「避けられないリスクよ。まさかあんなハンサムな人が意外よね。でも、わたしを狙うとは思えないわ。あまりにも見え見えでしょ」

「シビラをたきつけて妻を殺させたなら、そのギルダとやらがある晩ここに来て、あなたを絞め殺すかも」

「これでほぼ行き止まりだわ」アガサは言いながら彼と並んでソファにすわった。

「床にある大量の写真の箱は何なんだ？」

「今日、ひと眠りする前にトニに電話して、牧師館に戻って借りてきてと頼んだの。牧師館ではすべてを調べる時間がなかったから」

「何を探しているんだ？」

「場違いな人物が昔の写真に写っていないかと思って」

「ふうん！　短剣を握っている不気味な人物とか」

「そんなようなものね」

「じゃあ、地元の人間だとは思ってないんだね」

「今はね。やりそうな人間を思いつかないの。じゃ、もう寝るわ」

「明日はどういう計画？」

「事務所、たぶん。あなたは？」

「のんびり過ごしたい気分なんだ。代わりに写真を調べておいてあげるよ。最初に調べたときは、何か見つかった？」

「ええ。マギー・タビーがジョージをうっとりと見つめている写真があった。彼女には財産があるの。きのう、ジョージはマギーをランチに連れていき、熱烈なキスをしていた。そうだ、明日やることがわかった。マギーを訪ねて、ジョージの婚約者について話すわ」

「マギーがすでにお金を投資すると約束していて、あなたがそれを思い直させたら、ジョージのやつ、本気であなたを殺したいと思うだろうな。わたしもいっしょに行くよ」

9

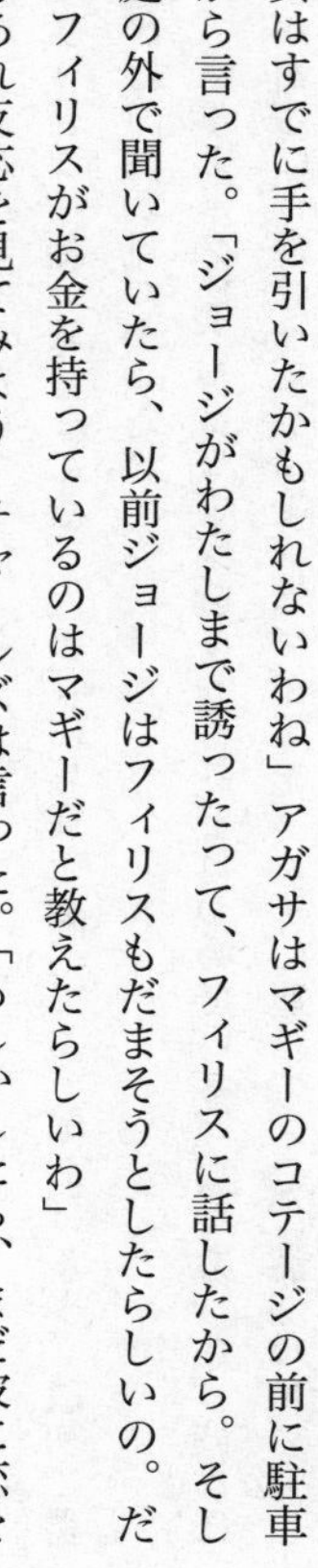

「彼女はすでに手を引いたかもしれないわね」アガサはマギーのコテージの前に駐車しながら言った。「ジョージがわたしまで誘ったって、フィリスに話したから。そして裏庭の外で聞いていたら、以前ジョージはフィリスもだまそうとしたらしいの。だけど、フィリスがお金を持っているのはマギーだと教えたらしいわ」

「ともあれ反応を見てみよう」チャールズは言った。「もしかしたら、まだ彼に恋をしているかもしれない」

「なぜ？」

「執着はなかなか消えないものだろ、ねえ、アギー？　ジェームズから連絡はあった？」

「いいから口を閉じて、ベルを鳴らして」

マギー自身がドアを開けた。「今度は何？」つっけんどんにたずねた。

「中に入れてもらえない？」

「お断り」

「じゃあ、戸口で大声でしゃべってもいいのかしら。ジョージのことなの」

マギーはためらった。それからしぶしぶ言った。「入って。でも手短にして」

二人は彼女のあとから仕事場を通り抜けて庭に出た。「あたし、仕事をしていたところなんだけど」くるりと振り返ると、仕事場のドアの外で二人に向き直った。「何なの？」

「ジョージ・セルビーが、あるマッサージ師と婚約していることを発見したの。ギルダ・ブレンソンっていう人。ギルダは彼がオックスフォードにスパサロンを開いてくれるまでは結婚しない、って言ってるの。だから、そのスパに投資させようとして、ジョージはわたしたちからお金を集めているのよ」

マギーは片手を伸ばして、仕事場のドアに寄りかかった。ふだんはバラ色の頬が青ざめている。

「嘘に決まってる」

「残念ながら本当よ。彼にお金をあげたの？」

「二十万ポンド」マギーはかすれた小さな声で言った。「あたしと結婚するって約束したんだよ。殺してやる」

「やめておいた方がいいよ」チャールズがいさめた。「殺人はもううんざりするほど起きているんだから」

「放っておいて。もう帰ってちょうだい」マギーは言った。

トニにハリーから携帯メールが来た。「トルコにいる。今週中に戻る。会いたい」きっぱりと、トニは返事を打った。「会うつもりはない。彼氏ができたから」

ドアベルが鳴った。少なくともハリーじゃない、とトニは考えながら玄関に行った。友人のシャロンだった。

「リビング・レジェンズのライブに行く気ない？」シャロンは言った。

「サイモンと行くんじゃなかったの？」サイモンはシャロンの彼氏だ。

「あいつ、あたしを捨てたの、もうおしまい」

「まさか！」

「本当なんだよ。あたしにチケットをとらせたくせに、チェリルと行くって。あのおっぱいの大きいノーズリングをしてる女だよ」

「いっしょに行くよ」トニは言った。ヒップホップのライブに行けば、ハリーのせいで感じている劣等感を吹き飛ばせるかもしれない。

チャールズは写真を調べるためにアガサのコテージに戻っていった。アガサが事務所に行くと、地元記者のハリエット・ウインリーが待っていた。ハリエットはやせて眼鏡をかけた若い女の子で、ニキビだらけの肌でコシのない髪をしている。外見はぱっとしないが、仕事には熱心なようだった。

「何も報告することはないわ」アガサはそっけなく言った。「帰ってちょうだい。仕事があるの」

「コンフリー・マグナの件はどうですか？」ハリエットは探りを入れてきた。

「まだ調査中。じゃあ、そろそろおひきとりを……あ、待って。ちょっとしたニュースを教えてあげられるかも、たいしたことじゃないけど」

「何ですか？」

「ハンサムなやもめのジョージ・セルビーが、ギルダ・ブレンソンっていう美人マッサージ師と婚約しているの。小さなネタだけど、地元のゴシップ欄にはぴったりでしょ。ギルダの写真を載せるといいわよ。とても見栄えがするから。〈バートリーズ〉っていうスパで働いている。ジョージがサロンを開いてくれるので、じきにスパを辞めるんですって。そのために、ジョージは金持ちの女友だちにサロンに投資してくれって、片っ端から頼んで回っていたのよ」

「ありがとう、アガサ。いい記事になりそうです」

アガサはにやっとした。「よかった」

ハリエットは帰っていき、フィル・ウィザースプーンがカメラバッグを手に入ってきた。「離婚案件の証拠はもう充分集めたと思います。あとは？」

「〈ヘリー〉の靴工場に行った方がよさそうね。何者かがデザインを盗んでいるらしくて調査してほしいと言ってきているの」

靴会社の社長のジミー・ビンターはアガサたちを会議室に案内した。

「〈コンフォート・シューズ〉がわれわれのデザインを盗んだのは、これで二回目なんです。うちには幅広の靴に特化したブランドがあるんですよ」

「最初に盗まれたのはいつでしたか？」アガサはたずねた。

「この春です。うちの靴モデルが向こうの春カタログに登場したうえ、今度はうちの最新モデルが連中の秋カタログに特集された」

「従業員は何人ですか？」

「小さな会社ですから、全従業員が四十人。二人がデザイナーで、四人が営業マンです」

「名前のリストが必要です」

「いまここに持っています」

アガサはリストを調べてから言った。「そうね、去年の十一月前から働いていた人たちの名前は消してください」

「人事部長のミセス・グッディに連絡します。彼女がお役に立てるでしょう」

「どこでカタログは印刷されるんですか？」

「ミルセスターのジョーンズ印刷です。しかし、靴のデザインを盗んだ犯人は印刷会社の人間ではありませんよ。春カタログに掲載されたモデルは完全にコピーされていました。そうするためにはオリジナルデザインが必要なはずです」

ミセス・グッディがやって来て、去年の秋にはすでに働いていた人物の名前と住所を消していった。

アガサは手早くメモをとると立ち上がった。

「また、うかがいます。春と秋のカタログをください」

工場から出るとフィルがたずねた。「どういう計画なんですか？」

「新しいデザイナーがいるの、キャリー・ウィルクス。去年入った人。彼女がいちばんの容疑者ね。住んでいるところを調べましょう。両親といっしょなら、すぐに調査にとりかかれない。だけど、わたしの記憶が正しければ、あの一角は集合住宅ばかりのはず。イヴシャム・ロードのはずれの高層マンションが建っているところよ」

アガサは煙草に火をつけ、煙を車内に吐きながら運転した。フィルは不愉快そうに咳き込み、窓を開けた。

「さあ、着いた」アガサは言った。「三十四号室よ。こういう場所のエレベーターはたいてい壊れているから、あまり上の階じゃないといいんだけど」

案の定エレベーターは壊れていた。アガサは悪臭のする石階段を上っていくうちに、股関節がますます悪化していくような気がしてきた。フィルはティーンエイジャーのように軽々と階段を上っている。

「ここね、三十四号室」アガサはベルを鳴らした。近くの部屋から子どもの泣き声が聞こえてきて、強くなってきた風が建物の周囲でヒューヒュー音を立てて吹きすさんでいる。

「出てこないわね。中に入れるかしら」アガサはクレジットカードを取り出した。

「だめですよ！」フィルが止めた。「それじゃあ押し込みになる」

「ただのエール錠ね」アガサは彼を無視した。「やった！　うまくいったわ。成功するのは映画の中だけだと思ってた。さっさと入って、ドアを閉めて」

部屋は狭いリビングと寝室に、小さなキッチンとシャワーがついているようだ。アガサは窓辺のデスクに近づき、ラテックスの手袋をはめてから調べ始めた。

「ここには何もないわね」そのかたわらでフィルはそわそわしながら待っている。

「このパソコンを見てみるわ」

「たぶんパスワードがかかってますよ」

「かかってないかもしれないでしょ」アガサは電源を入れた。「どれどれ。これがメールね。簡単に見られた。当たり。馬鹿な女。見て。『デザインを持っていくので、いつもどおりの料金を払ってください』〈コンフォート・シューズ〉に送られている」

「だけど、この証拠があっても何もできませんよ。どうやって手に入れたのか言えませんから」

「心配いらないわ。工場に戻りましょう。ま、見ていてよ！」

社長はキャリー・ウィルクスを呼んだ。長身でマニッシュな女性が会議室に入ってきた。

アガサはすぐに要点に入った。「あなたはずっと〈コンフォート・シューズ〉にデザインを売っていたでしょ。向こうの工場からリークがあったの。あっちとメールでやりとりしていたようね」

「何か言いたいことはあるか?」社長がたずねた。

「ひとことだけ」キャリーは言った。「みんな、くそくらえよ」彼女は足音も荒く会議室を出ていった。

社長は警備員を呼び、キャリーを会社から出さないように指示した。

「彼女の部屋に忍びこんで情報を手に入れたんです」アガサは白状した。「ですから、警察を呼んで彼女の部屋を捜索させ、わたしのことは黙っていてください。まず彼女を告発するんです。〈コンフォート・シューズ〉の匿名の人間から電話があった、と説明しておいてください」

アガサが工場をあとにしたとき、パトカーが猛スピードでやって来た。「子どもがいなくてよかった」アガサは言った。「彼女がシングルマザーだったりしたら、警察に突き出したことで後味が悪かったかもしれないもの」

その晩、アガサがコテージに帰ってくると、チャールズのメモが残されていた。

「家に帰らなくてはならない。写真は持っていく。今夜戻ってくるかも。愛をこめて、チャールズ」

猫たちを庭に出してやってからキッチンのテーブルの前にすわった。開ける時間がなかった朝の郵便物を調べようとしたとき、電話が鳴った。ロイ・シルバーからだった。

「大丈夫ですか？」

「ええ、どうして？」

ちょっと沈黙が落ちてから、ロイは言った。「ぼく、週末にそっちに行った方がいいんじゃないかと思って」

「それは歓迎だけど、特別な理由でもあるの？」

「友だちでしょう」

「わかった。モートン＝イン＝マーシュ駅で拾うわ、いつもの時間、夕方の六時半ぐらいに」

「じゃあ、そのときに」

どうしちゃったのかしら？　とアガサは首を傾げた。

メールが登場してから郵便物は請求書やダイレクトメールばかりで、ろくなものがなかった。アガサはダイレクトメールを捨てるために片側によけ、請求書は反対側に置いた。高級紙の四角い封筒が届いていて興味を引かれた。最後にとっておいたそれを開封し、深い型押しがされた招待状を引っ張り出した。

最初は読んでいる文章が信じられなかった。キッチンのテーブルの前からぎくしゃくと立ち上がると、リビングに行き、ジントニックを作った。キッチンに戻ってくると、煙草をつけ、ゴクゴクとジントニックをあおってから、招待状をもう一度眺めた。こう書かれていた。

ミセス・アガサ・レーズンとアガサ・レーズン探偵事務所のスタッフのみなさまを十月二日、ミルセスターのジョージ・ホテルにおいて開かれる、フェリシティ・ジェーン・ブロス＝ティルキントンとミスター・ジェームズ・バーソロミュー・レイシーの婚約を祝うパーティーにご招待したく存じます。飲み物と軽食つき。平服でどうぞ。午後七時半よりベッジュマン広間にて。出欠のお返事をお待ちします。

ミセス・オリヴィア・ブロス＝ティルキントン

ＳＸ１２５ＪＷ　サセックス州ダウンボーイズ　ローレル屋敷

アガサは胸の中で早鐘のように心臓が打っているのを感じた。いつ、こういうことになったの？　彼はひと月前に手紙をくれたけど、結婚のことなんて何も言っていなかった。

玄関のドアが開く音がして、チャールズが叫んだ。「誰かいるかい？」

「キッチンよ」アガサは言うと、招待状をジャンクメールの下に押しこんだ。

チャールズが写真の箱を抱えて入ってきた。「あなたが見てくれ。わたしじゃ何も見つけられなかった。ところで、わたしは招待状を受けとったんだ。その茫然とした表情からすると、あなたも受けとったようだね」

「なんてろくでなしなの！　彼はなぜ黙ってたの？」

「どうして言わなくちゃいけないんだ？　あなたたち二人の関係はすっかり終わっているんだぞ。機嫌を直して、パーティーの夜を楽しみにしよう。あの筋金入りの独身主義者の心をつかんだのはどんな女性なのか、興味しんしんだ」

「あなたに理解してもらえるとは思ってないわ」アガサは堅苦しく言った。

「ふうん、でも理解しているよ。あなたはもう彼を求めていない。だけど、他の誰かのものにはなってほしくないんだ」

「わたしに言うべきだったのよ！」アガサは叫んだ。

「じゃあ、そう言い続けていればいい。もう忘れろよ。人生は続いていく」

「わたしはちがう」

「もちろん、それはまちがっている」

「彼は事務所のスタッフ全員を招いたのよ」

「じゃあ、誰にも話さないつもりなのか？」

アガサは顔をしかめた。「まあ、そんなところね」

「とにかく大人になって出席するんだ。彼におめでとうと言ってやれ。レディになれよ」

「ああ、わかったわよ。だから、今週末にロイが来るのね。彼も招待状を受けとったにちがいない。たぶん、わたしには手を握って慰めてくれる人が必要だと思ったのよ」

「友人はそのためにいるんだろ。ところで誰がジャムにLSDを入れたのか、何かわかったのかい？」

「まるっきり。だけど、ジョージ・セルビーがかなり怪しいと思い始めてるところ」

「あなたは彼の計画をだいなしにしてしまった。たぶん彼は別の村に引っ越して、また一からやり直すよ。さて、もう行かなくては。写真を渡すためだけに戻ってきたんよ」

だ」

「いつもの冷凍カレーかい？　いや、けっこうだ。たぶん週の後半にでも顔を出す

「食事はしていかないの？」

翌日、アガサはせっせと働いた。未解決の案件がどっさりたまっていたからだ。仕事を終えたときにはすでに七時だった。家に帰る前にミルセスターの新聞を買った。猫と遊んでやってからキッチンのテーブルにつくと、新聞を広げて記事を眺めた。七ページに、スパの外でポーズをとるギルダの華やかな写真が載っている。見出しは「建築家は結婚前にお金を必要としている」だった。「地元の建築家のジョージ・セルビーは金持ちの友人にねだって、美しい婚約者が自分の店を開く企てに出資してもらっている。さもないとギルダはジョージと結婚してくれないからだ。『彼は必要なお金を手に入れてくれるにちがいないわ』きのう、美しいギルダ・ブレンソンは語った。『結婚するなら、あたしがどうしても店を持ちたがっていることを知っていますもの。仕事は続くけど、男はそうじゃないでしょ』」さらに記事は、ミスター・セルビーがコンフリー・マグナに住んでいて、その村ではＬＳＤがたっぷり入ったジャムをテイ

スティングしたあとで二人の女性が亡くなるという悲劇の村祭りがおこなわれた、と記していた。最後にミスター・ジョージ・セルビーの話は聞けなかった、と結んでいる。

「当然でしょうね」アガサはつぶやいた。

ドアベルが鳴った。アガサは慎重に立ち上がって脚の付け根をつかんだ。どうしても股関節置換術を受けたくなかった。まだ早い、絶対に。あまりにも年寄りじみている。アガサはドアを開けた。

怒り狂ったジョージ・セルビーが玄関ホールに飛びこんできた。

「このいやらしいババアめ！」彼はわめいた。「地元の新聞に記事を売っただろ！」彼はアガサの肩をつかんで揺すぶった。

「あ、あなた、奥さんを殺したみたいに、わ、わたしを殺すつもり？」アガサは叫んだ。

彼は拳をふりかぶると、彼女の顔を思い切り殴りつけた。「殺してやる！」

ミセス・ブロクスビーがドアが開いているのを見つけて、自家製チャツネの瓶を抱えて入ってきた。彼女は走り寄るとジョージの頭に瓶をたたきつけた。彼は床にくずおれた。

「ミセス・レーズン！　大丈夫？」

「あなたのおかげで」

ミセス・ブロクスビーはジョージのかたわらにひざまずいた。「救急車を呼んで」

「警察も呼ぶわ」

永遠にも思えるほど待ったあとで、ジョージは救急車で運ばれていった。二人の警官がやって来て、供述をとった。一人はミセス・ブロクスビーの方を見た。

「いっしょに署に来ていただきたい、これからあなたが言うことは――」

「え？　どうして？」アガサがわめいた。

「身体的危害を加えた罪で告発するつもりです」

「頭がおかしいの？　彼女はわたしの命を救ってくれたのよ！」アガサは叫ぶなり泣きくずれた。

その知らせを聞いて、ウィルクスは激怒した。目標の逮捕数を達成しろ、という政府のプレッシャーに警官たちがさらされているのは承知している。しかし、ミセス・ブロクスビーを逮捕したりしたら、どんなスキャンダルになるか想像がついた。アガサを制止しなくてはならない。彼女は警察署の前で警察の不法行為について記者会見を開き、ミセス・ブロクスビーはいかなる告発もされるべきではないと演説しようとしていた。ウィルクスは一切何も言うな、とアガサに警告した。ジョージ・セルビーはただの脳しんとうだったが、回復次第、ただちに裁判にかけられる予定だった。しかし、メディアが警察署から出てきたミセス・ブロクスビーの写真を撮るのは阻止できなかった。アガサは疲れた口調で、ジョージがギルダの店のために金を出資させようとしていたことをビルに話した。

「もう放っておいてください」アガサが話し終えると、ビルは言った。「ジョージがシビラをそそのかして妻を殺させたのかどうかは、永遠にわからないと思います。もうそれについてはどうしようもないですよ」

「ミスター・セルビーは大丈夫なの？」ミセス・ブロクスビーが心配そうにたずねた。

「ええ。救急車が病院に着いたときには意識を取り戻し、弁護士に電話していました。あなたはとても勇敢でしたね。ところでアガサ、本当に病院で診察してもらわなくていいんですか？　頬に大きな青アザができてますよ」

「大丈夫」

ビルはジェームズの婚約パーティーの招待状を受けとったことを言おうか言うまいか迷ったが、今は黙っていることにした。

アガサのコテージに着くと、ビルはミセス・ブロクスビーを牧師館まで送っていこうと申し出たが、彼女はアガサと話があるからと言って断った。

「じゃあ、ぼくは帰ります」ビルは言った。「ぼくたちは友だちですよね、アガサ？すがって泣く肩がほしければ、いつでも貸しますからね」

「何のことで泣くって言うの？」アガサは憤然としてたずねた。「ほっぺたはそんなに痛くないわよ」


ビルが走り去ると、ミセス・ブロクスビーはアガサのあとからコテージに入っていった。

「警察がチャツネを持っていってしまったの。頑丈なガラスだったみたい。割れもしなかったから。お茶を淹れるわね」

「できたらブランデーをたっぷり飲みたいわ」

「ショックのときには熱くて甘いお茶がいいのよ」

「忘れるためにはブランデーがいちばん。とにかく一杯やるわ。あなたはどうする？」

「シェリーをいただければ」

「さてと」ミセス・ブロクスビーはシェリーをちょっとすると切りだした。「今日、ミスター・レイシーの婚約パーティーの招待状を受けとったの」

「ああ、そのことなら全部知ってたわ」アガサは快活に言った。

ミセス・ブロクスビーは友人の顔をまじまじと見つめた。アガサの顔がゆがんだ。

「ううん、実は何も知らなかったの。ええ、たしかにショックだった」

「だけど、あなたは彼をもう求めていないんでしょ」

「わかってる。でも、わたしはどんどん年をとっているし……彼がまだわたしを求めているなら……ええ、そういう人がどこかにいると思うと救われるのよ。みんなに気の毒がられて、意気消沈していると思われるのには耐えられない。同情されるのは大っ嫌いなの！」

「あなたがそのパーティーに出席して、彼におめでとうと言えば、誰も同情しないわよ」

「欠席しようかと思っていたんだけど」

「そんなことしたら、かわいそうにって思われるわよ」

「最低最悪！」アガサは怒って煙草の煙をふうっと吐きだすと、ぐいっとブランデーをあおった。「彼女、どんな人なのかしら」

「それを知る方法はひとつだけよ。行きなさい」

「たぶんね。どうして結婚するのか不思議だわ。だって、彼は絶対に独身主義者だと思っていたから。結婚していたときですら、まるでわたしが部下の下級士官か何かみたいにふるまっていたのよ。それはそうと、命を救ってくれて本当にありがとう。ジョージは本気でわたしを殺すつもりだったと思う？」

「彼は危険な男よ」ミセス・ブロクスビーは身震いした。「そろそろ牧師館に戻るわね」

廊下を歩きながら、ミセス・ブロクスビーは言った。「やっぱり瓶は少し割れちゃったみたい。見て！　床にガラスのかけらがあるわ」彼女はかがんでつまみあげた。

「あら、コンタクトレンズだわ。緑色のコンタクト」

アガサはにやっとした。「ジョージの美しい目はそういう仕掛けだったのね」

金曜に電車で到着したロイを出迎えたとき、アガサはやせた胸にきつく抱きしめられるのに耐えなくてはならなかった。

「かわいそうに、本当にかわいそうに、ダーリン」ロイは言った。

「離してよ」アガサはぶっきらぼうに言った。「わたしがジェームズの婚約を嘆き悲しんでいると思っているなら、もう忘れて」

「そんなに失礼な態度をとらなくてもいいでしょう」ロイはむっとして言い返した。

「まったく、あなたに友人が残っているのが不思議なぐらいですよ、いつもそんな態度で」

「みんなに哀れみをかけられることに我慢できないのよ。でも、あなたに当たったのは悪かったわ。行きましょ。ディナーをおごるわ」

ロイはダークスーツと白いシャツにストライプのネクタイというやけにコンサバな服装だった。「やっかいな案件なの？」アガサは同情をこめてたずねた。

「すごくやっかいです。〈ジェイソンズ・カントリーウェア〉なんですよ。宣伝するために、あちこちですごくプッシュしなくちゃならなくて」

「その会社の担当をしているなら、アウトドアのジャケットに狩り用ズボンを身につけていそうなものだけど」

「ちゃんとそういう格好をしていたんです」アガサの車まで歩きながら、ロイは不満そうに顔を紅潮させた。「ツイードの釣り用帽子までかぶったんですけど、社長に滑稽だとけなされて」

「その釣り用帽子をかぶったときに、ゴールドのイヤリングをつけたままだったんじありますよ」

「たしかに、つけてました。とるのを忘れちゃって。荷物にカジュアルな服も入れて

やないでしょうね？」

食事をしてコテージに戻ってくると、ロイはたずねた。

「キッチンのテーブルの上にある古い写真の箱は何ですか？」

アガサは説明した。「調べてたの、チャールズといっしょに」

「ぼくは調べる元気がありますよ。コーヒーを淹れてくれれば手伝います」

アガサは彼にコーヒーを淹れてあげてからベッドにもぐりこんだ。一時間後、ロイに揺り起こされた。「放っておいて、チャールズ」寝ぼけて言った。

「チャールズじゃなくて、ぼくです」ロイは言った。

アガサはベッドサイドランプをつけ、体を起こして枕に寄りかかった。

「どうしたの？　何か見つけたの？」

「おもしろいことを見つけたせいじゃないんです」

「じゃ、何なの？」

「あるべきなのに、ないものがあるんです。牧師の結婚式の写真が一枚も見当たらな

いんですよ」

「だけど、ふつう他の写真といっしょにしまっておかないでしょ」アガサは反論した。「たぶん銀縁の写真立てに入れて牧師館のどこかに飾ってるのよ。何を考えたの？　あの二人が実際には結婚していないと？」

「まあ、そんなようなことです」

「何を言ってるんだか」

「明日、ひとっ走り行ってきましょう。トリクシーのことが気に入らないんです」

「わたしもよ。ええ、いいわよ。牧師は何かゴシップを耳にしているかもしれないしね」

翌朝、ロイとアガサはコンフリー・マグナに出発した。ロイは白のシルクのブルゾンにぴっちりしたブルーのベルベットのズボン、スタックヒールのアンクルブーツという格好だった。軟弱な男を指す「女物のブラウス」というからかいの言葉が頭に浮かんだが、その意見を口にするのは控えた。服をけなされたら、ロイは一日じゅうふくれっ面になるにちがいなかった。

その朝早く警察に電話して、ジョージを告発するつもりはないと伝えた。法廷に出て、被告側弁護人によってズタズタにされるところを世間の目にさらされる羽目になるのはごめんだ。

アーサー・チャンス本人がドアを開けた。「ああ、ミセス・レーズン。どうぞ入ってください。ミスター・セルビーの件は本当に申し訳なかった。あの気の毒な男はすっかり我を忘れてしまったにちがいない。しかし、すべて丸くおさまりましたよ」

「そうなんですか？」アガサはロイといっしょに牧師のあとから中に入っていった。

「丸くと言うと、どのように？」牧師館のリビングにすわるとたずねた。

「ミスター・セルビーは今朝訪ねてきました。病院から退院したんです。で、めでたい知らせを伝えてくれました」

「彼とギルダが結婚するという？」

「あれはメディアのでっちあげにすぎません。いえ、彼はミス・フレデリカ・コリーと結婚するんです」

「なんですって！　まったくの初耳です」

「しばらくつきあっていたようです」

「で、そのたわごとを信じるんですか？」

「彼女は信じたくないんでしょ」牧師の妻のからかうような声が聞こえた。「嫉妬深い人だから」

「くだらない」アガサは言った。「絶対にフレッドは金持ちにちがいないわ」

「ええ、大金を持ってるわよ」トリクシーが言った。

「じゃ、それが答えね」

「もう帰ってください」牧師が言った。「あなたのクリスチャンらしからぬ意見は不愉快ですよ。あなたがこの村にもたらしたのは悲劇だけだ」

「あら、そうかしら？　わたしがジャムに麻薬を入れたんじゃないわ。お金を盗んだのも、わたしじゃない」

「夫の言葉を聞いたでしょ」トリクシーが言った。その目は悪意にぎらついていた。

「あんたのツバメを連れて、とっとと帰って」

アガサは反撃してやろうと口を開きかけたが、ロイが腕を引っ張った。

「もう帰りましょう」

牧師館から出ると、アガサは言った。

「ギルダに会いに行くわ。彼女はこのことを知ってるのかしら」

二人は〈バートリーズ〉に向かった。

「土曜日は仕事をしていると思うわ。ここで待っていて。フロントで訊いてくるから」

数分して、アガサは急いで戻ってきた。

「家にいるって。彼女の住んでいるところはわかってる」

二人はオックスフォードに行き、ギルダの家の前の駐車場所にどうにか車を押し込んだ。

ギルダはドアを開けてアガサを見た。「じゃあ、あなただったのね、私立探偵って。ジョージがあなたのことを話してくれたわ」

「彼がフレデリカ・コリーっていう人と婚約していることは知ってる？」アガサはたずねた。

「驚かないわ。あたし、病院にお見舞いに行って婚約は解消するって言ったの。金目当ての女としてメディアに出ちゃって、まるで馬鹿みたい。もう帰って」

「これからどうするつもり？」

「あたしにお金を貢ぐためにまぬけな金持ち女を追いかけ回すような男じゃなくて、本物のお金持ちを見つけるわ」そう言い捨てて、ギルダはアガサとロイの鼻先でドアをぴしゃりと閉めた。

「ジョージのこと、ちっとも好きじゃなかったのね」アガサは車に乗りこみながら言った。

「だとしても、何も解決してませんよ」ロイが文句を言った。「彼女がジョージの奥さんを階段から突き落としたと疑っているんじゃない限り」

「何か幸運に恵まれないかしら」アガサは嘆いた。「ほんの小さな手がかりでいいんだけど」

リビング・レジェンズはミルセスター郊外の領主屋敷の敷地でライブを開くことになっていた。若者たちが大勢ライブに詰めかけていた。トニとシャロンもその中にいた。

トニは同じ年代の若者たちに囲まれてわくわくしていた。バンドがオープニング曲の『ロック・イット・ハード』を演奏しはじめると、トニは歓声をあげ、他の聴衆といっしょに腕を振った。休憩になると、トニは顔を輝かせてシャロンを見た。

「最高だよ。若者のあいだにいるって、すっごくいい気分。探偵事務所にいると、ときどき子どもみたいな気がしちゃうんだ」

「全員が若いってわけじゃないよ。あそこにお母さんぐらいの年の人もいる」

トニはシャロンの指さす先を目でたどった。それから小さく息をのんだ。

「信じられないけど、あれ、牧師の奥さんだよ――ほら、コンフリー・マグナの。ここで何をしてるんだろう?」

「踊ってんでしょ」シャロンが言った。「前半の途中で気づいたよ」

バンドがまた演奏を開始した。トニはトリクシーから目を離さないようにした。牧師の妻は一人きりだった。白い半袖ブラウスの裾をウエストで結び、超ピチピチのジーンズにハイヒールブーツ。悪霊にとりつかれたみたいにぐらぐら体を揺らしている。やがて、その視線に気づいたかのように、トリクシーは振り返ってトニを見た。シャロンがトニの腕をつかんで、耳元で叫んだ。「楽しんでる?」

「楽しんでるよ」トニは叫び返した。それから振り返ってトリクシーを捜したが、すでに姿を消していた。

トニは残りのライブを楽しもうとしたが、頭はめまぐるしく回転していた。とうとう、シャロンにたずねた。「ここでドラッグは売ってる?」

シャロンはぎくりとした顔になった。「そっちの方には手を出さないで、トニ」

「ううん、ただこうしたライブではLSDを買えるのかな、と思っただけ」

「ヘロイン、コカイン、マリファナは買えるけど、LSDはないんじゃない? どうして？」

「カースリーに戻った方がよさそう。アガサに牧師の奥さんのことを報告しないと」

「やだ、放っておきなよ。少しは休みをとった方がいいよ」

「ごめん、シャロン。どうしても戻らなくちゃならないんだ。あんたはミルセスターで降ろすよ」

シャロンは帰り道ずっと不機嫌だった。だが、トニはこの最新ニュースをどうしてもアガサに伝えたかった。

アガサがちょうどベッドに入りかけたとき、ドアベルが鳴った。またジョージが訪ねてきたのではないかと思って、ドアに出るかどうか迷った。のぞき穴から見ると、トニの顔が見えたのでほっとした。ドアを開けた。「どうしたの？　入って」

トニはキッチンでトリクシーがライブにいたことを話した。アガサの目が輝いた。

「一人だけだったの？」

「そうみたいでした。それからあたしに見られていることに気づいた。ちょっと目を離して振り返ったときには、いなくなってました」

ロイが中国製のシルクガウンをはおって、キッチンに入ってきた。

「何があったんですか？」

アガサは彼に説明した。「トリクシーの結婚前の苗字を調べなくちゃ。たぶん教会の記録簿にあるはずよ。それから、昔の素行も調べる必要があるわね」

「教会は昼間なら開いてます」トニが言った。「だけど、朝の礼拝のあとにこっそり忍びこむ必要がありますよ」

「記録簿はたぶん聖具保管室にしまわれていますよ」ロイが言った。「鍵がかかっているかもしれないな」

そのとき、チャールズがキッチンに現れた。自分で作った合い鍵でアガサのコテージに入ってきたのだ。アガサは彼の心配そうな顔を見て言った。「いいえ、わたしは死人同然じゃないわ。今はもっと重要なことを発見して、そのことで頭がいっぱいなの」

トリクシーについてチャールズに話すと、こうしめくくった。「パトリックに行かせた方がいいわね。彼は顔が知られてないから」

「そうそう、たった今思い出したことがあります」トニが言った。「トリクシーは腕にタトゥーを入れてました」

「本当に?」アガサは眉をひそめた。そういえば、これまでトリクシーが腕を出しているのを見たことがなかった。最初に訪ねたときはレオタード姿だったのに、長袖を着ていたのだ。

「どういうタトゥーだったか見えた？」ロイがたずねた。

「ええ。ミッドランドテレビが来ていて、聴衆をライトで照らしていたんです。タトゥーはブルーでした。インクみたいなブルー一色です」

「おやおや、驚いた」アガサはつぶやいた。「それ、刑務所のタトゥーよ」

10

「問題は」とトニが言った。「最近はたくさんの若者がフェイクの刑務所タトゥーを入れていることですね」

「そうね、だけど、彼女は若くない」アガサは言った。「彼女の旧姓を調べださなくては。パトリックに電話するわ」

彼女はリビングに行った。「アギーはずっとトリクシーを悪者にしたがっていたんだ」チャールズが言った。「そのせいで理性を失わないことを祈るよ」

アガサはこう言いながら戻ってきた。

「明日、パトリックが教会に行ってくれる。さて、もう寝ましょう。チャールズ、ここに泊まるつもりなら、ソファで寝てもらわないと」

「ご心配なく。家に帰るよ。進展があったか訊きに、明日顔を出す」

アガサはジョージのことで夜中に何度か目が覚め、よく眠れなかった。彼は決してアガサを許さないだろうから、また襲われるのではないかと不安だった。月曜に事務所に出勤することも気が重かった。スタッフたちに、ジェームズの婚約パーティーに招待されたことを話さなくてはならない。同情されるのは絶対に嫌だった。恐れられ、賞賛され、愛されることは願っていたが、哀れみの対象にはなりたくなかった。

翌朝の朝食の席で、アガサがこれから教会に行くと言いだしたので、ロイは仰天した。

「どうして？」彼は泣き声を出した。「教会なんていやですよ」

「ミセス・ブロクスビーと話をしたいの」

「じゃあ、あとで牧師館に行けばいい」

「しょっちゅう牧師館を訪ねることが申し訳なくて。さあさあ。魂が清められるわよ」

「あなたに魂なんてものがあるとは知らなかった」

礼拝のあいだ、やるべきことが次から次に頭に浮かんで、アガサは落ち着かなかった。礼拝はだらだらと続いた。長いお説教になると、やっとアガサはリラックスし、牧師の言葉を聞き流しながら眠りこんだ。ロイに鋭く脇腹を小突かれて、はっと目を覚ました。彼は耳元でささやいた。「いびきをかいてますよ」

最後の賛美歌と祝福が終わると、二人は教会から出た。アガサは牧師と握手した。

「すばらしいお説教でした。とても感動的で」

アルフ・ブロクスビーは冷ややかに答えた。

「でも、あなたを起こしておくことはできなかったようですね」

「誤解されたにちがいありません。ひとこと残らず聞いていましたよ」アガサは嘘をついた。ミセス・ブロクスビーが教区民と話しているのを見つけ、あわててそちらに向かった。

「ちょっと二人きりで話せないかしら?」アガサは声をかけ、ミセス・ブロクスビーとしゃべっていた三人の女性たちを鋭くにらみつけて追い払った。

「重要な話だといいんだけど」ミセス・ブロクスビーが言った。「話の途中だったのよ」

「とても重要なことなの。トリクシー・チャンスについて何か知ってる?」

「村祭りをあなたに宣伝してほしいと牧師がわたしを訪ねてくるまで、ミスター・チャンスのことも奥さんのこともまったく知らなかったわ」

「だけど、探ることはできるでしょ。聖職者同士の噂話で」

「ミセス・レーズン、りっぱな目的があるときしか噂話はしないことにしているの。動機は何なの？」

アガサがライブとタトゥーについて話すと、ミセス・ブロクスビーは眉をひそめた。「不正行為の証拠としては弱いけど、やれるだけのことはやってみるわ」

「ありがとう！」アガサはロイを連れて大急ぎで引き揚げた。「家に帰った方がいいわ。パトリックが電話してくるはずだから」

コテージに戻ると、留守番電話を調べた。困惑して録音を聞いた。パトリックは結婚の記録がなかったという伝言を残していた。

アガサはロイに言った。「ロンドンに行って、公文書館に行くこともできるけど、それだとものすごく時間がかかるわね。そうだ！　いいことを思いついた。二人が結婚した日時が正確にわかれば簡単だわ」

彼女はトニに電話した。「牧師とトリクシーがいつ、どこで結婚したのか知りたいの。豚農場主はあなたを気に入っていたでしょ。コンフリー・マグナに行って、彼に訊いてもらえない？」

「奥さんがいたら、またティーポットを投げつけられるかも」トニは言った。「でも、了解です、やってみます」

トリクシーはまっすぐ豚農場に行くことにした。ハルの奥さんがいれば、すぐに引き返さなくてはならないだろう。

農場に近づいていくと、ハルが家の近くの畑で作業しているのが見えた。車を停めてフェンスを飛び越すと近づいていった。

「おや、イギリスでいちばんべっぴんさんの探偵だね」ハルは言った。「豚に会いに来たのかい？」

「いいえ、ひとつ訊きたいことがあるんです。いつミスター・チャンスと奥さんは結婚したんですか、それにどこで？」

「ええと。十年ぐらい前のはずだ。モートン登記所で結婚した」

「教会じゃなくて？」

「ああ、彼女に離婚歴があるとかでさ」

「もしや日付は覚えていませんか？」

「実は覚えてるんだ。キスしてくれたら教えてやるよ」

「まず教えてくれたら、キスするわ」

「わかった。ちょうどモートン農芸展覧会の日で、おれの豚が一等賞をとったから覚えているんだ。九月十八日だった」

「十年前の？」

「そうとも。さあ、約束のキスは？」

「今度ね」トニはダッと駆けだすと、フェンスを跳び越え、車に飛び乗るやいなや走り去った。

アガサは月曜の朝にモートン＝イン＝マーシュの登記所が開くまで待てなかった。それに、結婚の記録はすべてロンドンに送られてしまっていると知らされるだけだろう。アガサは日曜の夜にロイといっしょに出発してロンドンに向かい、自分はホテルに泊まり、翌日、フィンズベリー・パークの公文書館に向かった。

期待をふくらませながら必要書類を記入し、求めている記録簿を見つけると、慎重にページを繰っていった。アーサー・チャンスはトリクシー・ウェブスターとたしかに結婚していた。彼女の住所はチェルトナム、パドルトン・コート４Ａと書かれている。

アガサはフィルに電話して、カメラを持ってコンフリー・マグナに行き、気づかれないようにトリクシーを撮影するように指示した。自分がチェルトナムに向かう前に、近所の聞きこみで見せる写真を手に入れたかった。

タクシーでパディントン駅に戻りながら、なぜかロンドンの魔法は消えてしまった、とはっきり感じた。偉大な都市は、薄汚れてすすけた、よそよそしい場所になっていた。もしかしたらずっとそうだったのかもしれない。もう一度その場所を好きになるには、実際に住んでみるしかないのだ。

わたしも田舎の人間になってきたのね、とアガサは列車が駅を出発するとしみじみ思った。コテージを持っているし、猫を飼っている。そのうちツイードの服を着るようになるだろう。これまでずっと自分は洗練された都会の人間で、田舎での暮らしはおそらく一時的なものだろうと思っていた。この考えをチャールズに話したときのことが思い出された。彼は皮肉っぽくこう言ったのだった。「洗練された都会のアガサはもうひとつの仮面にすぎないよ。人は自分を美化したがるものだ。本当の自分を見なくてすむからね」

「じゃあ、わたしは本当はどういう人間なの？」アガサは怒ってたずねた。

しかしチャールズは笑って、こう答えたのだった。

「それをあなたに言う勇気はないな」

アガサは電車で読む新聞か本を買えばよかったと後悔した。田舎の風景の中を走り抜けていくとき、自分一人と向き合うのは居心地が悪かった。もう充分にお金を稼いだと思ったときに、高級な結婚相談所に申し込むか、クルーズにでも行けばよかったのだ。ふいに、クルーズという考えで頭がいっぱいになった。月光に照らされた甲板の手すりにカップルが立っている、古い映画の一場面に基づいた空想だ。自分も結婚してジェームズに招待状を送り、彼の反応を見てやろう！　だが、その夢はシャボン玉のように消え、憎らしいジェームズ、と心の中で罵った。

まっすぐミルセスターの事務所に行き、ジェームズの婚約パーティーの招待状を掲示板に留めた。ミセス・フリードマンがさっそく近づいてきて文面を読んだ。

「何も言わないで」アガサは言った。「ただこの招待状の返事を書いてくれれば、わたしがサインするわ。トニはどこ？」

「たった今電話してきました。行方不明のティーンエイジャーの案件を解決したので、戻る途中だとか。ああ、帰ってきた。それから、あなたのデスクに写真が置いてあります。フィルがあなたに頼まれたと言ってました」

アガサは写真を眺めた。牧師館を出るトリクシーが鮮明に写っていて、頭と肩だけが見えるようにトリミングされている。

「トニ」アガサは呼びかけた。「結婚証明書からトリクシーの元の住所がわかったの。

チェルトナムに住んでいたのよ。わたしが地図を調べて正確な行き方を調べるあいだ、コーヒーを飲んでいて」

トニは事務所の隅のコーヒーマシンからマグカップにコーヒーを注いだ。そのとき、掲示板のカードが目に入った。最初に感じたのは、アガサが元夫の婚約の知らせをどう受け止めたかではなく、またハリーに会うのはひどく気まずい、ということだった。もちろん彼は招待されないかもしれない。事実上、ハリーはもはや事務所で働いていないのだから。

「わかったわ」アガサは言った。「出発しましょう。わたしの車で行くわ。運転をしてもらえる、トニ？ ロンドンから帰ってきたばかりで、ちょっと疲れているの」

「もちろんです」トニはアガサが運転を代わらせるなんて珍しいと思った。そのとき初めて、婚約パーティーの招待のせいで、アガサはとても動揺しているのだ、と気づいた。

「むだ足になるかもしれないけどね」アガサは助手席にすわってシートベルトを締めながら言った。「もしかしたらトリクシーを好きじゃないから、彼女が犯人ならいいと思っているのかもしれない。でも、彼女にはどんな動機があるのかしら？」

「婚約パーティーの招待は意外でしたか？」トニはおそるおそる訊いてみた。

「ちょっとね」アガサはそっけなく答えた。まもなくアガサは眠りこんだ。トニは車を停めると、アガサの指からいぶっている煙草をとって灰皿でもみ消し、運転を続けた。

気の毒な人、とトニは思った。チェルトナムに近づくと、若い女性がパトカーを運転しているのを見かけた。若い人たちといっしょに働くのは楽しいだろう、とトニはうらやましかった。アガサの五十代という年齢は、トニにとってはとんでもなく年寄りに感じられた。

彼女はアガサを小突いた。「起きてください！　道案内が必要です」

「え、何？　本当に寝ていたわけじゃないわよ」アガサは弁解がましく言った。「ロンドン・ロードに入ったらモンペリエ・テラスに向かって。パドルトン・クローズは左の裏手よ」

モンペリエ・テラスに近づいたとき、アガサは言った。

「ここで左に折れて、右側の三本目の道を入って、また左に曲がって。袋小路になってるわ。４A号室よ。たぶん地下の部屋ね。ああ、しまった！」

「どうしたんです？」

「パトリックに電話するあいだちょっと待って。彼の以前の警官仲間に頼んで、彼女の旧姓で犯罪歴がないか調べてもらおうと思って」

トニはアガサがパトリックに指示を与えるのを待ってから、たずねた。

「じゃあ、近所の人たちに聞き込みをしますか?」

「いいえ、まずパトリックからの連絡を待ちたいの。それにおなかがすいたわ。電車で食べたものといえば、ちっぽけな干からびたクロワッサンひとつだけだったから。車はここに置いていきましょう。あそこにカフェを併設したアンティークギャラリーがあるわ」

アガサはカフェでベーコンサンドウィッチとコーヒーを頼んだ。「パトリックが急いでくれるといいんだけど」彼女はもぐもぐ食べながら言った。

「一日かかるかもしれませんよ」トニは指摘した。「まず友だちに連絡をつけなくちゃなりませんし」

「そうね、あと三十分だけ待ちましょう」

トニはコーヒーカップに向かってしかめ面をした。

「何が気になるの?」アガサはたずねた。「三十分ってそんなに長い?」

「いいえ、セックスについて考えていたんです」

「あなたの年だと、みんな、そのことしか頭にないんでしょ」

「あなたが考えているような意味で言ったんじゃないんです。ちょっとセックスが怖いんです」

「バージンなの？」

「ええ、まだ。怖くてその気になれなくて」

アガサは煙草に火をつけてから、ウェイトレスのぞっとした表情を見て禁煙禁止令のことを思い出し、不機嫌にソーサーで煙草をもみ消した。

「よかったら話してみて」

「ハイスクールの最後の年だったんです」トニは話しはじめた。「ある男子がいたんです。女の子みんなが夢中になっている子で、デートに誘われたので、あたしは舞い上がっちゃって。クラブで少しお酒を飲み過ぎたら、彼はあたしを壁に押しつけて服を脱がせようとした。あたしはものすごい悲鳴をあげて、彼を押しのけると逃げだしました。

彼はあたしが不感症のレズビアンだって学校中に言いふらし、みんな、それを信じちゃったんです。もっとも彼がレイプで訴えられて裁判沙汰になるまででしたけどね。あたしはセックスに対して夢を見すぎているのかもしれません」

「実際には、女性の性的自由は今まで以上に減っているのよ」

「ピルはどうなんですか?」

「ああ、あれはいいわね。望まない子どもが生まれるのをかなり防いでいる。だけど、いまや女性たちは売春婦がするようなテクニックを弄したり、陰毛を剃ったり、男が望むどんな常軌を逸した行為でも受け入れたりすることが期待されている。それは自由じゃない。支配よ。だけど、それに抵抗してちょうだい、トニ。あなたはきれいだし賢い。いずれすてきな人と出会うわ」

アガサの携帯が鳴った。バッグから携帯を取り出した。「ええ、パトリック」トニは彼女の言葉に耳を澄ましていた。アガサは熱心に耳を傾けていたが、笑みが顔に広がった。最後にこう言った。「よくやったわ。それを書類にして、事務所のわたしのデスクに置いておいて」電話を切った。

「聞いて、トニ。十五年前、聖職者の奥さんはライブでLSDの所持および提供をした罪で逮捕されたの。どうして牧師と結婚したのかは、まったくの謎ね。これからパドルトン・クローズに行って、できるだけ探りだすわよ」

「かなり高級そうですね」4Aの前でトニは言った。

「こういう古い建物の多くが高級住宅になったのよ。誰か家にいないかしら」

階段を下りて地下の部屋に行き、ベルを鳴らした。ジーンズと開襟シャツを着た若い男がドアを開けた。彼は鮮やかな赤毛で感じのいい顔をしていたが、ニキビ跡が残念だ。

アガサは私立探偵だと名乗り、十五年前にこの部屋に住んでいたトリクシー・ウェブスターについて知りたいのだと説明した。

「ぼくに訊いてもむだですよ。ひと月前に引っ越してきたばっかりだし、ぼくの前にたしか三組の人が住んでましたから。ミセス・ブラザーに訊いてみたらどうかな。彼女は最上階にもう何十年も住んでいるから」

青年に礼を言い、アガサとトニは地下から一階の正面玄関まで階段を上がった。アガサはブラザーと書かれたベルを鳴らした。年配の声がインターホン越しに、誰なのかとたずねた。

アガサはていねいに用件を説明した。長い沈黙が続き、はらはらしながら戸口で待っていると、ドアが解錠されたのでほっとした。

ミセス・ブラザーは階段の上の踊り場で待っていた。背中が曲がり、顔は皺くちゃで、たしかにとても年老いて見えたが、目はきらきら輝いていて鋭かった。

「入って」彼女は言った。

二人は低い天井の日当たりのいい部屋に入っていった。大半の年寄りの部屋とちがい、家具だらけでもなく、やたらに写真が飾られてもいなかった。暖炉の上には趣味のいい風景画。色あせたチンツの布カバーをかけたソファと二脚のすわりやすそうな椅子が、低いコーヒーテーブルを囲んでいる。磨かれた床板にはペルシャ絨毯。窓辺の小さな丸テーブルには野の花を活けた小さなクリスタルのグラスが置かれ、三脚の背もたれのまっすぐな椅子が並べられている。

「どうぞすわってちょうだい」ミセス・ブラザーは言った。

アガサはコーヒーテーブルの上の大きなガラス製灰皿を見つめた。

「煙草をお吸いになるんですか、ミセス・ブラザー？」

「ええ、ときどき煙草を楽しんでいるわ」アガサは自分の煙草のパックを取り出し、彼女に一本勧めた。この年とった女性がいまだに煙草を吸っていてどこも悪くないなら、わたしだって吸い続けられるわ、とアガサは安心した。

ミセス・ブラザーは煙草をつけると、咳の発作に襲われた。「本当は吸うべきじゃないんだけどね」彼女はしゃべれるようになると、苦しげに言った。

アガサはやっぱり煙草を吸うのをやめておくことにした。

「トリクシー・ウェブスターについて何か話していただけますか？」

「あの子のことは覚えている。わたしが警察に電話したのよ。彼女は地下室でヒッピーどもとたむろしていた。建物全体が揺れるんじゃないかってぐらい、音楽を大きくかけてね。当時、主人はまだ生きていて、叱りつけるために下に行った。トリクシーは主人の顔めがけてウォッカのグラスを投げつけたうえ、ここで繰り返したくないような暴言を吐いたの。ほぼFワードだったわ。主人から話を聞くと、わたしは警察に電話した。当時でも警察に来てもらうのは大変だったけど、どうやら銃を持っているようだと嘘をついたの。

警察は部屋を手入れして、うれしいことに実際に銃を発見した——銃身を切り詰めたショットガンをね。当時トリクシーはマーク・マーフィーっていう男と結婚してたんだけど、その男は長いあいだ刑務所行きになった。というのも、そのショットガンは銀行強盗で使われたものだと判明したからよ。さらに大量のドラッグも発見された。トリクシーは初犯だったし、他の連中を売ったおかげで軽い刑ですんだ。その後、地元紙で、ポップコンサートでドラッグを売ってまた逮捕されたって読んだわ」

「今は牧師の妻だって知ってますか？」

「その牧師の名前は？」

「ミスター・アーサー・チャンスです。どうやって彼と出会ったのか不思議ですけど」

「さあね。もしかしたら刑務所の慰問をしていたのかもしれないわね。どうして彼女のことを訊くの？　ちょっと待って。コンフリー・マグナの村祭りで、ジャムにLSDが入れられたんじゃない？」

アガサはうなずいた。

「そして、そのせいで二人の女性が亡くなった！　トリクシー・ウェブスターは邪悪な女なのよ」

「どうして警察は彼女を調べなかったんでしょう」トニが言った。

「彼女はたしか結婚後の苗字のマーフィーで逮捕されたのよ」ミセス・ブラザーは言った。「それに、警察は牧師の奥さんを疑わないんじゃないかしらね。これからどうするつもり？　はっきりした証拠があるの？」

「いいえ」アガサは考えこみながら言った。「でも、彼女が元友人たちに不利な証言をして、今になってLSDを探しているなら、連中は噂を聞きつけているかもしれない。最初にここで逮捕されたのはいつだったのか、正確な日を思い出せますか？」

「少し待ってもらえる？　スクラップブックに新聞の切り抜きを保管しているから」

ミセス・ブラザーは煙草を消すと、足が痛そうに立ち上がった。またもや体を折って激しく咳き込んでいる。本気で禁煙しなくちゃ、とアガサは決心した。

彼女はずいぶん長く席をはずしていた。奥の部屋はしんと静まり返っている。

「もしや死んだのでは？」トニがささやく。

「そんなこと、考えもしないで」アガサはささやき返した。「煙草を吸わせなければよかった」

ようやく足音がして、ミセス・ブラザーが大きなスクラップブックを手に戻ってきた。トニはさっと立ち上がって、それを受けとった。

「窓のそばのテーブルに置いて」ミセス・ブラザーが指示した。

彼女は紙片をはさんでおいた場所を開いた。「ほら、ここよ」

そこにはパドルトン・クローズの住所に加え、チェリー・アップフィールドという共犯者の名前も出ていた。彼女の住所はチェルトナム、ビブリー・クローズ五番地。

アガサはノートを取り出して、それをメモした。ミセス・ブラザーに向き直った。

「わたしはあなたにトリクシー・ウェブスターを知っているかとたずねましたよね。ここに住んでいたときにはトリクシー・マーフィーだったのなら、どうして彼女だとわかったんですか？」

ミセス・ブラザーはにっこりした。「当然でしょ？　トリクシーという名前にドラッグ、それにコンサートで麻薬を売って逮捕されたときは離婚してウェブスターという苗字に戻っていた。写真があちこちの新聞に載ったもの。今回の事件には、すごくわくわくするわ。あとでまたここに来て、どうなったのか教えてもらえないかしら？」

アガサは約束したが、トニにそれをメモするようにこっそり頼んだ。自分の約束を忘れたくなかったのだ。

車に乗りこむと、アガサは言った。「グローブボックスの地図をとって。ええと、ビブリー・クローズ。実際にはチェルトナムの隣のチャールトン・キングスにあるようね。ロンドン・ロードまで戻って、そこから道案内するわ」

「ここから直接向かった方が絶対に近いですよ」トニは反対した。

「たぶんね。だけど、チャールトン・キングスでは数え切れないほど迷ったことがあるから、知っている道で行きたいの。そうすれば、一方通行を回避する道を見つけられるし」

「ずいぶん昔の話ですよね。十五年！　チェリーはとっくに行方知らずになってますよ」

「今も住んでいるように祈るしかないわね」そう答えたものの、アガサは自分にとっては十五年前なんて、まるできのうのように感じられると思い、少し悲しかった。

ビブリー・クローズにはじょじょに衰退してきた雰囲気が漂っていた。大胆にもパステル色で塗られた家も何軒かあったが、大半は色あせたスタッコ塗りで、小さな庭には雑草がはびこり、古い乳母車や子どもの壊れたおもちゃなどのがらくたがころがっている。

トニはベルを鳴らした。しばらく待ってから「だめみたいですね」と言った。それでも大きくドアをノックした。

四十代の女性がドアを開けた。トニはがっかりした。この丸々した血色のいい顔をした地味な服装の小太りの女性が、チェリル・アップフィールドのわけがない。

だが、アガサはトニを押しのけてたずねた。「チェリル・アップフィールド？」

「そうよ。あんた、誰なの？」

アガサはていねいに身分を名乗り、トリクシー・ウェブスターについて質問したいと言った。

「あのあばずれ」チェリーは毒づいた。「腕に針を刺したまま、どこかで野垂れ死んでればいいのに」

「新聞を読むか、ニュースを観るかしていないんですか？」アガサはたずねた。「今は牧師の奥さんで、コンフリー・マグナに住んでいるんです」

「あれ、彼女だったの？　冗談でしょ。以前知っていたトリクシーにちょっと似てる気がしたけど。それにしても、まさかと思って。あたしが知ってたときは赤毛だった。ただし、カラーリングだけどね。入ってちょうだい」

チェリーは書棚が並ぶ散らかったリビングに二人を通した。

「で、トリクシーはコンフリー・マグナの事件とどう関係しているの？」チェリーは腰をおろすとたずねた。

「わたしたちで調査中です」アガサは言った。

トニは「わたしたち」と言ってくれたことがうれしかった。いつもアガサはトニが存在しないかのように、「わたし」と言ったからだ。「でも、彼女が過去にドラッグで逮捕され、あなたと他の人々に不利になる証言をしたことを知りました。またLSDを手に入れたいと思ったら、彼女は誰のところに行くでしょうね？」

「わからない。あたしはとっくにドラッグから足を洗ったから。それに、裏切り者のトリクシーのことなんて、誰も知りたいと思わないでしょ。ただ、実際にヤクを売る仕事をしていたのは、ザック・ナルティってやつだった。このあいだ、彼が〈ブロジャーズ〉っていうサイレンセスター・ロードにあるパブに入っていくのを見かけたよ。

見つけられたら、彼に訊いてみて」

「どんな外見ですか？」トニがたずねた。

「とても背が高くてやせている。このあいだ見かけたときは少しおでこが禿げあがっている以外、昔とほとんど変わっていなくて、髪を白髪交じりのポニーテールにしていた」

「サイレンセスター・ロードってどこですか？」アガサはたずねた。

「ロンドン・ロードのT交差点のすぐ先。左側だよ」

二人は彼女にお礼を言って、結果を知らせると約束した。

パブではザック・ナルティの姿はなかったが、飲み物を頼んだ。

パブはあまり人相のよくない若者で混んできた。数人の男たちがトニをちらちら見ている。たぶん、わたしのことを母親だと思っているのね、とアガサは苦々しい気持ちで考えた。

一時間して、トニは言った。「人混みのせいで見落としたかもしれません。外を見てきましょう。バーに行ってお酒を受けとり、一服するために外に出たのかもしれない。外にもいくつかテーブルがありますよ」

パブの外では大勢が紫煙をまき散らしていた。トニはアガサを突いた。テーブルのひとつに長身でやせたポニーテールの男がすわっている。

大胆にもアガサは男に近づいていった。「ザック・ナルティ？」

「あんた誰だ？」

「喜んでお金を払いたがっている人間よ、あなたの時間を数分ほど割いてもらえればね——内々で話したいの」

彼はにやっとすると立ち上がった。「で、何の話だ？」

「トリクシー・ウェブスター」

「誰だって？」

だが、彼の目はぎらついていた。

アガサはバッグを開けて、誰かを買収しようとする場合に備えていつも持ち歩いている丸めた紙幣を取り出した。

彼は札束を見て、のろのろと言った。「彼女を知ってたらどうだっていうんだ？」

「あなたに最近ＬＳＤをくれって頼んだ？　わたしたちは警察じゃないわよ」

「言っておくが」とザックはゆっくりと言葉を口にした。「警察にしゃべったら、おまえを見つけ出して脚を折るぞ」

「けっこうよ。ただ事実を知りたいだけなの」

「あんた、彼女が住んでいる村の人間なのか？」

「そうよ」アガサは嘘をついた。

ザックは札束を物欲しげに見た。「いくらあるんだ？」

「五百」

彼はためらってから言った。「まあ、あのアマに借りはないからな。ああ、彼女にLSDをやったよ。さあ、金を払ったら、二度とおれの前に顔を出すな。もしサツが来たら、あんたはおしまいだ」

アガサはお金を渡し、トニと急いで駐車場に行った。

トニが少し走ってから車を停めた。「これからどうしますか？」

「ビルに話す」

「なんですって！　ポワロみたいに容疑者と対決しないんですか？　それにザックがあたしたちを探しに来たら？」

「考えさせて。そうだわ。これでザックがドラッグを取り引きしていることがはっきりとわかったんだから、ビルにドラッグ取引と所持で彼を逮捕するように言うわ。それから司法取引を持ちかける。彼はトリクシーにLSDを売ったことを証言し、それで一件落着よ。さ、警察署に行きましょう」

しかしビルは自宅にいると言われた。アガサの心は沈んだ。ビルの両親は、このうえなく不快な相手が訪ねてきたと言わんばかりに、アガサには冷たく応対するのだ。

チェリー・アップフィールドは猫にえさをやり、テレビの前にすわって〈ミッドランズ・ニュース〉の最新版を観ていた。足場が組まれた教会が映されると、体を乗りだした。リポーターは言った。「コンフリー・マグナの教会で修復工事が始まっています」チェリーが観ていると、牧師のインタビューが始まり、その隣に慎ましく微笑むトリクシーが立っていた。

チェリーの目は険しくなった。あのしたたかな女。いまだにあの女に仕返しをしたくてたまらない。チェリーは椅子の脇の受話器をとると、電話番号案内にかけて、コンフリー・マグナの牧師館に住むアーサー・チャンスの番号をたずねた。

呼び出し音が数回鳴ると、女性が出てきた。

「トリクシー?」チェリーはたずねた。

「ええ。どちらさま?」

今じゃ、ずいぶんきどったしゃべり方ね、とチェリーは思った。

「あたしよ、チェリー・アップフィールド」

「悪いけど、どなたかわからないわ」トリクシーがきっぱりと言ったので、チェリーは電話を切る気にちがいないとあせった。

「待って！　ただ警告したかっただけだよ。アガサ・レーズンって知ってる？」

「続けて」

「あんたを追ってる。ドラッグの逮捕歴を知ってるの。ザックからLSDを買ってないよね。というのも、彼女、あたしのところからそっちに向かったから」

トリクシーは受話器を置き、荒い息をついた。「誰だったんだい？」アーサーがたずねた。

「献金者よ」トリクシーは答えた。

アガサとトニは、こんな遅い時刻に訪ねてきて、と文句を言っているミセス・ウォンという手強い障害を通過し、ビルにすべてを話した。

彼は興奮して二人の話に耳を傾けた。「牧師の妻を調べようとは思ってもみなかった。朝になったらとりかかります」

「ザックがこちらを見つける前につかまえて」アガサは言った。「警察にしゃべったら、両脚を折るって言われたの」

「ぼくに任せてください」

「これで一件落着ね」アガサはトニを自宅前で降ろして、おやすみなさいと言った。「ずっと運転してくれてありがとう。まだとても疲れているの。ようやく家に帰れてうれしいわ」

コテージに着き、足首にまとわりつく猫たちをひきはがすと、留守番電話をチェックすることにした。

ミセス・ブロクスビーから一件の伝言が入っていた。「ミセス・チャンスにあなたの住所を教えたんだけど、かまわなかったかしら。あなたにとって役に立つ知らせがあるって言ってたから」

アガサは防犯アラームが作動していることを確認した。ビルに電話しようかと迷ったが、朝にしようと思い直した。

眠りは浅かった。そして、木材がきしみ屋根裏がカサコソいう古い茅葺きのコテージではなく、現代的な家を買えばよかったと、またもや後悔した。

朝になるとシャワーを浴びて着替え、階下に行った。毎日配達してもらっているミルク瓶を入れようと、玄関ドアを開けた。コーヒーはブラックで飲んだが、甘やかされている猫たちやお客のために冷蔵庫にミルクを常備しておきたかったのだ。チャールズはどこだろう、いつ戻ってくるのか帰るときにメモを残しておいてくれればいいのに、と思った。電話をしようかと考えたが、執事のグスタフとしゃべる気になれなかった。グスタフはチャールズが家にいるときですら、旦那さまは不在です、とうれしそうに言うのだ。

かがんでミルク瓶をとりあげたとき、その隣に死んだ小鳥が横たわっているのが見えた。アオガラはいつもミルクのホイル蓋を突いて、うわずみのクリームを飲んでいるのだ。アガサは震える脚でコテージに戻ると、警察に電話した。

ビルとウィルクスが鑑識チームを引き連れてやって来た。トリクシーが電話してきて、アガサの住所を知りたがったという伝言をミセス・ブロクスビーが残していたと説明した。小鳥は袋に入れられ、ミルク瓶は密閉されて持ち去られた。

アガサはふいにぞっとする考えに襲われた。「事務所よ！」彼女は叫んだ。「事務所にもミルクが配達されるんです。トニに電話して、誰にも触らせないようにした方がいいわ。あと一時間は誰も事務所に来ないはずだから」

「警察官を現地に行かせて、トニと合流させましょう」ウィルクスは言った。

トニは急いで事務所にやって来た。外にミルク瓶が置いてあるのを見て、警官が来るまでそのままにしておいた方がいいだろうと判断した。ドアの鍵を開けると中に入った。

コンピューターを立ち上げようとしていたとき、ドアがノックされた。「どうぞ」肩越しに叫んだ。

トニは誰かが入ってくる足音を聞いた。「ミルクはとった?」とたずねた。

「いいえ、だって、あんたがとることになっているでしょ」トニはすばやく振り向き、おののきながらトリクシー・チャンスを見た。片手にナイフ、もう一方の手にミルク瓶を持って立っている。

「あんたとレズビアンのボスは、あたしの人生をめちゃくちゃにしたのよ」トリクシーは言った。「かわいい部下が事務所に倒れて死んでいたら、あの女、どう言うかしらね——もっとも今頃、あの女自身が死んでるかもしれないけど」

「あたしはレズビアンじゃないし、アガサもそうだよ」トニは立ち上がりながら言った。「ナイフをおろして」

「どうして放っておいてくれなかったのよ?」トリクシーがわめいた。

「あんたが二人の女性の死を招いたからでしょ」そう言いながらも、トニはすばやく頭を働かせていた。暴力をふるわれた子ども時代を生き延び、そこからやっと抜けだしてまばゆい日の当たる人生を送っていたのに、頭のおかしい女に脅されるなんて。トニは猛烈な怒りが沸き上がってくるのを感じた。車輪つきのパソコンチェアの背もたれをつかむと、椅子ごと突進していき、トリクシーに椅子をたたきつけて吹っ飛ばした。ちょうどそのときドアが開き、男女の警官が駆けこんできた。トリクシーは手から落ちたナイフに飛びつこうとしたが、女性警官がテーザー銃で背中を撃った。

警官がトリクシーに手錠をかけ、女性警官が言った。

「すぐに意識を取り戻すでしょう。何が起きたんですか？」

トニはアガサの警告について話した。警官は鑑識に応援を求め、警察署に連絡して、ウィルクスにたった今起きたことを伝えた。

さらに警官たちがやって来た。トニが何度も何度も同じ話を繰り返していると、意識を取り戻したトリクシーが罵詈雑言をまき散らしながら連行されていった。

トニが聴取を受けるために警察署に到着したときには、メディアが外に集まっていた。

署に入ると、聴取をするのがビルとウィルクスだと知ってトニはほっとした。意地悪なコリンズが担当なのではないかと恐れていたのだ。

聴取が終わると、ビルは言った。「お母さんに電話したい？」

「いえ、大丈夫。母は今サウサンプトンに住んでいるんです。あたしは平気」

「アガサが待っているよ」

まだショックを感じながら受付に出ていくと、アガサがすわって待っていた。トニは落ち着かない気持ちでアガサを見た。実はアガサはレズビアンで、これまでの気前のよさもそれが理由だったのでは？

「なんでそんな目で見ているの？」アガサはたずねた。「鼻に汚れでもついてる？」

「トリクシーがあなたはレズビアンだと言ったから」

アガサはげらげら笑いだした。しばらくして笑いやめると言った。

「ときどき、そうだったらいいのにと思うわ。人生がずっと楽になるから。男どもときたら！　チャールズに力になってもらおうと電話したら、珍しく電話に出て、女性が家に泊まっているから無理だって言われたのよ。さ、何があったのか話して」

トニはアガサの隣にすわって、起きたことを話した。

「鑑識がしっかりした証拠を見つければ、彼女は二件の殺人未遂で逮捕されるわ」アガサは言った。「それだけでも捜査を進めるのに充分よ。わたしは記者会見をしなくちゃならないから、しばらくここにいるわ。あなたはもう今日はお休みにしたら？　他の人たちにもそう言ったわ。今日はずっと鑑識が事務所で作業をしているでしょうし」

トニは外に出ていき、目の前でフラッシュが次々に光ったのでまばたきした。署長のジョージ・ロビンソンが記者たちに話をしていた。署長はトニのほっそりした肩に腕を回した。「わたしに言えるのは、この勇敢な私立探偵が襲ってきた犯人に飛びかかったということだけです。またあとで、進展について発表させていただきます」

アガサは騒ぎを聞きつけ、ドアを開けた。

「こっちを見て、トニ!」カメラマンたちが叫んでいる。

だけど、わたしがボスなのよ、とアガサは悔しさを嚙みしめた。わたしの記者会見になるはずだったのに。

しかし、アガサがあわてて出ていこうとすると、ウィルクスが肩をたたいた。

「今度はあなたに話をうかがいたい、ミセス・レーズン」

翌朝、アガサは憂鬱な気持ちで新聞を眺めた。金髪に光が射してきらきら輝き、大きなブルーの瞳とほっそりしたスタイルをしたトニは、これ以上ないほどよく撮れている。苦々しかった。

テレビをつけた。トリクシー・チャンスについての最新ニュースをやっている。聖オド厳格教会の牧師の妻の彼女は、二件の殺人と二件の殺人未遂と違法薬物所持で告発されていた。

アガサはトニに腹が立ってきた。あの子はすべての栄誉を独り占めしたのだ。ふと、トニに自分だけの事務所を持たせたらどうだろう、と閃いた。そして、助けてくれるアガサ・レーズンの英知がなくて一人でやっていけるのかどうか、見てやろうじゃないの。アガサの事務所は順調にいっていた。トニが独り立ちできるまで資金を出す余裕はあるし、もし成功しなかったら、損金処理して節税になる。

この新しいアイディアに勢いづいて、アガサはトニに電話すると、警察署の向かいのパブ〈ジョージ〉にビジネスランチに来るように伝えた。

トニはアガサが記者会見のことで機嫌を損ねているだろうと予想していたので、レストランでにこやかにすわっているボスを見てほっと胸をなでおろした。その朝、アガサは事務所に出勤してこなかったのだ。

「すわって」アガサは言った。「料理と飲み物をまず注文しましょう。ここのステーキ・アンド・キドニー・プディングはとてもおいしいし、ほっとする料理を食べたい気分だわ」

「記者会見であたしだけ注目されてすみませんでした」トニは言った。

アガサはいいのよ、と手を振った。

「事務所の宣伝になったわ。あなたにひとつ計画があるの」

「どんな計画ですか？」トニは不安そうにたずねた。

「料理が来るまで待ちましょう。何を飲む？」

「ミネラルウォーターでけっこうです。それからステーキ・アンド・キドニー・プディングを」

アガサが注文してバーから戻ってくると、トニは言った。

「どうして彼女はあんなことをしたんですか？」

「え、誰？　何をしたって？」

「トリクシーです。つまり、ちゃんとした生活を送っていたのに、どうしてジャムにLSDを入れたんですか？」

「頭がおかしいからよ」

「頭がおかしくても、理由はあるはずです」

アガサは携帯を取り出すと、パトリックに電話した。「パトリック、トリクシーがどうしてあういう真似をしたのか、警察の元お仲間から何か聞いてる？」

パトリックが答えている声がトニのところまでかすかに聞こえたが、内容まではわからなかった。

「まったく、驚きね！」アガサは叫んだ。「じゃあ、またあとで」

彼女はトニに向き直った。「信じられないわよ。トリクシーは退屈していたので、村を少し活気づかせたくて、ああいうことをした、って供述したんですって」

「恐ろしい女ですね」トニは身震いした。「もしわたしたちを襲おうとしなかったら、罪をまぬがれたかもしれませんよ」

二人の料理が運ばれてきた。トニはアガサがふた口、三口食べるまで辛抱強く待ってからたずねた。「計画って何ですか？」

「あなたに自分だけの探偵事務所を開かせてあげようと思っているの」アガサは言った。

「だけど、事務所の経営なんて、あたし、何も知りません！」

「いずれ学ぶわよ。あなたは頭がいいし。秘書を一人とあなたみたいな若い人を二人雇いなさい。年とった探偵はだめ。スプリング探偵事務所って名前にするわ。ね、スプリング――春――若さよ」

「ギルモア探偵事務所っていうのはどうですか？」

「だめよ、それはまずいわ。まず誰を雇うか、考えてみて。そうしたら、わたしが物件を探してあげる」

その瞬間、トニはアガサが記者会見のことで腹を立てているのだと悟った。ずっと支えてもらっていた岩の真ん中に大きなひび割れが入っていることを発見するのは残念だ、とトニは悲しかった。

「考えてみて」アガサは言いながら、かすかに自己嫌悪を覚えた。「もしやりたくないなら、この提案は忘れていいわ」

アガサの申し出は断ろうと、トニはきっぱりと決心した。だが、その決意を変えるできごとが起きた。

11

その晩トニが友人のシャロンとくつろいでいると、電話が鳴った。ハリーだった。

「どうしてるかと思って」彼は言った。

「元気だよ」トニは言ってから、急いでつけ加えた。「実はあんまり元気じゃないの。アガサに新しい探偵事務所を開くように言われたんだけど、とてもできないと思うんだ。経営のことなんて、何ひとつ知らないもの」

「どうして彼女はそんなことを言いだしたんだろう」ハリーは言った。「そうだ、一年休学して、その探偵事務所の経営を手伝うよ。ケンブリッジ大学に退屈しているし、探偵の仕事が恋しいんだ」

「見返りなしで？」

「もちろん、なしさ。あくまでビジネスだ。わくわくするな」

トニは安堵がこみあげてきた。「暇なら、ちょっとうちに来て相談しようよ」

「数分で行くよ」

「誰からだったの？」シャロンがたずねた。

「ハリー」

「あんたにフランスの小説を読ませて、くだらないオペラに連れていくやつじゃないよね？」

「その人だけど、あくまでビジネスだって言ってる。それに、あたしには助けが必要なんだ。もうじき来るよ」

「いいね。あたし、その未来の教授がどんなやつか見たくてうずうずしているんだ」

ハリーがあまりにも早く来たので、下の通りの角にいたのではないかとトニは推測した。

シャロンは彼が想像とちがった人だったので驚いたようだった。かつてはノーズスタッズをつけスキンヘッドにしていたハリーは、今ではウェーブのかかった茶色の髪と角張ったハンサムな顔の青年だった。服装はカジュアルだがおしゃれだ。トニは二人を紹介した。

「さっそくとりかかろう」ハリーは言った。「アガサはスタッフを雇ってくれるのかい？」

「ううん、若者を雇うようにって言ってた」

「きみに失敗してもらいたがってるのかな？　だって、パトリックみたいな引退した警官の方が頼りになるのに」

「あたしに失敗してもらいたがっている理由なんてある？」

「いや、失敗ってわけじゃないかもしれないけど。きみがテレビに出ているのを見たよ。彼女の代わりに、きみが脚光を浴びたせいかな」

「なんだか気が進まなくなっちゃった」

「いや、挑戦してごらん。名前はどうする？」

「アガサはスプリングって名づけるようにって。若さを強調して」

「そんなのだめだよ。ギルモア探偵事務所はどう？」

「提案したら、却下された」

「彼女は嫉妬しているんだよ。ちょっと考えさせて」

「どうしてただの探偵事務所じゃいけないの？」シャロンが質問した。

「ああ、それいいね」ハリーが言った。「最初は控えめに聞こえるから、アガサも気に入るよ。事務所を設立したら、〝ザ〟を最初につけよう。それから秘書が必要だ」

「あたしがやるよ」シャロンが言った。「コンピューターは得意なの」

「あんたは仕事があるじゃないの」トニはあわてて言った。というのも、ハリーがシャロンの外見を疑わしげに見ていたからだ。ボリュームのあるブロンドの髪に紫色の筋を入れ、ぽっちゃりした体を膝が破けたタイトジーンズとピンクのスパンコールつきトップスに押しこみ、日焼けクリームを塗ったおなかを見せている。

「ベティ・タレントはどうかな？」シャロンが言いだした。「ほら、ミス・お堅い女。学校一のガリ勉。すごく頭がよかったよね」

「たぶん大学に行ってるでしょ」トニは言った。

「ううん、ギャップイヤーで海外に行って熱帯のばい菌に感染しちゃったんだって。でも回復してきているみたい。彼女の電話番号ならわかるよ」

「どうして？　いつもあの子をからかっていたのに」

「病気だって聞いて気の毒に思ったんだ。きっと誰もお見舞いに行かないだろうと思ったから、チョコレートを持って訪ねてみた。親しくなってみると、とてもいい子だよ」

「ぼくも含めて、全員トライアルが必要だよ」ハリーが言った。「彼女にまえもって説明しておいた方がいいね。そんな仕事はやりたくないと思うかもしれない」

「電話してみるよ」シャロンは部屋の隅にひっこんだ。

「ねえ」トニが言った。「アガサがすべての費用を払うんだから、探偵事務所の名前についても発言権があるんじゃないかな」

「ぼくが出資するよ」ハリーが言った。「伯父が最近亡くなって、大金を遺してくれたんだ。きみが儲けてくれれば、出資分は取り戻せる」

その頃、アガサは思いがけず現れたチャールズと村のパブ〈レッド・ライオン〉にすわり、トニに探偵事務所を設立させようとしたことを正当化しながら説明していた。アガサが話し終えると、チャールズは慎重に言った。「そうすれば彼女に脚光が当たらなくなると期待しているんだろ」

「よくもそんなことを！　わたしはそんな狭量じゃないわ」

「たんなる嫉妬か」

「あらそう、それが一般的な反応なら提案をひっこめるわ」アガサは憤慨した。最近はアガサのやることを喜んでくれる人は、老ミセス・ブラザーだけのような気がしてくる。さっき電話してトリクシーの逮捕について洗いざらい報告したところだ。彼女の電話が鳴った。「ええ、トニ」チャールズはアガサがそう言ってから、その顔に困惑が広がるのをおもしろそうに眺めていた。それからアガサがこう言うのが聞こえた。

「じゃあ、すべてを一人でやるって言うの？　物件を見つけるのも？　わたしがこの企画に出資するなら少なくとも発言権が……なんですって？　ハリーが出資してくれる？　うちにいたハリー？　ハリー・ビーム？　そう、わかったわ、あなたがそう感じているなら。健闘を祈るわ」

アガサは電話を切ると、テーブルに視線を向け、煙草の焼け焦げを暗い目つきで見つめながら、煙草をくゆらすことができた輝かしい日々を思い返した。

「じゃ、ハリー・ビームが経営に乗りだすってわけかい？」チャールズがたずねた。

「そう、いい考えよ」アガサは公平になろうとして言った。「あの二人なら、きっと成功すると思うわ」

「ねえ、アギー、彼女が失敗したら、きみは自分を憎んだだろう。放っておけよ。それよりドラッグディーラーのザックなんとかはどうなったんだい？」

「警察が逮捕した」

「保釈で出てきたって聞いたよ」

「まあ大変。脚を折るって脅されたの」

ベティ・タレントは物静かで地味な娘のように見えた。小さなこぢんまりした顔をして、染めていない髪を後ろに流している。とてもやせていた。美点は目だ。とても大きくて茶色で緑色の斑点が散っている。ボックススカートに喉元まできっちりボタンを留めた白いブラウス、それに長いジャケットをはおっている。足下はぺたんこの靴。

しかし、事務所を開くために必要なものの原価計算となると、ベティはたちまち才能を発揮した。数字を扱っていると、ベティの目は熱を帯び、きらきら輝きはじめた。

「すごいよ」ハリーは言った。「儲けが出るようになったら、監視装置を買おう。まずぼくたちだけで始める方がいいと思う——つまりボスのトニ・ギルモア、ぼく、ハリー・ビーム、シャロン……」

「ゴールド」

「シャロン・ゴールド、そしてベティ・タレント」

「地元紙からもらったシャンパンがあるんだ」トニが言った。「ザ・探偵事務所に乾杯しようよ」

ボトルとグラスを持って戻ってくると、ベティが言った。

「出資してくれるって言ったわね、ハリー。お父さまからお金をもらわなくちゃならないの？」

「いや、伯父が亡くなって、ぼくにお金を遺してくれたんだ。心配いらないよ」

土曜日の朝、アガサはミセス・ブロクスビーの訪問を受けた。

「コンフリー・マグナまでいっしょに行ってもらえないかと思ったの。気の毒なミスター・チャンスには、お慰めが必要なんじゃないかと思って」

「わたし、憎まれているわ」アガサは言った。「奥さんを逮捕させたんですもの」

「事情を説明すれば、ミスター・チャンスも少しは気持ちが和らぐと思うわ。いまだに奥さんが無実だと信じているなら、とても苦しんでいるはずよ」

アガサは好奇心に負けた。「そうね、おともするわ」

木々の幹にかすかな靄がからみつき、紅葉した木の葉が道をゆっくりところがっていく。今ではすっかりなじみになったコンフリー・マグナへの道を走りながら、アガサはジェームズの婚約パーティーに何を着ようかと考えていた。そのとき、ヘアエクステンションが頭に浮かんだ。トリクシーはあれをつけて、とてもすてきだった。でも、ブロンドはだめだ。以前、ブロンドを試してみたけど、似合わなかった。ジェームズの婚約者はどんな人なのだろう。ああ、神さま、彼女がどうか醜い女でありますように。

アガサは教会の前に駐車した。二人で教会墓地を突っ切りながら、初めてジョージと会ったときのことを思い出した。ハンサムな外見に夢中になるなんて、なんて恐ろしい過ちを犯したのだろう。

「ミセス・チャンスの出自を調べる件では、あまりお役に立てなくてごめんなさい」ミセス・ブロクスビーが言った。「でも、努力はしたのよ」

「今となってはどうでもいいわ。ジョージはまだ牧師館に出入りしているのかしら」

「いいえ。ちょっとした噂を聞いたの。彼はミス・コリーと結婚して、ハネムーンでコーンウォールに行っているんですって」

「彼女に幸あれ」アガサはベルを鳴らした。

驚いたことに、ドアを開けたのはフィリス・トーリングだった。

「あら、あんたなの」彼女は言った。「どういう用？」

「ミスター・チャンスに会いにうかがったの」

「今はタイミングがよくないね。気の毒にまだショック状態だから」

そのとき、アーサー・チャンスの歌う声が聞こえてきた。

愛を失ったと思っているときに

最後の愛と出会う

そして男は女をこれまでなかったほどの情熱で愛する

フィリスの顔に笑みが浮かんだ。「どうぞ」彼女は言った。

牧師は梱包した荷物に囲まれてリビングにすわっていた。「やあ、いらっしゃい！」

彼は二人に挨拶した。「ちょうどトリクシーの荷物を片付けていたところなんです。

当分のあいだ、これが必要になるとは思えないが。お茶でも？」

「ええ、いただきます」とミセス・ブロクスビー。

「あたしが用意してくるよ、ダーリン」フィリスが言った。

「ああ、きみはやさしいね」アーサーは投げキスをした。

牧師には慰めの言葉は必要ないとアガサは判断して、代わりにこうたずねた。

「どうやってトリクシーと知り合ったのか、ずっと不思議に思っていたんです」

「二番目の妻が亡くなった直後だったんだよ」牧師は言った。

ミセス・ブロクスビーは彼を不安そうに見た。

「奥さまはどうして亡くなったんですか？」

チャンス牧師は大きな声で笑った。「わたしが妻たちを殺したんじゃないかと怖くなったんですか？　いや、最初のジェーンは癌で、二番目のクレシダは脳卒中だった、かわいそうに。ブライトンで休暇を過ごしていたら、トリクシーとたまたまホテルのラウンジで知り合ってね。彼女は離婚したばかりだと言って泣きだした。そんなこんなで親しくなって結婚したんです。ああ、お茶だ、すばらしい、すばらしい」

「寝室を片付けてくるよ」フィリスがトレイを置きながら言った。「服を詰めている途中だから」

「いい子だ。きみがいなかったら、わたしはどうなっていたことか」

お茶を飲みながら、ミセス・ブロクスビーはさりげなく一般的な教区の問題に話題を向け、それからいとまを告げた。

「あれ、どう思った？」走りだすと、アガサが熱心にたずねた。

「ミスター・チャンスはとても精の強い男性なんだと思うわ」

「何ですって？」

「そうよ、人は外見で判断できるとは限らないのよ」

アガサはミセス・ブロクスビーを牧師館で降ろしてから、コテージに帰ると不安に襲われた。

さらにトニの独立をみんなに知らせることを思うと、気が重くなった。嫉妬深い心の狭い女だと思われるだろう。

「実際、わたしはそういう人間なのよ」アガサは猫たちに暗い声で話しかけた。トニに電話した。「もしかしたら新しい事務所を経営するというのは、あまりいい考えじゃなかったかもしれない。あと数年、わたしのところで働いてから――」

「いえ、すばらしいアイディアですよ」トニはうきうきと言った。「数週間後には開業の準備が調いそうです」

「ハリーのことはどうなの？　彼に隠された動機がないのは確かなの？」

「ええ、大丈夫です。彼もあたしと同じぐらいわくわくしています。あたし、感謝しても感謝しきれないです。期待どおりに成功したら、あたしに投資していただいたお金をお返ししますね」

「その必要はないわ。がんばってね」

アガサは電話を切ると、不機嫌な声で猫たちを脅しつけた。「わたしが猫を蹴飛ばすような人間じゃなくて感謝してちょうだい」

ドアベルが鳴った。急いで玄関に飛んでいくと、ビル・ウォンが立っていた。

「入って。コーヒーを淹れたところよ」

「トニから電話があったんです」ビルが言ったので、アガサの心は沈んだ。「新しい探偵事務所の計画について話してくれました。あなたのアイディアだそうですね。どうして最高の探偵を手放す気になったんですか？」

「彼女を無理に引き留めている気がしたから」アガサは嘘をついた。

「彼女にお株が奪われている気がしたんですね」

「そんな理由じゃないわ！」

「話題を変えましょう。ザックが保釈で出てきました」

「そう聞いたわ」

「実は、トリクシーに不利な証言をすることを約束したので、保釈はその取り引きの一部なんです。それで彼女は自白したが、もうひっこめるには遅すぎる。心配ないですよ。彼はただでさえやっかいなことになっているから、あなたを狙うどころじゃないでしょう。他に何かありましたか？」

アガサはアーサー・チャンスについて話した。「たぶんフィリスと結婚するわよ」

「彼は年寄りで皺だらけで白髪で分厚い眼鏡をかけている。どうしてああいう人たちが幸運を独り占めして、ぼくやあなたは独り者なんでしょうね、アガサ？」

「考えてみて、ビル。あなたはトリクシーと結婚したり、フィリスをいいなと思ったりする？」

ビルはにやっとした。「それはないかな。今日は他に予定は？」

「ないわ」

「ブラムリー・パークに行きませんか？」

「なんですって！　ブランコとメリーゴーランドとジェットコースターだらけの場所？」

「そのとおり。行きましょう。ぼく、ジェットコースターに乗ったことがないんです」

アガサは心から楽しみ、ジェットコースターに乗っているあいだじゅう悲鳴をあげていた。

夜、アガサは疲れて幸せな気分で家に戻ってきた。

留守番電話をチェックした。チェリー・アップフィールドから一件だけ入っていた。

「必要ならさらにトリクシーについて情報があるの。夜はずっと家にいるから」

アガサは朝になって訪ねると伝えようとして電話したが、誰も出なかった。そこでトニに電話すると、シャロンが電話に出た。「彼女はここにいません。一日じゅう出かけていたんですけど、どこかの女性から電話があったんです。トリクシーについて、もっと情報があるって。それで急いで出ていきました」

どうしてわたしたち二人に？　アガサは首を傾げながらゆっくりと受話器を置いた。それから、どうか出てくれますようにと祈りながら、ビルの携帯電話にかけた。ミセス・ウォンは家の中で携帯電話を使うことに反対なので、いつも電源を切っているのだ。ほっとしたことに彼が出たので、アガサは早口で伝言について話した。

「いやな感じがするの」アガサは言った。「ザックと関連したことじゃないかと思う」

「じゃ、あなたは家にいてください」ビルは命令した。「ぼくは応援を連れて向こうに行きます」

しかし、アガサはじっとしていられなかった。トニが危険な目に遭うかもしれない。車に急いで飛び乗ると、チェルトナムめざして猛烈なスピードで走りだした。

袋小路のはずれに駐車して、用心しながら歩いていった。チェリーの家を通り過ぎた。明かりがついていたが、カーテンは閉まっている。袋小路の反対側まで歩くと、裏手に回る小道を見つけた。

振り返って家の数を勘定してから小道に入った。家を数えながら、チェリーの家の裏手とおぼしきところまで歩いた。

庭のゲートを試してみると開いた。バッグから小さなペンライトを取り出し、慎重に家の裏側に近づいていく。

銃を持っていればよかった、と思った。警察はどこなの？

キッチンのドアの取っ手を回した。鍵はかかっていない。簡単に中に入ってペンライトをつけ、武器になるようなものがないかと探した。

懐中電灯の光が、あふれたごみ箱を照らしだした。アガサは棚から調理オイルのボトルをとると、それをごみ箱の中身にぶちまけた。それからライターでゴミのてっぺんに火をつけた。

片手にオイルの瓶を握りしめて、アガサはキッチンのドアの陰に立った。ごみ箱が燃え上がった。「急いで」アガサはつぶやいた。「わたしがパリパリに焦げちゃう」

炎がリビングから見えるようにアガサはキッチンドアを開けた。罵り声がして、ザックがキッチンに入ってきた。裏口を開け、燃えているごみ箱を庭に蹴りだす。両手を腰にあてがい、向きを変えようとしたところをアガサがオイルのボトルで頭を殴りつけた。ザックは膝をついたが、意識は失わなかった。あせったアガサが棚にあるものを手当たり次第に投げつけはじめたとき、警官が家に飛びこんでくる音がした。

「ここよ！」アガサは叫び、チョコレートドリンクの中身をザックにぶちまけ、続いて半ダースの卵をぶつけた。ビルに率いられた警官たちがキッチンに突入してきた。ザックは手錠をかけられ、頭から卵やチョコレートをボタボタ垂らしながら立ち上がった。

「トニ！」アガサは叫び、リビングに走りこんだ。警官がトニとチェリーを解放しているところだった。二人とも椅子に縛りつけられ、猿ぐつわをされていた。

トニはよろめきながら立ち上がった。アガサは彼女を抱きしめた。

「ああ、あなたを失うなんて耐えられない」

トニは涙ぐみながら微笑んだ。「こんなに大切に思われていること、知りませんでした」それからわっと泣きだした。

長い夜になりそうだった。アガサは首を突っ込まないようにという指示に従わなかったせいで叱責された。アガサが到着したらすぐに二人の脚を折って国外に逃亡するとザックは言っていた、とトニは反論した。パトカーのサイレンを聞いたら、絶対にトニの脚を折って裏口から逃げたにちがいない、と。チェリーは縛りつけられる前にアガサに電話をかけろとナイフを突きつけられて脅された、と話した。

メディアはニュースを嗅ぎつけて、警察署の外で待ちかまえていた。トニはコリンズにひとこともしゃべるなと釘を刺されていたが、自分の命は世界でいちばん優秀な探偵のアガサ・レーズンによって救われた。ただし、これ以上は裁判まで何も言えないとだけ話した。

さて、これで一件落着ね、とアガサは疲れきって家に車を走らせながら考えた。人生は続いていく。ジョージの奥さんの死以外、すべてがあきらかになった。その死の真相はもはや永遠にわからないだろう。

フレッドとジョージ・セルビーはコーンウォールの村に近い崖の上に立つ見晴らしのいいホテルでハネムーンを楽しんでいた。ジョージは一杯やりにバーに下りていき、フレッドは支度がすんだら合流することになっていた。

バッグを手にしたとき、ジョージが携帯電話を置いていったことに気づいた。好奇心がむくむくと頭をもたげた。メールが来ているかしら。最初のメールを読んで背筋が凍りついた。「本当にすぐにお金を用意できるの、ダーリン？　待ちきれないわ。愛をこめて、ギルダ」

フレッドはベッドにゆっくりとすわりこんだ。膝ががくがくしている。ギルダの記事のことを思い出した。それにジョージの亡き妻についてのおぞましい噂もすべて甦ってきた。二人で作った遺言と、お互いを受け取り人にして生命保険をかけたことについて考えた。とてつもない怒りがめらめらと燃え上がった。

「やあ、ダーリン」フレッドがバーに入っていくとジョージが言った。「顔が少し青いよ。大丈夫かい？」

「大丈夫よ。そろそろ散歩に出かけましょうか？」

「今夜は崖に近づかない方がいいですよ」バーテンダーが警告した。「風が強まって吹き飛ばされかねないし、夜は真っ暗ですから」

「大丈夫だよ」ジョージはフレッドの腕をとった。「たぶん村の方に下りていくから」

村に行くなら、あのメールはあたしの想像だったと考えてもいいかもしれない。彼はあたしを愛しているにちがいない！

だが二人きりになると、ジョージはこう言った。「月が出てる。それに崖の上を散歩しながら、足下に大波が打ち寄せているのを眺めるのは気分がいいよ」

「腕を放して。歩くときは腕を振りたいから。ちょっと寒いわね。もうホテルに戻りましょうよ」

「あとちょっとだけ行ってみよう」ジョージは崖の端まで行き、風に金髪をなびかせていた。「こっちに来て見てごらん。ものすごく大きい波だよ」

フレッドは虚無感と惨めさのあまり何も感じられなくなった。夢遊病者のように、縁からのぞきこんでいる夫に近づいていった。そして、ありったけの力をこめて、勢いよく彼を押した。足下の草むらは最近降った雨で滑りやすくなっていた。彼はそのまま滑って縁を越えて下へ落ちていき、恐怖の悲鳴は波の音と吹きすさぶ風にのみこまれた。

フレッドは大きな岩陰の湿った草の上にすわりこみ、バッグを開けた。マリファナの袋を取り出すと、広げたコートで風をよけながら紙で巻いて火をつけた。肺の奥深くまで煙を吸いこむ。

そうやってマリファナを吸っていると、すべてのできごとはただの悪い夢だったように感じられてきた。哀れでまぬけなジョージ。彼は永遠に去った。死体が発見されたら、すてきな葬儀をしてあげよう。

岩の陰からのぞいたとたん、悲鳴をあげた。頭と肩が崖の上に現れようとしている。ジョージは下の岩棚に落ちただけだったのだ。アザと傷だらけになっていたが、怒り狂っていた。

フレッドは走り寄って、顔を蹴りつけた。ジョージは彼女の片方の足首をつかんだ。

フレッドはもう一方の手を思い切り踏みつけた。彼はそちらの手は離したが、足首をつかんだまま後方に落ちていった。もがき、罵りあいながら、二人とも荒れ狂う海の下へと消えていった。


土曜の朝、アガサが早朝にドアを開けると、ミセス・ブロクスビーが立っていた。

「今朝のニュースを見た？」ミセス・ブロクスビーが叫んだ。

「いいえ、今起きたところなの。入ってちょうだい。どんなニュースだったの？」

「ミスター・セルビーのことよ」ミセス・ブロクスビーは言った。

「ゴージャス・ジョージね。彼がどうかした？」

「死んだのよ！」

「どうして？」

「二人がハネムーンで泊まっていたコーンウォールで、地元の人が犬を崖沿いに散歩させていたら、悲鳴が聞こえたので懐中電灯を向けたんですって。そうしたら男が崖の端に必死にしがみつき、女が男の指を踏みつけているのが見えたそうよ。男は女の足首をつかんでいた。その男性は駆け寄ったけど、二人とも海に落ちていった。沿岸警備隊が遺体を捜しているわ。目撃者によると、男はすでに崖から落ちて這い上がろうとしていたみたいだったとか。どう思う?」

アガサはキッチンのテーブルの前にすわりこむと、煙草に火をつけた。

「フレッドがなんらかの方法で彼の正体を知ったんでしょうね。こうなると、ジョージは気の毒なシビラに妻を殺させたにちがいないわ。フレッドのことは嫌いだったけど、今は心から気の毒に思っている。そして、天国のどこかで、最初のミセス・セルビーが大笑いしていることを祈るわ」

「ずいぶん罰当たりな発言ね、ミセス・レーズン」

「人間的ってことでしょ、ミセス・ブロクスビー」

エピローグ

アガサ・レーズンはロンドンからミルセスターへ向かう列車が霧の中を走っていくあいだ、一等車にうずくまるようにすわっていた。ロンドンで思い切った変身を遂げてから、〈ジョージ・ホテル〉の婚約パーティーに向かうところだ。髪のエクステンションはゆるやかな巻き毛になって肩先に垂れている。顔は一流の美容師に巧みにメイクをほどこしてもらった。このところ無我夢中でダイエットをしてきたので、大金を投資した高級なミッドナイトブルーのシルクのドレスが、すばらしくスタイルを引き立てている。

頻繁に遅れる列車はへそ曲がりにも今日に限って、ミルセスター駅の華やかなゴシック様式の駅舎に二分早く滑りこんだ。

アガサはすべてを放りだして家に帰ってベッドにもぐりこみ、猫とぬくぬくと過ごしたかった。しかし、そんな真似をしたらみんなに同情されるだろうし、それには耐えられない。トニは一週間後に新しい事務所のオープニングパーティーを開くと言っていた。それにもアガサは出席したくなかった。

〈ジョージ・ホテル〉まではタクシーで行き、その短い移動のあいだにフラットシューズから新しいハイヒールサンダルに履き替えた。

「さあ、行くわよ」アガサはつぶやいた。「リハーサルはおしまい。ついにステージに上がるのよ」

〈ジョージ・ホテル〉を出てきたカップルが、ひとりごとを言っているアガサを気味悪そうに眺めた。

ロビーの掲示板を見た。「婚約パーティー――ベッチェマン広間」

ベッチェマン広間は、有名な詩人でヴィクトリア朝建築の愛好家ベッチェマンがいかにも好みそうな部屋だったので、そう名づけられていた。中世風天井から、部屋の隅の大理石の巨大な暖炉にいたるまで、ホテルが一八七五年に建てられときのままだった。

アガサは赤いカシミアのマントを広間の外のクロークルームに預けると、深呼吸して会場に入っていった。たちまち顔見知りの顔と「アガサ、なんてすてきなの！」という歓声に囲まれた。

そわそわと部屋を眺めた。チャールズがやって来た。

「ジェームズはどこ？」アガサはたずねた。

「もうじき来るよ。霧で足止めを食ったんだ。一杯やりたまえ」チャールズは通りかかったウエイトレスのトレイからシャンパンのグラスをとると、彼女に渡した。

アガサは部屋を見回した。トニは細いショルダーストラップがついた露出度の高い黒いドレスを着ている。頭のてっぺんにまとめた金髪が頭上のシャンデリアにきらめいていた。わたしは優秀な探偵を失ってしまったんだわ、とアガサは苦い思いを嚙みしめた。これまで自分はやり手のビジネスウーマンで、仕事には私情をはさまない、ということを誇りにしてきた。何がいけなかったのだろう？　とアガサはくよくよ悩んでいた。というのも、実際のところ感情に動かされるままに生きてきたことを自覚していなかったのだ。

歓声があがり、アガサはゆっくりと振り向いた。ジェームズが笑顔で入り口に立っていた。フェリシティ・ブロス＝ティルキントンはその腕に手をかけている。

アガサは残っていたわずかばかりの自信が靴底から浸み出ていくのを感じた。フェリシティは繊細だった。日焼けした顔に間隔が開いたグレーの瞳。豊かな茶色の髪は芸術的なウェーブとカールとなって肩に垂れている。アガサも知っているように、ストレートヘアは時代遅れになっていた。スリムだが、厳しいダイエットをした様子はみじんもなかった。襟ぐりの広いゴールドのイブニングトップの胸元からは、本物の日焼けをしたなめらかで完璧な肌と、代々受け継がれているらしいゴールドとルビーのすばらしいネックレスがあらわになっている。

ジェームズは婚約者を得意満面で見下ろしている。あんなふうにわたしを見てくれたことは一度もなかった、とアガサは思った。でも、事実を受け止めなさい。わたしがあんな外見だったことは一度もなかったのだから。ジェームズはフェリシティを連れてまっすぐアガサのところまで来ると、彼女を紹介した。

「お会いできてとてもうれしいです」フェリシティは言った。「でも、ジェームズからさんざんお話を聞いていたので、とても怖い方だと思っていました」

「ほら、もう一杯シャンパンを飲んで」チャールズがアガサのかたわらで言った。ジェームズはチャールズをフェリシティに紹介した。「向こうに行って話をしよう、フェリシティ」チャールズは言った。「共通の知人がいるようだね」

ジェームズはアガサに微笑みかけた。

「すごくすてきだ。長い髪がよく似合うよ。それで、フェリシティのことをどう思う？」

「本当にきれいだわ。どこで出会ったの？」

「パリだ、友人のシルヴァンのパーティーでね。彼は来てるかな？」ジェームズは部屋を見回した。「たぶん霧で遅れているんだろう。じゃ、祝福してくれるんだね？」

ジェームズはアガサをじっと見つめた。

「ええ、ジェームズ」

「年が離れすぎていないかな？　彼女はまだ三十二なんだ」

「男性にとっては問題ないでしょ。彼女はこれまでに結婚したことがあるの？」

「いや」

それは妙ね、とアガサは内心で思った。あんなに美しい女性が三十二歳まで結婚せずにいられるだろうか？

他の人々が集まりはじめた。「どんな気分、ミセス・レーズン？」ミセス・ブロクスビーがたずねた。

アガサは安堵を覚えながら友人を見た。「それがね、まったく大丈夫なの。本当に。ここに来て彼女に会ったら、とてもうれしく感じられた。ジェームズはまるで別人みたいだわ。わたし、人生で初めて男性を克服したのよ」

ビル・ウォンと事務所のスタッフもやって来て、仕事の話を始めた。

ミセス・ブロクスビーは部屋の隅に不機嫌そうに立っている夫のところに行った。

「もう帰れるかい？」彼はたずねた。

「あら、アルフったら。今帰るわけにはいかないわ。パーティーは始まったばかりじゃないの」

アガサはジェームズが横に立っているのに気づき、振り向いた。

「本当にわたしの幸運を祈ってくれるのかい？」彼はまたたずねた。

「もちろんよ。嫉妬するだろうと予想していたの？」

「まあ、そんなようなことかな」

「だけど、あなたは彼女を愛しているんでしょ」

「ああ、そうとも。彼女はわたしの言葉に耳を傾けてくれるし、わたしの仕事に関心を持ってくれる。とりわけ軍隊の歴史に。旅行本の代わりに、有名な戦場のガイド本シリーズを出版社に提案してみようかと思っているんだ」

「わたしだっていつも話を聞いていたわ」アガサは言い訳した。

「いつだったかクリミア戦争について話していたとき、きみの目が死んでいたのを覚えているよ」

「ひとこと残らず聞いてたわよ！」

「戦争は何年だった？」

「覚えていない。数字を暗記するのは苦手なの。長弓で戦ったんだったかしら？」

「それはアジャンクールの戦いだ。ほらね？　きみはまったく覚えていないんだ」

「ジェームズ、ダーリン。他のお客さまをほったらかしよ」フェリシティが彼の腕をとった。

「そのようだ。じゃ、またあとで話そう、アガサ」

「ちょっと待って。いつ結婚するの？」

「今度の四月だ。お祝いに来てくれるかい、アガサ？」

「もちろん。式はどこで？」

「サセックスのダウンボーイズにある教会だ」

「そこまで行くわ」アガサは二人が歩いていくのを落ち着かない気持ちで眺めた。どうしてわたしが嫉妬すると予想していたの？　もしもわたしが本気で誰かを愛していたら、ジェームズを嫉妬させようなんて、ちらりとも思わないだろう。

ロイ・シルバーが到着した。ダークブルーのシルクのシャツにダークブルーのズボンをあわせている。

「これから寝るみたいに見えるわ」アガサは意見を言った。

「それであなたの知識がわかりますよ。これが最新流行なんです。すっかり田舎臭くなってますね、アギー。だけど、最高にきれいですよ。ヘアエクステンションですか？」

「そうよ」

「安い店でやってもらったんじゃないでしょうね。友人がミスター・バートのところに行ったら、少したつと多少は落ちてくる、って言われたそうです」

ミスター・バートのところに行ってきたアガサは話題を変えることにした。

「あそこに婚約者がいるわよ」

「とてもきれいですね。口だけはちょっとね」

「口がどうかしたの？」

「唇が薄すぎるし、は虫類を思わせるところがある。今到着した人は何者ですか？」

アガサは入り口を見た。シルヴァンが到着したところだった。いかにもフランス人という外見だった。とがった鼻、白髪交じりの金髪、物憂げな目、よく動く口、表現力豊かな長くて細い指。ジェームズが急いで彼を出迎えている。アガサはシルヴァンの身振りはいかにもフランス風だと思った。背が高くて細身で肩幅が広く、ひきしまったヒップをしている。

アガサの胸で小さな光が灯りはじめた。シルヴァンを見る一分前には、足が痛くなってきたと感じていた。今は不快感にも気づかなかった。パーティーの他の人々が色あせて見えた。目がくらんでいるせいで、シルヴァンだけがスポットライトで照らされているように感じる。

ジェームズがシルヴァンを連れてきた。

「アガサ、シルヴァン・デュボアを紹介させてくれ。シルヴァン、こちらはアガサ・レーズンだ」

「ああ、きみの最初の奥さんだね」シルヴァンはアガサの手をとった。「彼はよくあなたを手放しましたね？」

アガサは微笑んだ。「ジェームズにはもうすぐとても美しい二番目の奥さんができるわ」

「ふん！　ぼくなら成熟した女性こそ、限りなく魅力的だと思うが」シルヴァンのグレーの目が誘うようにアガサを見つめた。

「パリに住んでいるんですか？」

「ええ、そうです」

「で、お仕事は何を？」

「たいしたことは何も。父が瓶を製造する工場を持っていて、亡くなると、それをぼくに残してくれた。ぼくは凄腕の経営者なので、暇な時間がたっぷりあるんですよ」

彼の英語は流ちょうだったが、魅力的なフランス訛りがあった。

「じゃあ、暇な時間は何をしているんですか？」

「そうですねえ。朝起きて、朝食をとり、顔を洗って服を着て友人たちに会いに地元のブラッセリーに出かける。天下国家を論じる。それから遅いランチをとり、アパルトマンに戻って読書をして、また着替えて劇場か映画館に行く」

「それで、ミセス・デュボアはどうしていらっしゃるの？」

「悲しいことに、そういう人はいないんです」

「以前はいらしたの？」

「はるか昔には」

「まあ、何があったんですか？」

彼はおもしろそうな顔つきになった。「ずいぶんたくさんの質問ですね。でも、あなたは探偵だから、それは当然なのでしょう。さて、ぼくは——英語ではなんと言うのかな——窮地に陥っているんです。あなたの毛がシャンパンのグラスに浮いているんですよ。それについて言いましたっけ？」

「たった今」アガサは真っ赤になった。

シルヴァンは長い指でそれをすくうと、床に捨てた。

「ヘアエクステンションはパリでするといいですよ。そんなに動揺しないで。エクステンションの効果はくらくらするほどすばらしいんですから。ジェームズはまたあなたと結婚したがると思いますか?」

アガサはその質問に一瞬、髪の毛の心配を忘れた。「なぜ?」驚いてたずねた。

「友人のジェームズは知的な男です。かたや、かわいいフェリシティは、いやはや、とても退屈だ。今のジェームズは彼女の外見しか目に入っていない。彼にはあなたのような人が必要なんですよ」

アガサはこう言いたかった。「そして、わたしにはあなたのような人が必要なんです」しかし、代わりにこうたずねた。「こちらには長くいらっしゃるんですか?」

「今夜、車でパリに帰るつもりです。このためだけに来たんですよ。結婚式でお会いしましょう」

ジェームズとフェリシティが加わった。「他の方にも会ってくださいな、シルヴァン」フェリシティが言って、彼と腕を組むと向こうに連れていった。

「気をつけて、アガサ」ジェームズがささやいた。

「何を？」

「シルヴァンは女たらしだと評判なんだ」

「じゃあ、いつでもわたしをたらしてくれてけっこうよ」

「馬鹿なことを言うもんだな」

「馬鹿なんて言わないでよ。あなたはいつもわたしをけなしたわね」

「いや、そんなことするものか。きみは被害者ぶるのが好きなんだよ、アガサ」

「わたしは被害者じゃない」アガサはわめいた。

部屋じゅうが静まり返った。それから、全員がまた大きな声で一斉にしゃべりはじめた。

アガサは慰めがほしくて友人のミセス・ブロクスビーのところに近づいていった。

「ご主人はどこなの？」アガサはたずねた。

「頭痛がするので先に帰ったわ」ミセス・ブロクスビーは言った。「ジェームズは何で不機嫌になったの？」

「わたしにシルヴァンに気をつけろって注意したの」

「だけど、心配する必要なんてないわ。あなたは男性のことで気をもむのは卒業したんでしょ？」ミセス・ブロクスビーは不安そうにたずねた。

「ええ、もちろんよ」

アガサは部屋の向こうを見て、輝くばかりに美しいトニに話しかけているシルヴァンをじっと見つめた。彼女の目つきが険しくなった。「ちょっと失礼するわ」ミセス・ブロクスビーは友人が巧みにトニを押しのけ、シルヴァンを連れていくのを見た。笑ったりしゃべったりしながら髪をかきあげ、ヘアエクステンションが宙に舞っているのに気がつきもしない。ミセス・ブロクスビーはため息をついた。

「どうしたんですか？」ビル・ウォンが声をかけた。

「ミセス・レーズンのせいよ。彼女はまた我を忘れているみたいなの」

三十分後、シルヴァンはもう帰らなくてはいけないと告げた。

「結婚式でお会いしましょう、アガサ」

「その前にパリに行くかもしれないわ」アガサは期待をこめて言ってみた。だが、シルヴァンはにっこりしただけで、かがんで彼女の頰にキスした。彼がいなくなったとたん、アガサが足が死ぬほど痛くて、頭がかゆいことに気づいた。

「ちょっと」ロイが背後から近づいてきた。「たくさん毛が落ちてますよ」

アガサはコンパクトを出して鏡をのぞいた。「あいつを訴えてやる」アガサは憤った。

「あの魅力的なフランス人とはうまくいったんですか？」

「まあね」アガサは言いながらも、みっともない真似をしてしまったと反省した。自分を独占して、周囲に髪の毛をまき散らしているアガサをシルヴァンはどう思っただろう？　アガサは友人たちに話す滑稽なネタになったのでは？

「今夜泊めてもらえますか？」ロイがたずねた。

「いいわよ、タクシーで家に帰るつもりよ。広場に車を置いてきたんだけど、これだけシャンパンを飲んだあとで運転したくないの。そろそろ引き揚げる？」

「ぐるっと回ってきた方がいいと思いますよ。スタッフとは全然、話をしてないでしょう」

アガサは社交の義務を果たすことにした。ミセス・フリードマン、パトリック、フィルに話しかけた。トニとハリーのところに行き、新しい事務所の準備についてたずねたものの、ろくに話を聞いていなかった。

ようやく、もう充分だと考え、ロイを連れてジェームズとフェリシティにさよならを告げた。

クロークルームでマントとフラットシューズの入ったバッグを受けとり、ほっとしながらそれに履き替えた。

チャールズがやって来た。「いっしょに行くよ」

「泊まるつもりなら、あなたはソファよ」

コテージに戻ると、アガサはひどく疲れたのでパーティーの話はもうしたくないと言って、二階に上がっていった。

寝間着に着替え、メイクを落とすと、シルヴァンを退屈させてしまったのではないかと思い悩んだ。しゃべりすぎたんじゃない？　探偵の仕事について訊かれたとき、長々としゃべり続けたことを思い出した。しかし、少なくともまた彼と会える。アガサの頭の中で、執着の触手がまた伸びはじめていた。

夜中に妙な恐怖を覚えてはっと目覚めた。フェリシティとジェームズのことを考え、とてつもない恐怖がこみあげてきたのだ。どこかがおかしかった。何かがとことんまちがっている。だが、その気持ちを払いのけた。

エビのカナッペとシャンパンのせいだ、と思おうとした。それからシルヴァンのことを思い出しながら、また眠りに落ちていった。

訳者あとがき

〈英国ちいさな村の謎〉シリーズ十九作目にあたる『アガサ・レーズンと毒入りジャム』をお届けします。今回、アガサはコンフリー・マグナ村のチャンス牧師の要望で、村祭りのPRを引き受けます。押しの強いチャンス牧師がミセス・ブロクスビーに依頼してきたのです。アガサは断るつもりでチャンス牧師を訪ねたものの、そこで偶然出会った、はっとするほど美しい緑の瞳のイケメンに心を奪われ、がぜん乗り気になったのです。アガサのそういう姿を横で見ながらミセス・ブロクスビーがため息をつく、というのも、もはやおなじみの光景ですね。

村祭りはオープニングに人気ポップシンガーを招いたおかげで多くの観客を集め、滑りだしは上々でした。しかし、途中でLSDでハイになった年配の女性二人が命を落とします。どうやらテイスティングに出されていたジャムにLSDが仕込まれていたようなのです。誰がジャムに薬物を入れたのか、狙いは何なのか、アガサと前作で事務所に入った新米探偵トニは、牧師の依頼で調査を始めます。

　前作『アガサ・レーズンの奇妙なクリスマス』でデビューしたまだ十八歳の探偵トニ・ギルモアが、今回も活躍します。トニは頭の回転も速いうえに、金髪でほっそりしたスタイルでますます美しくなり、どんな年代の男性からも注目されます。当然、アガサはおもしろくありません。ぴっちりしたTシャツからなめらかなおなかを出し、すらりと長い脚をしたトニの横にいると、自分の年齢を痛感させられるのです。

　こういう気持ちは読者のみなさんにも覚えがあるのではないでしょうか？　写真を撮るときには自分より二回りも若い女性の隣には並びたくない、と中年の訳者も思います。

　さらに事件が解決したとき、偶然にもトニ一人がメディアの脚光を浴びたことが悔しくて、アガサはある企画を思いつきますが、それが裏目に出て落ち込むことになります。

　たしかにトニは物事を論理的に考えられるし、何をさせてもキビキビと有能ですが、アガサの直感も事件解決に欠かせません。そう考えれば、アガサはもっと他の人にない独自の才能に自信を持っていいはずなのに、と訳しながら声援を送らずにいられませんでした。

トニ一人では活躍できないことを思い知らせようとするのは少し大人げないかもしれませんが、ラストでトニのために命がけで行動するアガサの姿には、彼女の温かい人柄がよく出ていて感動しました。アガサは嫉妬はするけれど決して冷たい人間ではなく、人間くさい感情に翻弄されては、それを恥ずかしく思う、ということを繰り返す飾り気のない率直な人なのだと思います。そんなアガサの活躍ぶりを本作でも楽しんでいただければ幸いです。

また、作中の携帯電話の使い方に違和感を覚えると思いますが、二〇〇八年に出版された作品なので、現在ほどにはスマートフォンが当たり前ではなかったことを念頭においていただければと思います。さらに本文を未読の方のために詳細は伏せますが、ラストにはあっと驚くようなできごとが待っています。

さて、次回はいよいよ二十作目 *There Goes the Bride* です。本書で数々の苦い失望を味わったアガサは、イスタンブールに向かいます。向こうですてきなロマンスと巡り会えることを期待して。はたしてどうなるのでしょうか?

二十作目刊行を記念して、アガサファンのみなさまの声をご紹介したいと思います。二〇二三年九月末までに、ぜひ編集部宛にメール (cozybooks@harashobo.co.jp)

または郵便（〒一六〇―〇〇二二東京都新宿区新宿一―二五―一三　株式会社原書房　コージーブックス編集部宛）で、必ず「アガサ・レーズン二十巻記念」と題して本シリーズやアガサに対する熱い思いを送ってください。次作のあとがきで匿名でご紹介したいと思います。訳者も、みなさんの感想を拝見するのを楽しみにしています。

また、二十作目記念のオリジナルグッズのプレゼント企画も予定しています。あとがきでご紹介する予定です。どうぞお楽しみに。

本シリーズは作者ビートンの死後もＲ・Ｗ・グリーンによって書き継がれていて、三十三巻目*Devil's Delight*が二〇二二年十二月にすでに出版されています。アガサは不滅です！

コージーブックス

英国ちいさな村の謎⑲

アガサ・レーズンと毒入りジャム

著者　M・C・ビートン
訳者　羽田詩津子

2023年　5月20日　初版第1刷発行

発行人　成瀬雅人
発行所　株式会社　原書房
〒160-0022 東京都新宿区新宿1-25-13
電話・代表　03-3354-0685
振替・00150-6-151594
http://www.harashobo.co.jp
ブックデザイン　atmosphere ltd.
印刷所　中央精版印刷株式会社

落丁・乱丁本はお取り替えいたします。
定価は、カバーに表示してあります。
 ISBN978-4-562-06130-3 Printed in Japan

Lord of Chance
by Erica Ridley

貧乏紳士と幸運の女神

エリカ・リドリー
水野麗子[訳]

ライムブックス

LORD OF CHANCE
by Erica Ridley

貧乏紳士と幸運の女神

主要登場人物

シャーロット・デヴォン……………旅の途中の娘
アンソニー・フェアファックス………紳士。賭博師
ジュディス……………………………シャーロットの母
マクスウェル・ギデオン……………賭博場のオーナー
ランブリー……………………………公爵
コートランド公爵……………………シャーロットの父
ドロシア・ペティボーン……………コートランド公爵の姉
メイベル・ラウンドツリー…………コートランド公爵の姪
ラルフ・アンダーウッド……………コートランド公爵の顧問弁護士

1

アンソニー・フェアファックスは領主ではないかもしれないが、賭博王だ。少なくとも、かつてはそうだった――もうすぐその座を取り戻す。彼は懐中時計をちらっと見た。スコットランドの国境付近にあるこの宿屋で、ツキがまわってきた。その理由はわかっている。暗がりにひとりで座っている若い女性をふたたび見やった。

テーブルに着いているほかの三人の男たちのそぶりに無関心を装い、口をつけていないブランデーを飲むふりをしたあと、椅子にふんぞり返った。ギャンブラーたちに目を光らせ、意外にも設備の整った部屋を観察しながら、自分の番を待った。

この宿は、いまの懐具合を考えると少し贅沢だが、だからこそここを選んだのだ。金のある客は賭ける金額も大きい。

スコットランドとイングランドの国境付近にある小村に立ち寄るのは、長旅をしている人たちだ。ほとんどの客が、夕食のあとに一時の気晴らしを求めてこの広間にやってきた――御者も紳士も淑女も。

アンソニーが最も興味を引かれたのは、隅にいる魅力的な女性だ。酒を飲まず、誰とも話をせず、周囲の騒ぎに関心がないように見える。だが、そうではないと彼にはわかった。ブラッグ（ポーカーに似たゲーム）の勝負に勝ちたいのと同じくらい、その女性とお近づきになりたかった。

今夜驚くほどついているのは、彼女のおかげに違いない。アンソニーは希望に満ちていた。長年賭博をしてきて、大勝ちするのにも、ツキに見放されるのにも慣れている。その謎めいた女性を見た瞬間から、最低でもフラッシュか、ランの役ができている札が配られるようになった。

彼女はお守り――救いの神だ。

モスグリーンの地味なドレスを着ているが、首と耳にぶらさげている赤いルビーで裕福だとわかる。飾り気のないボンネットで顔は隠れているものの、彼女がこちらを見るたびに蠟燭(ろうそく)の光が目に反射した。帽子のうしろからこぼれ落ちた髪はブロンドだ。

「フェアファックス」レヴィストンがうながした。「賭けるのか？」

「もちろん」アンソニーはテーブルの隅に金を積んだ。三〇ポンドなんて大金は何カ月も目にしていなかった――これを失う余裕はないが、幸運の女神がこちらを見ていてくれる限り、負けるはずがない。

ボストがしたり顔で手札をテーブルに広げて見せた。レヴィストンとホイットフィールドはうめき声をもらしながら、同様にした。

予想どおり、相手にならない——今夜は。アンソニーはランニングフラッシュの手札を涼しい顔でひっくり返した。

ボストがぎょっとした。「身ぐるみはがすつもりか、フェアファックス!」

アンソニーは勝利金を賭博用の巾着袋にしまいながら、平然と見返した。身ぐるみはがされたのは彼のほうだった。ロンドンからスコットランドまで逃げるようにやってきたのはそのせいだが、一時的なことにすぎない。必ず負けを取り返してやる——一ペニー残らず。

伊達男ブランメルは死ぬまでフランスに隠れていられるかもしれない一方、アンソニーはイングランドに家族や友人がいる。心から愛する人々に会えなくなったら、ひどく寂しい思いをするだろう。

アンソニーは胸を張った。借金を返しさえすれば、ロンドンはふたたび彼をあたたかく迎え入れてくれるはずだ。あと何度か大勝ちすれば、借用書は過去のものになる。

今夜がそのときだ……そんな気がする。

旧友のレヴィストンがブラッグをやろうと言いだしたときから、運が味方についた。アンソニーはあらがえなかった。

戦略よりも運に左右されるゲームのほうが好きだ。彼の強みは、カードを数えたり計算をしたりすることではなく、ツキに恵まれていることだった。賭博師なら誰しも、浮き沈みを経験する。だが、アンソニーの場合は運が味方してくれることが多く、長年のあいだ、彼が賭けで儲けた金が一家の唯一の収入になっていた。

もちろん、大負けしたこともあるが、しばらくしたらまたツキはめぐってくるものだ。

一度大勝ちするだけでいい。

ホイットフィールドが首を横に振った。「やれやれ、きみが運を使い果たしたなんて噂を信じなければよかった。きみは無敵だ！　ぼくたちを文なしにする前に、賭博から引退してくれないか？」

「まさか！」アンソニーは顔をゆがめ、ぞっとしたような表情を装った。

ホイットフィールドは含み笑いをし、カードを集めてシャッフルし始めた。

アンソニーは暗がりにいる幸運の女神にちらっと微笑みかけた。彼のお守り、彼の女神――はかり知れない力を持っている。この勝負に勝てたのは、彼女が見てくれていたからだ。

「ぼくたちと対戦したがっている女性のことが気になっているみたいだな」ホイットフィールドが言った。

「彼女も賭けをするのか？」アンソニーは驚いて訊いた。

「勝負したいそうだ」レヴィストンがそっけなく答えた。「でも、ボストが彼女を仲間に入れたがらない」

ボストはブランデーを飲み干すと、からになったグラスを女給に向かって振ってみせた。「女にカードの何がわかる？　金を失うだけだ。旦那が財布の紐をきちんと握っておかないと」

ホイットフィールドの目がきらりと光った。「旦那がいないんだとしたら、ぼくが喜んでひと晩相手をするよ」

アンソニーは苦々しげに唇を引き結んだ。「ちょっかいを出すな」

「どうしてだよ？」ボストがばかにしたような笑みを浮かべる。「きみがものにする気なのか？」

「きみのものでないのはたしかだ」アンソニーは冷ややかに言い返し、男たちを黙らせた。このまま勝ち続けないと。幸運の女神の名誉を守るために争っていたら、すべて台なしになってしまう。

「ワインをお持ちしました」急かされてやってきた女給は三人のグラスに酒を注いだあと、アンソニーに尋ねた。「何かお持ちしましょうか？」

「いや、いい」アンソニーは脇に置いていたソブリン金貨を女給のトレイに置いた。「きみにあげる。幸運のお裾分けだ」

女給は目をきらきらと輝かせた。「まあ、ありがとうございます。本当にありがとうございます」

アンソニーはうなずいた。

ロンドンのはるか北にあるこの宿まで噂は届いていないだろうが、彼はいつも儲けた金をお裾分けする。誰しも幸運に恵まれる資格がある。かつかつの暮らしを送るために働かなければならないなんて、不運このうえない。彼は他人の予定や要求に合わせることはなかった。賭博場が彼の生活スタイルに合っている。

アンソニーはその後も勝ち続けた。勝つたびにぞくぞくした。幸運の女神のおかげだ。今夜の勝利金の合計は一〇〇ポンドを優に超えている。

「ぼくは抜ける」ボストがうんざりした表情で、椅子を引いて立ちあがった。「これ以上続けたら、明日の朝食代も残らない」

「ぼくもだ」ホイットフィールドも立ちあがり、アンソニーをちらっと見た。「ロンドンじゅうの賭博場がきみを締めだしたって噂も嘘だったんだな」

「ロンドン?」アンソニーは王座にふんぞり返り、にやりとした。「イングランドの間違いだ。きみたちを身ぐるみはがすためにはるばるスコットランドまで来たのは、なぜだと思う?」

「ならず者め」ホイットフィールドは含み笑いをしながら首を横に振った。「それじゃあ、失礼するよ」

ボストはため息をついて帽子をかぶり直した。「今度会ったとき、負けを取り返してやる、フェアファックス」

「頑張れよ」アンソニーは上機嫌で応じたあと、カードをレヴィストンに渡した。「最後にもうひと勝負しよう」

「きっとものすごく後悔するだろうな」レヴィストンはぶつぶつ言いながらカードをシャッフルした。

そのとき、幸運の女神が立ちあがるのが目に留まった。こちらに向かって歩いてくるのを見て、アンソニーは背筋を伸ばした。実に魅力的な女性だ。

「いまなら女性も入れてくれる?」彼女がなまめかしい声で訊いた。

「もちろんどうぞ」アンソニーはさっと立ちあがり、彼女が座るのを待った。

今夜の彼が相手では、女神に勝つ見込みはないとはいえ、参加したいと言うのを拒む理由はない。

「ひどい目に遭うぞ」レヴィストンが彼女にささやきかけた。「フェアファックスは無敵なんだ」

そのとおりだ、とアンソニーは思った。レヴィストンは文なしになるかもしれない。幸運の女神が同席したからには、アンソニーの運は尽きることがないだろう。

「フェアファックス、こちらはミス・デヴォンだ」レヴィストンがカードを配り始めた。

「最初の賭け金は一〇ポンドだよ」

ミス・デヴォンは表情を変えることなく、賭け金をテーブルに置いた。その金額をたいしたことないと思っているか、勝つ自信があるかのどちらかだ。

アンソニーは横目で彼女を見るのをやめられなかった。いつもなら一瞬で相手を品定めできるのだが——場を読み、いつおりていつ賭け金を三倍にするか見極める秘訣だ——ミス・デヴォンがどういう人なのかはまだよくわからない。

ハイネックで胸元を隠し、高価なルビーを身につけ、ブロンドの髪を隠し、真っ白な手袋をはめているからだけではない。表情を読めるくらい近くにいるのに、それができなかった。青い目は冬の湖のように暗く、しわのない顔からは何ひとつ読み取れない。

彼は魅了された。カードを放りだして、大きすぎる地味なボンネットに隠された謎を解き明かしたい衝動に駆られたが、ここで大勝ちしないと借金を返せない。

最初と二回目の勝負はアンソニーが勝った。三回目はレヴィストンが勝ったが、その次はアンソニーがジャックのプライアルで二倍にして取り返した。

五回目の勝負で、レヴィストンは拳が白くなるほどカードを握りしめ、不安のあまり震えていた。

ミス・デヴォンが彼を落ち着かせようとささやいた。「鼻から息を吸って。口から吐いて。ほんの一度の勝負にすぎないわ。指の力を抜いて。やめたかったらやめていいんですよ。ただの遊びなんだから」

驚いたことに、彼女にやさしく慰められたレヴィストンは、見るからに落ち着きを取り戻した。手の力が抜け、震えも止まった。

「そのとおり」レヴィストンが悲しそうに微笑んだ。「無益な遊びだってことをつい忘れてしまう」

無益だと？

この勝負にすべてがかかっていなければ、アンソニーは笑い声をあげていただろう。彼にしてみれば、一度の勝負が、食べるものや寝る場所を確保できるかどうかの分かれ目になる。負けたら愛する人々が路頭に迷うかもしれない。

幸い、これまでのところ、幸運の女神の魔法のおかげで勝つことができた。ほかのプレーヤーたちを緊張させる必要がある。彼らの拳が白くなり、指が震えていたら、大きく賭けるチャンスだ。

だが、どんなカードを配られるかは運次第だ。勝てる手札でなければ、微妙な仕草を読み取っても役に立たない。

アンソニーは手札を見おろすと、えも言われぬ喜びに包まれた。幸運の女神の力を疑うべきではなかった。気持ちが高ぶった。ミス・デヴォンは好きなだけレヴィストンを励ませばいい。アンソニーを負かすことはできない。エースが三枚。これほどいいカードが配られたのは生まれて初めてだ。これ以上は望めない。

レヴィストンは泣きながら家に帰ることになるだろう。

「オールイン」アンソニーは袋の中身をすべてテーブルに空けた。「続けるなら、ひとりにつき七〇ポンドだ」

「くたばれ、フェアファックス」レヴィストンは青ざめたものの、感情を抑えこんで金を出した。「これで最後だ」

ミス・デヴォンはまったくの無表情で、袋を賭け金の横に置いた。

アンソニーは心が痛んだ。女性から金を巻きあげるのはいい気がしない――紳士らしくない。勝ったらすぐに彼女の金は返し、残りの金を持ってロンドンに直行しよう。ほかの紳士は数ペンスくらい失ってもどうということはないだろうが、彼は監獄に入れられたくなければ一ペニーも無駄にできない――実のところ、二〇〇〇ポンド必要だ。

一年間不運が続き、切羽詰まってだんだんリスクの高い賭けをするようになって、多額の借金を抱えた。どこでも誰とでもギャンブルをするアンソニーには返済能力がない――数ペンスすら返せないことに仲間が気づくまで数カ月かかった。彼らは不満を抱いたどころではなかった。

もちろん、彼の目標は単に借金を返済することだけに留(とど)まらない。手押し車を使わなければ運べないくらい、金貨をいっぱい手に入れたかった。二度と貧乏になる心配をしなくてすむほど勝ちたい。愛する者たちが何不自由なく暮らせるように。金持ちになりたかった。

数カ月、数年のあいだだけでなく、一生。

レヴィストンがため息をついてカードを見せた。

弱いフラッシュ。

かわいそうに。勝ち目がないことを自覚していたようだ。

そして、謎の女ミス・デヴォンがカードをひっくり返し、すばらしい手を明らかにしたとき、アンソニーはなぜか誇りに思った。一〇のプライアル。彼がエースのプライアルでなければ、彼女が二〇〇ポンドを手に入れていただろう。

残念ながら、ツキはアンソニーに味方している。今夜の彼は無敵だった。ようやく家に帰れる。

アンソニーはこれ見よがしにカードをめくった。

レヴィストンが帽子で顔を覆った。「やっぱりな」

ミス・デヴォンの顔にほんの一瞬、失望の表情がよぎった。

「勝負はまだ始まったばかりじゃないか」アンソニーは言った。「金を取り返せるかもしれないぞ」

「ぼくは抜ける」レヴィストンは後悔のため息をつきながら言った。

「きみはやるだろ」アンソニーは鋭い視線を向けた。「ミス・デヴォン」

彼女は目を伏せた。「もうお金がないわ」

「別のものを賭けたっていい」怒りに見開かれた青い目を見て、アンソニーは失言に気づいた。変な意味ではなかったのに。あわてて言葉を継いだ。「髪の毛とか。ぼくはロケットを持っている」

「やめておいたほうがいい」レヴィストンが小声で彼女に言った。「貴族院議員の半分が禿げているのは、この男のせいなんだ」

ミス・デヴォンは唇を震わせた。「でも、勝負したいわ。賭け金はいくら？　七〇ポンド？　それとも、すべてのプレーヤーが賭けたお金の総額？」

アンソニーは彼女を見つめた。高額の賭けに血がたぎった。七〇ポンドと答えるべきだ。それはわかっている。すべてを賭けて何もいいことなんてない。ふたたび賭け金の総額を勝ち取れたら、自慢になるが。

「後者だ」彼は大胆にも言った。ミス・デヴォンに勝ち目はない。誰も今夜の彼には勝てないのだ。それでも、七〇ポンドはあとで返すつもりだった。彼女に勝負を楽しんでもらおう。

「わかったわ」ミス・デヴォンが平然と微笑むのを見て、アンソニーは誇りで胸がいっぱいになった。「やりましょう」

中立的な立場にあるレヴィストンがカードを配ることになった。

一五年間、毎日のように賭け事をしてきたアンソニーは、一枚目のカードを見たときの喜びをみじんも表に出さなかった。前回の手にはかなわないまでも――あんなのはめったにないことだ――思わず息をのむような手札だ。やはり最高についている。

二枚目もすばらしかった。

「おあいにくさま」アンソニーは三枚のキングを見せて言った。連続でプライアル！　確率はどれくらいだ？　信じられない。

レヴィストンが声を詰まらせながら言った。「いったいどうやった？」

「そちらこそ、おあいにくさま」ミス・デヴォンがカードをひっくり返した。

アンソニーはぎょっとした。

まさか……エースのプライアル――彼女の勝ちだ。

そんなはずない。

冷や汗が噴きだして、背筋がぞっとした。めまいがし、絶望のあまり虚無感に襲われていく。

まさか。あり得ない。

「全部わたしのものだわ」アンソニーを破産させたミス・デヴォンは、うれしそうに言った。

「二〇〇ポンドちょっとよね？」

アンソニーは彼女を見つめた。息をすることも、まばたきをすることもできなかった。

体が動かない。そんなばかな。なんてことだ。もうおしまいだ。勝ち続けるために、この金が必要だったのに。

すべて失ってしまうなんて。

「あー、ほら、女給にあげた金を返してもらえばいい」レヴィストンもアンソニーと同じくらい動揺していた。「彼女も本気にしちゃいないさ」

「だめだ」アンソニーはぴしゃりと言った。「一度あげたんだから、あれは彼女のものだ。また運はめぐってくるさ」

そう願った。

ミス・デヴォンがテーブルの上の袋の山を指さした。「もらっていいの？」

アンソニーは恐怖と絶望のあまりおののいた。夜はこれからだ。金を取り返し、まだまだ儲けないと。数シリングでも。いくらかでも。

何か方法はあるはずだ。

魅力を利用すればいい。文なしになって外に放りだされたとしても、彼の魅力によって新たな扉が開かれるはずだ。

「もちろん」アンソニーはあっさりと答え、三つの袋すべてを、まるで土でも入っているかのようにぞんざいに彼女のほうへ押しやった。「でも、お返しに、最後にもう一度だけ勝負してくれるよね？」

ミス・デヴォンの表情を見れば、その気はないとわかった。

「頼むよ」アンソニーはあわてて言った。「何もまた総額を賭けろとは言わない。ただ、七〇ポンドを取り返すチャンスをくれないか。一度だけでいいから」

ミス・デヴォンは袋の山に触れる直前で手を止めた。アンソニーはひざまずいて懇願しそうになるのをこらえた。

彼女は負ける気がしないだろう。この幸運が続くと信じるに違いない。

「何を賭けるの？　あいにく髪は集めていないの」ミス・デヴォンが言った。「あなたのもいらないわ」

アンソニーは安堵に包まれた。彼女は賭けに乗った――たぶん。からかうように眉を動かした。「よかった、ぼくも髪は切りたくないから。もっと価値のあるものを賭けよう。ぼくが負けたら……純潔を捧げるよ」

ミス・デヴォンの目が曇った。「持ってないでしょ」

しまった。軽率な冗談で彼女を引かせてしまった。だが、文なしのならず者にも差しだせるものが何かあるはずだ。アンソニーは焦りを隠し、椅子の背にもたれた。「なら、ひと晩きみの奴隷になろう。なんでもやるよ。なんなら靴下を繕ってもいい」

もちろん、そんなことはしない。七〇ポンドを勝ち取ったあと、賭け金の総額を取り返すのだから。

幸運の女神はいたずらっぽい目つきをし、テーブルの上の重い袋を持ちあげた。「あなたが煙突掃除をする姿を見てみたいわ」

「それは賭けに応じるってこと？」アンソニーは軽い口調で訊いた。

息を凝らして返事を待った。不安に襲われる。ミス・デヴォンはまったく予測できない人だ。彼女が支配権を握っている。金を持って立ち去るのが、最も賢明な選択だ。だが、ギャンブラーは賢明な選択をしない。

彼女はどんな選択をするだろう？

2

ミス・シャーロット・デヴォンは三つの袋を持ちあげたあと、考えこんだ。もうひと勝負するべき？

お金ならある。全額を失うリスクはない。賭けをする余裕はある。それに、父が大金をくれるだろう。持参金か、生活費か……何がしかのお金を。きっと。問題は、父が見つかるかどうかだ。

いまのところは、賭け事で浪費すべきではない。未来は不確かだ。そもそも、賭け事などすべきではなかったのだろう。でも、お金は欲しい。ほかの男性たちに断られて腹を立てていたところ、ミスター・フェアファックスがテーブルに着いて、何度も好意的な視線を送ってきたので、誘惑に負けてしまった。

紳士にいやらしい視線や蔑むような視線ではなく、好意的な視線を向けられたのはいつ以来だろう。それを言うなら、最後に誰かにやさしくされたのはいつ？

レディは彼女に対して軽蔑した態度を取るし、そもそも存在を認めようとしない。紳士には簡単に慰み者にできる相手としてしか見られない。社交界ではミス・シャーロット・デヴォンは人間扱いされない。取るに足りない、無意味な存在だ。

放蕩者のいたずらっぽい笑顔や無邪気な顔つきに、炎に引き寄せられる蛾のごとく惹きつけられるのも無理はない。

単に自分より身分の高い人に注目されたからではない。彼女は誰よりも身分が低いのだ。彼女はそんなふうに扱われることに慣れきっていた。

だが、ミスター・フェアファックスは違った。仲間たちとのやり取りを見ていれば予想できたことだが、彼女を常に喜ばせてくれる。女給を人間扱いしたうえに、ソブリン金貨をあげたときは驚いた。そして、勝利金を失ってもそれを返してもらおうとしなかったことに衝撃を受けた。

彼の友人は返してもらうのが悪いことだとは思っていなかった。相手はただの女給なのだから。彼らにとって、女給の感情や境遇などどうでもいいことだ。

ところが、ミスター・フェアファックスにとってはそうではなかった。あれは贈ったものだからと、負けを引き受けた。

そして、シャーロットにもう一度チャンスをくれと言っている。与えるべきではない。完璧な紳士だろうと。煙突掃除人だろうと。彼女は正々堂々と勝ったのだから。

でも、彼はシャーロットにチャンスをくれたのだ。ほかの誰もくれなかっただろう。彼女は胸の高鳴りを覚えた。これまで自分を気にかけてくれた人はいなかった。ましてや、紳士なんてなおさらだ。

ミスター・フェアファックスは女を賭博に参加させてくれただけでなく、髪の毛を賭けるだけで続けてもいいと言ってくれた。

つまり、度を越してやさしいということだ。そのやさしさに報いるには、どうすればいい？

決心がつかず、こっそり彼を観察した。罪深いほどハンサムで魅力的。自信過剰で無謀な賭けをする。それでも、見たところ、この陽気で向こう見ずな放蕩者は根っからの善人のようだ。

ミスター・フェアファックスの厚意に報いるべきだ。ため息がもれた。やれやれ。

「あなたが負けたら、部屋まで送ってもらうわ」彼が黒い眉をわざとらしく動かしたのを見て、シャーロットは顔をしかめた。「わたしの部屋には入らずに、さっさと自分の部屋に戻ってもらう。それか、髪の毛をくれてもいいわ」

ミスター・フェアファックスは緑の目を楽しそうに輝かせた。「それで決まりだ」

ミスター・レヴィストンは信じられないというように笑いながら、カードを集めてぎこちなく切り始めた。「きみたちはほれぼれするほどいかれている」

そんなことわかっている。シャーロットは唇を引き結んだ。

彼女は七〇ポンドをテーブルに戻した。「オールイン？」

「オールイン」ミスター・フェアファックスが微笑むと、魅力的なえくぼが現れた。

シャーロットは一枚目のカードを手に取った。

彼が反応を見守っているとしても、何も読み取れないだろう。自制心が強いというだけではない。ショックのあまり、表情も感情も失った。信じられない。

ハートの三。

一枚目のカードとして、最悪に違いない。

そわそわとルビーに触れた。ネックレスとイヤリングだけは失うわけにはいかない。普段なら人前で身につけることはないが、スコットランドでは少し見栄を張ったほうが役に立つこともある。

それに、身につけていたほうが安全だ。数日前から、誰かにつけられているような気がしていた。二日続けて同じ人を見かけたことはないけれど、見張られているという不安感は消えなかった。

今日は、すりきれたビーバーハットをかぶり、足を引きずって歩く男にじっと見られ、息をのんだ。シャーロットがルビーを放置するのを待っていたのかもしれない。

背筋がぞくぞくした。この前の宿では、旅行鞄（かばん）の中身を探られた形跡があった。何も盗まれたものはなかったが、ルビーを身につけていたおかげだろう。失う危険を冒すわけにはいかない。

このお金がなければ、メイドを雇ったり、宿の使用人に夜の見張りを頼んだりする余裕はない。父を見つけるまでは。部屋まで送ってくれることを賭けの条件としたのは、安全のためだった。

それに、負けると思っていなかった。

シャーロットはごくりと唾をのみこんだ。悩んでいる場合ではない。三枚のカードを冷静に一枚ずつ見たあと、顎をあげた。ハートの三。スペードの三。ダイヤの五。ただのペア。しかも三の。人生で最も愚かな賭けで、七〇ポンドを失った。彼女は視線をあげた。

ミスター・フェアファックスは真っ青になっていた。

痛みに耐えるかのように、ゆっくりと手札を見せた。

ハイカード。彼女は目を疑った。

スペードの一〇。ハートのキング。ダイヤのジャック。

なんの役もできていない。

テーブルが静まり返った。

勝った。シャーロットは信じられない思いでカードを見つめた。彼女が勝ったのだ。

ミスター・レヴィストンがまくしたてた。「いますぐ煙突掃除に取りかかるんだな、フェアファックス。でないと、きみたちふたりは何をしでかすかわからない」

ほんの一瞬、言いようのない恐怖の色が浮かんだものの、ミスター・フェアファックスはすぐに陽気な表情を取り戻した。

彼は肩をすくめ、友人の肩を叩いた。「運は天下のまわりもの」

「そのとおり」ミスター・レヴィストンが含み笑いをした。「明日また挑戦しないか？　一、二シリングならかき集められると思う」

「断るわけないだろ」ミスター・フェアファックスはあっさりと答えた。「行きましょうか、マイ・レディ？」

シャーロットはうなずきながら、部屋までの短い道のりのことではなく、この紳士たちが大負けしたことをまったく気にせず、明日もまた愚かな行為を繰り返そうとしていることについて考えていた。

頭がおかしいの？　ロンドンの紳士は新聞に書かれているほど軽率で自堕落であるはずがないと思っていたが、それは買いかぶりだったようだ。

覚悟を決めて立ちあがった。ふたりが愚か者でよかった。彼らがそんな調子なら、彼女の一年分以上の生活費を勝ち取ったことに罪悪感を覚えずにすむ。このお金を彼女のほうがはるかに上手に使えるだろう。

胸がわくわくした。二〇〇ポンドあれば、次の北行きの貸し馬車に乗る前にメイドを雇える。明日の朝一番にそうしよう。

今夜は……きっとツキが味方してくれている。

ミスター・フェアファックスの腕を取り、テーブルを離れた。下品な冗談を別にすれば、彼は高潔で気品があるように見える。そのような男性に送ってもらえば、ならず者に声をかけられることはないだろう。

広間を出ようとしたとき、ちょうどひとりの紳士が入ってきた。その男は立ちどまり、ふたりに目を留めた。じろじろ見られ、不安な気持ちになった。

〝ミスター・フェアファックスの友人であってちょうだい〟心のなかで繰り返した。〝お願いだから〟

男はあからさまにシャーロットに興味を示していた。好ましくない興味を。胸騒ぎがした。

「どこかでお会いしましたかな、お嬢さん？」男は眉根を寄せて考えこんだ。「あなたのお顔に見覚えがあるのですが」

「よくある顔ですわ」シャーロットはすかさず言うと、ミスター・フェアファックスを引きずるようにして部屋を出た。男が彼女に似た顔をどこで見たか、彼女がちゃんとした人と一緒にいることを許されない理由を思い出す前に。

ありがたいことに、ミスター・フェアファックスは部屋から引きずりだされても抗議しなかった。

男から見えない場所まで来ると、別の考えが頭に浮かんだ。よくあることだからあまり考えもしなかったけれど、彼はシャーロットを見て母を思い出したのではないかもしれない。ここはスコットランドだ。ロンドンから遠く離れている。父のルビーに見覚えがあったのかもしれない。国境を越えたあと、偽名を使うのをやめて家宝を身につけたのはそのためだった。誰かが気づいて、父のもとへ連れていってくれるのを期待していたのだ。

ばかなわたし。

うろたえ、頬が熱くなった。目的を果たしたいのなら、二二年間人から拒絶され続けてきたせいで母の娘であることを反射的に否定してしまう癖を捨てなければならない。

とはいえ、悪いことばかりではない。人々が気づき始めたのだとしたら、父はこの辺りに住んでいるということだ。宿屋の主人はシャーロットの名前を知らなかったが、誰かがじきに気づくだろう。彼女は肩をこわばらせた。どちらなのかわかればいいのに。母の顔がはるか北まで知れ渡っているのか、父が近くにいるのか。

「今夜は見事な勝利だったね、おめでとう」ミスター・フェアファックスがやさしい声で言った。「羨ましいほど運がいい」

シャーロットは彼に鋭い視線を向けたが、彼の目は真剣だった。「ありがとう」

彼の言うとおりなのかもしれない。ようやくツキがまわってきたのだ。そう考えると心が弾んだ。

ミスター・フェアファックスが、彼女が正しい道、完璧な道にいる証だ。そこからやり直し、父を見つけ、立派な紳士と結婚し、一生幸せに暮らせる道。

シャーロットは背筋を伸ばした。

明るい未来を手に入れたければ、父を見つけるしかない。

食堂に近づくと、シャーロットは右側の廊下を指さした。「突き当たりの階段をあがったところが、わたしの部屋なの。ここまででも――」

「まさか」彼の緑の目は驚くほど真剣だった。「約束したんだ。部屋まで送り届けるよ。なかには入らない」

シャーロットはうなずき、感謝した。不安だったのだ。女がひとりでいると常に危険が伴う。

明日はもっといい日になるだろう。明日は、家を出てから初めてメイドを雇える。その次の日、あるいはそのまた次の日に、もっといいものを手に入れられるだろう。家族を。

突然、背後で人の声がした。食堂から客の一団が出てくる。

ジンのにおいをぷんぷんさせた男が荒い足音をたてながらふらふらと近づいてきて、シャーロットの腕をつかもうとした。「ディアナテイルを見つけたみたいだな」

シャーロットは恐怖のあまり体を震わせた。

ミスター・フェアファックスがすかさずシャーロットと酔っ払いのあいだに割りこんだ。

「そこまでだ。早く部屋に戻ったほうがいい」

　食堂から出てきた客たちが集まってきた。

「わかるだろ」酔っ払いは揺れながら彼女をもう一度見ようとした。「庇護者を探してるような女だ。放っちゃおけない。そっちがすんだら——」

　シャーロットはあわてて言った。「この方はわたしの〝庇護者〟ではないし、そもそも庇護者を探してなんかいません」

　ふしだらな女だという噂が、父の耳に入ることだけは避けたい。イングランドだけでなく、スコットランドでも評判を損なったら、父でさえ彼女をまともな人間だとは思ってくれないだろう。でも、ミスター・フェアファックスの腕にすがり、部屋へ向かっている状況で、どうしたら弁解できるだろう。

　シャーロットは必死に考えた。野次馬を追い払わなければならない。「ミスター・フェアファックスはただ……わたしの……」

「夫だ」彼はすらすらと嘘をついた。

「ええ、そうよ」シャーロットは思わず言った。完璧な言い訳だ。「わたしは彼の妻です。わたしたちはちゃんとした夫婦です。正式な、本物の」

　すばらしい。こんなばかげたことを言ったのに、両手に顔をうずめなかった。夫なら恋人よりも体裁がいいが、図々しい嘘だ。ミスター・フェアファックスは部屋まで送ることを引き受けてくれただけで、夫婦のふりをするなんてことに同意したわけではない。彼女は身持ちが悪いうえに嘘つきだという噂が立つだろう。

酔っ払いが身を乗りだした。「本当か?」

シャーロットはどきっとした。酔っ払いでさえこんなたわ言は信じない。彼女はこの宿で一番評判が悪く、尊敬に値しない女だ。いまにもスコットランドでも汚名が知れ渡るだろう。

ところが驚き、安堵したことに、ミスター・フェアファックスは表情ひとつ変えなかった。「もちろん、ぼくは彼女の夫だ」彼はきっぱりと言った。「さっさと部屋に戻らないと、ぼくが連れていくぞ」

酔っ払いははっとし、あわててあとずさりしたあと、反対側の廊下をよろよろと歩み去った。

ミスター・ホイットフィールドが野次馬のうしろから進みでた。「フェアファックス、油断ならない男だな。だからずっと彼女のほうばかり見ていたんだな。教えてくれればよかったのに」

ミスター・フェアファックスが彼女と目を合わせたあと、ためらった。

シャーロットはどきどきした。

彼は友達に嘘をつく? わたしのために?

息を凝らして待った。自分の評判を守ろうと焦るあまり、彼に及ぼす影響を考えていなかった。

ミスター・フェアファックスは無頓着に手を振った。「今度〈ブードルズ〉で会ったときに話すよ。ブランデーをおごってくれよ。すごい話だから」

シャーロットはほっと肩の力を抜いた。ミスター・フェアファックスは彼女の評判を守ってくれた。まるで天使だ。でも……いったいどうやってこの苦境から抜けだすつもりだろう?

「とんでもない話を期待してるぞ」ミスター・ホイットフィールドが含み笑いをしながら言った。「じゃあ、〈ブードルズ〉で」

野次馬は全員いなくなった。

シャーロットは顔をしかめてつぶやいた。「本当にごめんなさい」

「嘘をついたことか?」ミスター・フェアファックスは彼女を連れて階段へ向かった。「そのおかげで〈ブードルズ〉にまた入れるようになっただけでなく、ブランデーをおごってもらえるんだ。アンソニー・フェアファックスが一分間結婚していた話をしたら、みんな大笑いするさ」

アンソニー。

シャーロットはせつない笑みを浮かべた。すてきな名前。

二度と会うことはないだろうけれど、このときを懐かしく思い出すだろう。滑稽な出来事だからでも、いままでの努力がもう少しで水の泡になるところで背筋が凍るような思いをしたからでもない。なぜか自信がわいたからだ。酔っ払いを撃退できただけでなく、ミスター・フェアファックスのようなハンサムな紳士がシャーロットのようなつまらない人間と結婚し得ると、ロンドンっ子たちに信じさせることができたから。家から遠く遠く離れた場所だから。

魔法のようだ。

微笑みながら木の階段をあがった。だが、彼女の部屋が目に入ったとたんに笑みは消えた。ドアが少し開いている。

手のひらが汗ばんだ。彼の腕を握りしめる。「わたしの部屋に誰か入ったんだわ」

「まだいるかもしれない」ミスター・フェアファックスがシャーロットの手に触れた。「ぼくが安全を確かめるまで、ここで待っていて。乱闘が始まったら……悲鳴をあげてくれ」

彼女はその場に立ちすくみ、ミスター・フェアファックスを見つめ返した。

彼が部屋のなかに入った。

シャーロットは鼓動を鎮めようとした。きっと大丈夫。〝鼻から息を吸って、口から吐いて。首や肩や眉間の力を抜いて〟彼は大丈夫。彼女も。

彼が部屋から飛びだしてきたとき、思わず悲鳴をあげそうになった。

ひとりだ。

「誰もいない」ミスター・フェアファックスはシャーロットの手に手を重ねた。「この部屋で安心できる？　部屋を替えたい？」

安心できるかって？　ヒステリックな笑いが込みあげた。これまで心から安心できたことなんてある？

「大丈夫よ」シャーロットは無理してそう答えた。ドアにかんぬきをかけて、朝一番にメイドを探そう。「本当に」

ミスター・フェアファックスは彼女をじっと眺めた。「もしよければ、ここにいるよ」

シャーロットはぞっとし、首を激しく横に振った。彼が見張ると言ってくれたことがいやだったわけではない――ロンドンの紳士なのに、とても信頼できる人だと思える。廊下を一緒に歩いただけで眉をひそめられるのだから、ひと晩一緒の部屋で過ごしたら、すでに汚れている体面が台なしになってしまう。

でも、ひとりで夜を明かすのはそれより怖い。

泥棒が戻ってきたらどうする？　お金や宝石が目当てなのではなく、無力な若い女を狙っているのだとしたら？

「なかには入らない」ミスター・フェアファックスがあわてて言った。「ドアの外で見張りに立つから。好きなだけいくつでも鍵をかけて、椅子でドアを押さえておけばいい。誰ひとり通さないよ」

「ひ――ひと晩じゅう廊下にいるつもり？」シャーロットは鼓動が落ち着くのを感じた。彼が見張りについてくれると思うだけで、少し安心した。本気で言ってくれているのだといいのだけれど。

「賭博をしなくてすむ」ミスター・フェアファックスは明るく言ったあと、ドアの向かいの壁際に立った。

彼女は安堵に包まれた。感謝の笑みを浮かべたが、まだ緊張している。「ありがとう。感謝するわ」

彼が思っている以上に、その申し出はありがたかった。

でも、どうしてそんなことをしてくれるの？　服従しておいて、負けを取り返すつもり？

廊下の先のドアが開いた。

「どういたしまして」ミスター・フェアファックスは帽子を傾けた。「ぼくはひと晩きみの奴隷になると言った。見張りをするくらいはなんてことない。こちらこそお礼を言わないと」

「しーっ」また別のドアが開く音がして、彼女は小声で言った。「わたしが本当に何か頼むとは思っていなかったでしょう。言葉に気をつけて。誰かに聞かれるかも」

「でも、ぼくは人の望みをかなえるのが好きなんだ」彼は無邪気に目を見開いた。「何かかなえてほしい望みはないの？　ポニーを買ってあげるお金はないし——何も買ってあげられないが、ぼくは手先が器用だよ」

「うるさいぞ」怒った声が聞こえた。「眠れない」

シャーロットは恥ずかしくて頬が熱くなった。

また別のドアが開き、モブキャップをかぶった青白い顔が現れた。「ミスター・フェアファックスが廊下で愛想を振りまいているみたい」

「なんだと？」廊下の反対側から甲高い声が聞こえた。「相手は奥さんだといいが。あの金髪娘が既婚者だとは思わなかった。フェアファックスは彼女をちゃんとそばに置いておくべきだ」

「そんなことより、静かにすべきだ、ろくでなしめ！」向かい側から怒鳴り声が飛んできた。「いますぐおしゃべりをやめないなら、表に出て——」

シャーロットはミスター・フェアファックスの手首をつかんで部屋に引きずりこむと、ドアをバタンと閉めた。

「さっきの続きだが」彼は一瞬黙ったあと、ふたたび話し始めた。「ある晴れた夜、ロットン・ロウで行われたレースで賭けをしたあと——」

「静かにして」シャーロットは震えている人差し指を立て、真っ赤な顔で言った。まったく。深いため息をついた。どうすればいい？　ふたりが結婚しているとほかの客が信じているのなら、ミスター・フェアファックスを廊下に立たせておくより部屋に入れたほうが不審に思われずにすむ。「何か盗られていないか調べるから、一歩も動かないで」

彼は真顔になった。「気分はどう？」

「怒ってるわ」シャーロットは歯を食いしばった。

「ぼくにか」ミスター・フェアファックスはほっとした顔をして、戸枠に寄りかかった。「よかった。さっきは青白い顔をして、ものすごく怯えているように見えたから、心配だった」まなざしがやわらいだ。「気分がよくなってよかった。不安になるのも無理はないが、侵入者はもういない。安全だ。ぼくが見張っているから、大丈夫」

シャーロットは口をぽかんと開け、彼を見つめた。

廊下で突拍子もないことを言ったのは、彼女の気を紛らわすためだったの？

手の力がゆっくりと抜けていった。効果はあった。恐怖のあまり震えていたのに、いまは恥ずかしくて赤面している。自分の意志で部屋に入った。もう怖くないから。

「ありがとう」シャーロットは小声で言った。ミスター・フェアファックスのやり方を認めたわけではないけれど、彼がいてくれてよかった。プライバシーを侵害されたというだけでなく、泥棒が戻ってきて襲われる心配もあった。

彼女のような身分の女がひとり旅をすると、そういった危険が常につきまとう。ひと晩だけでも、床がきしんだり窓がこすれたりするたびにはっと目を覚まさずにすむのはありがたかった。動悸（どうき）がおさまった。

驚いたことに、ミスター・フェアファックスと一緒にいられることがうれしかった。彼といると安心できる。ひとりではないと思える。自分は守る価値のある人間だと感じられる。

本当のことを彼に知られたくない。

ミスター・フェアファックスに背を向け、部屋を調べ始めた。何も変わったところはないように見える。狭い。清潔。飾りはないものの、片田舎の宿屋にしては驚くほど趣味がいい。衣装戸棚が開いているが、自分で開けっぱなしにしたのかもしれない。従業員がおまるを空け、ピッチャーに水を注ぎ足したあと、鍵をかけ忘れただけのことかも。

あるいは、彼のおかげで恐ろしい夜から救われたのかもしれない。

シャーロットはスカートをたぐり寄せ、落ち着きを取り戻そうとした。

ひと晩一緒に過ごすはめになったけれど、どうすればいいの?

紳士を楽しませるのが得意なのは、彼女の母親だ。一方彼女は、関心を引かないよう努力するのが常だった。

それなのに、寝室で紳士とふたりきりでいる。

シャーロットはごくりと唾をのみこんだ。とにかく、育ちを見抜かれたくない。いつもどおり、別人になりすますのだ。本当の自分よりも望ましい誰かに。

ミスター・フェアファックスに手招きしたあと、暖炉のそばの安楽椅子に腰をおろし、ショールを肩にかけた。貧しいけれど上品な独身女性の役は板についていて、演技しているのを忘れるほどだった。肩の力を抜く。生まれてからずっと、自分ではない誰かになろうとしてきた。数時間くらいどうということはない。

ミスター・フェアファックスは炉端で立ちどまった。彼女にいたずらっぽい視線を投げたあと、火かき棒を手に取る。「煙突を掃除しようか？　火の番をしてもいいよ」

シャーロットは唇を引き結んだ。ばかげた戯れをひそかに楽しんでいることを悟られないように。ロンドンに戻ったら、男たちは彼女に手間をかけない。二ペンス払えば簡単にものにできると思っている。拒絶されても、彼女が大切なもののために、未来のために純潔を守っているとは理解できない。

いつか尊敬すべき人と見なされるチャンスが欲しければ、少なくともそれは守らなければならない。

たやすいことではなかった。母親の仕事が娼婦だと。寝室にこもりきりの病気の母親を持ち、家事を切り盛りする娘のふりをしていたが、現実から逃れることはできなかった。母を買いに来た男はみな、シャーロットのことも買おうとした。

二〇年前、ジュディス・デヴォンは名うての高級娼婦だった。いまはかなり……老けてしまった。社交界の人々からは忘れ去られた。下層階級では人気がある——いまでは唯一の客だ。

この二二年間、母娘が頼れるのはお互いだけだった。レディや紳士にはごみのように扱われる。

社交界の人々はシャーロットの出自を忘れさせてくれない。彼女がよちよち歩きができるようになったころから、紳士の客は彼女に硬貨を投げ与え、美しい母親に似てよかったなと言った。

それはよいことではなかった。呪いだ。

一五歳しか離れていないので、大きくなるにつれて通りで母と間違えられることが多くなった。指を差され、唾を吐かれた。母娘であるのは明らかだった。評判を守ることはできない。シャーロットは私生児。娼婦の娘。

生まれながらに破滅している。

みじめな人生で、どこかに父親がいるということだけが一縷（いちる）の望みだった。父親についてわかっているのは名前と、スコットランドの高貴な領主で、娘の存在は知らないということだけ。

すばらしい人だと、母は言っていた。やさしく思いやりがあり、思慮深く賢明――父親の鑑（かがみ）だと。シャーロットを捨てたわけではない。娘がいることさえ知らない。母が妊娠したことに気づく前に、スコットランドに帰ったのだ。

でも、父を見つけられたとして、どうなるの？

生まれてからずっと、ちゃんとした家庭で暮らすという夢に取りつかれていた。これが絶好のチャンスだ。父が母の言う半分でも思いやりがあって立派な人なら、彼女を歓迎してくれるだろう。父のお金が欲しいわけではない。時間と愛情を与えてほしかった。自分を受け入れてほしい。

子どものころ、毎晩ベッドのなかで、父がシャーロットを見つけ、ロンドンから遠くへ、よりよい人生へと連れ去ってくれる日を夢見ていた。父は母と娘を助けに戻ってくると、長いあいだ信じていた。

父は戻ってこなかった。

だから、シャーロットはここにいる。大人になって、かつてないほど夢に近づいている。父は助けに来てくれないから、自分でなんとかしなければならない。父を見つけて、彼女は受け入れるべき立派な人間だと認めさせるのだ。

そして、母を呼び寄せるよう——せめて養うよう説得する。母は新しい客を取るたびにしわが増え、老けこんでいく。父が助けてくれないなら、いい結婚をして自分で母を助けようと決めていた。そのためには、相手に立派な人間だと思わせなければならない。

つまり、事実を認めてはならない。

「これでよし」ミスター・フェアファックスが火かき棒をもとに戻して、こちらを向いた。

「次は何をすればいい？」

シャーロットははっとして彼を見あげた。茶番は終わったと思っていた。「本当にひと晩奴隷になりたいの？」

「もちろん、なりたくはないさ。でも、賭けの条件を守らなかったとは言われたくない。さあ、どうする？　これは秘密だが、ぼくは足のマッサージが得意なことで世界的に有名なんだ」

彼女は眉をひそめた。「秘密なのに、どうして世界的に有名なの？」

「髪のセットも、裾直しもまあまあ得意だ」彼は無視して続けた。「景気の悪いとき、妹にメイドの仕事をさせられたんだ」声を潜める。「ホイストやフェローのほうがずっと楽しいが、一二歳の男の子に賭けはできない」

シャーロットは笑みをこらえることができなかった。貧しかったことを堂々と認め、それを面白おかしく話せるなんて、いったいどういうことだろう。彼女が社交界のことを本当には理解していないのか、ミスター・フェアファックスは見かけほど有力な人脈がないのか。

でも、〈ブードルズ〉のような上流階級の紳士クラブに出入りしている。

どっちなの？

彼女は目をすがめた。「公爵や伯爵に知り合いはいる？」

「大勢。だが、ほとんど結婚しているし、残りは評判が悪いから、レディにはお薦めできない」

「名前を挙げてみて」彼女は問いつめた。

「レイヴンウッド公爵」ミスター・フェアファックスはすらすらと答えた。「すばらしい男で、ぼくも大好きなとんでもないじゃじゃ馬と結婚している。彼女もお薦めできない。評判に響くからね」

話の半分でも信じていいものかどうか決めかね、シャーロットは小首をかしげた。「評判の悪い貴族は？」

「ウェインライト卿」彼はためらうことなく答え、声を潜めた。「彼はほとんど、同じ階級の人としかつきあわない。さらに評判の悪いランブリー公爵の悪名高い仮面舞踏会の常連だ」

彼女は腕組みをした。どちらの名前もゴシップ欄でよく見かける。ミスター・フェアファックスが彼らを個人的に知っているという証拠にはならない。「その貴族のなかに、あなたのように靴下を繕うのが上手な人もいるの？」

「さあね、訊いたことがないから」彼は無邪気に言った。「今度会ったら、忘れずに訊いておくよ」

シャーロットは咳払いをして喜びを隠した。彼がその貴族たちと知り合いかどうかはどうでもいいことだ。彼女が紹介されることはないのだから。「ドレスにアイロンをかけるのは得意？」

「言っておくけど」ミスター・フェアファックスは真剣な口調で答えた。「ぼくはしわくちゃのドレスを着たことは一度もない」

「とても紳士的ね」シャーロットは笑みをこらえた。「それなら、メイドとしての腕前を見せてもらうわ。衣装戸棚にドレスと旅行用のアイロンが入ってるから、アイロンをかけてみて」

「かしこまりました」彼はお辞儀をしたあと、戸棚に向かって戦場に向かう兵士のごとく歩きだした。

ミスター・フェアファックスが背を向けたので、シャーロットは笑みを浮かべた。どうしようもない人だけれど……彼の率直さは人間らしく、愚かさは新鮮に感じられた。「本当にドレスを扱えるの？」

「従者のようにきれいに仕上げるよ」それを聞いた彼女は不吉な予感がし、モスリンのドレスにアイロンの形の焦げ跡がつくことを半ば覚悟した。

その価値はある。こんな夜を過ごせるなら。自分より身分の高い男性にかしずかれた思い出ができる。感情や権利を持たない物のようではなく、対等な人間として扱われた。幸せだった。

シャーロットは驚き、自分を抱きしめるように腕をまわした。これほど安心して、楽しくて、幸せを感じることができたのはいつ以来だろう。

暖炉にアイロンを置くミスター・フェアファックスのたくましい背中を物欲しそうに見つめた。彼は一枚目のドレスを長椅子の上に広げたあと、ピッチャーの水で布を湿らした。

普段近づいてくる男たちよりも、ミスター・フェアファックスのような男性のほうがさらに危険なことに、シャーロットははっと気づいた。彼のような男性は欲しいものをただ奪うのではない。彼女が自ら与えたいという気持ちにさせるのだ。彼を求め、彼のキスを切望するように。もっと欲しいと懇願させる。

彼女はどうにか目をそらした。

だめ。母のようにはならない。

母が泣いている姿を初めて見たときに、心に誓ったのだ。自分は違う人生を歩む。尊敬される人間になる方法を何がなんでも見つけると。

つまり、魅力的なミスター・フェアファックスに近づいてはならない。たとえどんなことがあろうと。

シャーロットはまだ将来を夢見ていた。恋に落ちるまでは、男性と寝るどころか、キスさえ許さないと誓った。ふさわしい相手に身を捧げるのだ。完璧な夫に。ハンサムで裕福な、父のような領主に。

それが無理なら、せめて非難すべき点のない夫がいい。相思相愛の相手。それ以外は必須ではないけれど……夢見るのは自由だ。

ドアをノックする音がした。「ミス・デヴォン？　宿の主人のガーマンです」

シャーロットは眉をひそめ、椅子から立ちあがった。

こんな時間になんの用？

ドアを開けると、ガーマンはすまなそうな顔で言った。「お邪魔してすみません、ひとつお尋ねしたいことがあって……ミスター・フェアファックスはこちらにいらっしゃいますか？」

「ドレスにアイロンをかけているところだ」ミスター・フェアファックスがシャーロットの肩越しに叫んだ。「とても心が休まる」

彼女は苦笑いを浮かべた。「ここにいます」

「つかぬことをうかがいますが、重要なことなんです。ミスター・フェアファックスはあなたのご主人ですか？」

シャーロットは喉がからからになった。もう寝室に入れてしまったのだから、夫でないと言ったら……。

指が冷たくなった。

スコットランドでは彼女の過去は知られていない。評判を守りたければ、答えはひとつしかない。ただ、それを口にするのはためらわれた。すでに一度嘘をついている。これ以上彼を巻きこむわけにはいかない。

「ああ」暖炉の近くからミスター・フェアファックスの声が聞こえてきた。「もちろん、彼女はぼくの妻だ。ぼくがただの客にアイロンをかけてあげると思うかい?」

「そうです」シャーロットは小声で言った。安堵のあまり、思わず手を打ちあわせそうになる。「あいにく、ミスター・フェアファックスはわたしの夫です」

ガーマンは高価だがぼろぼろの旅行鞄を戸口まで引きずってきた。そして顎をあげ、彼女の肩越しに大声で言う。「そういうことでしたら、これはご主人が奥様と再会した興奮でいっさいの支払いをお忘れになったお部屋に間違って置いていかれたお荷物です。明日の朝一番にお支払いいただけるんですよね?」

「ああ」偽の夫が答えた。「明日の午後、レヴィストンとホイストをする約束だから、そのあとで勘定を全部清算するよ。ツキがめぐってくる気がするんだ!」

ほかの部屋のドアが開く音がして、何人かが顔をのぞかせ、興味津々のまなざしを向けてきた。

ガーマンは無表情で彼女を見た。「ご主人は金のこととなると忘れっぽいという噂なので、明日、約束を忘れないようあなたから言ってくださいますか?」

「いま払います」シャーロットはあわてて言い、野次馬に聞こえないよう声を潜めた。「一日分の食事も含めておいくらですか?」

宿じゅうの客が起きだす前に、賭けで儲けた金で勘定を支払い、ガーマンを追い払った。手が震えていた。

噂の種になるのはまっぴらだ。一刻も早くここを出なければならない。

明日の朝、夜明けに出発し、ミスター・フェアファックスから極力離れよう。魅力的な男性だが、思っていたほど上流階級ではないようだ。スコットランドでも嘲りの対象になるわけにはいかない。

ミスター・フェアファックスが助けてくれたのは、彼自身が助けを必要としていたからだったの？

きっとそうだ。最低な人。

彼女はドアを閉めて鍵をかけたあと、暖炉のほうを向いた。

「メイドになると言ったのは、宿賃を払えなかったからなのね」責めるように口にした。

「ぼくはきみの願望をかなえると言ったんだ」彼がウインクをした。「ぼくにアイロンの腕前を見せろと言ったのはきみだよ」

シャーロットはミスター・フェアファックスをにらんだ。だが、自分自身に一番失望していた。

小粋な紳士が下心もなく見張りを申し出るわけがない――メイドになるなどもってのほかだ。泥棒にこれほど怯えていなければ、おかしいと気づいたはずだ。

彼は何食わぬ顔でまばたきした。「きみが望むなら、アイロンをかけるのはやめてもとの計画に――」

「わたしが計画したんじゃないわ」シャーロットは鋭い口調で言った。けれど、本気では怒れなかった。動機はともかく、ミスター・フェアファックスは彼女の評判を守ってくれた。そして、泥棒が戻ってこないように、彼女を守ってくれている。シャーロットは育ちが悪いせいで、彼の失礼な言動を魅力的に感じてしまったのだが、それを悟られるわけには断じていかない。「愚かな行為に関わる気はないわ。朝が来たら他人に戻ってお別れしましょう」

「ああ、マイ・レディ。きみの気持ちはよくわかった」彼はアイロンを暖炉に戻したあと、一枚目のドレスを持ちあげた。「これはどうする?」

シャーロットはミスター・フェアファックスに近づき、ドレスを奪い取ろうとした。そのとき、完璧にアイロンがかけられていることに気づいた。しわひとつない。焦げ跡もない。ふっくら仕上がっている。

「問題ないわ」しぶしぶ言った。

彼は天使のような笑顔を見せた。「たたんで鞄のなかに入れておくよ。次の目的地に着くまでこのまま完璧な状態を保てるやり方で」

ミスター・フェアファックスがそのやり方を知っていることを、シャーロットはもはや疑わなかった。手伝いたいというのは、心からの申し出だったに違いない。彼女は肩の力を抜いた。彼は子どものころから働き者だったせいで、紳士のふるまいが身についたのだろう。

「寝る暇はないと覚悟していて、メイドさん」シャーロットはふたたび椅子に座り、頭をもたせかけた。「ひと晩じゅうやってもらいたいことがあるから」

「望むところだ。本当だよ」

シャーロットは黙りこみ、眉をつりあげた。楽しんでいると思われたくない。

客の質はどんどん落ちてきているというのに、母は何人かのお気に入りとのつきあいを楽しんでいるように見えた。

多才で魅力的な放蕩者とふたりきりでひと晩過ごすのは、夢のような体験だ。孤独な若い女性が、ミスター・フェアファックスのようなハンサムな男性に身を任せたくなったとしても、誰にも責められない。

だが、それは日陰の道で、そんな道を歩むわけにはいかない。

「どうしてこんなことになったのか」ミスター・フェアファックスが言った。「きみのせいだ。もう一度考え直したほうがいい。明日また賭博場で会おう。きみがこの致命的な間違いを正せるように」

彼女は笑みをこらえた。心のなかで欲望と闘う。「だまされないわよ。お金を取り返したいだけでしょう」

彼は目を見開いた。「そんなことはない。賭けに負けてきみと同じベッドで寝ることを強いられたとしたら、紳士らしく従わなければならない。幸い、ぼくはアイロンがけよりもさらに人を喜ばせる特技を持っていると評判なんだ」

シャーロットはミスター・フェアファックスの技量を試すことを想像して、頰が熱くなった。とがめるようなまなざしで彼を見る。「残念ながら、その噂を確かめる機会はないわ。明日の朝一番にここを発つから。二度と会うことはないでしょう」

「ああ、しかたないな」口調こそ明るいものの、彼は心から残念そうなまなざしを向けてきた。「少なくとも思い出が……ここはどこだ？」

彼女は膝を引き寄せた。「オックスカークよ」

「ああ、そうだ。ぼくのお気に入りの町になった」ミスター・フェアファックスは小首をかしげた。「いまのところ、スコットランドで一番のお気に入りはきみだ」

「いまのところ？」シャーロットは顔をしかめ、怒ったふりをした。「ずいぶんね。明日になれば新しい妻が現れるの？」

「きみはいなくなるから」彼はしかつめらしく言った。「嫉妬する必要はない」

そうかもしれないけれど。

シャーロットは目をそらした。ミスター・フェアファックスが社交界にデビューしたばかりのレディを誘惑し、シュミーズを脱がせにかかっているところを想像すると気に入らない。

毛布を肩にかけ、大きな椅子に寄りかかってアイロンをかける彼を見守った。彼の肩や、炉火の光に照らされて金色に輝く栗色(くりいろ)の髪に見とれた。

まぶたが重くなり、うとうとし始めたころ、ようやく彼がアイロンをかけ終えた。

ミスター・フェアファックスは彼女に声をかけずに、ブーツを脱いで寝支度を始めた。

シャーロットははっと目を覚ました。あわてて立ちあがり、四柱式ベッドに移動し、ストッキングをはいた紳士から離れる。

ベッドのカーテンを閉めたものの、その隙間から、首巻き(クラバット)を外してきちんとたたんでいる彼の姿がはっきり見えた。

ミスター・フェアファックスが蠟燭を吹き消した。「おやすみ。ふたりのあいだに起きたかもしれないことを夢で見て」

シャーロットは返事をしなかった。

上着とベストを脱いで、暖炉の残り火の前の長椅子に横になる彼のシルエットを、シャーロットは薄目を開けて見ていた。胸が高鳴る。今、彼は膝丈(ブリーチズ)のズボンとリネンの肌着しか身につけていない。

そんな姿を見たら、育ちのよい若いレディなら卒倒するだろう。

だがシャーロットは、禁断の果実を目の前にして興奮していた。ミスター・フェアファックスの言葉が頭から離れない。

「あなたはふたりのあいだに起きたかもしれないことを夢で見るの？」暗闇で大胆になり、小声で訊いた。

彼はかろうじて聞き取れるくらいの声で答えた。「もしかしたら、この先ずっと」

3

アンソニーが雄鶏や馬の鳴き声を聞きながらひげを剃り終えたとき、マットレスがきしむ音がし、ミス・デヴォンが目を覚ましたのだとわかった。

「おはよう」かみそりを洗面器のなかですすぎながら声をかけた。「その長椅子は豚でも寝られるような代物じゃなかった。脚がはみでて落ち着かないし、寝違えて当分首を左に曲げられないだろう」

「寝室に豚がいるわけないでしょう」彼女はベッドから脚をおろして顔をこすった。「いま何時？」

「六時」彼は明るく答えた。

「六時？」ミス・デヴォンは驚いた。「放蕩者は早くても一〇時までは起きないと思っていたわ」

「放蕩者に対するひどい偏見だな。ひとつ勉強になっただろう」アンソニーは人差し指を振った。

ミス・デヴォンはうめき声をもらしながらふたたびベッドに横たわった。「どうしてこんなに早く起きたの？」

「さあね。ひと晩じゅう脚がぶらさがっていたし、首が変な角度に曲がっていたせいかな。今度相部屋をするときは、ぼくはベッドで寝る」

「わたしはどこで寝ればいいの？」彼女が鋭い声で訊いた。

「きみもベッドで」アンソニーは鏡に向き直って顔を拭いた。「覚えておいてくれ」

「あり得ないわ」ミス・デヴォンはベッドの天蓋を見あげていたが、口元に笑みが浮かんでいた。

アンソニーは喜びに包まれながら、かみそりを鞄にしまった。「あいにく、これ以上時間をかけたらブランメルを超えるくらい、身支度を完璧にすませてしまった。でも、もしよかったら、もう少し残って朝食につきあうよ」

「癪(しゃく)だけど、そうしてくれたらとてもうれしいわ」ミス・デヴォンが体を起こした。真面目な表情をしている。「でも、これ以上ぐずぐずしてはいられないの。いますぐ出発しないと」

アンソニーはお辞儀をしたあと、旅行鞄を持ちあげた。「いつかまた、ロンドンで会えるよね？」

彼女はかぶりを振った。「残念だけど、ロンドンで偶然会うことは絶対にないと思うわ。

いつかまた、スコットランドで会えるかも」口元に笑みを浮かべる。「いまのところ、あなたはわたしが一番気に入っている夫よ」

「いまのところ？」アンソニーは昨日の彼女のように、怒ったふりをした。「そんなにあっさりとぼくの代わりを見つけるつもりかい？」

ミス・デヴォンはにっこり笑った。「嫉妬する必要はないわ。わたしたちには思い出が……ここはどこだったかしら？」

「〈子猫と雄鶏亭〉だ」アンソニーは真顔で答えた。実を言うと、名前でここを選んだのだった。

「子猫と雄鶏。とてもロマンティックな名前ね」彼女は胸に手を当てて、うっとりしたふりをした。「じゃあ、賭け事を頑張ってね、ミスター・フェアファックス。幸運を祈っているわ」

「任せておけ。さようなら、マイ・レディ」アンソニーは廊下に出ると、別れのキスのような愚かなまねをする前に、すばやくドアを閉めた。

キスを受け入れてもらえたら、その先へ進みたくなったかもしれない。

彼女もそれを望んだらどうなる？

そこで思考を断ち切り、階段へと急いだ。

ミス・デヴォンに惹かれてはいるが、一文なしの男に口説く資格はない。愛人どころか、妻さえ持つ余裕がない。

アンソニーが結婚しているという嘘を宿屋の主人が信じたのは、ロンドンから遠く離れた場所だからだ。

彼は首を横に振りながら階段をおりた。ありがたいことに、噂がロンドンに届いたとしても、アンソニーをよく知る者たちは信じないだろう。どんなにミス・デヴォンに惹かれていようと、醜聞にまみれるのはごめんだ。

金があれば、せめて彼女にもっと立派な宿を用意してあげたかった。豪華なスイートルームを。彼を招き入れてくれたかも……。

そこまでだ。

アンソニーは肩をまわした。賭けに勝って金を手に入れなければならない。誰かが一シリング恵んでくれるだろう。夕方の六時までに問題はほとんど解決しているかもしれない。

廊下を歩き始めると、腹が鳴った。昨夜とは打って変わって、この時間の共用スペースは人が少なかった。

だが、食堂は開いている。それに、いまだけの妻が一日分の食事代を払ってくれた。

自己嫌悪に襲われた。彼が払うべきなのに。もっとましな、金のある紳士なら、メイドの代わりをするのではなく、ミス・デヴォンのためにメイドを雇っただろう。二度とアイロンは手にしないと誓ったはずなのに。

アンソニーは肩を落とした。

どうして破産してしまったのだろう。金は幸せをもたらす。景気がいいとき、人生はまさしく完璧だった。家族や友人たちを喜ばせることができた。欲しいものをなんでも買ってやれた。彼らに必要とされた。金がなくなれば、彼を受け入れてくれるのは債務者監獄だけだ。

ネガティブな考えを振り払い、食堂の入り口に鞄を置いた。もうたくさんだ。いつも結局、ツキはまわってくる。どれほど窮地に追いこまれようと、自分を信じて賭け金をつりあげ続ければ、必ず運が味方してくれるのだ。これまでも何度も、似たような状況から立ち直った。

今夜は儲かるだろう。朝食にもありつけるし！　朝まで幸運の女神と一緒に過ごしたのだ。負けるはずがない。

「これはこれは、ミスター・フェアファックス」背後からだみ声が聞こえてきた。

アンソニーはぱっと振り返った。

冷たい目をした、顔に傷のある図体の大きなふたりのごろつきが、アンソニーを壁際に追いつめた。ひとりは拳がぼろぼろで、目が血走っていた。もうひとりはあばただらけで、冷ややかな笑みを浮かべている。

「何かご用ですか？」アンソニーは平静を装って言った。愛嬌（あいきょう）を振りまくのだ。いまの彼に残された唯一の武器だ。「一緒に朝食でもどう？」

「借金を返したらどうだ？」あばただらけの男が怒鳴った。

アンソニーはどうにか愛想笑いを浮かべた。あちこちでばらまいた略式借用書は、賭博場のオーナーに買い取られた。それまで、その狂暴なマクスウェル・ギデオンはアンソニーの友人だった。そうではなくなったと言われても、驚きはしない。金の切れ目が縁の切れ目だ。

「今夜、必ず一部を返済すると、ギデオンに伝えてくれ。これから賭けをする約束があって――」

「伝言はしない」あばただらけの男が指の関節を鳴らした。「おれたちに金を渡せ、さもないと、おまえをマーシャルシー監獄にぶちこむ」

アンソニーはごくりと唾をのみこんだ。ギデオンは略式借用書を手に入れただけではない。アンソニーは薄れた友情を維持するため――というより時間を稼ぐために、借金を返済することを約束する契約書にサインしたのだ。必死に努力しているが、その約束を果たせていない。もはや信用借りではなく、違法行為だ。背筋がぞっとした。

金なんてない。債務者監獄に閉じこめられたら、二度と出られない。

心を決め、肩をそびやかした。論理的に説得しなければならない。

「ぼくを監獄に入れたら、ギデオンはどうやって金を回収するんだ？」

「おまえの妻に返してもらう」あばただらけの男はすかさず答えた。

「ぼくのなんだって?」アンソニーは思わず噴きだしそうになった。「ぼくには妻なんていない」

「いるじゃないか」あばただらけの男がにやにや笑った。「おまえがそう言ってるのを聞いたぞ」

どうやらみんな聞いていたようだ。アンソニーは首を横に振った。顔から笑みが消えた。不安が込みあげてくる。野次馬を追い払いたかっただけなのに、余計面倒なことになってしまった。「あれは違うんだ。ちょっとそういうふりをしただけにすぎない。彼女はぼくの妻じゃないんだ」

「いや、おまえは結婚している」もうひとりの男が笑うと、折れた歯が見えた。「ここはスコットランドだ。結婚していると言ったら、それが本当になるんだ」

「それは……法的にということか?」アンソニーはあっけにとられた。そんなばかげた慣習があるだろうか。恐怖に襲われる。

なんてことだ。スコットランドの法律が秘密結婚を認めているのは知っていたが、少なくとも司祭か、証人が必要だと思っていた。アンソニーはぞっとした。証人なら大勢いた。結婚していると言えばそれが事実になるのなら、否定するのは不可能だ。ミス・デヴォンを窮地に追いこんでしまった。

「それなら、結婚を取り消すと言えば取り消せるのか？」必死の思いで言った。「ぼくはもう結婚していない。彼女はぼくの妻じゃない。彼女を巻きこまないでくれ」

「裁判をしなけりゃ取り消せない」あばただらけの男が詰め寄ってきた。

歯の折れた男が唇をなめた。「床入りはすませたのか？」

「いや」アンソニーはほっとした。紳士らしくふるまっておいて本当によかった。

「どっちにしろ」歯の折れた男がにやりと笑った。「彼女はおまえのものだ」

あばただらけの男が指を曲げた。「つまり、彼女がつけている宝石は……おれたちのものだ」

それはだめだ。

アンソニーは恐怖のあまり動悸がした。彼の借金はミス・デヴォンにはまったく関係ない。彼女の持ち物を奪い取るなんてとんでもない。彼女に罪はない。これは彼の、彼だけの問題だ。

だが、法的にはどうなんだ？

呼吸が浅くなった。結婚すれば、妻の所有物は夫の財産となる。そして、アンソニーの所有物は……マクスウェル・ギデオンのものだ。彼は戦慄を覚えた。

彼らが正しい。非道にもミス・デヴォンのものを引き渡さない限り、彼らはアンソニーを監獄に放りこむ権利がある。とにかく、迂闊（うかつ）な結婚を取り消す時間が必要だ。

「三カ月くれ」精一杯威厳を込めて言った。ごろつきどもは賭博場の雇われ用心棒で、アンソニーは社交界に出入りしている。階級の違いが有利に働くかもしれない。「彼女の宝石くらいじゃ、ぼくの借金はとうてい返済できないんだ。三カ月後、ギデオンに直接、全額返す」

「三カ月も待てない」歯の折れた男が広い胸の前で腕を組んだ。

「二カ月」アンソニーは急いで言った。「上乗せした五パーセント分をおまえたちにやる。約束する」

歯の折れた男は、相棒と視線を交わしたあとで言った。「二週間だ」

あばただらけの男が、アンソニーのベストについた埃を払い落とした。「一分でも遅れたら許さない」

彼はパニックのあまり息が苦しくなった。

そんなの無理だ。二週間では、借金を完済できるほどの額を稼げない。手足が震えだした。

「なら、おまえたちのボーナスはなしだ。払えない。分割払いにしてくれ。時間がいる。二週間で一〇パーセント。そのあとは、毎週一〇パーセントずつ返済していく」

「だめだ」あばただらけの男が怒鳴った。「もう充分時間はやった。監獄に入れられたくなきゃ、二週間以内に耳をそろえて返すんだな」

「それができなきゃ……」歯の折れた男がぞっとするような笑みを浮かべた。「おまえとおまえの妻のものを全部引き渡したうえで、監獄行きだ」

「ばかなまねはするなよ……」あばただらけの男が帽子を傾けた。「ちゃんと見張ってるからな」

4

シャーロットは身支度をすませ、決意を新たにした。二度とミスター・フェアファックスに会えないと思うと存外せつなかったけれど、彼女の人生は大きく好転しようとしている。運がよければ今日、ディアナテイル領主に、父に会える。

少なくとも、居場所くらいはわかるだろう。

ルビーのイヤリングをつけたあと、さらしを巻いた胸の下にくくりつけた袋のなかにネックレスを隠した。さらしは欠かせない。

何年も前から、母に似た豊かな曲線を隠している。さらしは盗まれたくない貴重品を隠す場所としてもうってつけだ。

とはいえ、スコットランドでは、あえてルビーをつけるリスクを冒す必要がある。父の注意を引く唯一の手段だ。

シャーロットが生まれる前に姿を消してしまったから、通りでばったり会ったとしても、こちらは父の顔を見分けることができない。だが、父や親戚たちは、家宝にすぐ気づくだろう。ルビーが成功の鍵だ。

父はルビーに気づいたら、彼女を家族の一員として迎え入れてくれるだろう。

シャーロットはそう願っていた。

周囲から認められる人間になりたかった。お金が欲しいわけじゃない。父に愛されたい。せめて受け入れてほしい。

彼女は期待に震えながら、息を吸いこんだ。

あと数日、あわよくば数時間で立派な父に会える。歓迎してもらえる。きちんとした社会の一員としてやり直せる。拒絶され、蔑まれ続けた日々におさらばできる。ようやく別人になれる。みんなに受け入れられる人間に。愛してさえもらえるかもしれない。父の家族の一員になると思うと、喜びのあまりめまいがした。子どものころの夢が、ついに手の届くところまで近づいていた。

ミスター・フェアファックスのおかげで、ドレスはしわひとつない状態で鞄にきれいにしまいこまれている。シャーロットはその上に洗面道具を置いたあと、意を決して蓋を閉めた。今日はすばらしい日だ。完璧と言ってもいいくらい。メイドを見つけ、馬車を見つけ、そして、父を見つける。

突然、ノックの音が聞こえた。

シャーロットは眉をひそめた。宿屋の主人は昨夜、宿賃を取りたてに来たときも、こんな切羽詰まった叩き方はしなかった。

いったいなんの用？　彼女はドアを開けた。

驚いたことに、目に苦悩の色をたたえて廊下に立っていたのはガーマンではなく、ミスター・フェアファックスだった。

「失礼」彼は旅行鞄を部屋に投げ入れ、鍵をかけた。「大事な話がある」

シャーロットは困惑し、目をしばたたいた。「いま出ようとしていたところなの。鞄を運ぶのを手伝ってくれるなら、お昼までこの部屋を使っていいわよ。お代は払ってあるから」

彼に微笑みかけた。「朝食はどうだった？」

「ミス・デヴォン」ミスター・フェアファックスは両手で顔をこすったあと、彼女の肩をつかんだ。「いや、ミス・デヴォンじゃない。ミセス・フェアファックス、どうか許してくれ」

シャーロットは笑い声をあげた。「もうお芝居をする必要はないでしょう。ここを出たら、別に――」

「ぼくたちは結婚している」ミスター・フェアファックスは手に力を込め、うろたえた目で彼女を見つめた。「いいか。結婚しているんだ」

彼女の顔から笑みが消えた。「いったいなんの話？」

ミスター・フェアファックスは肩から手を離すと、苦悩に満ちた表情を浮かべ、壁にもたれかかった。「スコットランドの法律だよ。スコットランドの法律の話だ。男女が結婚しているのと声に出して言えば、教会で結婚式を挙げるのと同じ法的効力を持つんだ」

「えっ……なんですって?」シャーロットはぞっとした。「け——結婚なんてしていないじゃない」

ミスター・フェアファックスが額をさすった。「ぼくも信じられなかったから、レヴィストンを起こして確かめてみたが、本当だった。お祝いに〈ブードルズ〉でもう一杯おごってやるなんて言いやがった」

シャーロットは恐怖のあまりよろめいた。「まさか。信じられない」

彼は顔をしかめた。「ああ」

彼女はまるで溺れているかのように息が苦しくなり、胸をつかんだ。

あり得ない。まったく知らない人と結婚しているなんて。喜びが失せていくのを感じた。愛してくれる人と結婚するという夢は消えた。シャーロットを求めてくれる人。どんな女性でも選べるのに、彼女に心を捧げてくれる人。彼女のことを知り尽くしていて、自分のものだと言うのを恥と思わない人と。

手が震えだした。恐怖に打ちのめされる。

そんなことあるはずない。

「弁護士に相談しましょう」シャーロットは自分を抱きしめるように腕をまわした。「いますぐに」

ミスター・フェアファックスが髪をかきあげた。「スコットランドに弁護士の知り合いはいない。ロンドン。ロンドンなら……」

「ロンドンならこんな話をする必要もなかったでしょうね。早く」彼女は手招きして廊下に出ると、鍵を閉めた。「弁護士なら知ってるわ。今週のはじめに、弁護士の奥さんと知りあったの」

ミセス・オールドフィールドは広間にいるレディたちに、読書会と裁縫会のどちらがより立派だと思うか尋ねた。シャーロットはその質問には答えず、どちらの会でも出席者を増やし、興味を引きつける方法を提案した。ミセス・オールドフィールドはこれほど分別のある若い女性はめずらしいと彼女を褒め称え、その日の午後、お茶に招いてくれた。彼女を同等の身分の貴婦人のように扱ってくれたのだ。

それなのに、ミセス・オールドフィールドのご主人に、見知らぬ人とうっかり結婚してしまったと打ち明けなければならない。恥ずかしくて頬が熱くなった。シャーロットは肩をそびやかし、階段に向かって歩き始めた。

広間に夫妻の姿はなかった。

シャーロットはミスター・オールドフィールドに面会を求める旨を書いた手紙を従僕に届けさせるよう宿屋の主人に頼むと、ミスター・フェアファックスと小さなテーブルに着いて待った。両手を組んで震えているのをごまかす。

この宿屋の広間で、すばらしい思い出を作ることができた。ロンドンから離れれば離れるほど、彼女が本当は尊敬すべき人間ではないことを見抜かれる可能性は低くなる。この一週間、この部屋で楽しい午後を過ごした。ほかの女性たちと紅茶を飲みながらおしゃべりをし、悩めるレディたちのよき相談相手というささやかな評判を獲得したのだ。

でもいまは、この恐ろしい窮地から救いだしてくれるミスター・オールドフィールドのアドバイスを何よりも求めている。ミスター・フェアファックスとまた会うつもりはなかったのに、まさか結婚しているなんて。

一刻も早くなんとかしなければならない。

ミスター・フェアファックスがすがるようなまなざしで彼女を見た。「ミス・デヴォン、ぼくたちは結婚していると言ったのは、ただきみを助けたかったからだ。ああ言えば、野次馬も興味をなくして離れていくだろうと思ったんだ」

「わかってるわ」シャーロットはそわそわとイヤリングをいじった。「わたしも同じように考えた。だから調子を合わせたの」

「こんなことになるなんて……」彼はゆっくりと息を吐きだした。

シャーロットは目を閉じた。

もちろん、たわいない嘘で赤の他人との結婚が成立するなどとは思いもしなかっただろう。

普通は思わない。

彼女は目を開けた。これは最悪の事態だ。

結婚。まったくばかげている。この男性のことを何も知らない。彼はそれを望むかしら？真実を知ったら、絶対に望まないだろう。それなら、どうなるの？

「いいかい」ミスター・フェアファックスは少しためらったあと、シャーロットの手を取った。「事態はきみが思っているより複雑だ」

「わたしたちが結婚しているということよりも？」彼女は冷ややかに言った。

「はるかに複雑だ」彼の顔は真っ青だった。「一文なしよりも……」

シャーロットは喉に込みあげてきた酸っぱいものをのみこんだ。

一文なし。

考えただけでぞっとする。母の若さと美貌は衰え――同じ道は歩まないというシャーロットの決意は固まっている――かつて快適だった家は古びてぼろ家になってしまった。それでも、一文なしになったことはなかった。タウンハウスの家賃を支払ってくれる客がいるし、母は少なくとも食べるものや薪に一生困ることのないよう、キャンベル・アンド・クーツに貯蓄をしていた。実際、貧窮することはなかった。

母の華々しい時代はとうの昔に過ぎ去ったけれど、シャーロットが衣食に困ることは決してなかった。家はあちこちガタが来ているとはいえ、彼女は常に見苦しくない格好をしていた。もちろん、それでも充分ではなかった。一張羅を着ていても、どこでも見下されたのだから。

どういうわけか、シャーロットが尊敬に値する人間ではないと、誰もが知っているのだ。軽んじられて涙を流すこともある。拒絶されることには慣れっこになっていた。世界は広いが、娼婦の私生児の出入りを許す場所はほとんどない。

それでも、貧窮することはなかった。

「一文なしよりも」ミスター・フェアファックスが力を振り絞るようにして繰り返した。「ぼくの境遇ははるかに悪いんだ。賭けで不運がどんどん積み重なって、二〇〇〇ポンドものとうてい返せない借金を作ってしまった」

シャーロットはぞっとした。

二〇〇〇ポンドですって？　とんでもない額だ。ふたりは始まる前に終わっている。最悪なのは、ミスター・フェアファックスが賭博の借金を返せないのなら、もう紳士ではないということだ。

彼女は手を引き抜き、体を引いた。ミスター・フェアファックスとの結婚によって、あり得ないことが起こった。身分をさらにおとしめられたのだ。

身の破滅だ。立派な家に嫁ぐ夢ははかなく消えた。残されたものは望ましくない夫と、とうてい返せない借金。

彼はふたりの人生をめちゃくちゃにした。

「ゆうべのお金を返すわ」シャーロットは冷ややかな声で言った。彼女にとって、昨夜の二〇〇〇ポンドは棚ぼただった。一方ミスター・フェアファックスは、その一〇倍の借金を負っているのだ……いったいどれだけ負けたの？　「二〇〇〇ポンド……あいにくそんなお金は持っていないけれど」

「わかってる」彼は真面目な口調で応じた。「もし持っていたとしても、くれなんて言わない。きみのものは何ひとつ」

「ゆうべのお金は受け取って」シャーロットはため息をついた。賭け事に参加できるとは思っていなかった。ましてやそんな大金を儲けるなんて。父を探すことだけに集中していればよかったのだ。「あなたがわたしに賭けを続けさせてくれなければ、あの二〇〇〇ポンドはあなたのものだった」

「だめだ」ミスター・フェアファックスは髪をかきあげ、ため息をついた。「ぼくの借金はぼくのものだ。きみには関係ない」

「この結婚が成立しているのなら、ふたりのものよ。せめて二〇〇〇ポンドは受け取って」こんなことが起こるなんていまだに信じられなかった。「あのお金をもらったせいであなたが監獄送りになると思ったら、使えないわ」

「わかった。でも、きみのお金は取っておいて。それはぼくのじゃない」

テーブルに影が差した。

「おはようございます、ミスター・オールドフィールド」シャーロットはあたたかく迎えた。

「どうぞお座りください。法的な問題で至急ご相談したいことがあるのです」

「なるほど」弁護士はシャーロットの向かいに腰をおろした。「そうなりますと、相談料をいただくことになります。一〇ポンドで足りるでしょう」

「一〇ポンド――」ミスター・フェアファックスは声を詰まらせ、顔が真っ赤になった。一ポンド失うたびに墓穴を掘ることになるのだから、無理もない。

「どうぞ」シャーロットは財布から紙幣を取りだし、テーブルの向こうへ滑らせた。どれだけ費用がかかろうと、この状況を理解し、窮地から抜けだす方法を教えてもらわなければならない。

ミスター・オールドフィールドは紙幣をポケットにしまった。「たしかに。どのようなご相談ですか？」

「スコットランドの法律にお詳しいですか？」ミスター・フェアファックスが訊いた。「特に、秘密結婚について」

ミスター・オールドフィールドはぎょっとし、ミスター・フェアファックスの青白い顔からシャーロットに視線を移した。「なんとまあ」

彼女はうなずいた。「残念ながら、そういうことです。どうか助けてください」

ミスター・オールドフィールドは身を乗りだした。「具体的に話してください。あなた方は正確になんと言ったのですか？」

ミスター・フェアファックスが顔をしかめた。「〝ぼくは彼女の夫だ〟と、大勢の証人の前で何度も言いました」

ミスター・オールドフィールドはシャーロットに向かって眉をつりあげた。

「〝わたしは彼の妻だ〟と言いました。大勢の証人の前で」

そのときはいい考えだと思ったのだ。ささやかな嘘をついただけで、部屋に入ったときにはすっかり忘れていた。その嘘が彼女の人生を狂わせようとしている。

「その場合は……」ミスター・オールドフィールドが椅子の背にもたれた。「残念ながら、法的拘束力のある契約を結んだことになります。あなた方は結婚しています」

「なんですって？」シャーロットはぞっとした。

あり得ない！

ミスター・フェアファックスはいまにも卒倒しそうな顔をしていた。「どうして？　なぜ？」

ミスター・オールドフィールドは手を組みあわせた。「スコットランド法のその条項は、無垢（むく）な女性が男性に利用されないようにするために定められました。スコットランドの田舎には、伝統的な結婚をする手段のない村がたくさんあります。女性を食い物にしようとする不徳な男たちの温床です。都合がつき次第正式に結婚するからと言って純真な娘をだまし、純潔を奪ったらたちまち村から姿を消すのです」

「女性を守るための法律」なんという皮肉。シャーロットは歯を食いしばった。「それがわたしたちを望まない結婚に追いこんだ」

ミスター・オールドフィールドがうなずいた。「その法律が無垢な乙女を破滅から救っているのです。男性が女性と結婚する意志を主張する場合、ふたりが証人の前で結婚を告知するだけでその瞬間から法的に成立します。双方の合意の法律という名でも知られています」

「あまり知られていない」ミスター・フェアファックスがつぶやいた。「ぼくはどんなことに足を踏み入れようとしているのか、まったくわかっていなかった」

「どうにかなりませんか？」シャーロットは訊いた。「何もなかったふりをするだけではだめですか？　双方の合意のうえで」

ミスター・オールドフィールドは眉をひそめた。「あなた方は法的に結婚しています。とはいえ、証人が見知らぬ人で、二度と会うことがなさそうで、あなた方の名前を知らないのなら……」そこで口ごもった。「法的に結婚していることについて嘘をつくよう勧めることはできません。なぜなら、今後の結婚は重婚となりますし、もちろん、夫婦に関する財産法の問題もあります。しかし、もし本当にこの出来事が二度と話題にのぼる恐れがないのなら——」

「ありがとうございます」シャーロットは希望がわき、勢いこんで言った。「まさにそういう——」

「状況ではない」ミスター・フェアファックスが険しい口調で言葉を引き取った。顔面蒼(そう)白(はく)になっている。

「どうして？」シャーロットはふたたびパニックに襲われ、強い口調で尋ねた。

彼は髪をかきあげた。「ある有力者から大金を借りていると話しただろ」

シャーロットはぞっとした。「ここに来てるの？」

「いや、取り立て屋を送りこんできた」

「脅されたの？」

「ああ。どうにか二週間返済を猶予してもらったが」ミスター・フェアファックスが彼女の目を見た。「そいつらが、ぼくたちの告知を聞いていた。決定的な証人だ」

決定的。

いまいましい足枷(あしかせ)が、二〇〇〇ポンドもの借金があり、借金取りに追われているのにのんきに賭け事をする男と彼女を縛りつけた。

ふたりは結婚している。逃げ道はない。

シャーロットはめまいがした。恋愛結婚がどういうものか知ることはもう決してできないのだ。

失ったものは夢だけではない。親切すぎるスコットランド法のおかげで、自由選択権も奪われた。結婚は彼女の人生で、自分で決められるかもしれない数少ない物事のひとつだった。その選択権を失った。いまや赤の他人の所有物だ。

パニックに襲われ、目を閉じて必死で息をした。

〝鼻から吸って、口から吐いて〟

いつものリラックス法で現実を変えることはできないが、落ち着いて考えることができる。希望の光があるはず。

ミスター・フェアファックスが咳払いをした。「真の問題は……」

シャーロットは必死で落ち着きを保った。「すでに問題は山積みでしょ？」

「さらに大きな問題は」彼はたじろいで言い直した。「法的には、きみのものはぼくのものになったということだ。そして、ぼくのものは、借金返済のために法的に没収される。たとえば、きみの宝石とか」

彼女はぎくりとし、震える指でルビーのイヤリングに触れた。「いや」

「残念ながらそうなりますな」ミスター・オールドフィールドは思いやりのある表情をシャーロットに向けた。「妻の身分の法律によると、夫と妻は法律上ひとりの人間――妻は夫の下に統合されるのです。ミスター・フェアファックスはあなたの宝石やお金を返すことはできません。なぜなら、あなた個人の所有物はもはや存在しないからです。残念ながら彼の言うとおりです。ミスター・フェアファックスがすべての貴重品を借金返済のために引き渡すことを強制されるなら、あなたの宝石はいまや彼の宝石ですから、引き渡さなければなりません」

「いやよ」彼女は息をのみ、宝石を握りしめた。「わたしにはこれしかないの」

ミスター・フェアファックスが真剣な表情でうなずいた。「そうはさせない」

絶対にいや。

シャーロットは恐怖のあまり息が苦しくなった。「どうするの？」

「二週間後に借金を完済できなければ、債務者監獄行きだ。でもそれは、ぼくの問題だ。それまでにきみをこの窮地から救いだす。きみの所有物はきみのものになる」

そうはならないだろう。ミスター・オールドフィールドは不可能だと言った。シャーロットは腕組みをした。「どうやって？」

ミスター・フェアファックスは深呼吸をした。「きみの好きな方法で。離婚したい？　きみの希望に従うよ。生殖不能でも不貞でも性的不能でも破壊的ないびきでも……なんでもいいからぼくを訴えればいい。ぼくは反論しない。今日から手続きを始めよう。この悪夢を終わらせる」

どうする？

シャーロットは無言で彼を見つめ返した。頭がずきずきする。今朝は朝食もまだなのに、結婚していたことがわかったうえに、もう離婚を考えている。

ミスター・オールドフィールドに尋ねた。「力を貸してくださいますか？」

「議会に離婚を承認させるんですか？」ミスター・オールドフィールドは疑うような表情を浮かべた。「時間と費用がかかりますよ」

「わたしはお金は持ってないわ」シャーロットはミスター・フェアファックスを身振りで示した。「全部彼のものになったから」

ミスター・フェアファックスが彼女の手を取った。「約束する。監獄行きを免れるのに充分な金を工面できなかったら、きみにいっさい迷惑をかけないよう、離婚手続きのために全額を使う。どんな理由で訴えてくれてもかまわない」

「費用は高額だし、世間に知れ渡りますよ」ミスター・オールドフィールドが口を挟んだ。「事例が少ないのは、離婚の私法案を議会が可決し、教会によって結婚が解消されるまで二年かかるからです。ミスター・フェアファックスが姦通罪という形ですべての責めを負ったとしても、おふた方ともその後ずっと社会からつまはじきにされます」

シャーロットは手を引き抜き、両手に顔をうずめた。

借金を返済できない賭博師との結婚で身分をさらにおとしめられたとさっき思ったけれど、離婚はなお悪い。

なけなしの社会的地位を失うだけではない。結婚できなくなる。いまよりさらに。離婚したら、まともな男性は相手にしてくれないだろう。花嫁が離婚したことのある女だと、結婚式を挙げてくれる教会はほとんどない。

友人もいない。

夫もいない。

未来はない。

「いやよ」彼女は冷ややかなまなざしをミスター・フェアファックスに向けた。「離婚したら、あなたと結婚しているよりさらに立場が悪くなるわ」

彼はたじろいだ。「それはわかっていたが、一応提案しておく必要があった。きみになんらかの選択肢を与えるために。ぼくよりも」

「あなただけが悪いわけじゃないわ」借金はミスター・フェアファックスの責任だが、嘘をついたのは彼女自身の評判を守るため……。「わたしもお芝居に乗ったのよ」

「それは関係ない。不注意で結婚したのはふたりのせいかもしれないが、ぼくの莫大な借金はきみが背負うべきものではない」彼の顔がぱっと明るくなった。「婚姻の無効は？　離婚よりずっと簡単だし、不名誉なことでもない。今後結婚できるかどうか心配しているなら、婚姻の無効が障害になった事例はひとつも――」

「それでもわたしの評判は台なしになるわ」シャーロットはうんざりした口調で言った。

「結婚しているといったあと、同じ部屋でひと晩過ごしたんだから。あれは罪のない冗談で、今後疑いを持たれたとしても否定するつもりだった。でも、婚姻の無効を求めたら、公式記録に載ってしまう」

「だったら、ぼくと一緒にいるっていうのかい?」ミスター・フェアファックスが穏やかに質問した。

「そうなるわね。今後二週間は」彼女はわざとゆっくりと言い、鼓動を鎮めようとした。考える時間はある。少なくとも二週間は一蓮托生だ。弁護士に尋ねた。「婚姻無効の根拠はありますよね?」

ミスター・オールドフィールドは片手をあげた。「議会に虚偽の申告をすることもまた、お勧めできません。しかし、姦通、近親婚、婚姻時の心神喪失、性的不能に起因する婚姻の未完成に基づき、教会によって無効と認められると申しあげておきます」

「心神喪失に近いわね」シャーロットはつぶやいた。「部屋を別々に取ったほうがいいですか? 必要なときに、婚姻の未完成を証明する役に立ちますか?」

ミスター・オールドフィールドは首を横に振った。「婚姻の無効は、婚姻期間が数カ月間ある夫婦に認められるものです。あなた方はひと晩だけです。論点は夫婦が同じベッドで寝たかどうかではありません。夫に行為能力があるかどうかです」

シャーロットはミスター・フェアファックスのほうを向いた。「それなら、お金は借金を返して監獄行きを免れるために使ったほうがずっといいわね」

「ああ。運がよければ、議会の介入を求めずにすむかもしれない」

「当面、寝室はともにすることにして――同じ部屋で寝るというだけのことよ」

彼は眉をひそめた。「結婚の権利を行使するつもりはない。監獄行きを免れるまでは、借金を返すことしか頭にないんだから」

「わたしが言いたかったのは……婚姻の完成のことだけじゃなくて」シャーロットの頬が赤くなった。「肉体的な関係すべてよ。キスもだめ。二週間後にまだ結婚しているかどうかわかるまで、赤の他人のままでいるべきだわ」

「友達にもなれないのかい？　いまだけでも？」ミスター・フェアファックスが眉をつりあげた。「しかたないか。婚姻の無効が認められても、ぼくはきみの人生を豊かにすることはできないだろうから」

「じゃあ、友達でいいわ」心を少しでも開いたらあとで苦しむだけだと思ったけれど、彼女はそう言った。「二週間のあいだは」

どうにか借金を返すことができたとして……結婚をうまくいかせられるとしたら？

ミスター・オールドフィールドが立ちあがった。「おふたりで話しあわなければならないことがたくさんあるでしょうから、わたしはこれで失礼します。わたしでお役に立てることがあれば、いつでもご連絡ください。今回の件については決して口外しないとお約束します」

「ありがとうございました」シャーロットは心から言った。「そうしていただけると本当に助かります」

ミスター・オールドフィールドが声の届かない距離まで遠ざかるやいなや、ミスター・フェアファックスはため息をついた。「性的不能だな。借金を返せなければ、性的不能を理由とした婚姻の無効を求めよう。馬に蹴られて夫の務めを果たすことができなくなったと主張するよ」

「笑いものになるわよ」シャーロットは控えめに言った。

「どうせ監獄のなかだ」彼は険しい顔で返した。

「出たあとはどうするの？」

ミスター・フェアファックスは肩をすくめた。「奇跡的な回復を遂げたことにする。ぼくたちの結婚には間に合わなかったが、放蕩者として復帰するには遅くない」

「無理よ」シャーロットは彼をじっと見た。弁護士の話を聞いていなかったの？「あなたは社会からつまはじきにされるのよ」

「性的不能の放蕩者だからじゃない。監獄で何年も過ごしたせいだ」彼はうなじをさすり、ため息をついた。「もちろんそれは、監獄から出られたとしたらの話だ。まず無理だろうな。だから、監獄入りを免れることを第一に考えなければならない」

「二番目は？」

ミスター・フェアファックスが彼女の目を見た。「借金を返せなかった場合には婚姻の未完成を主張して、無効が認められるようにすること。それか離婚か」

シャーロットはゆっくりとうなずいた。非常に苦しい状況だ。

経済的に困窮しているのを別にすれば、ミスター・フェアファックスは感じのいい人に思える――彼女の知り合いのなかでは最も思いやりがある男性だ。だが、夫と財産の両方を失うか、離婚してさらに評判を落としたとしても人生を取り戻すかという話になると……。現実的に考える必要がある。彼が一生監獄にいるのなら、婚姻の無効が認められない場合は離婚するしかない。

一カ月後もミスター・フェアファックスがそばにいるという確信が持てない限り、心と純潔を守るのが賢明だ。彼を助けるためにできるだけのことをするが、いずれいなくなる男性に深入りするわけにはいかない。

ミスター・フェアファックスが彼女のイヤリングに目を留め、顔をしかめた。「宝石を見せびらかさないほうがいい。借金取りは二週間の猶予をくれると言ったが、約束を守るとは限らない。でも心配しないで。ロンドンに帰ったら解決するから」

本当に？　そんなことできるの？

シャーロットはぞっとした。

イヤリングを外し、震える指で握りしめた。父――彼女を愛し、受け入れてくれるかもしれない人とのつながりはこれしかない。何がなんでも守らなければならない。母が恋しいけれど、父を見つけるまでロンドンに戻るつもりはなかった。絶対に。

5

客室から廊下に出たとき、この宿はそれまでと違って安息の地には見えなかった。これから新たなすばらしい人生が始まると信じていたときと違って。

シャーロットの世界はひっくり返った。長年の夢が、将来のために練りあげた計画が……こめかみがずきずきする。いまからどうするか決めるまで、将来のことなど考えられない。

北行きの馬車を探すのはやめた。この状況では父に好印象を与えることはできない。メイドや夜の見張り番を雇うのもなしだ。今後は一ペニーも無駄にできないから。

それに……ミスター・フェアファックスがいるから。

階段をおりながら、横目でちらっと彼を見た。監獄行きの運命にある無一文の夫。どうしてこんなことになってしまったの？

脂っこい燻製ニシンを食べたい気分ではないけれど、チーズや果物なら入るかもしれない。それも無理だったときは、持ち帰ればいい。

シャーロットが食堂に入っていくと、宿の主人のガーマンがカウンターに立ってナプキンをたたんでいた。

ガーマンはシャーロットににっこりと微笑みかけた。「よくおやすみになれましたでしょうか?」

「たぶん今夜よりは」彼女は苦笑いを浮かべた。二度とよく眠れないかもしれない。

「おや」ガーマンが眉をあげた。「もうお発ちになるんですか? ご入り用でしたら馬車を呼びますよ」

シャーロットはミスター・フェアファックスをちらっと見た。

今夜はどうする?

借金取りから逃げている夫を父に会わせるわけにはいかない。イングランドにも戻れない。よりよい人生を味わってしまったからには。この一週間は奇跡のような毎日だった。社会に溶けこめた。

一度その味を味わってしまったら、ロンドンの噂が届かないスコットランドを離れる気にはなれなかった。

「もうひと晩泊まるわ」シャーロットはさらしの下の宝石袋に触れた。これが父を見つける鍵。ミスター・フェアファックスとの問題が片づき次第、ふたたび探し始めるつもりだ。

彼女はガーマンに微笑みかけた。「お代はあとでお渡しすればいいかしら?」

「ああ、問題ありませんよ。どうぞゆっくりしていってください」ガーマンがサイドボードを指さした。「卵料理はお好きですか？　できたてですよ」

シャーロットはかぶりを振った。「新鮮な空気を吸って頭をすっきりさせたいの。リンゴとチーズがあれば……」

「かしこまりました。女房に用意させます。少々お待ちください」ガーマンは厨房に姿を消した。

ミスター・フェアファックスの隣に立ってガーマンが戻ってくるのを待つあいだに、突然シャーロットは彼の存在を意識し始め、落ち着かない気分になった。

外見は苦労知らずの社交界の紳士にしか見えない。洗練された放蕩者。とても魅力的で、自信にあふれている。

そのような男性は、愛人を見つけるのに苦労しない。栗色の豊かな髪。鋭い緑の目。筋肉質で引きしまっている。仕立てのよいベストといい、自信に満ちた歩き方といい、何から何まで人目を引き、魅惑的だ。

そんな男性が夫なのだ。彼女はぞくぞくした。

もしこの結婚をうまくいかせられるとしたら？　どうにか借金を返すことができたとしたら、ミスター・フェアファックスのような紳士との結婚によって、社会的地位ははるかにあがる。以前なら考えられなかったことだ。

それが現実になった。

当人たちは知らなかったものの、昨夜がふたりの初夜だった。

本物の初夜はどうなるの？

シャーロットは唇をなめた。すばらしい体験になるに違いない。

彼女は空想を振り払った。本能に従ってはならない。結婚を完成させたら、無効を求めることはできなくなる。それは困る。選択肢を減らすのは賢明ではない。

ミスター・フェアファックスがどんなに魅力的だろうと。

「お待たせしました」ガーマンがリネンの包みを持って厨房から出てきた。「どうぞ。ほかに必要なものがございましたら、遠慮なくおっしゃってください」

シャーロットは思わず笑いそうになった。あるいは泣きだしそうに。ときどき何をしたいのかわからなくなる。どうしようもなかった。

「散歩につきあおうか？」ミスター・フェアファックスが小声で訊いた。「ひとりのほうがいい？」

シャーロットは包みを彼に渡し、腕を取った。「一緒に行きましょう。お互いのことをもっと知るためにも」

宿の外に出て、太陽の光を浴びた。なだらかな緑の丘の上に晴れ渡った空が広がっている。涼しい風が木の葉を鳴らし、ボンネットのつばをはためかせた。ミスター・フェアファックスは、まるで毎日ふたりで朝の散歩をしているかのように自然だった。

紳士と腕を組んで歩くのは、シャーロットにとって生まれて初めてだ。

宿の木の柵に沿って進んでいく。驚いたことに、彼といるととてもくつろいだ気分になれた。

ずっと、好色な男たちから必死で身を守ろうとしてきた。ミスター・フェアファックスはシャーロットに誘いをかけてくるいやらしい放蕩者たちとはまったく違う。正直で誠実だ。彼女の意見を聞いてくれるし、決してなおざりにしない。人生の選択肢をできる限り与えてくれる。

自立した人間として扱ってくれる。シャーロットの意見を、自分の意見と同じくらい大事にしてくれる。こんなにやさしくしてくれるなんて、不可解だけれど……のぼせあがってしまう。

ディナーパーティーやダンスやハイド・パークでの馬車のドライブに誘われたことはない。それは、シャーロットが貧しいからでも洗練されていないからでも無学だからでもなく、娼婦の娘だからだ。ずっと侮蔑の言葉に耐えてきた。

彼女はため息をつき、リンゴをかじった。ミスター・フェアファックスに正体を知られてはならない。彼の家族はショックを受けるだろう。彼自身も。人は最下層の人間とおおっぴらに交際しない。

彼のような人は。

ミスター・フェアファックスがシャーロットの出自を知ったら、最下層の人間だと知ったら、愛想のよさはたちまち消えてしまうだろう。これまでもそういうことはあった。嫌悪感もあらわに体を引き、まるで彼女からどぶのにおいがするとでもいうように鼻にしわを寄せるだろう。離婚したがるのは彼のほうだ。彼女は体をこわばらせた。

絶対にロンドンには帰れない。ましてやミスター・フェアファックスと一緒には。ロンドンに近づくほど、シャーロットの正体が、重要な事実を黙っていたことがばれる危険が増す。

残念な気持ちでいっぱいだった。ミスター・フェアファックスはハンサムで感じがよく、一緒にいればいるほど彼のことをもっと知りたくなる。寝室の外でも……なかでも。後者の彼を知ることはできない。婚姻の無効を申請するつもりなら。でも、彼に惹かれているのは否定できない。一緒にいるととても楽しいことも。

二週間しか一緒にいられないかもしれないが、別の人生を体験できる。一日一日を、ミスター・フェアファックスと対等な人間として生きたかった。たとえ短いあいだでも、別人の人生を味わってみたい。娼婦の娘ではない人生を。彼のような紳士を魅了できるレディになってみたかった。自分に夢中の求婚者と腕を組んで散歩する資格のある女性に。男性が誇りをもって妻と呼べるような女性として生きられるただ一度のチャンスだ。

二週間のあいだだけでも。

残り時間が少ないことを実感すると、胸焼けがした。リンゴももう食べられそうにない。シャーロットが残りを植え込みの向こうに投げ捨てたとき、小さな男の子がうしろからぶつかってきた。

ミスター・フェアファックスがその赤い頬をした男の子をさっと抱きあげた。さらに六人の少年が笑いながら走ってきた。

ミスター・フェアファックスは少年をおろしたあと、髪をくしゃくしゃにした。「レディに謝るんだ」

「わざとぶつかったんじゃないもん」少年の荒れた唇が震えだした。「そいつらに追いかけられて、チーズを取られたくなかったから、一生懸命走って振り返ったら……」

シャーロットは急いでひざまずいて、子どもに目の高さを合わせた。「チーズが好きなの？」

少年は目を見開いてうなずいた。

彼女はほかの男の子たちに視線を向けた。「みんなも好き？」

肌がかさかさに荒れた少年たちはぶんぶんうなずいた。

「うれしい偶然ね。わたしも好きなのよ。いまも持ってるの」シャーロットが手を差しだすと、ミスター・フェアファックスはガーマンがくれた包みをすぐに渡した。

少年たちは目を丸くして彼女を見つめた。

「さて、まず言っておきたいのは、いやがっている子を追いかけるのは悪いことよ」シャーロットは厳しいまなざしを少年たちひとりひとりに向けた。「わかった？」

彼らは魅入られたようにうなずいた。

「もうひとつ知っておいてほしいのは、分けあうということ」シャーロットは包みを持ちあげると、すばらしい香りを嗅ぐふりをした。「分けあうことはすてきなこと。できる限りそうして。でも、自分の意志ですることなの。つまり、誰かに無理強いすることはできないのよ。わかった？」

少年たちはふたたびうなずき、物欲しそうな目で包みを見た。

「よし。それじゃあ」彼女は包みを開けた。チーズの大きな塊が入っている。

少年たちははっと息をのみ、彼女を囲んでひざまずいた。一番小さな男の子が手を伸ばしたが、追いかけられていた少年がその手を払った。

「だめだよ、無理強いするなって言われただろ？」

小さな男の子は目に涙をためながらもうなずいた。

「よくできました。でもね、みんなと分けあいたい気分なの。ミスター・フェアファックス、チーズを切り分けるのを手伝ってくれる？　九つに」

彼はためらうことなく露に濡れた芝生に座った。クリーム色のブリーチズをはいているのに。そして、布切れを振り広げると、その上でチーズを九等分に切った。

シャーロットは両手をあげた。「少ないけど、これしかないの。味見くらいはできると思うわ」

追いかけられていた少年は少したためらったあと、九等分されたものと同じくらいの大きさのチーズを自分のポケットから出して、彼女に差しだした。「ぼくも分けあいたい。お姉さんとだけ」

「うれしいわ」シャーロットは心から言った。「ありがとう。みんなは、わたしの贈り物を受け取ってくれる？」

七人の汚れた手がチーズのかけらをさっとつかんだ。ミスター・フェアファックスも彼女に向かってウインクしながら手を伸ばした。

シャーロットは追いかけられていた少年を見た。「家でママが待ってるの？」

少年はうなずいた。「ママがチーズを作ってくれるんだ」

シャーロットは自分の分を持ちあげ、少年の手のひらに置いた。「自分で食べてもいいし、お母さんにあげてもいいわ。あなたが決めることよ」

少年はぱっと立ちあがり、走りだした。

「川まで競争だ」少年が振り向いて叫んだ。

ほかの男の子たちも急いで立ちあがり、少年を追いかけた。あっという間に彼らの姿が見えなくなった。

ミスター・フェアファックスが感心したような表情で彼女を見た。「子どもの扱いが得意なんだね」

「そう？」シャーロットは思わず笑った。「こっちのほうがうまく操られたんじゃないかしら。チーズをあげることになって」

「きみのほうが上手だった。すばらしい家庭教師になれるよ」ミスター・フェアファックスは含み笑いをしたあと、好奇心に満ちたまなざしを彼女に向けた。「もしかして……家庭教師をしていた？」

シャーロットは笑いが込みあげた。そんなことあるわけない。推薦状を書いてもらえるはずがない。社交界の人たちが彼女を推薦するなんてあり得ない。

「いいえ。働いたことはないわ」

「ぼくもだ」ミスター・フェアファックスは柵に寄りかかり、身震いするふりをした。「考えただけでぞっとする」

彼女は笑みをこらえた。「でしょうね。社交界の花形なんでしょう？」

「服を仕立てる余裕があるときはね」彼の整った顔が曇った。「針仕事が得意だと言っただろ？」

シャーロットは目をしばたたいた。「冗談だと思っていたわ。少なくとも、大げさに言っていると」

「ぼくのドレスの扱い方を見たあとでもそう思うかい？」口調こそ明るいものの、ミスター・フェアファックスの顔は陰りを帯びたままだった。

たしかにアイロンがけはとても上手だった。シャーロットよりも。

「思わないわ。言われてみればそうね」

彼は肩をすくめた。「きみは？　貧しい家で育ったの？　それとも裕福な家の出？」

どちらとも言える。ルビーをプレゼントできるような父親はとてつもなく裕福だろうけれど、母は……。

娼婦の娘として生きるのはたやすいことではなかったが、生活に困ることはなかった。母のパトロンが大勢いて、家賃や使用人の給料や、人気の衰えた娼婦でも相手にしてくれる仕立て屋のツケを払ってくれた。

誰にどう言われようと落ちこまないようにしていたけれど、ボンネットから日々の糧まで、母が客をもてなして手に入れたものだ。

それでも、日々の糧に困ることはなかった。明日のパンを心配したことなどない。みじめな人生なのは社会的地位が低いせいで、貧乏のせいではない。

それを口にするのはためらわれた。裾直しやアイロンがけを覚えなければならなかった男性の前では。

「スコットランドに来たのは父を探すためなの」シャーロットは話題を変えた。

ミスター・フェアファックスの顔がぱっと明るくなった。「見つかった？」

「まだ。でも、近くにいるはず。父は領主だから、有名だと思うの」そして、尊敬されているはず。父に失望されないことを願うばかりだ。

「それはすごいね」彼の緑の目が輝いた。「ぼくは家族が大好きなんだ。家族のいない人生なんて考えられない。絶対に会うべきだよ。名前は？　探すのを手伝うよ」

シャーロットは首を横に振った。父に紹介する前に、ミスター・フェアファックスに自分の問題を解決してもらわなければならない。ふたりともよい印象を与えられるように。

浅はかな希望が胸に芽生えた。彼を巻きこむわけにはいかない。未来がまったく見えないうちは。

でも、借金を返すことができて、そのうえふたりの相性がいいことがわかったら？　父親だけでなく、ハンサムでやさしい夫までいたらすてきじゃない？

魅力的な考えを振り払った。まだ父に会わせるわけにはいかない。監獄行きを免れられるとはっきりするまでは。それまでは、友達でいるしかない。

彼女は立ちあがろうとした。「手を貸してくださるかしら、ミスター・フェアファックス？」

「やれやれ」彼はあきれたふりをした。「結婚したのにそんな堅苦しい呼び方をするのかい？」

シャーロットは見下すようなまなざしを彼に向けた。「レディは勝手に夫を下の名前で呼んだりしないわ」

「じゃあ、アンソニーと呼んでくれ。きみのことは……」

彼女は無言で彼を見つめ返した。

「……メアリーかな？」

彼女は唇を引き結んでかぶりを振った。

「サラ？　ジェーン？　グリゼルダ・ルイーズ？」

彼女は噴きだした。「グリゼルダ・ルイーズって感じがする？」

「そういう名前の、きみよりさらにきれいなおばがいるんだ」アンソニーはわざとらしく咳払いをしたあと、手のひらを差しだした。「きみは手厳しいおてんば娘だ……ガートルード・ホーテンスって名前にしては」

「シャーロットよ」彼の手を取った。「シャーロットと呼んで」

アンソニーの力が強すぎるのか、シャーロットの力が弱すぎるのか、引っ張られて立ちあがると、勢い余って彼の腕のなかに飛びこんだ。唇が触れあいそうなほど近くにある。

「シャーロット」アンソニーが舌の上で転がすようにゆっくりと言った。鼻にしわを寄せる。

「ひどい名前だが、自分で選べるものじゃないからしかたないか」

シャーロットは彼の肩を叩いたが、そのまま腕のなかにいた。離れられないかもしれない。胸をぴったりと合わせ、かたい筋肉にしがみついた。あと少しでも顎をあげれば、唇が触れあう。

欲望が込みあげた。否定しようとすればするほど、欲望は強くなる。アンソニーがこんなに近くにいる。キスしてほしくなかった。すてきなキスになるとわかっているから。きっと体を押しつけて、もっととせがんでしまうだろう。そういう血筋だから。たとえ彼が手の届くところにいても、欲望に負けてはならい。

でも、体を引くことができなかった。

「宿に戻ったほうがいいわ」シャーロットはささやいた。「ここは……危険だから」

「そうだね」アンソニーは彼女の後頭部をつかんで唇を重ねた。

シャーロットはぞくぞくした。アンソニーの唇はあたたかく、やわらかいけれど引きしまっている。唇を合わせていると、彼が大きく感じられた。危険に。さらに魅力的に。彼の体は力がみなぎり、こわばっている。まるで欲望を抑えこんでいるかのように。彼女は胸が高鳴った。その欲望を思うままにぶつけられたら、どんな感じがするのかしら?

息もつけないほどの、甘くて力強いキスだった。シャーロットを自分のものにできると、アンソニーはわかっている。彼女を口説こうとしている。

シャーロットはうっすらと恥ずかしさを感じた。アンソニーがその気になれば彼女をものにできるのは、彼女が必死で否定し続けてきた肉欲のせいだ。自分がどれほどその気になっているか、彼に知られたくない。けれど、このキスにわれを忘れていた。

スコットランドの涼しい風も感じなかった。全身がぞくぞくし、何かを求めて体が熱くなった。アンソニーにしか与えられない何かを。

まるであと一秒でも長く抱きあっていたら自制心を失ってしまうとでもいうように、彼が突然体を引いた。

シャーロットは必死に落ち着きを取り戻そうとした。まだ興奮していて、体がアンソニーを求めていた。彼の自制心にふたりとも救われた。やはり自分は、恐れていたとおりのふしだらな女だった。唇が触れあった瞬間、理性が吹き飛んでしまった。

それ以上を求めていた。

6

シャーロット。アンソニーは彼女と腕を組み、芝生をのんびりと散歩した。本当は彼女を抱きあげ、寝室に戻りたくてたまらない。

いますぐ。彼は肩をまわした。

自由の身となったら、すぐにシャーロットと本物の結婚生活を送ろう。寝室のなかでも外でも。お互いを選んで結婚したわけではないが、別れられないのだから——別れたいという気持ちはなかった。彼女は幸運の女神だ。手放してはならない。

とはいえ、自分には本物の結婚生活を空想する資格はない。借金を完済するまでは、妻を持つ資格などない。

アンソニーは顎をあげた。監獄入りを免れる自信はあるが——これまでも窮地をどうにか無傷で切り抜けてきた——シャーロットのために婚姻無効も離婚も申請できるよう、選択肢を残しておかなければならない。念のために。

別れれば、彼女は評判が傷つくとしても、財産を奪われることはないし、囚人に一生縛りつけられずにすむ。無一文の妻を置き去りにするような罪は犯したくない。自分の人生を台なしにするだけで充分だ。そばにいてシャーロットを守れないのなら、彼女が財産を管理できるようにしたほうがいい。

シャーロットに最悪の未来を歩ませたりはしない。

アンソニーは拳を握りしめた。

よりによってこんなときに！　妻をめとるなら、もっといいときに出会いたかった。金さえあれば、彼女を楽しませることができただろう。今回の旅行代を捻出するために売ってしまったしゃれた二頭立て四輪馬車（フェートン）でキスをするとか。ロンドン一の仕立て屋で社交シーズン用のドレスを好きなだけ作ってやることもできた。

金。

結局、世の中金だ。

金さえあれば。

アンソニーが妻をめとれたのは、シャーロットが契約を結んだことに気づいてさえいなかったからだ。こんなことは彼も望んでいなかった。妻になる女性には、オペラに連れていき、花をたくさん贈り、女王にふさわしい屋敷を用意して求婚するつもりだった。

妻になる女性は感動し……アンソニーを選ぶはずだった。社交界の紳士がよりどりみどりの内面も外見も美しい女性が、彼を選ぶのだ。彼は必要とされ、その女性を幸せにする。

その女性に愛される資格がある。

だが実際は、シャーロットの計画を台なしにし、人生を狂わせようとしている。借金取りに彼女の宝石や貯金を力ずくで奪われたらどうする？　金を集められず、監獄行きを免れないとしたら？　彼女はどうなる？

胃がきりきり痛んだ。シャーロットのためによかれと思ってしたことが、最悪の事態を招いてしまった。

「きみはどこの出身なの？」アンソニーは訊いた。

シャーロットは少しためらったあとで答えた。「ロンドン」

ロンドン。

彼と同じだ。

恐ろしい考えが頭に浮かんだ。向こうに恋人がいるとしたら？　そんなことは考えもしなかった。アンソニーはいらいらしてうなじをさすった。婚約していたかもしれない。あるいは、修道女になるつもりだったとか、裕福で気ままな独身生活を楽しんでいたかもしれない。彼が現れて自由を奪うまでは。

アンソニーは突然立ちどまった。

「ほかにいるの？」曖昧に訊いた。「誰か……約束した人がいる？」

「いいえ」シャーロットはうつむいた。「誰もいないわ」

アンソニーはほっとした。「いなかった、だろ」ぶっきらぼうに言った。「いまはぼくがいるんだから」

彼女はかぶりを振った。「心に決めた人はいないという意味よ。ロンドンに母がいるの。母を残していくのは気が進まなかったんだけど、どうしても父を探したかったの」

「ぼくもロンドンに母がいる」彼は微笑んだ。シャーロットが恋を知らないということがやけにうれしい。「両親のタウンハウスはメイフェアにある。一流好みなんだ」

彼女は返事をしなかった。

「お互いのことを知る努力をしないと」気まずい沈黙が数分続いたあとで、アンソニーは言った。「恋をしたことはなくても、将来について考えたことはあるだろう。子どもはたくさん欲しい？」

「えっ？」シャーロットは言葉に詰まった。「いいえ。どうしてそんなこと訊くの？」

「腕白小僧たちの扱いがうまかったから」

シャーロットはかぶりを振った「あなたこそ」

「甥(おい)っ子がふたりいるんだ。さっきの子たちよりも小さいが、すでに手に負えない。双子なんだ。ほとんど見分けがつかない」

彼女が微笑んだ。「いいわね。よく会うの？」

もっと会いたい。アンソニーはため息をついた。

「賭けで儲けたときは必ず会いに行く。ちっちゃなボートやら絵の具やら木馬やら、お土産を持ってね。家の前にぼくの馬車が停まると、甥っ子たちは目を輝かせるんだ。プレゼントをもらえるとわかってるから」

かつてはそうだった。

馬車があったときは。

賭けで勝てたときは。

シャーロットのまなざしがやわらいだ。「あなたのことが大好きなんでしょうね」

「たぶんね」アンソニーは尊大に鼻を鳴らした。「見た目はそれほどでもないが、一緒にいると楽しいから」

「そうかしら。あなたのエメラルド色の瞳とえくぼのできる笑顔は悪くないと思うわ」

「そう？」アンソニーは彼女のほうを向いた。心が弾む。「ぼくがどんなにハンサムか、もっと語って。新聞に投書してくれる？」

シャーロットは眉をつりあげた。「あなたの魅力を語ってくれる女性なら大勢いるでしょう。わたしは性格を褒めてあげるわ。甥っ子をかわいがるのはすてきだと思う」

彼は唇をゆがめた。「運が味方してくれるときしかかわいがれなくても？」

「毎日甘やかしていたらだめな大人になってしまうわ」彼女は身震いするふりをした。「できるときにできるだけのことをしているんでしょう。最高のプレゼントはお金じゃなくて時間よ。それ以上のものはないわ」

アンソニーは足取りを緩めた。浮き沈みの激しい彼の人生を、そんなふうに肯定的にとらえてくれたのはシャーロットが初めてだ。欠点をすべてわかったうえで美点を見つけてくれたのだと思うと、胸が高鳴った。

一〇年以上前に賭けで勝ったとき、初めて家族を喜ばせることができた。それが彼の人生を変えた。そのときから、金で愛や称賛を買うことに人生を費やしてきた。それしか方法を知らなかった。

シャーロットには迷惑ばかりかけている。それなのに、彼を嫌ってはいない。それどころか……好意を持ってくれているようだ。アンソニーの向こう見ずな行為の犠牲となった罪のない人が、それでもなお彼を善人と、少なくとも思いやりのあるおじと見なしてくれるのだと思うと……希望がわいた。もっと褒められたい。

だがいまはまだ、褒められる資格はない。

アンソニーは自責の念に駆られた。人生をコントロールできていないのに、得意がっている場合ではない。シャーロットと出会ったのが順調なときだったらよかったのに！　早急に状況を整理しなければ。自分だけでなく、彼女のためにも。

しかし、どうすればいい？　集めなければならない額は……。

公爵や伯爵の知り合いは大勢いるが、友情をそんな形で利用することはできない。アンソニーの借用書を持っている男もかつては友人だった。それがいまでは、借金取りを送りこんでくる。

借金のこととなると、貴族はさらに厳しい。

自分で金を稼がなければならない。

どこかで、どうにかして。

二週間以内に。

そのあとでようやく、ちゃんとした夫になってシャーロットを幸せにすることができる。

アンソニーは口を引き結んだ。シャーロットは彼を役立たずの怠け者と決めつけなかったのに、結局、ろくでなしだったと思われたくない。何か解決策を考えなければならない。

「何を考えてるの？」彼女が訊いた。

「きみにキスすること」アンソニーは無意識のうちに答えていた。そしてそれが本当のことだと気づいた。出会った瞬間から、頭の隅で考えていた。

「面白い。わたしはあなたのブリーチズのお尻についた草の染みを見て驚いていたの」

「ええ？　ぼくのお尻を見てたってことかい？」彼は得意げに言った。「無理もないよ。イングランド一のお尻だと言われてるから」

「誰が言ってるの？」シャーロットがからかった。「鏡？」

アンソニーは腕に置かれた彼女の手をさすった。「こんなことを言うのは気が進まないが、さっきぼくが勇気を出してきみを突き放したとき、きみの胸郭から何かが突きでていて、ぼくのベストに刺さって痛かったんだ」

シャーロットの頬が赤くなった。「ああ、小銭入れなの。つけてるのを忘れていたわ」

アンソニーは真面目な顔でうなずいた。「ぼくも重い袋をいくつも胸につけているのを忘れてしまうことがよくある」

「あと、ネックレスも」彼女がつけ加えた。「それが当たったのかも」

彼は気取った口調で言った。「ごつごつしてるけど、おしゃれだね。宝石を下着の下にくくりつけるなんて」

「そうでしょう」

アンソニーは宝石を服の下に隠す理由を尋ねようとしたが、思い直した。ブリーチズに草の染みをつけた男に、女性のファッションを批評する権利はない。

それにしても、シャーロットはどれだけ金持ちなのだろう。あのまばゆいばかりの宝石からすると、とてつもなく裕福に見える。賭けに参加してすぐに全額を賭けるのは、金の心配がない人間だけだ。

だが、その点について尋ねるつもりはなかった。その必要はない。シャーロットの財力は当てにしていない。法律なんて関係ない。それに、彼女の宝石を売ったとしても借金のほんの一部しか返せない。彼女が大事にしているものを手放した意味がなくなってしまう。

そうはさせない。

問題を解決すると同時に、シャーロットを守ることを最優先しなければならない。そして、すべて片づいたら、宝石をたくさんプレゼントしよう。ネックレスもティアラも好きなだけ買ってあげるのだ。

全部服の下につけられるとしても。

「そのイヤリング、とてもきれいだね」アンソニーは言った。「それはどうして下着の下につけないの？」

シャーロットは耳に触れた。「父がくれたものよ。宝石はこれしか持っていないの。イヤリングとおそろいのネックレスは、父の家に代々伝わる家宝だったのよ。それを音信不通になる前に母に渡したの」

アンソニーはうめき声をこらえた。ルビーは先祖伝来の家宝だった。美しい宝石はシャーロットのものですらなかった。借金取りに引き渡すわけにはいかない。二度と取り返せないうえに、監獄行きは免れないのだから。「母上に返したら？　ぼくの問題が片づくまでは」

彼女はかぶりを振った。「これはただの遺産じゃないの。父を探す手段なのよ」

なんてことだ。

アンソニーはため息をついた。返す言葉が見つからないし、策もない。シャーロットの身を、財産を守るのは自分の役目だ。何があろうと彼女の宝物を借金取りから守らなければならない。

しかし、借金取りはアンソニーの居場所だけではなく……シャーロットのことも知っている。

7

長時間働いたせいで背中が痛む。アンソニーはベッドにもぐりこみ、いまやすっかりなじんだマットレスにため息をつきながら倒れこんだ。〈子猫と雄鶏亭〉で迎える四度目の朝だ。結婚してから三度目の朝。夜明け前に農場で働き始めたのは昨日からだ。

つまり、ある計画を思いついたのだ。

毎晩、賭博台でものすごくツキに恵まれたとしても、二週間では二〇〇〇ポンドも稼げない。

それはわかっている。

マクスウェル・ギデオンも。

賭博場のオーナーであるギデオンが二週間の猶予を認めたのは、これまでの友情に免じてわずかな望みを与えたのだ。

これは慰めだ。わずかでも可能性があるのだから。

賭けではツキに見放されたが、それは関係ない。ギデオンに弁解は通用しない。通用するのは金だけだ。

だから、金を持っていくしかない。

もちろん、全額は無理だ。だが、できるだけ働いて稼いだ金を貯め、誠意を見せる。今週、今月中にも完済することはできないが、いつかは返せる。

それでどうにかなるはずだ。借金取りはアンソニーから金を絞り取るためではなく、脅して本気で返済させるために送りこまれたのだから。

それだけのことだ。アンソニーはそう願った。

自由になれるかどうかがかかっている。

「いま何時？」シャーロットがつぶやいた。

彼は顔をこすった。「九時半。まだ寝てていいよ」

彼女は鼻にしわを寄せた。「もうそんな時間。起きなきゃ」

アンソニーは反論しなかった。

早く眠らないと。夜明け前に起きて卵を拾い、乳搾りをし、羊を集める――この村では需要の高い仕事だ。昼食をとったあと、教会の生け垣の手入れをすると約束した。土地は広くないが、とんでもなく高い生け垣だ。シャーロットが床につく前に家に帰れたら御の字だ。

家。

彼は両手で顔を覆った。この〝エレガント〟な〈子猫と雄鶏亭〉を家と呼ぶなんて。「ロンドンが恋しいな」アンソニーはつぶやいた。「乳搾りや生け垣の手入れはものすごく疲れる」

シャーロットが目を開けた。「なら、どうしてやるの？」

もともとは、時間稼ぎになるかもしれないと願ってのことだった。しかし、いまはもう、理由はそれだけではない。口元に笑みを浮かべながら、腕をおろした。

働くのは、村人たちが感謝してくれるからだ。

心から感謝され、最初はとまどった。褒めすぎだと思った。だが、次第に癖になった。金で買えるプレゼントを持っていかなくても、村人たちはアンソニーが来るのを楽しみにしてくれる。彼が生活を楽にしてくれるから。

繁盛している酪農場は人手が足りない。年老いて関節炎にかかった農民は羊を集められない。節くれだった手をしたお婆さんは卵を拾えず落としてしまう。

彼らはわずかな手当しか払えない。でも、笑顔を見せ、満足してくれる。そのときアンソニーが感じる喜びは、賭博で勝ったときに味わう興奮に次ぐものだった。

とはいえ、このふたつはまったく別物だ。労働は運頼みではない。生け垣を完璧に刈りこんだり、バスケットいっぱいの羊毛を梳いたり、無傷の卵を届けたりするたびに、必ず強い高揚感を味わえるのだ。

人生をコントロールできているような気分になれる。気まぐれな運命の女神に翻弄されるのではなく。

自分は価値のある人間だと思える。

「乳搾りが得意だから」アンソニーはようやく答えた。

シャーロットは彼に毛布をかけたあと、急いで手を引っこめた。「あなたはその気になれば、なんでもできるんでしょうね」

アンソニーは返事をしなかった。できなかった。自分は運がいいと思うだけで、得意なことがあるかどうかなんて考えたこともない。彼に得意なことがあると期待した人もいなかった。ましてや、なんでもできるなんて。

父は商売をしたことがなく、趣味さえない。母もだ。妹も。だが、社交界のつきあいは金がかかる。その金は、少年時代に賭博場に足を踏み入れてからずっと、ほとんどアンソニーが稼いでいる。

稼げないときもあったが。

牛を一頭、あるいは鶏を何羽か飼っていれば、飢えはしのげたかもしれない。もちろん、メイフェアのタウンハウスでは牛や鶏は飼えないものの、そもそもメイフェアのタウンハウスに住んでいる彼のような家族は、いったいどんな仕事をするんだ?

賭博台でツキに恵まれたときは、何カ月も、ときには何年も王族のような暮らしができる。

一方、ツキに見放されれば、使用人の給料も家賃も払えない。

裕福な生活の合間に、貧しい時期が長く続くのだ。

アンソニーは眉をひそめた。そのような極端な浮き沈みは避けられたはずだ。明日はどうなるかわからず、富裕と貧困を行ったり来たりするのではなく、もっとシンプルに生きられたかもしれない。その中間で。

つまり、家族の誰かに、ほんの少しでも家計を管理するだけの分別があれば。

妹のサラのことが頭に浮かんだ。フェアファックス家の人間が農家になるなんて誰も信じないかもしれないが、いまの妹はどうだ。妹夫婦がタウンハウスを引き払って田舎に引っ越し、川辺の丘で子育てを始めたときは、頭がおかしくなったのだと思った。両親はものすごくショックを受けていた。

ところがいまとなっては、頭がおかしくなったどころか、妹がフェアファックス家で一番賢いように思える。

妹のように強くならなければ。刹那的に生きるのではなく、将来について考えなければならない。さらに思いきった行動を取る必要がある。

「職を探すよ」アンソニーは言った。「ちゃんとした仕事を」

シャーロットが彼の胸に手を置いた。「農場の仕事？」

「商売をする。徒弟になろうかな」

彼女がさっと手を引っこめた。「冗談よね」

アンソニーはシャーロットのほうを向いた。「どうして？」

「二週間で二〇〇〇ポンドももらえる仕事なんてないわ。それに、紳士は商売をしないでしょう。あなたの地位が……評判が……」

彼女のもっともな意見に、アンソニーは冷水を浴びせられた。しかし、思いついた計画はこれだけだ。

「債務者監獄でチフスにかかってもぼくの社会的地位はあがらない」アンソニーはきっぱりと言った。農民や事務員になったからって彼女や社交界の人々に嫌われるなら、それでいい。「ほかにどうやって金を稼げばいい？」

「わたしの貯金を使って」シャーロットは言い張った。「それほど多くはないけど、法的にあなたのものだし、それで監獄に入らずにすむのなら――」

「これはぼくの借金だ」アンソニーはシャーロットの視線を避けた。彼女に罪はない。自分で問題を解決しなければならない。「それに、どうせ足りない。きみのルビーを売ったとしても」

シャーロットははっと息をのんだ。「宝石は渡せないわ。父を見つけるまでは。わたしが娘だという唯一の証拠なの」

「渡せなんて言わないよ」彼は天蓋を見あげた。そんなことにならないよう願うばかりだ。

彼女の声が震えた。「じゃあ、わたしたち、どうすればいいの？」

「きみは何もしなくていい。ぼくが出かけているあいだ、きみは宿にいてお金を見張っていて。一度誰かに押し入られたんだから、置きっぱなしにはできない。紙幣や金貨を農場に持っていくわけにもいかないし」

「農場じゃなくてもいいでしょ」シャーロットは唇を嚙んだ。「わたしがメイドか子守の仕事を見つけるわ。そのほうが——」

「だめだ。それでも危険だ。イヤリングやネックレスや何百ポンドもの金を胸にくりつけて子どもたちを追いかけたり、皿洗いをしたりできないだろ。きみはここにいて。ここならぼくたちのお金も、きみも安全だ」

「何もせずに？　あなたが炎天下で小銭を稼ぐために汗水を流しているあいだ、広間でおしゃべりしてろと言うの？　どうせ足りないのなら、働く必要ないじゃない」

「それでも意味はあるんだよ」アンソニーは強い口調で言った。「一度に全額を返済できなくても、脅しを真剣に受けとめたことがギデオンに伝われば。借金取りは分割払いを認めなかったが、ギデオンはぼくの友人だ。来週、二割か三割でも持っていけば、また猶予してもらえるだろう」

そう願った。

シャーロットの目に希望の光が宿った。「本当に？　たしかなの？」

アンソニーはもはや何事にも確信が持てなかった。なので嘘をつく代わりに、枕に顔をうずめた。

もう言うべきことは何もない。どれだけ時間がかかろうと、金は全額返す。炭鉱で働くことになっても。何年かかろうと。

彼女の身を守るために、婚姻を無効にしなければならないとしても。

数時間後、アンソニーが目を覚ましたとき、シャーロットはもうベッドにいなかった。やっとのことでベッドから出ると、洗面器の冷たい水で顔を洗った。

シャーロットがいなくなったのを不思議には思わなかった。彼女は汗水流して働くことも借金返済のための金を集めることもできず、無力感を抱いている。

シャーロットのなけなしの貯金をアンソニーが受け取らないことにいらだっている。だが、結局、監獄行きとなった場合、彼女を無一文で残していきたくない。何日も食事にありつけないつらさを、彼はよく知っている。他人をそんなみじめな状況に追いこむわけにはいかない。妻ならなおさら。というより、元妻か。監獄行きを免れられないなら、せめて彼女を自由にしてあげなければならない。

身支度をすませると、すぐにシャーロットを探しに行った。教会の仕事があるのであまり時間はないが、わだかまりを残したまま出かけたくない。彼女はどうすることもできない状況に不安を感じている。

大丈夫だと証明しなければならない。

階段をおりると、玄関のほうから笑い声や野次が聞こえてきた。なんの騒ぎか気になって、アンソニーはそちらへ向かった。

数人の紳士が開いた窓の前に集まって、雄羊の求愛を巧みにかわす雌羊を指さして騒いでいる。

「雌が逃げきるほうに一〇ポンド」男のひとりが叫んだ。

「雌が降参するほうに二〇ポンド。立派な雄だ」と別の男。

「フェアファックス！」また別の男が呼びかけた。「来いよ。どっちに賭ける？」

「逃げきるほうだ」アンソニーはすかさず答えた。「女性は不可解な生き物だし、案外強いからな」

「だよな！」ひとり目の男がうれしそうに言う。「二〇ポンド賭けるか？」

「三〇ポンドだ」ふたり目の男が声をあげた。「あの雄を拒めるはずがない。ほら、見ろよ——」

「おお！」突然、雌が降参したので、男たちは興奮して叫んだ。「あの雄、群れをなぎ倒すぞ！」

誰かがひっくり返したシルクハットでアンソニーの胸を叩いた。「雌が逃げきるほうに賭けたやつは金を入れろ」

羊たちの滑稽な姿を笑いながら、アンソニーはポケットのなかの財布を取りだそうとした。ちょうどそのとき、食堂のすぐ外にいたシャーロットが、信じられないといった表情でこちらを見つめているのに気がついた。彼女のがっかりした顔を見て、胸を殴られたような感じがした。

手をぴたりと止めた。羞恥心に襲われる。

こんなくだらない賭けを何百回、何千回と繰り返してきた。紳士のあいだの無分別でくだらない遊びにすぎない。だがいまは、分別を持たなければならない。衝動的で無謀な行動は避けなければ。あと一〇日で監獄に放りこまれるかもしれないのだ。一ペニーも無駄にできないのに、羊の交尾なんかのことで二〇ポンドも浪費するなんて。

そういう賭け事のせいで窮地に追いこまれたのだ。そこから抜けだせるかもしれない唯一の手段は、自分は変わったと証明することだ。支払い能力があると。借金を返済できるとギデオンを信用させるために。無一文で置き去りにされることはないと、シャーロットを安心させるために。

アンソニーは目をそらし、ソブリン金貨を数えて帽子に入れた。羞恥のあまり首が熱くなった。これが最後だと自分に言い聞かせた。もっと分別があるはずだ。分別を持たなければならない。いったいいつからだろう。リスクにも気づかないほど、息をするように賭博をするようになったのは。

これからは違う。シャーロットがいるのだから。監獄行きの危険が迫っているのだから。

この状況では一ペニーも賭博で失う余裕はない。人生の危機に直面しているのだから。

8

その日の夕方、シャーロットは食堂でアンソニーの帰りを待っていた。

彼は教会に行く前に、シャーロットがたまたま目撃した愚かな賭けをしたことを謝った。彼女はなんでもないことだというように、謝罪をはねつけた。

そんなわけない。アンソニーのお金に対するだらしなさを目の当たりにして、心をしっかり守らなければならないとよくわかった。たとえ今回の監獄行きをどうにか免れたとしても、また同じことになりかねない。シャーロットは自分を抱きしめるように腕をまわし、不安を振り払った。

アンソニーを助けるために全力を尽くすつもりだが、お金を工面できなかったら――あるいは、彼がお金をまたくだらない賭けに注ぎこんでしまったら、ひとりでやっていかなければならない。どんなに親切で魅力的だろうと、彼は監獄で朽ちていき、シャーロットにそれを止める力はない。

シャーロットの貯金はアンソニーの借金の一割にも満たないけれど、それがすべてだ。

シュミーズの下に隠した袋に触れた。身分は卑しくても、経済的には自分のほうが安定している。彼女は肩を落とした。

監獄入りを免れたとしても、また莫大な借金を抱えこむだけだとしたら？　これで思い知った？　それともこれからも賭博を続けるの？

「どうしたらいいかわからない」シャーロットの向かいに座っている悩みを抱えた家庭教師が言った。「どうすればいいと思う？」

シャーロットは物思いから呼び覚まされた。この若い女性はシャーロットがレディたちの相談に乗っているのをたまたま耳にして、助けを求めてきたのだ。彼女は胸を張った。自分の問題に取り組むよりも、他人の問題を解決するほうがはるかにたやすい。

「ティモシーが大きくなったら、バンフィールドのチャンスをつかむべきだと思います。アグネスが家庭教師としてエディンバラに残ることに決めたとしたら、それは彼女の問題です。あなたがやりたくないのなら、子どもの世話を引き受ける理由はないでしょう。お相手役（コンパニオン）の仕事のほうが向いていて、すでにその口があるというのなら」

女性がほっと肩の力を抜いた。「なら、そうするわ。あなたに相談してよかった、ミセス・フェアファックス。本当にありがとう」

ミセス・フェアファックスと呼ばれて、シャーロットはぞくぞくした。自分が結婚しているというのがいまだに信じられない。スコットランドにいれば、彼女の人生はがらりと変わる。

家庭教師がテーブルを離れたあと、どんどん打ち解けてきた相手が隣に座った。目の下にくまができていても、アンソニー・フェアファックスははっとするほどハンサムだ。シャーロットは平静を装ったものの、胸がときめいた。

アンソニーは彼女の手の甲にキスしたあと、去っていく家庭教師を顎で示した。「誰なの？」

「将来のコンパニオンよ」シャーロットは眉をあげた。「生け垣はどうだった？」

「高かった」彼は目を細めて笑った。「それを商売にすればいい」

「生け垣の手入れを？」

「人を助けることを」

シャーロットは眉根を寄せた。「人助けが商売になるの？　同じテーブルで紅茶を飲んで、たまたま相手が悩みを打ち明けて……赤の他人にお金を払って意見を聞く人なんていないわ」

「お茶の席ではね。でも、弁護士みたいに事務所を構えて、家庭内の問題に関する公平な意見と良識ある対応策を提供する専門家として有名になったら、きっとたくさん稼げるはずだ」

シャーロットは小首をかしげて思案した。これはよい兆しだ。アンソニーもようやく彼女の援助を受ける気になったのかもしれない。「わたしのお金はいらないんじゃなかったの？」

「いらない」彼は椅子の背にもたれた。「それとは関係なく、稼げるなら悪くないだろ。きみはすばらしい。その能力にふさわしい報酬を受け取るべきだ」

「誰から？」シャーロットはまぜっ返した。「常識にお金を払う人なんている？」

アンソニーは眉をつりあげた。「きみには信じられないだろうが……みんながみんな常識を持っているわけじゃないんだ。実際、上流社会には頭がからっぽのレディが大勢いる」口調こそ軽いものの、その目は驚くほど真剣だった。「ぼくは才色兼備の女性と出会えて幸運だ」

アンソニーに信頼されていると思うと心があたたかくなったけれど、社交界が女性弁護士を相手にするとは思えなかった。彼女のような、常識しか持ちあわせていない女ならなおさら。

「きちんと計画を立てないと」シャーロットは話題を変えた。「現実的な計画を。わたしが二〇〇〇ポンド持っていたら、無理やり受け取らせるんだけど。あとたった一週間半しかないのよ」

「計画ならあるよ。今朝話しただろ」彼は疲れた目をしていた。「徒弟になる」

彼女はいらだった。「卵拾いの徒弟？　それとも、乳搾り？」

「もちろん、ここじゃなくて、ロンドンでだ」アンソニーは髪をかきあげた。「家族も友人も、有力者の知人もみんなロンドンにいる。上流社会の人々のほとんどが。うってつけの場所だ。彼らがぼくたちの唯一の希望なんだ」

シャーロットはぞっとした。

だめよ。ロンドンには戻れない。

自分がつらいだけでなく、彼女が実生活でまわりの人々にどう思われているかアンソニーに知られたくなかった。

それに、一〇日間徒弟になったところでどうなるというのだろう。彼の知人が仕事を世話してくれるとでもいうの？　上流社会の人々は労働とは無縁なのに。

シャーロットはかぶりを振った。「そんなわけないわ。上流社会の人々は商売に関わらないもの」

「直接にはね。でも、ぼくたちの服をデザインしているのは誰だ？　石炭を売っているのは？　織機を作っているのは？」

紳士でないのはたしかだ。アンソニーでもない。そんなやり方では時間が足りない。「あなたは……仕立て屋になりたいの？　炭鉱業者や工員に？」

彼はため息をついた。「どの道もいまひとつだな」

「よかった」シャーロットはつぶやいた。ロンドンからできる限り離れているほうがいい。

地位を失ったうえに充分なお金も稼げないのではどうしようもない。

「要するに」アンソニーが言葉を継ぐ。「有力者はほかの有力者を知っている。公爵や侯爵は自分で商売はしないかもしれないが、利益をもたらすと思った事業に投資する。誰かがなんらかの就職口を世話してくれるだろう。徒弟とか事務員とか。こっちで一年かかって稼ぐ金を、ロンドンなら一日で稼げる。賭博を除けば、それが金を稼ぐ最大のチャンスだ。明日の朝一番に発とう。そのー……きみのお父さんは、また今度探そう」

いやよ。

シャーロットは父を探すチャンスをあきらめるつもりはなかった。パニックに襲われる。侮辱される日々に戻りたくない。アンソニーにも嫌悪のまなざしを向けられるようになると思うと、耐えられなかった。

父を見つけることができたら、状況は変わる。父は私生児の娘ではなく、長いあいだ行方不明だった貧しい親戚としてシャーロットを紹介しなければならないだろうが、それでもかまわない。ちゃんとした社会的地位を手に入れられる。もう肩身の狭い思いをする必要はない。

「父はここにいるの」心臓が早鐘を打つのを感じた。「せっかくここまで来たんだから、父を見つけるまで帰りたくない」

アンソニーはいらだたしげに顔をしかめた。「ロンドンに戻ることには反対なのに、お父さんを探す手伝いもさせてくれない。いったいぼくはどうすればいいんだ、シャーロット？」

「あなたはロンドンへ行って」彼女は思わず言った。「わたしはひとりで父を探すから、そのあとであなたを追いかけるわ」

「妻を外国にひとり置き去りにするなんてできない」

「ここは……スコットランドよ」シャーロットが唯一安心できる場所。誰にも見とがめられずに。

「イングランドと同じくらい危険だ。女性ひとりでは危ない。ぼくにはきみを守る義務がある」アンソニーは眉をひそめ、身を乗りだした。「どうしてぼくに手伝わせてくれないんだ？」

シャーロットはアンソニーをじっと見つめ返した。彼はやさしくて、彼女を助けたいという気持ちがあり、卑しい仕事をして生き延びることに当然の誇りを持っている。彼の言うとおりかもしれない。助けがあれば役に立つだろう。それに、スコットランドにいる時間が長引くほど、ロンドンに戻る心配をせずにすむ。アンソニーは大きな助けとなるはずだ。彼には知り合いが大勢いる。数日で見つかるかもしれない。

アンソニーが父のお眼鏡にかなわないことを恐れて、ふたりを会わせたくなかった。でも、誰の基準が大事なの？　あの家庭教師には妹のことは気にせず自分の人生を生きろと言ったのだから、自分もそうすべきだ。

それに、これで問題を解決できるかもしれない。父は高価な宝石を娼婦にあっさりあげてしまうほど裕福なのだ。血を分けた娘にはそれ以上のことをしてくれるかもしれない。融資でかまわない。きっちり返済すると約束しよう。

とはいえ、お金を持参金として渡すと言われたら……希望がわき、夫の手を取った。彼の人生を――日に日に本物らしくなっていくふたりの結婚生活を救えるかもしれない。

お互いを選んだわけではないが、一緒にいればいるほど、彼が監獄に放りこまれる日が怖くなっていく。

それに、実を言うと、本当に恐れているのは、父がアンソニーを拒絶することではなかった。領主は紳士の不運は大目に見るだろう。問題は、シャーロットを受け入れるかどうかだ。アンソニーは上流階級の人だ。残念なことにシャーロットはそうではないことを、父が一番よくわかっている。

けれど、対面を避けていたら、自分もアンソニーのことも守れない。先延ばしにしようとしているのは、心のなかにいまも怯えた少女がいるからだ。笑われ、拒絶されることを恐れている。過去を乗り越えられないことを。父親にすら愛されないことを。

しかし、恐れる必要はない。シャーロットがみじめな境遇にあるのは、母だけでなく、父のせいでもある。二二年前に自分がしたことが原因なのに、父が彼女を責められるはずがない。彼女はもう大人だ。こんな遠くまで来たのは、怖気づくためではない。勇気を出さなければ。

「わかったわ」シャーロットは弱々しく微笑んだ。「あなたに手伝ってもらう。ありがとう。気遣ってくれて」

アンソニーは身を乗りだし、彼女の頭のてっぺんにキスをした。「妻に甘い夫はなんのためにいる？」

「羊の番をするため？」シャーロットは恐る恐る訊いた。

「それは朝だけだ」アンソニーは彼女の手を握りしめた。「お父さんを探す手伝いがしたい。名前だけでも教えてくれ」

シャーロットの鼓動が鎮まった。これは名案だ。彼女を助けられるのはアンソニーしかいない。

深呼吸したあと、きっぱりとうなずいた。「ディアナテイル」

アンソニーは困惑して目をしばたたいた。「庇護者？」

シャーロットはいらだたしげに息を吐きだした。「違うわ、領主よ。父は身分が高くて……」

庇護者？　胸騒ぎがし、黙りこんだ。娼婦を囲う男を示すその言葉を使ったのは、アンソニーが初めてではない。でも、彼に過去は打ち明けなかった。どうして母のことを知ってるの？　シャーロットの正体をいつから見抜いていたの？

「どうして？」強い口調で訊いた。「どうしてそんなことを言うの？」

「どうしてって……」彼はふたたび目をしばたたいた。「ディアナテイルと言っただろ。ゲール語に詳しいわけじゃないけど、〝庇護者〟を意味する言葉だと思う。〝擁護者〟かも。何か関係あるの？　ディアナテイルが手がかりなのか？」

シャーロットはぞっとした。

〝ディアナテイル〟は庇護者を意味する言葉なの？

それは手がかりでもなんでもなかったと気づいて、恐怖に襲われた。嘘だった。自分が価値のない人間だと信じたくない怯えた少女に、母がついた露骨な嘘。父の身元を隠すために。

大勢いるパトロンのひとりにすぎなかった。

父はいない。

探すべき人はいない。

「父の名前だと思っていたの」シャーロットはうつろな声で言った。夢は煙のようにはかなく消えた。悪臭だけを残して。「身分の高い領主の父親なんて、存在しなかった」

「ぼくが間違っているのかもしれない」アンソニーがあわてて言う。「もしかしたら――ディアナテイルというのはスコットランドではよくある名字なのかも。よくわからないが。

ぼくはスコットランド人じゃないから。誰かに――」

シャーロットはかぶりを振った。大人の目で事実を見直せば明らかだ。彼女はずっと、みんなの言うとおりの人間だった。取るに足りない女。

〝庇護者（ディアナテイル）を見つけたみたいだな〟

廊下で酔っ払いに言われた言葉。あの男は広間で彼女の話を耳にしたのだ。年上の紳士、ディアナテイルを探していると言っているのを。

領主ならなおいいと言っているのを。

シャーロットは口に手を当て、ヒステリックな笑いをこらえた。評判をあげるためにこんなところまで来たのに、事態をいっそう悪化させただけだった。そもそも、彼女が認められるはずはないのに。

アンソニーが彼女の肩に手を置いた。「シャーロット……」

彼女はぱっと体を引いた。

いまは触れられたくない。世間知らずの愚かな自分に耐えられない。夢物語を信じていたなんて。

恥ずかしくて頬が熱くなった。見知らぬ父について、スコットランドのディアナテイルと呼ばれる領主ということしか知らなかった。実在するなら、天使のように善良な人だったということ以外にも、もっと情報があっただろう。

ルビーの出所は誰も知らない。母の崇拝者のひとりがくれたに違いない。でもそれは、スコットランドのディアナテイルという名の領主ではない。

そんな男性はいない。

彼女に父親はいない。

「ルビーをあげるわ」シャーロットはうつろな口調で言った。イヤリングを外し、アンソニーのほうへ放る。「もうなんの意味もないから」

必死で涙をこらえた。シャーロットにとって、スコットランドは楽園のはずだった。父の母国。彼女の故郷になるはずだった。

愛を、承認を求めてはるばるやってきた。父はシャーロットの過去を葬ることができる唯一の人で、彼女は立派な名前と家族を手に入れ、人生をやり直せるはずだった。

ミス・シャーロット・ディアナテイル。

長い孤独な夜は自分をそう呼んで、母の寝室から聞こえてくる騒音に耳をふさいだ。

シャーロット・ディアナテイルは領主の娘。美しい王女。シャーロット・ディアナテイルはどこの店でも歓迎される。みんなと楽しめる。堂々と名乗れる。

シャーロット・ディアナテイルは立派な家の出で……シャーロット・ディアナテイルは愛されている。

シャーロット・ディアナテイルは存在しない。

夢。

虚しい愚かな夢だった。その夢が消えたと同時に、彼女の心も打ち砕かれた。もう一生幸せにはなれない。

シャーロットは嗚咽をこらえた。

現実世界へお帰りなさい。彼女は領主の娘でも、美しい王女でもなかった。すてきな場所には入れない。自分より身分が高い人々とつきあうことはできない。堂々と名乗れない。名乗るほどの者ではない。

母は娼婦で嘘つきだ。シャーロットの父親が誰かわからないのだ。彼女も一生知ることはない。

9

シャーロットは耳の奥でどくどく脈打つのを感じた。アンソニーが事情を察したような顔をした。

「父親が誰か知らないんだな」彼はのけぞって、彼女から離れた。「きみは……」

「そう」シャーロットは小声で言った。「私生児よ」

アンソニーは唇をなめた。「シャーロット――」

これ以上答えたくないことを訊かれる前に、彼女は席を立った。またしても見世物になっている。客たちの視線に耐えられず、廊下をよろよろ歩いて狭い部屋に戻った。

アンソニーはシャーロットが捨てたイヤリングを手に、無言でついてきた。

彼の顔を見る勇気がなかった。こんな姿を見られたあとでは。子どもしか信じないような夢を、母の作り話を信じてこんなところまで来たなんて、どうしようもなく愚かだと思われるだろう。

ずっと自慢だったネックレスが、アリの群れが這っているように不快に感じられる。外さなければ。二度とつけたくない。

スカートを引きあげ、さらしに手を伸ばした。

アンソニーは目をそらした。

どうでもいい。とにかく、こんなおぞましいものを胸につけていたくなかった。ネックレスを引きだすと、鏡台の上に投げ捨てた。それから、小銭入れも取りだしてネックレスの横に放った。賭けで儲けたお金も役に立たない。シャーロットは何も変わっていない。

娼婦の娘。

父親もいなければ、行き場もない。

震えながらさらしを外して投げ捨てた。

隠しても無駄だ。これがわたし。

これ以上別人のふりをしても意味がない。

スカートを床に落として姿見と向きあった。髪のつやを消すためにいつも髪に粉をつけ、血色を悪くし、母の面影を消そうとして、毎朝顔を土色に塗っている……そんなことをしてなんの意味があるというの？

必死で隠そうとしても、ほんの少しの水で洗い流されてしまう。

彼女は領主の父親の娘ではない。

母の娘だ。

ふたりは切り離せない。バラ色の頬、金色の巻き毛、大きな目――男たちを惹きつけてやまない母と同じ顔がそこには映っていた。

シャーロットは肩を落とした。故郷から、通りで彼女に唾を吐きかける人々から逃げだしてきたが、鏡に映る姿から逃げることはできない。

鏡からぱっと離れ、ぎこちない足取りで安楽椅子へ向かった。その椅子に座っても、もはや安らげない。シャーロットは輝かしい将来へ向かう道を歩いてはいなかった。海を漂流していたのだ。

アンソニーが炉端にひざまずき、残り火をかきたてた。だが、そのぬくもりは彼女には届かなかった。

シャーロットはぼんやりと暖炉の火を見つめた。

これからどうなるのだろう。

唯一の希望は奪われた。父のお金でアンソニーを救うつもりだった。父の愛で彼女は救われるはずだったのに。

否応(いやおう)なしにアンソニーに目が行った。心が沈む。彼に愛情を抱くのは愚かなことだ。彼もすぐに奪われてしまうのだから。

そうしたら、シャーロットには何もない。以前と同じだ。

アンソニーが長椅子を引きずってきて、彼女のそばに腰かけた。

シャーロットは黙っていた。口を開いたら、取り乱してしまいそうだ。

「お父さんを見つけられなくて残念だ」彼が静かに言った。

彼女は目を閉じた。「わたしに父親はいないわ」

「いたんだよ。誰にだって最初はいるんだ。でも、きみのそばを離れることを選ぶような父親なら、いないほうがましだ」

「そんなふうに言えるのは」シャーロットは歯を食いしばった。生まれてからずっと愛され、かわいがられてきた人の意見だ。「あなたには両親がそろっているからよ。わたしが子どものころどんな思いをしたかわからないでしょう。誰にもわからないわ」

「なら、教えて」

そんな簡単なものではない。

シャーロットは視界がオレンジ色にぼやけるまで揺れる炎を見つめ続けた。

どう話せばいい？

化粧やさらしの下に隠れていた。正体に気づかれる可能性が低いときは名前を、出自を偽った。存在しない父親に執着していた。

「誰よりも貧しい子どもだって、わたしよりましだったわ」ようやく口を開いた。声が震える。

　アンソニーは黙って聞いていた。

「ロンドンの貧民街に住んでたわけじゃない。お金はあったの。でも、社会的地位が低くて高級住宅地には住めなかった。だから、住めるところに住んだ。隣人をえり好みしない通りに。子どもたちは親が何をしているか知らない……そういう人たちが集まって暮らしていたの。家族みたいに」

　火のはぜる音だけが鳴り響いた。

「娼婦（ハーロット）のシャーロット」彼女は歌うように言い、耳障りな笑い声をあげた。「いつからかそう呼ばれるようになった。それが母のしていたことだから。高級娼婦」

　アンソニーが彼女の手にそっと触れた。

　シャーロットははっと息をのんだ。同情してくれるの？　娼婦の私生児と結婚したと打ち明けられたのに！

　突然、言葉があふれだした。

「高級娼婦の生活が華やかなのは、オペラに出かけたり、速い馬車に乗ったり、舞踏会を主催したり、お姫様みたいなドレスを着て星空の下で踊ったりするときだけ。家はくつろぐ場所じゃないわ。交渉の場。駆け引きをするのよ。母はわたしがいたから、競争力を失った」

　アンソニーは眉根を寄せた。高級娼婦の私生活についてあまり考えたことがなかったのだろう。普通はそうだ。

それとも、シャーロットと結婚するという、自分が犯した間違いの大きさに気がついたの？　彼女は息が苦しくなった。

「わたしが最初に学んだのは、いい客と悪い客がいるってこと。お菓子やお人形をくれる人もいれば……」シャーロットの声がうわずった。「ベッドの下や、衣装戸棚の隅に隠れたときもあったわ」

彼の目に同情の色が浮かんだ。

シャーロットはうつむいて目をそらした。記憶に押しつぶされそうだった。必死で忘れようとした記憶。

「どうしても堅気の人間になりたかった。社会に受け入れられたかった。母のようにはなりたくなかった。母のことは心から愛しているけれど」声がかすれた。「母はまばゆいばかりのドレスや宝石を身につけているときもあれば、手首や顔にあざができていることもあった」

アンソニーは顔をしかめ、彼女のほうに手を伸ばした。

シャーロットはぱっと体を引いた。彼に触れられたら、涙があふれてしまうだろう。一度自制心を失ったら、もう立ち直れないかもしれない。

「いつだったか、堅気の人間にはなれないんだと気づいたの。母が歩んだ道をたどらずにすんだとしても、無理なんだと。わたしはただの私生児じゃない。娼婦の私生児。過ち。男性は娼婦ではないわたしに用はない。自分をおとしめてまで、わたしと友達になるレディなんていない。ちょっと話しただけでも評判が傷つくかもしれないのに。わたしを愛してくれるのは、母だけだった」

アンソニーは反論しなかった。シャーロットは価値のある立派な人間だと言い張るような愚かなまねはしなかった。そうでないことをふたりともわかっていたから。彼の正直さがありがたかった。そのせいで身のすくむ思いがしたとしても。彼に好かれたかった。上品な新婚夫婦という幻想を信じたかった。嘘が真実になることを切望していた。

思いきってアンソニーをちらっと見あげた。彼は嫌悪のあまり部屋を飛びだしたりはしなかったものの、だからといってシャーロットを見捨てるつもりでないとは限らない。見捨てない理由がまったくない。本物の夫婦ではないのだから。これでもう絶対にそうはならない。

監獄行きを免れられなかったときだけ、婚姻無効を申請する計画だった。真実を知ったからには、アンソニーは二週間も待てないだろう。

でも、彼には真実を知る権利がある。

「それで、いつからか、父親に執着するようになったの。パン屋の娘、靴修理屋の娘、魚屋の娘——みんなわたしより身分が上で、自分が誰の子かわかっていた。父親がいた。家族がいて、未来があった」涙声になった。「わたしも欲しかった。でも、手に入れられなかった。ありのままの自分じゃ」

アンソニーの目が同情の陰りを帯びた。

シャーロットは彼を見られなかった。同情を受け入れたくなかった。同情で状況は変えられない。

どうしたって変えられない。どんなに変えたくても。

「その宝石は、小さいころ母にもらったの。わたしの衣装戸棚に金庫が隠してあって、わたしはルビーに夢中になった。わたしが父に会いたがっているのに気づくと、母は絶対に探してはだめだと言って、二度と父の話はしてくれなくなった。一度探しに行ったら、叩かれたの」古傷を思いだし、胸が痛んだ。一生癒えることはない。「毎晩父の夢を見た。新しい生活、違う自分を思い描いた」

真実を知った彼が何を考えているかまったくわからなかった。

「でも、わたしは変われない。娼婦のシャーロット。有名な高級娼婦の私生児。あなたが背負いこんだのはそんな女よ」

アンソニーは力ずくで彼女の手を取った。「こっちを見て。何を恐れているの？　ぼくにも拒絶されること？　きみと一緒にいるとぼくの評判が傷つくとでも言うのかい？　ぼくは監獄に放りこまれそうになってる男だぞ」無理やり彼女と目を合わせる。「ぼくは人間だ、シャーロット。きみも。生まれた環境はきみのせいじゃない。ぼくがきみを責めるわけないだろ」

シャーロットの胸に希望がわいた。だが、厳しい現実に打ち砕かれ、彼女はかぶりを振った。「ほかのみんなは責めるわ。社交界は変えられない。あなたの家族や友人たちは？あなたが娼婦の娘と結婚したと知ったら、なんて言うと思う？」

「ぼくの家族や友人たちは醜聞には慣れている」アンソニーは悲しそうな口調で言ったが、残念そうな顔はしていなかった。「妹は結婚した週に子どもを産んだ。順番を守らなかったことは、計算に強くなくてもわかる。サラはきみを非難したりしないよ。もちろん、ぼくも」

シャーロットは驚きのあまり彼の言葉をのみこめず、まじまじと彼を見つめた。必死で隠そうとしてきた暗い秘密を打ち明けたのに……わたしを見る目は変わらないというの？

シャーロットは人間だと、アンソニーはためらうことなく言った。彼女が人間扱いされるためにずっと努力してきたことも知らずに。

彼女は息をのんだ。社会に受け入れられることを夢見ていたけれど……ひとりの男性が受け入れてくれれば充分なのかもしれない。

この男性が。

いまだに受け入れてもらえたことが信じられず、シャーロットは弱々しい笑みを浮かべた。アンソニーがシャーロットを引き寄せ、抱きしめた。彼女は安らぎを感じ、きつく抱きしめ返した。彼はすばらしい夫になる。

監獄行きの運命から逃れられさえすれば。

10

貸し馬車が国境を越えてイングランドに入ったとき、アンソニーは眠っている妻を腕に抱いていた。シャーロットは無言で荷造りをした。スコットランドにもう用はない。

彼は馬車のなかで眠れるたちではないが、妻が疲れに負けたことに驚きはしなかった。父親を見つけるという長年の目標がかなわぬ夢だとわかったあとで、眠りは途切れがちだった。

シャーロットの告白をどう思ったかというと……娼婦の娘と結婚したというのは理想的な状況とは言えないかもしれないものの、アンソニーも理想的な人生を送ってきたわけではない。シャーロットが生まれる前に起きたことで、彼女を責めることなどできない。

それに、自分だって理想的な結婚相手ではないことを重々自覚している。

状況をよく考えてみた――吐き気がするほど。この窮地から抜けだす唯一の正しい方法は、自分で稼いで借金を返すことだ。

問題は、どうやって時間を稼ぐかだ。

ロンドンには仕事がたくさんある。ギデオンの賭博場も市内にあるので、借金を返すのに都合がいい。だが、シャーロットの告白を聞いたあとでは、自分は価値のない人間だと思わせる街に彼女が戻りたがらないのもうなずける。

妻が苦しんでいるのを承知で仕事に集中などできない。しかし、金は稼がなければならない。さもないと、彼女をさらに悪い状況に追いこんでしまう危険がある。

少なくとも、行動を起こし、南へ向かっている。

アンソニーは気分が明るくなった。借金取りを振りきったからだけでなく、目の前にイングランド全土が広がっているからだ。

おしゃれな街はロンドンだけではない。バースに行ったっていい。そこならシャーロットも気づかれて蔑まれることはないだろう……彼も金をかき集めて命拾いし、結婚生活を守れるかもしれない。

アンソニーは彼女の手の甲を撫(な)でた。

シャーロットはとても美しい。繊細なのに、ものすごく強い。抱きしめて守ってやりたかった。離れたくない。名ばかりの結婚生活は送りたくなかった。身も心も結ばれたい。アンソニーの幸運の女神に、彼が夫で幸せだと思ってほしい。この結婚は間違いなどではないと証明したい。ふたりの関係はずっと続くのだと。

しかしいまは、将来の約束をするときではない。取り返しのつかないことをしてはならない。二週間も経たないうちに未来を絶たれてしまうかもしれないのに、結婚を完成させるべきではない。だが、問題を解決してみせる。夫という肩書にふさわしい男になれたときに、シャーロットを自分のものにする。完全に。

アンソニーは喉が渇くのを感じた。

そんな日が来なかったら？　どうにか借金を返してこれまでよりましな男になったとして、それでも充分ではなかったら？　シャーロットは彼を選んだわけではない。借金を返したあとでも彼との結婚を望まなかったら？

アンソニーは彼女に目をやった。

実は、妻の鑑のような女性と結婚することを夢見ていた。高慢でわがままな女ではなく……彼がいなくてもやっていける女性。景気がいいときにアンソニーがプレゼントしたものに心を奪われたわけではなく、彼自身を好きになった女性と。

金を工面できたとして、シャーロットが別れないことを選んだのは、彼を愛しているからではなく、経済的にそれが最善の選択肢だからとしたら？

アンソニーはごくりと唾をのみこんだ。

それがどうした？　妻を選べる立場ではない。これといった取り柄はないのだから、金のあるときに愛する人を甘やかすくらいのことしかできない。

だが、監獄行きを免れ、妻を引きとめるためだけに金を集めることに取り組んだら、金でアンソニーを評価するようシャーロットに教えこむことになってしまう――甥にそうしたように。

どうすればいい？　どうすれば彼女の心をつかめるのだろう。金のためや、単に離婚によって評判が傷つくのを避けるためではなく、彼と一緒にいたいと思ってほしい。

アンソニーはいらいらして、指先で座席のクッションをトントン叩いた。シャーロットが父親のほかに求めているのは、社会の承認だ――彼が与えることはできない。無理な話だ。彼女が上流社会の集まりに受け入れられることはない。ましてや、〈オールマックス〉の入場券を与えられ、社交界のえり抜きの人々と交わることなど絶対にない。彼だってそれは無理だ。

放蕩者や賭博師や高級娼婦といった不道徳な人たちなら受け入れてくれるだろうが、気楽につきあえるとしても、シャーロットは外聞の悪い仲間を求めてはいない。噂の的になるような連中の仲間になりたいとは思っていない。

だが、ほかに選択肢はないのだ。

いまだって。

アンソニーはシャーロットの前腕をそっと撫でた。両親がそろっていて、上流社会の端っこで育った彼に、庶子の人生は想像もつかない。そのような立場に生まれたとして、男ならしゃれ者や詩人や将校になる道があるが、女性はどうすればいい？　有名な高級娼婦とうりふたつなら、なおさら。

シャーロットには一度もチャンスがなかった。

自分にはある。

アンソニーは歯を食いしばった。これはひとかどの人間――囚人ではない理想の人間――になるだけでなく、シャーロットに別の未来を与えるチャンスだ。過去に縛られないよりよい未来を。

希望に胸が躍った。借金を返しさえすれば、どこにでも行ける。生まれて初めて、金以外のものを与えられるかもしれないと思えた。彼女の髪に唇を押し当てた。シャーロットにとって、幸福は金以外のものから生まれる。

安らぎ。安全。愛。

シャーロットの夢をかなえるために社交界を変えることはできないが、神聖な家庭で彼女を敬い、尊ぶことならできる。場所はどこでもかまわない。

ここから、いまから始めよう。

11

その晩、ニューカッスル・アポン・タインに到着し、快適な宿を見つけた。アンソニーは疲れきっている妻を残し、つかの間の気晴らしを求めて部屋を出た。

案の定、気晴らしの方法はたくさんあった。

数組の男女が、地元のダンスパーティーに出かけるところだった。若い独身男がすてきなレディ……あるいはみだらなレディとの出会いを期待して仲間に加わった。誰でも楽しめるパーティーのようだ。

残りの独身男は広間に集まった。すぐに酒が配られ、座り心地のよい椅子が賭博スペースに並べられた。

アンソニーは血がわきたつのを感じた。

どんなに恋しかったことか！

賭博をしているときが何より興奮する。すべてを失うリスクを負い、信じられないような手札で勝ったとき、めまいがするような高揚感を味わう。これで彼は成功した。

何日かツキに恵まれれば、借金をほとんど返せる。可能性は低いかもしれないが、ゼロではない。

スコットランドでもあともう少しだっただろう？

シャーロットが加わるまでは、少なくとも借金の一〇分の一は取り戻していた。返済日までそんな幸運が続けば、借金を返したあとも、シャーロットをどこでも好きなところへ連れていけるくらいの金が残る。

彼女の自慢の夫になれる。

しかし……。

「フェアファックス？」部屋の向こう側で誰かが叫んだ。

アンソニーはぱっと振り返り、見知った顔を見つけた。「トマス・クイントン！」

「驚いたな」クイントンは信じられないというような表情でアンソニーを見つめた。「きみとセント・ジェームス以外の場所で会うとはな。いったいこんなところまで何しに来たんだ？」

債権者から逃げてきたと答えるわけにはいかない。友人と勝負して金を奪うチャンスを逃したくなければ。「妻の家族を訪ねてきたんだ」

「妻？」クイントンが口をあんぐりと開けた。「冗談だろう。まあ座って。一杯おごらせてくれよ。毎晩家に帰らない男と結婚した愚かな娘の作り話をたっぷり聞かせてくれ」大声で笑った。

アンソニーは笑えなかった。クイントンが間違ったことを言ったからではない——毎晩家で過ごす独身男がどこにいる？　彼が結婚しても変わらないとほのめかしたからだ。それは違う。

そうだろう。

罪悪感に襲われ、混雑した賭博台から目をそらした。

「ぼくは変わった」アンソニーは自分に言い聞かせるようにきっぱりと言った。「妻を置いてきたわけじゃない。長旅で疲れてるんだ。彼女が休んでるあいだにちょっと散歩するくらいいいだろ？」

「好きなだけ歩きまわるといい——ご自由に！　だが、最後はぼくのところに来てくれよ。部屋に隠している魅惑的な女についてじっくり聞かせてくれ。名前は？　ぼくの知ってる子かな？」

「知らない」アンソニーは急いで答えた。「それに、魅惑的な女じゃなくて、ミセス・フェアファックスだ」

「まあまあ、そうかっかするなよ」クイントンはからかうように言った。「やきもちを焼くんじゃない、フェアファックス。美人はみんなのものだ」

アンソニーは肩をこわばらせたが、それは嫉妬のせいではなかった。拳を握りしめる。

シャーロットが何者か、クイントンが気づいたとしたら？　彼女を侮辱したりはしないだろう。少なくとも、故意には。だが、彼のような冗談好きは、不用意な発言をする可能性がある。この宿屋で過ごすひと時が、シャーロットにとって永遠とも思えるほど苦しい時間になりかねない。

手のひらがじっとりと汗ばんだ。北部ですでにこの調子なら、ロンドンに近づいたらどんなことになるだろう。彼女を守れるのか？　バースへ行ったとして、ロンドンの連中を避けることはできない。

「さてと」クイントンは賭博台に陣取ると、最後の空席を指し示した。「やっていくだろう？」

アンソニーは誘惑に駆られた。勝たなければならない。クイントンは金を持っているし、全勝できたら……。

だめだ。

まずい考えだ。魅惑的だが最悪の考え。賭博にふけっている場合ではない。どれだけそそられようと。それで窮地からあっさり抜けだせるとしても。運が味方してくれるとしても。

鼓動が早鐘を打った。

だめだ。

誘惑に負けるわけにはいかない。自分ではなく、妻のために。負けたら許されないというだけでなく、アンソニーの中身の少ない財布は部屋に置いたシャーロットの旅行鞄に入っている。彼女を起こしたくない。休息が必要だ。

それに、なけなしの金を失うわけにはいかない。

「いや」アンソニーはやっとのことで言った。「今日はやめておく」

「なんだって？」クイントンは息をのみ、わざとらしく胸をつかんだ。「アンソニー・フェアファックスが賭けをしないだと？　理由はひとつしか考えられない。まあ、座れよ。破産したんなら、元手に一〇ポンドやるよ」賭博台に着いている別の男に話しかけた。「気をつけろよ。フェアファックスは一〇ポンドをあっという間に二〇〇ポンドに増やしちまうんだ」

アンソニーはどきんとした。そのとおり。数ポンドあれば――一ポンドでも、楽々と形勢を逆転させられる。

だが、一枚のカードですべてを失うこともある。

空席が手招きしている。アンソニーはふくらんだ財布の横に積まれた象牙のチップの山を見つめた。扇状に広げられたカードが、彼に拾いあげられ、戦いの火蓋が切られるのを待っている。抗しがたい誘惑だった。

部屋をさっと見まわし、逃げ道を探した。

席に着いてはならない。一瞬たりとも。

カードをひと目見ただけで、連勝のにおいを嗅いだだけで、有り金を全部注ぎこんでしまうだろう。そんなことはできない。自分の未来はともかく、シャーロットの未来を危険にさらすわけにはいかない。

アンソニーはやっとのことでお辞儀をした。「あいにく、美しい女性がぼくを待っているんだ。また機会があれば」

この場を去らなければならないと思うと、指が震えた。カードを手に取りたい衝動に駆られる。どんな手札だろう。一枚めくるたびに体じゅうを興奮が駆けめぐる。

だが、金に困っているのに賭博をするのは、役立たずのろくでなしだけだ——もうそんな男ではない。

シャーロット。

彼女のためにもっとましな男にならなければ。

「まったく、信じられない」クイントンは心の底からショックを受けた表情で叫んだ。「フェアファックスに賭けを断られたとロンドンの連中に話しても、みんな笑い飛ばすだろうな」

実を言うと、アンソニー自身も信じられなかった。

気が変わらないうちに別れの挨拶をし、急いで広間を出て部屋に戻った。

ドアを開けると、シャーロットが鏡台の前に立っていた。彼は息をのんだ。

顔色を悪くする化粧をやめてから、彼女の美貌はまばゆいばかりだった。誰しも目を奪われる。特に夫は。この苦境が不運だと思えないときもあった。

シャーロットと結婚できたのだから。

「夕食はすませたの？」彼女が髪を整えながら訊いた。

アンソニーはかぶりを振った。「きみを待っていたんだ。おなかがすいた？」

シャーロットは眉をひそめ、ピンを置いて彼のほうを向いた。「顔が真っ青よ。何かあったの？」

アンソニーは彼女の顔に触れて、葛藤を見抜かれたことに驚いた。思ったより顔に出ているのだろう。

「何もなかったんだ」心はいまも賭博台にある。指がまだうずいている。彼は深呼吸をした。

「賭博をしなかった」

シャーロットは小首をかしげて思案した。

アンソニーは緊張した。信じてもらえなくても無理はない。第一印象は最悪だった。シャーロットと出会ってから数分以内にみんなの金を巻きあげて、その直後にすべてを失ったのだから。

信じてもらえなくてもしかたない。アンソニーが賭けを断ったことをクイントンが信じられないのなら……彼女も同じだ。

シャーロットはふたたび髪にピンをつけ始めた。表情は読めない。「そう、よかった。勝てるかどうかなんてわからないもの。あなたは正しい選択をしたわ」

アンソニーは息を吐きだした。息を止めていたことに気づかなかった。頭がふらふらする。肩をこわばらせ、過去の愚かな選択に対する当然の非難を待ち受けた。

何も言われなかった。

彼は驚いて口をぽかんと開けた。

それで終わりか？

髪を整え終えた彼女を見つめた。この一五年で初めて賭けの誘いを断った。初めて断る力があることを知った。それほどめずらしいことなのに……シャーロットは疑うことなく信じた。どういうわけか、彼を信じてくれた。

アンソニーは彼女の顔を両手で包みこみ、キスをした。彼女の言葉を味わうように。彼女の腕のなかに救いを求めるかのように。救いは見つかったのかもしれない。シャーロットは彼のお守りだ。

彼女の目から見れば、アンソニーは別人に見える。もっとましな人間に。

唇を重ねていると、それが真実のような気がした。真実ならいいのに。彼はこの瞬間を慈しんだ。

シャーロットに信頼され、認められることが、アンソニーにとってどれほど大事なことか、彼女にはわからないだろう。彼がどれほどそれを必要としているか。彼女を必要としているか。アンソニーの腕に身を委ねるだけでなく、彼を誇らしく思ってほしい。彼女をきつく抱きしめた。

　心臓が早鐘を打っている。これまでは、誰かに信頼してもらえるような頼もしい男ではなかった。シャーロットが信じてくれるのが、アンソニーのどうしようもないほどいいかげんな性格に気づくほど長いつきあいではないからだとしても、なおさら彼女を失望させまいという気になった。

　シャーロットが見ているアンソニーは、本当の彼ではなく、彼がなり得る男だ。今日からその男になろう。妻のために。

12

日に日に容赦なくロンドンに近づいていく。シャーロットが必死で忘れようとしている過去に。監獄生活の待つ未来に。

シャーロットは疲れた目をこすり、また別の宿のまた別の朝食室を見渡した。リーズ。リーズに着いたのだ。

シャーロットは一生帰りたくなかった。イングランドにいい思い出はない。ブランメルは債権者から逃れるためにフランスへ逃げた。フランスで生活するのもそんなに悪くなさそうだ。アンソニーは監獄に入らずにすむし、彼女も過去を知る人たちを避けられる。上品な田舎の夫婦を演じればいい。過去を作りあげて、醜聞とは無縁のつましい生活を送るのだ。

シャーロットにとっては、まるで天国のような生活だ。だが、アンソニーにしてみれば地獄だろう。

彼の家族はロンドンにいる。イングランドじゅうに友人がいる。彼を思いやり、敬い、恋しがる人々が。

なんて幸運な人！　彼女もアンソニーの立場だったら、絶対にロンドンを離れないだろう。彼にそんなことは望めない。

「ミセス・フェアファックス？」テーブルのそばで息を切らした声がした。

シャーロットは顔をあげ、どうにか作り笑いを浮かべた。昨夜、紅茶を飲みながら彼女に不安をぶちまけた年配の未亡人が立っていた。

「おはようございます、ミセス・ローデン。何かお困りですか？」

「いいえ」ミセス・ローデンは染みのできた手を組みあわせ、にっこり笑った。「ゆうべは話を聞いてくれて本当にありがとう。あなたのアドバイスに従って、寝る前に息子に手紙を書いたの」

シャーロットは今度は本物の笑みを浮かべた。「それはよかった。曖昧な状態ほどつらいものはありません。行動を起こしたのですから、あとは結果を待つだけです。息子さんが許してくれるといいですね」

「本当にね」ミセス・ローデンが両手を揉みあわせた。「ああ、孫に会いたいわ。大きくなったでしょうね！」

ミセス・ローデンとおしゃべりしたあと、シャーロットは朝食室を出て部屋に荷造りをしに戻った。

アンソニーは夜明け前から小銭を稼ぎに出かけている。いろいろあるけれど、彼の努力を誇りに思わずにはいられない。

これまでのところ、旅費を払っても余るくらいのお金を稼いでいる。とはいえ、スコットランドで賭けで儲けたお金を加えても、借金のほうがはるかに多い。

それでも、アンソニーはあきらめていない。

理解できないが、気高い行為だ。それが報われないと思うとつらかった。そして、彼に惹かれすぎている自分を危惧した。

アンソニーを失ったときに壊れてしまわないよう、心を守らなければならない。彼はシャーロットを大事に扱ってくれる唯一の人。必死で守りを固めても、防護壁は少しずつ崩れていく。彼といると、幸福はもはや幻想ではなかった。手の届くところにあると思える……ふたりが未来を信じることができさえすれば。

彼女が鞄を閉めたとき、ドアの鍵を開ける音がした。

アンソニーが部屋に入ってきた。

シャーロットはうっとりしてしまい、間の抜けた笑みを浮かべた。こらえることができない。

栗色の髪が汗で濡れていた。上等の服はしわだらけだ。だが、疲れきってはいるものの、満足げに安らかな表情でソブリン金貨三枚を差しだすアンソニーは、天使のように美しかった。

「どうだった？」彼女は尋ねた。

「最高だった」彼はためらうことなく答えた。

シャーロットは唇を震わせた。アンソニーは毎回そう答える。ずっと絶望を抱えて生きてきた身としては、どこまでも前向きな彼がまぶしかった。

アンソニーはくよくよしない。債権者も揺れる貸し馬車も高価なブリーチズについた草の染みも気にしない。

娼婦の私生児と結婚してしまったことさえも。

彼といると、過去を忘れられるときもある。

アンソニーは洗面器の水に浸したハンカチで額をぬぐった。「お風呂に入る時間はある？馬車は何時に予約したの？」

「もうお風呂の支度を頼んでおいたわ。馬車は一時間後に来る予定よ」

彼の感謝の表情を見て、シャーロットはあたたかい気持ちになった。妻の役割を思いきり楽しんでいる。あとどれだけ一緒にいられるかわからないが、その時間を大切にしたかった。

ドアをノックする音がした。アンソニーが帰ってきたことに気づいた宿の主人が、風呂の支度をする使用人をよこしたのだ。使用人は衝立(ついたて)の向こう側に浴槽を置き、ひげ剃りや入浴の手伝いをした。

使用人の存在に感謝したのは、これが初めてではない。ハンサムな夫の裸を想像すると……そんなことを想像したらだめ。

ないない尽くしの人生で、恋人まで失いたくなかった。

特にアンソニーのことは。

「ゆうべ、下でちやほやされていたね」アンソニーが衝立の向こうから叫んだ。「金を取ることを考えてみた？」

シャーロットは顔をしかめた。使用人たちがまだ部屋にいるというのに。話を聞かれたくない。

「相談料のことだよ」

それはわかっている。風呂の湯を入れ換えている従僕たちも。彼女はため息をついた。アンソニーは彼らの存在を意識していないのかもしれない。彼女は無視されるとはどういうものかいやというほどわかっていた。みんなのために、個人的なことは人前で話さないほうがいい。

「その話はあとにしない？」シャーロットは叫び返した。

「商売なんて上流社会の人間がすることじゃないと心配しているのかもしれないが」アン

ソニーは無頓着に言った。「きみは上流社会の人間じゃないし、これからなることもない。現実的に考えてみて」

シャーロットは歯を食いしばった。彼の率直な言葉に傷ついた。そんなことはわかっている。ただ、一般社会の一員になりたいだけだ。拳を握りしめる。風呂の世話をしている従僕にまで、彼女が堅気の人間ではないと知られてしまった。

聞こえないふりをしている使用人たちの前で本音を話すより、一方的にしゃべらせておくほうがましだ。シャーロットはベッドに斜めに寝転がり、目を閉じていつものように恥辱と無力感をやわらげようとした。

〝鼻から息を深く吸って。口からゆっくり吐きだして〟

アンソニーの意見や湯の音を遮断し、紐で締めあげたハーフブーツを履いたつま先をほぐした。足首から脚へと力を抜いていく。

空に浮かぶ雲になった気分で、体の各部をリラックスさせる。肩。首。すると、心配事もひとつずつ消えていき、安らぎに包まれた。

目を開けると、浴槽も使用人も姿を消していて、アンソニーが鏡の前でクラバットを巻いていた。

彼が鏡越しにちらっとシャーロットを見た。「眠っていたの？」

「いいえ」シャーロットは体を起こし、ほつれた髪をピンで留め直した。「ただ……感覚を麻痺（まひ）させていたの。リラックスしたいときに役に立つのよ。逃避したいときにも」

アンソニーの額にしわが寄った。「感覚ってどの感覚？　視覚？」

彼女は肩をすくめた。「視覚。聴覚。知覚。すべてよ」

アンソニーは振り返って彼女を見つめた。「そんなことができるの？」

シャーロットはピンを置いた。彼の言うとおりだ。彼女は決して社交界に溶けこめない。上流社会の人々とは、見えている世界が違う。

「小さいころ、母にやり方を教わったの」思い出したい記憶ではなかった。「母は……お客さんをもてなすあいだ、わたしを静かにさせておくためにそんな方法を考えたのだと、最初は思っていた。いろいろ娘に聞かせたくないことがあるでしょう」

彼は青ざめ、やさしい声で訊いた。「でも？」

「でも、大きくなって、聞こえてくる音の意味が理解できるようになった。母を公爵夫人のように扱ってくれる人もいれば……そうでない客もいた」声が震え、記憶を抑えこもうとしたが、無理だった。「それで、そのリラックス法は、母が生き抜くために使っている方法だと気づいたの。感情や感覚を遮断するしかないときに。その夜、その時間を乗りきるために」

アンソニーはショックを受けていた。

シャーロットにとって、それは日常だった。人はどんなことにも慣れるものだ。どうにかして。

「このリラックス法は、母がくれたもののなかで一番役に立ったわ」涙をこらえ、ゆがんだ笑みを浮かべた。「自分の殻に閉じこもることで、ここまで生きてこられたの」

アンソニーはベッドに駆け寄り、彼女を抱き寄せた。髪を撫でながらきつく抱きしめる。

「もう感情を遮断する必要はない。ぼくがいるから。ふたりで世界と戦おう」

それが本当ならいいのに。

シャーロットの目の奥がつんとした。殻に閉じこもらなければならなかったのは、彼のせいだ。

抱きしめられても、心はほぐれなかった。あと約一週間でアンソニーはいなくなってしまう。彼が支えてくれるのはいまだけ。彼の愛情が癒してくれるのはいまだけで、苦しみは一生続くのだ。

アンソニーの言ったこと——一生愛され、大事にされるというう っとりするような幻想は、傷ついた心を守るために必要な嘘だ。この数日、彼と過ごして普通の生活と呼べるものを経験できた。これがずっと続くと思いたかった。だが、真実は否定できない。残された時間はわずかしかない。

ドアをノックする音がした。「ミセス・フェアファックス。馬車が来ました」

シャーロットは邪魔が入ったことにほっとし、彼の腕のなかから飛びだしてドアを開けに行った。ふたりの従僕が旅行鞄を持ちあげて運びだす。

彼女は急いであとを追った。

アンソニーが追いかけてきて、横に並んだ。シャーロットの腕に手を置いたが、何も言わない。楽観的な約束はしなかった。展望がないのかもしれない。

口にしないほうがいい真実もあると気づいたのかも。

玄関へ向かって歩いていく途中で、急いで追いかけてくる足音が聞こえた。腕をぐいっと引っ張られ、シャーロットは驚いて振り返った。

涙を流し、興奮した目をしたミセス・ローデンがそこにいた。

「ミセス・フェアファックス……ああ、ミセス・フェアファックス」未亡人が自分の頬を叩いている。

シャーロットは胸が締めつけられた。きっとよくない返事を受け取ったのだ。でも、結果はどうあれ、自分は適切なアドバイスをした。家族にどう思われているかこれではっきりしたから、ミセス・ローデンもようやく前に進める。「息子さんから返事が来たんですね？」

「お茶」まるでそのひと言が宇宙の力を有しているとでも言うような口振りだった。ミセス・ローデンが息を弾ませながら続ける。「お茶に招待されたの。今日の午後。一週間滞在するよう誘われたわけじゃないし、ひと晩泊まるようにとも言われなかったけれど——夢みたいよ。孫に会えるの。ようやく」

シャーロットは喜びに包まれた。「それはすごいですね。気になっていたんですよ。出発する前にお話しできてよかったです」

「報告するだけじゃなくて、お礼をしたかったのよ」ミセス・ローデンは小ぶりの鞄（レティキュール）から紙幣を取りだしてシャーロットに渡した。「これじゃ足りないけれど。あなたはわたしの人生を取り戻してくれた。息子と孫を。あなたに神のご加護がありますように。感謝してもしきれないわ」

「わたしは……」シャーロットは言葉を失った。

「本当にありがとう」ミセス・ローデンが彼女を抱擁した。「幸運を祈るわ」

ミセス・ローデンは出かける準備をするため急いで立ち去った。シャーロットは頭が混乱していた。ミセス・ローデンは彼女のおかげで家族が仲直りできたと言った。そして、感謝の抱擁までした。人前で！

「信じられない」アンソニーの手を借りて馬車に乗りこんだ。いま起きたことが理解できなかった。

アンソニーはシャーロットの震える指から紙幣を取りあげた。

「こいつは驚いた。二〇ポンドもくれたぞ！」

シャーロットはお金のことなど頭になかった。認められたこと、感謝されたことにまだ浮かれていた。ミセス・ローデンは彼女を褒め称えてくれただけではない――人前で話しかけてくれた。対等の人間のように扱ってくれた。

「二〇ポンドだぞ」アンソニーは目を見開き、繰り返した。「たったひと言アドバイスしただけで」

シャーロットははっとわれに返った。紙幣を取り返して数えた。

一八……一九……二〇。

口をあんぐりと開け、紙幣を胸に抱きしめた。息子と仲直りする手助けをしたお礼に、ミセス・ローデンは二〇ポンドくれた。

御者が馬車を出した。シャーロットはぼう然と窓の外を見つめた。喜びのあまりくらくらした。二〇ポンドは、アンソニーが一週間へんてこな仕事をして稼ぐ額に等しい。彼の言うとおりだ。裕福な人々の相談に乗る仕事は稼げる。びっくりするほど。胸に希望がわいた。

この仕事でアンソニーの借金を返せるかもしれない。

シャーロットのお金はいらない、借金は自分の責任だと――いまのふたりの財政状態ではどのみち問題は解決できないと、彼は言った。

でも、彼女が稼いで返せるとしたら?

一日や二週間では無理だとしても、たとえアンソニーが監獄に入れられたとしても……

出してあげられるかもしれない。

アンソニーが自由の身になったら、ロンドンからできるだけ離れた場所に住むように説得しよう。

13

ノッティンガムに着いたころには、シャーロットは長旅でくたくただった。スコットランドにいたのが遠い昔のことに思える。

とはいえ、心はふたたび希望に燃えていた。見知らぬ父親が新たな人生を与えてくれるという子どものころの夢ではなく、隣に座っている生身の男性に望みをかけている。幸運はすぐそこにあるというアンソニーの揺るぎない信念は理解できないが、伝染しやすい。今回はふたりに運がまわってくるかもしれない。

シャーロットは慎重になろうとした。彼と一緒にいるときに感じる思いがけない安らぎに抵抗しようとした。長くは続かない。続いてほしくても。

衝動的にアンソニーの凛々(りり)しい顔を両手で包みこみ、これが最後のチャンスだとでも言うように唇を重ねた。彼はシャーロットの後頭部をつかみ、むさぼるようなキスに応えた。きつく抱きしめられ、彼女は腕のなかに身を委ねた。

周囲の世界が消えていく。車輪の音も聞こえなくなり、鼓動だけが鳴り響いた。馬車の揺れも、扉の隙間から吹きこむ冷たい夜風も気にならなかった。アンソニーの力強い腕とぬくもりしか感じない。めまいがするような唇の味しか。

どんな女性もこのキスが永遠に続けばいいと思っただろう。シャーロットも例外ではなく、何度もしたかった。この先、たくさんの情熱的なキスを。彼の腕のなかで。

アンソニーといると、夢のなかに入りこんだような気分になれる。シャーロットが一番大切な存在とされる世界に。キスをするたびにさらに五回のキスが約束される。

それが当たり前のことだとは決して思わない。息ができなくなるまで、心を委ねてしまいそうになるまでキスを続けた。

アンソニーがとろんとした目つきでシャーロットを見つめた。放心した様子でゆっくりと微笑む。「どうしてこうなった？　また繰り返せるように教えてくれ」

「あなたがいるだけでいいのよ」アンソニーは信じないだろうが、それくらい単純で危険なことだった。彼は一緒にいてとても楽しい人だ。話しやすいし、旅をする相手としても楽だし、キスをすれば心臓が彼の名前を叫びだす。

「ノッティンガムです」御者が声をかけた。「ぐるっとひとまわりしましょうか、それともまっすぐ宿へ行きますか？」

シャーロットは真っ赤になり、あわてて体を離して取り繕おうとした。

アンソニーが彼女の目を見て答えた。「もちろん、宿だ」

シャーロットはいましめるようなまなざしを向けようとしたが、結局は微笑み返した。アンソニーといるときは、恥ずかしがることは何もない。一瞬一瞬がふたりでする冒険なのだ。

「どこかご希望の宿屋はありますか？」御者が尋ねる。「この先に三軒あります」

アンソニーは窓の外を見て思案するふりをした。シャーロットのほうへ頭を傾ける。「今日は〈白獅子（ホワイト・ライオン）〉の気分？　それとも、〈干し草と馬蹄（ばてい）〉のほうがいい？」

「今夜は満月よ」シャーロットは調子を合わせた。「ライオンがわたしたちを守ってくれるわ」

「左側の二番目の宿にしてくれ」アンソニーが御者に言った。

御者が〈白獅子〉の前に馬車を着けたとき、数メートル後方で別の馬車が停車した。

「流行（はや）ってるみたいだな」アンソニーが彼女に微笑みかけた。「賢い選択だった」

流行ってる。自分が見とがめられる危険のある場所に泊まると思うと、シャーロットの高揚した気分は消え失せた。冒険を台なしにしてしまったかもしれない。

いくら人目につかないようにしていても、高級娼婦とそっくりな顔をしていたら、無駄な努力だ。

ある種の男たちは、母のことを知っている。その多くが懇ろになっていた。〝紳士〟たちはよくて無遠慮な意見を述べ、いやらしい目つきで見てくる。なかには〝蛙（かえる）の子は蛙〟と決めつけて、近くの暗がりにシャーロットを引きずりこもうとする。

屈辱的で腹立たしいことだ。そんな場面をアンソニーに見られたくない。彼はまだ、シャーロットをレディとして見てくれるのだから。人間として。

見方を変えてほしくなかった。

シャーロットがアンソニーの手を借りて馬車から降りたとき、うしろの馬車から、すりきれた黒のビーバーハットをかぶり、足を引きずっている背の低い男が出てきた。

シャーロットは眉をひそめた。あの男だ。スコットランドの宿で見かけた男。胃がきりきりする。

三〇〇キロ以上南にある適当に選んだ宿で同じ人に会うなんて……ものすごい速度で馬車を走らせてきたのに……偶然とは思えない。彼女はぞっとした。

つけられていたのだ。

「アンソニー」シャーロットは小声で言ったあと、彼の前に立って、近づいてくる紳士から見られないようにした。「借金取りに見つかったわ」

「ぼくに任せて」アンソニーはそっと彼女の前にまわった。男を見つけると、声を潜めて訊いた。「〈子猫と雄鶏亭〉に泊まっていた男か?」

「そうよ」シャーロットは小声で答えた。「逃げたほうがいい? まだ荷物はおろしていないし」

彼は困惑した様子で、ゆっくりとかぶりを振った。「あの男は借金取りじゃない」

彼女は目をしばたたいた。「じゃあ、誰なの？」

「さあ」彼は目をすがめた。「こっちに来るぞ」

シャーロットは自分を抱きしめるように腕をまわし、パニックを抑えこもうとした。

「失礼ですが、お嬢さん」男が声をかけた。

アンソニーが前に出た。「彼女はぼくの妻だ」

「奥さん」男は言い直し、あわててお辞儀をした。「閣下、奥様と少しお話しさせていただいてもよろしいですか？　ふたりきりで」

シャーロットは恐怖のあまりあとずさりした。この図々しい男は誰なの？　母の客？　夫の目の前で侮辱する気？

アンソニーは腕組みをした。「ぼくは彼女のそばを離れない」

男が咳払いをした。「奥様、〈子猫と雄鶏亭〉で、あなたがつけていたルビーのイヤリングが目に留まったのです。どのような経緯で手に入れられたのか、教えてくださいませんか？」

シャーロットははっとした。

盗んだと思われているの？

頬が熱くなった。父に気づいてもらおうとルビーをつけていたのに……泥棒呼ばわりされるなんて。

「彼にきみの宝石を要求する権利などない」アンソニーが彼女の耳元でささやいた。「答えなくていい」

もちろん、答えなければならない。シャーロットのような人間は、当てこすりや非難から身を守らなければならないのだ。

「あれは母のです。父からもらったんです。たぶん」

男は表情を変えなかった。「わかりました。お父様のお名前は?」

シャーロットは喉がつかえた。答えられなかった。何も言うことはない。

「気にするな、シャーロット」アンソニーがふたたびささやいた。「彼はなんの関係もないんだから」

そう言われても、最近得た自信は消え失せ、彼女は肩を落とした。

いいわ。

シャーロットを非難するためはるばるスコットランドから追いかけてきたと言うのなら、何かしらの理由があるのだろう。これ以上手に負えなくなる前に、嫌疑を晴らしたほうがいい。

「父が誰かは知りません」静かに答えた。男の目を見られなかった。「誰にもわかりません」

「実は、奥様……」男が帽子を傾けた。「わたしが知っているかもしれません」

彼女ははっと目をあげた。

「いったい何者だ？」アンソニーが怒鳴った。

「ラルフ・アンダーウッドと申します。コートランド公爵の顧問弁護士です」男はそう言ってから、シャーロットを身振りで示した。「そしてこちらの女性は、公爵のご令嬢であれます」

シャーロットは口をぽかんと開けてその見知らぬ男を見つめたあと、思わず噴きだしてしまった。「わたしはそんな高貴な生まれではありません。幸運などなたかと間違っているんですわ」

「あなたがつけていた宝石は」アンダーウッドが言葉を継ぐ。「コートランド家に代々伝わるものです。近くで見て確信しました。ネックレスとイヤリングはコレクションの一部で、ほかにブレスレットとティアラもございます。そのふたつはいまもコートランドのお屋敷にあります」

間違いじゃないの？

「でも」シャーロットはつかえながら言った。「ルビーはコレクションの一部だったのかもしれないけど、わたしが公爵の娘だなんてあり得ないわ。母は……」

アンダーウッドは外套の内ポケットから羊皮紙を取りだして広げると、ぎっしり詰まった文字を読んだ。「あなたはロンドンのジュディス・デヴォンの唯一の子孫ですね？」

「はい」シャーロットはかすれた声で答えた。

娼婦の娘という汚名を背負って生まれたが、母との関係を否定するつもりはなかった。つい最近まで、シャーロットには母しかいなかった。

「それでしたら、あなたが実の娘であることを示す、公爵の署名が入った書類がございます」

公爵の娘？

シャーロットはよろめき、アンソニーにもたれかかった。

公爵の署名が入った書類。

弁護士の言葉を必死に理解しようとした。

父は領主ではなかった。貴族だった。子どもだったシャーロットはそのふたつをごっちゃにし、母は間違いを正そうとせず――それを父の物語に加えた。

「スコットランドじゃなくて」ぼう然としてつぶやいた。「コートランドだった」

頭が混乱した。

娼婦の私生児であることに変わりはないが、その辺にいるただの不幸な子どもではない。公爵の娘なのだ。認知された。書面で！　シャーロットは有頂天になり、アンソニーの手をつかんだ。彼が微笑み返した。

「わたしに父親がいた」彼女は泣き笑いし、声を詰まらせながら言った。突然、世界がぱっと明るくなった。「アンソニー、父親がいるのよ！」

「実は、奥様……残念ながら」アンダーウッドは咳払いをした。「数週間前、公爵はご逝去されました。ロンドンのご自宅で」

シャーロットの胸に冷たい風が吹き抜け、つかの間の喜びも消え失せた。公爵に会えるはずがないと、考えればわかったことなのに。彼女のような娘は父親を持てない。一瞬たりとも。心にぽっかり穴が開き、打ちのめされた。

父はシャーロットのことを知っていた。娘がいることを。しかも、貴族院の議員で、少なくとも一年の半分はロンドンに住んでいた。毎晩、寝室の冷たい床の上で体を揺らしながら、鍵のかかったドアを見つめて違う人生を求めて祈っていた、怯えた孤独な少女——不安や自己嫌悪、屈辱にまみれた人生から救いだしてくれる父親を夢見ていた少女がいた街に。

父はシャーロットを救いだすことができたのに。せめて、アイスクリームを食べに連れていったり、一度だけでも訪ねてきたり、何か、なんでもいいから彼女のためにしてくれていたら……。

彼女は救われただろう。

でももう、父は死んでしまった。ようやく父の正体が、居場所がわかったときには、もう会えなくなっていた。ともに過ごす時間は一瞬たりとも残されていなかった。

シャーロットが見つけるのが遅すぎたからではない。父が生きているあいだにわざわざ名乗りでるほど彼女のことを気にかけていなかったからだ。

「どうしてこんな話をするんですか?」シャーロットはぼんやりと尋ねた。言葉を発するたびに、息をするたびに、心の古傷が開く。「わたしは父を知らなかった。父は死んでしまった。もうどうでもいいことです」

アンダーウッドは咳払いをした。「実は……」

シャーロットははっと気づいた。

「公爵の子どもたちが宝石を取り戻したがっているのね?」当然だ。家宝なのだから。子どもたちは放っておかない。彼女はレティキュールからネックレスとイヤリングを取りだすと、アンソニーに押しつけた。

「できるだけ高値で売って」息を切らしながら言った。悔しいけれど、宝石を手放すのは、いまだに身を切られるようにつらかった。「お金はあげるわ。もうどうでもいい。見たくもない」

アンソニーが彼女に腕をまわして引き寄せた。

アンダーウッドがふたたび咳払いをした。「奥様、ルビーを返していただく必要はありません。少なくとも、いまのところは。来週、メイフェアのコートランド邸で遺言書が開示されますので、ご出席願います。月曜の午後一時です」

シャーロットは理解できず、弁護士を見つめた。「ええと……何？」

「遺言書が開示されるまで、公爵があなたに何を遺したのか、現金なのか土地なのかルビーのコレクションの残りなのか、わたしにはわかりません。しかし、遺言執行人として、あなたが受け取る遺産の管理をお手伝いさせていただきますよ」アンダーウッドが襟に触れた。「むろん、有料で」

弁護士の厚かましい申し出を笑い飛ばす気力は残っていなかった。この男はどこからともなく現れ、かつてない喜びと未来への希望を与えておいて、すぐさま奪ったのだ。そのうえ、父の遺産の分け前を要求するなんて。

全部嘘だとしたら？

「どうやってわたしを見つけたんですか？」疑いもあらわに、シャーロットは尋ねた。

アンダーウッドは恥じ入る様子を見せるだけの品位は持ちあわせていた。「スコットランドの宿の食堂であなたをお見かけして、そのルビーがコートランドのものだと気づいたのです。しかし、確かめなければなりませんでした。あなたがイヤリングだけをつけて、ネックレスはつけていなかったときに、部屋に忍びこんで確認させてもらいました」

「部屋に忍びこんだ？」シャーロットはかっとなった。「よくもそんなことを！」

アンダーウッドは肩をすくめた。「確かめる必要があったんです。宝石が公爵家のものかどうか。あなたが公爵の娘かどうか」

「ぼくに火かき棒で頭を殴られていたかもな」アンソニーが怒鳴った。

「わたしは公爵に仕える身です」アンダーウッドは顎をあげた。「家宝が赤の他人の手に渡っていたとしたら、大問題です」

「大変ね」シャーロットは皮肉っぽく言った。

偉そうな弁護士も、死ぬまで娘を気にかけなかった父親も、いまいましい。

「遺産についてはあまり期待しすぎないほうがいいですよ」アンダーウッドが忠告した。「公爵にとって、非嫡出子の存在は体裁が悪いものですから。しかし、何か価値のあるものを相続した場合は……わたしが力になります」

有料で。

シャーロットは拳を握りしめた。公爵も弁護士も地獄に落ちろ。父の遺産など欲しくなかった。それでも弁護士を追い払わないでいるのは、アンソニーを助けられるかもしれないからだ。ルビーを最高値で売るためには、ロンドンへ行かなければならない。そして、それに伴う侮辱や不名誉に耐えなければならない。

「これが住所です」アンダーウッドが一連の書類を彼女に渡した。「それと、わたしに依頼する際の契約書です。あなたの利益をご家族や弁護士たちからお守りします――お望みなら、ご主人からも。書類に署名していただくだけで、わたしが代理人となります」

「もうたくさんだ」アンソニーが鋭い口調で言って、シャーロットの肩に腕をまわした。

「そろそろいいだろ」

シャーロットは動悸がおさまらず、歩きだそうとしてよろめいた。後悔と切望に押しつぶされそうだ。父に会えたかもしれない……もっと早く父の名前を知ってさえいれば。

アンダーウッドは帽子を傾け、背を向けたあと、振り返って言った。「そうそう、奥様……お父上のこと、誠に残念でなりません」

泣き笑いが込みあげ、喉が詰まった。そら言だ。残念なのは彼女のほうだ。

父を失った。

チャンスを。

夢を。

父がシャーロットの存在を知りさえすれば、助けてくれるかもしれないと信じていたのに。

夫婦ふたりを助けてくれるかもしれないと。

14

アンソニーはシャーロットをうながして弁護士から離れ、宿に入った。妻から目を離さないようにしながら部屋を取ったあと、彼女にプライバシーを与えるため、できるだけ早く部屋に連れていきたかったので、荷物を運んでもらうよう手配した。

そのあいだずっと、シャーロットは隣にぼうっと突っ立っていた。しゃべらず、アンソニーと目も合わせず、無表情で。彼に導かれるまま歩いた。うながされない限り動かなかった。抜け殻だった。

何も知らない人が見れば、三重苦で、周囲のものをまったく認識していないと思うかもしれない。

だが、アンソニーはそうではないと知っていた。母親から教わったリラックス法を実践しているのだ。それは単なる防衛機制ではなく、外界と戦う彼女の最大の武器だった。

シャーロットはずっと、まわりに軽んじられていると思って生きてきた。彼らを締めだすことで、シャーロットも彼らのことなどどうでもいいと思っていると示しているのだ。

見下されようと、侮辱されようと、嫌われようと、どうでもいいと。彼女を養いもしなかった、娘の存在を知っていながら一秒も時間を割かなかったどうしようもない父親などいらないと。誰も必要ないと。

問題は、アンソニーも締めだされてしまうことだ。悲しみや苦しみ、願望を遮断すると、彼女は殻に閉じこもってしまう。彼もその殻に入りたかった。彼女を守りたい。ひとりで抱えこまず、自分を頼ってほしい。いまだけでも。

締めださないでくれ。

アンソニーは暖炉の火をかきたてたあと、彼女の前にひざまずいた。「シャーロット」

彼女は返事をしなかった。

彼はシャーロットの手を取った。「つらいのはわかる。あの世に行ったうぬぼれ屋のことなんて忘れろとは言えない。ぼくもきみの立場だったら、同じように苦しむだろう。でも、あまり考えすぎないほうがいい。きみの父親はもういないんだ、シャーロット。ぼくがそばにいる。父上はもうきみを傷つけることはできない」

そうであることを願った。遺言書のせいでまた傷つけられるかもしれない。ほかの家族につらく当たられたら？　コートランド公爵に推定相続人はいなかったと思うが、かえって面倒なことになりかねない。遠い親戚は腹違いのきょうだいより、分け前を求めて争うだろう。

それに、いまはこうしてほっそりした冷たい手を握っていられるが、来週、シャーロットがアンソニーを必要としているときもそばにいてやれるだろうか？

彼は恐怖と不安に駆られた。遺言書が開示される日は、借金の返済日だ。もう監獄に入れられているかもしれない。

震える手でシャーロットにナイトガウンを着せ、ベッドに運んだ。重いブーツと外套を脱いだあと、彼女の隣に横たわり、絶対に放さないと心に決めた。

シャーロットの髪をそっと撫でた。遺言書に名前があることが幸福なのか災いなのかわからない。生きているあいだは娘にまったく関心を持たなかったというのに、いったい何を遺したんだ。

ブレスレットか？

土地か？

わずかな手当か？

金があれば借金問題を解決できる。だが、シャーロットがそれだけの金を相続したとしても、アンソニーは彼女に信頼される人間になりたかった。きちんと責任を取れる人間に。彼女を養い、自ら招いた問題の後始末をしたかった。彼女の父親よりずっといい人間になりたい。

アンソニーの背筋がぞくぞくした。

シャーロットが相続したものを債権者に取りあげられて、それでもなお監獄入りを免れなかったとしたら？　彼の過去の行いのせいですべてを失った彼女が、さらに相続財産まで奪われたとしたら、一生自分を許せないだろう。

シャーロットも許してくれないだろう。

15

翌朝目を覚ましたとき、シャーロットはまだ腕のなかにいた。

アンソニーはそっと額にキスをした。せめてこれくらいのことでもできてよかった。シャーロットが誰かを必要としているときに、そばにいてやれた。彼女が必要とする人になれた。

ずっとそばにいてやれるかどうかはまだわからないが、できるあいだは二度と失望させないと心に誓った。できるだけ長く。

一週間もないかもしれないが。

「おはよう」シャーロットが目を開け、恥ずかしそうに微笑んだ。「ゆうべは慰めてくれてありがとう。だいぶ気分がよくなったわ」

彼は鼻の頭にキスをした。「おはよう。よく眠れた?」

「もちろん」シャーロットの頬がピンクに染まった。「あなたの腕のなかで眠ったから」

アンソニーはにっこり笑った。「いつかまたやろう」

「毎晩そうして」あまり時間が残されていないかもしれないことを思いだしたかのように、彼女の顔が陰りを帯びた。「今日はロンドンへ向かうの？」

「ああ。夜はノーサンプトンに泊まる」

シャーロットが金色の巻き毛をかきあげた。「しばらく馬車に乗って、宿に泊まっての繰り返しね」

「そうだな」アンソニーは彼女の頰を撫でた。「それと、きみが裕福ながみがみ婆さんと紅茶を飲んで一〇ポンド稼ぐあいだに、ぼくは畑に種をまいて一、二シリングもらってくるよ」

シャーロットは笑い、彼の胸を叩いた。「ミセス・ローデンはやさしい人だったわ」

「だから息子に絶縁されたのか？」

「あなたはご両親と連絡を取っているの？」シャーロットが訊いた。

「あまり」アンソニーは良心の呵責を覚えた。「賭博で儲けたときは必ず連絡するが、幸運の女神は気まぐれだから」

「あら、女のせいにするの」彼女がいたずらっぽい顔をした。「幸運の女神は実在しないのに、すべての責任を負わされるのね」

「幸運の女神はぼくの腕のなかにいる」

「そして、退屈な馬車旅よりも、枕の跡がついたあなたの顔を間近で眺めるほうがずっと好き」

アンソニーは目をしばたたいた。「いまの……詩みたいだね」

シャーロットはうなずいた。「裕福ながみがみ婆さん相手の仕事がなくなったら、ロマン派詩人になるわ」

彼は芝居がかった調子で胸をつかんだ。「悩めるがみがみ婆さんが空から降ってくることを祈ろう……豊かな雨のごとく」

「あなたは……詩人にならないほうがいいかも」彼女は慰めるようにアンソニーを軽く叩いた。「あなたの夢を壊してしまったのだとしたらごめんなさい」

「全然。ぼくは子どものころ、海賊になりたかったんだ」彼は思いだし笑いをした。「それか、植物学者に。いろんなことに興味があった」

シャーロットが目を輝かせた。「あなたの身分なら、ご両親もいろんな将来を思い描いていたでしょうね」

アンソニーは無言で肩をすくめた。特に話すことはない。両親は彼が何者かになるとは思っていなかった。彼らは収支を合わせることすらできなかった。蛙の子は蛙だ。

それでも、両親は会うと喜んでくれるので、アンソニーもうれしくなる。「ロンドンに着いたら会いに行ってみる？」

シャーロットが驚いて口を開けた。一瞬、不安の色がよぎる。だがそのあと、弱々しくわ」

「うれしい」彼女がはにかんで言う。その目が希望に輝いた。「ご両親にぜひお会いしたいわ」

「うちの親も喜ぶよ」アンソニーは反射的に返したが、シャーロットの顔から笑みが消えたのを見て間違いに気づいた。

「喜ぶはずないでしょう」彼女の目が陰りを帯びる。「きっとがっかりされるわ。わたしなんかと結婚して」

「そんなことない」彼はきっぱりと言った。「がっかりなんかしないよ。きみの過去を全然知らないかもしれないし」

「知ってたら？」シャーロットの目に苦悩の色が浮かんだ。「お父様がわたしを見たとたん、娼婦のジュディス・デヴォンの娘かと訊いてきたらどうする？　一〇年、二〇年前に〝交流〟を持っていたとしたら？　いまも続いてるかもしれない。そうしたらどうする？」

アンソニーは顔をしかめた。それは……控えめに言っても気まずい。

「たとえそうだったとしても……」彼女の顔を両手で包みこみ、無理やり目を合わせた。「ぼくはきみが庶子でも、空から降ってきたんだとしてもかまわない。ぼくのことだけ考えて。きみの好きなところがたくさんある」

「ふーん」シャーロットの表情がやわらいだ。「たとえば？」

アンソニーは彼女の顔にかかる髪を払いのけた。「きみは頭がよくて、論理的で思いやりがあって、赤の他人までも惹きつける」額にキスをする。「みんなきみの意見を尊重する。ぼくはきみを誇りに思っている」

シャーロットは真っ赤になった。「わたしの意見なんてたいしたものじゃないわ。ただの常識よ」

アンソニーは親指で彼女の頬骨をなぞった。「この美しい青い瞳が好きだ。きみの助けを必要としている、常識をどこかに置き忘れてきた愚か者を見抜けるから。賭博台でも洞察力を発揮する。紳士は気をつけないと、きみに金以上のものを捧げるはめになる」

「あなたは〝純潔〟を捧げると言っていたわね？」口調こそそっけないものの、彼女の目は楽しそうに輝いていた。

「ぼくは身を捧げて尽くした。紳士だと証明するために」

シャーロットは眉をつりあげた。「疑問の余地があったのね？」

彼女の目に生気がよみがえったのを見て、アンソニーはほっとした。身を乗りだして口の両端にキスしたあと、長い口づけをした。「この唇も好きだ。鋭い機知を秘めているから。〝秘める〟はちょっと違うかも。この唇が好きなのは、言葉を発するたびに深い傷を負わせるから。ぼくの傷つきやすい自尊心をずたずたに――」

シャーロットが噴きだした。「あなたの傷つきやすい自尊心は金床を使ったって傷つけることはできないわ」

「そういう道具を持っていなくて助かった」甘い唇に官能的なキスをする。顎の緩やかなラインや耳たぶの裏、首へと唇を這わせていった。「美しい首も好きだ。きみがぼくのキスにそそられているのを隠そうとしても、喉元が脈打ってばらしてしまうから……ほら、いまも」

シャーロットの鼓動を感じ、血がわきたった。彼女は最高だ。欲望をコントロールしようとした。自らの欲望を満たすのはまた今度でいい。今朝は、彼女を悦ばせることに集中したかった。

当然そうすべきだ。

シャーロットは男を悦ばせることに人生を費やしてきた女性に育てられた。男に敬意と思いやりを持って扱われたことはないかもしれない。母親と同じ道を歩む可能性は高かった。だが、もう違う。アンソニーがいるのだから。

ふたりは長く甘いキスをした。これが彼女の新たな人生だ。彼女の欲望や願望が重んじられるだけでなく、最優先されるということを知ってほしい。寝室のなかでも外でも。

アンソニーはほっそりした鎖骨や、ナイトガウンからのぞく胸のふくらみに焦らすようにやさしくキスをした。心臓が激しく打っている。舌先で素肌に触れた。

欲望が込みあげ、必死で抑えこんだ。いまの経済状況では結婚を完成させることはできない。だが、シャーロットを悦ばせる方法はほかにもある。せめてそれだけでも。

かたくなった胸の先端がナイトガウンの薄い生地を押しあげた。アンソニーははやる気持ちを抑え、唇を押し当てた。ずっとこうしたかった。

ゆっくりと乳首をくわえた。

シャーロットはあえぎ、背中をそらした。アンソニーの欲望は強まる一方だったが、彼女を悦ばせることだけを考えるよう自分に言い聞かせた。せめて、完璧な思い出をひとつ作ってあげたい。

アンソニーはナイトガウンに指をかけた。「いい？」

シャーロットはとろんとした目つきでうなずいた。

もう結婚を完成させてもかまわないと思っているのだろうか？

あるいは、何も考えていないのか？

アンソニーは雑念を振り払った。これはとんでもない思いつきかもしれない――だが、やらなければならない。シャーロットが彼にとってどんなに大切な人になったかを証明するために。彼女から選択肢を取りあげるつもりはない。ただ、彼女を悦ばせることに徹しよう。

彼女はそれに見合う人だ。

アンソニーはナイトガウンをはだけて、胸をあらわにした。体がかっと熱くなる。きれいだ。シャーロットがいやがったら、やめるつもりだ。でも、それまでは……ゆっくりと唇を下へ滑らせ、くぼみや曲線を堪能する。乳首を吸うと、彼女はあえぎ、鳥肌を立たせながら背中をそらした。

彼は息をのんだ。シャーロットはすごく感じやすい。彼女の体は愛されるためにある。どきどきしながら手を胸のふくらみから平らな腹部、開かれた脚へと這わせた。彼女を自分のものにしたい欲望に駆られたが、いまはだめだ。彼女のことを中心に考えていると証明するのだ。

アンソニーは荒い息をしながらナイトガウンの裾を太腿まで押しあげたあと、その下に手を滑りこませた。

シャーロットは目を見開き、彼の手首をつかんだ。「何をしているの？」

アンソニーは目をしばたたいた。「わかるだろ？」

「わかるわけないでしょう」シャーロットはつかえながら言ったあと、彼の言葉の意味を理解して赤くなった。

そのとき、アンソニーははっと気づいた。しまった。やり方を間違えた。「まさか、処女なのか？」

「わたしのことを娼婦だと思っていたの？」シャーロットの目に羞恥と怒りの色が浮かんでいる。

「まさか……ただ……」アンソニーはいらだって髪をかきあげた。もちろん、娼婦だとは思っていなかった――が、処女だとも思っていなかった。ただ悦ばせたかっただけなのに、侮辱してしまった。

くそっ。

アンソニーの勘違いのせいでこの瞬間が台なしになってしまった――ふたりで築いた穏やかな関係も。シャーロットも彼と同じものを求めていると思っていた。妻が処女だとわかってショックを受ける日が来るなんて、思いもしなかった。

「きみの母親は娼婦だ。きみはその商売をしている家で育った。だから、ある程度の……」

「経験があると思った？」シャーロットは傷ついたまなざしで問いつめた。「ないわ。覚えておいて」

アンソニーはナイトガウンの裾から手を離した。

シャーロットは彼を押しやると、片腕で裸の胸を隠しながらベッドから飛びだして、旅行鞄に近づいた。そして、土色のドレスを手に取ると、衝立の向こうでそれを着た。

アンソニーはベッドに寝転がって目を閉じた。

くそっ。

こんなはずじゃなかった。彼女がどれだけ大事な人か証明するつもりだったのに、結局、母親の職業で判断されるのだと思わせてしまった。彼にさえも。

シャーロットを大事に思っている人間でさえこんなふうにうっかり傷つけてしまうのだから……ロンドンに着いたら、彼女に身のほどを思い知らせようとする人々に囲まれたら、どうなってしまうのだろう。アンソニーがそばにいて守ってやることができなくなったとしたら？

16

シャーロットはロンドンへ向かう旅の最後に泊まった宿の前にいた。脚が震えている。路肩に停車した貸し馬車の扉は誘うように開け放たれていた。

どうしても逃げたい。

ロンドンへ行ったらひどい目に遭うだろう。この先はずっと。恐怖で胸が締めつけられた。心の壁を築くことができたとしても、アンソニーはすでに心のなかにいる。

彼がその壁を壊してしまう。

今朝の誤解でアンソニーを責めることはできない。出会う男全員に、貞操観念が低いだろうと思われる。けれど、彼だけは違うかもしれないと期待していた。母とは別の人間として見てくれるのではないかと。

シャーロットが娼婦だと思っていたわけではないかもしれない。でも、簡単にものにできる女だと思っていた。売春を生業(なりわい)とする家で育ったから。

彼女が処女だと知って、アンソニーは明らかに驚いていた。

当然でしょう？

若いレディが純潔を守るのは、それが最も価値のある財産だからだ。だが、シャーロットのような娘は大事に取っておいてもしかたがない。娼婦の私生児が結婚市場に出ることはない。彼女の純潔に価値はない。

肉屋の息子も掃除人も、シャーロットのことを性欲を処理するだけの相手と見なしていた。みな彼女が処女だということを信じないか、これっぽっちも気にかけなかった。彼女と結婚するつもりはないどころか、名前すら訊こうとしなかった。

アンソニーは……シャーロットと結婚し、やさしくしてくれた。対等に扱ってくれた。生まれて初めて居場所ができたような気がした。

けれど、彼も真実を知ったら、彼女を色眼鏡で見た。

シャーロットは絶望のあまり胸が苦しくなった。

アンソニーは彼女にふさわしい人間になることが目標だと言った。シャーロットは自分のほうこそ彼にふさわしくないと、ずっと思っていた。これで彼もわかっただろう。アンソニーはどうしても彼女を娼婦の娘として見てしまう。ベッドのなかでも母親の職業と結びつけて考える。しかし彼女は、母親の影を背負って契りを結びたくなどなかった。

アンソニーみたいなやさしい人といても自分自身でいられないなら、希望なんてどこにもない。

それが人の性(さが)なのかもしれない。思えば、シャーロットだって同じことをしていた。アンソニーのことを自己中心的なうぬぼれ屋だと思っていた。彼のような男はみなそうだと決めつけていたから。彼女はごくりと唾をのみこんだ。同じことをされただけなのに、責められるはずがない。期待するほうがばかだった。

シャーロットは心を決め、胸を張った。彼女の過去をアンソニーに忘れさせることはできない。だが、常に〝娼婦の娘〟という物差しで見られるのはいやだった。母とは別の人間なのだから。

宿でたまたま相談を受けるようになって〝ちやほやされた〟ことで、自分の価値に気づくことができた。知性を認めてもらえた。アンソニーのおかげで、前より心の安定した人間になれた。

彼に過去を忘れてほしいなら、未来を示すしかない。勇気を。それがロンドンに戻って、父親の本物の家族、大事な家族の怒りや嫌悪に直面することを意味するのだとしても。

父は死んだ。なんであれ、父がシャーロットに与えた役割を引き受けなければならない。たとえそれが間違いを正すこと、ルビーを正当な持ち主に返すことだったとしても。

貸し馬車の大きく開いた扉をまっすぐ見つめ、シャーロットは逃げたい気持ちをこらえた。あのいまいましい街に戻ろう。自分ではなく、夫のために。彼がこの苦境から抜けだすチャンスをつかみたければ、ロンドンに行くしかない。シャーロットがこれまでどおりみじめな思いをしようと、たいしたことではない。

ふたりはチームなのだ。

監獄行きを免れる方法を、ふたりで見つける。

どうにかして。

そのとき、アンソニーが宿から出てきた。朝食のあいだずっと気まずかった——今朝あんなことがあったので、シャーロットは気持ちを整理するまで話しかけたくなかった——にもかかわらず、彼はためらうことなく腕を差しだした。

「準備はいいかい？」アンソニーが訊いた。

いいわけない。ロンドン行きの馬車は、地獄行きの馬車だ。けれど、夫を助けられるなら、犠牲を払う価値はある。

シャーロットは彼の腕をつかんだ。「ええ」

「長い時間待たせてごめん」アンソニーは彼女を馬車に乗せながら言った。「勘定を清算していたときに昔からの友人にばったり会って、最新のグレンヴィル音楽会について長々と話を聞かされたんだ。退屈しなかったかい？」

シャーロットはかぶりを振った。この宿でも、親身になって話を聞いてくれる人という評判が立っていたので、ほとんどひとりになることはなかった。

「外に出る前に、新しい家庭教師を探している女性に会ったの。やめたがっていた家庭教師と話して学んだことを踏まえて、面接のときどんな質問をしたらいいか、的確なアドバイスができたと思うわ」

「きっとそうだろう」彼が目を輝かせた。「今度も裕福ながみがみ婆さんだった？　紙幣をどっさりもらえたの？」

「あげるって言われたけど。時間を節約できたし、長続きしない人を雇ってお給料を無駄にせずにすんだからって」

アンソニーは困惑して眉根を寄せた。「受け取らなかったの？」

「その代わり」シャーロットは深呼吸をした。ここで〝未来〟を示すのだ。ためらいがちに微笑んだ。「公平な聞き役や適切なアドバイスを必要としている友人に、わたしの名を広めてほしいと頼んだのよ」

彼が尊敬のまなざしを向けた。「ダーリン、それはすばらしい考えだ。やっぱりきみはたぐいまれな人だね」

シャーロットは頰が熱くなった。〝ダーリン〟と呼ばれたのは初めてだ。褒められることもめったにない。今日は初めてのことだらけだ。違う目で見てもらえるかもしれない。「その女性にも似たようなことを言われたわ」

「人を見る目があるんだね」アンソニーが親指で彼女の頰を撫でた。「きみがぼくのものだってことが、本当に信じられない」

シャーロットの胸に希望がわいた。まさにそういう言葉を聞きたかったのだ。喜びに包まれながら彼を見つめ返した。

アンソニーの愛撫に身を委ねた。彼のあたたかい笑顔にどきどきする。この結婚が信じられないのはシャーロットのほうだ。これからはうれしい驚きだけを与えていこうと心に決めた。

汚れた窓を雨が流れ落ちるなか、馬車はロンドンに近づいていく。シャーロットは胸を締めつける不安が徐々にやわらいでいくのを感じた。夫を誤解していた。少なくとも、ある面では。

アンソニーは彼女を単なる母親の分身として見てはいない。出自とは関係なく評価してくれる。でも、彼がどんなに大切にしてくれても、高貴な生まれのレディにはなれない。彼は目をつぶってくれるとしても、ほかの人はそうはいかないだろう。決して見逃してはくれない。

ミセス・フェアファックスとなったいま、彼女の過去を知らない女性たちは対等に接してくれる。この幸福な一週間は、侮辱されたり、拒絶されたり、性的な誘いをかけられたりすることは一度もなかった。それはたしかだ。

シャーロットは眠気を催し、夫の肩に頭をもたせかけ、ため息をついた。ほかの人たちもアンソニーのようにあっさりと受け入れてくれればいいのに。そんな人生だったら幸せなのに。彼女は目を閉じて、夢の世界へと入っていった。

「シャーロット」しばらく経って、アンソニーが彼女の肩に触れた。「最後の宿駅だよ。ロンドンに着いた。食事をとってから、ぼくの親に会いに行こう。ぼくたちが家に着くころには、とっくに食事はすんでいるだろうから」

ロンドン。

シャーロットは頭をあげた。寝違えて首が痛く、顔をしかめる。思ったより長く眠っていたようだ。

日が暮れ始めていた。雨は弱まっている。ふたりは宿駅の前で立ちどまった。「早く家に帰りたいんじゃない？」

「何か食べたい」アンソニーの表情は読めなかった。「家に食べ物があるかどうかわからないし。さあ、あたたかい食事をいただこう」

シャーロットは彼の手を取り、馬車から降りた。アンソニーが荷物をおろした。

冷たい風が通りを吹き抜け、ごみと、彼女の緩んだボンネットを飛ばした。

数メートル先にいる酒の入ったグラスを手に持った酔っ払いが、転がってきた帽子をどうにか拾いあげた。千鳥足で近づいてくる。「あんたのかい？」

シャーロットは汚れてしまったボンネットをさっとつかんだ。「どうもありがとうございます」

男は眉根を寄せ、身を乗りだして彼女をじっと見た。「どこかで会ったかな?」

何もつけていない髪と顔を夕日が照らしだしているのにはっと気づき、彼女はあわててボンネットをかぶった。

手遅れだった。

「ジュディス・デヴォンにそっくりだ」男のひび割れた唇にいやらしい笑みが浮かんだ。「何回か寝たことがある。あんたは娘だな。母親に似て男好きなんだろ?」

シャーロットがうろたえ、立ちすくんでいると、アンソニーが男を殴り倒した。

彼が怒りに満ちた冷ややかな声で言った。「ぼくの妻に失礼なことを言うな」

「ち――違うんだ」男は唇から流れた血をぬぐい、つかえながら言った。「きみの妻だとは知らなかった」

「もうわかっただろ」アンソニーは彼女の震える肩に腕をまわし、宿駅へとうながした。「ごみはそのままにしておこう」

シャーロットはあらゆる感情に襲われた。酔っ払いにさえ正体を見抜かれた恥辱。その場面をアンソニーに見られたみじめさ。生まれて初めて誰かがかばってくれた衝撃。アンソニーが彼女の庇護者だと気づいた驚き――侮蔑語ではなく、真の意味で。

アンソニーはシャーロットの体をお金で買ったわけではない。彼女を尊重し、ほかの人にもそうするよう要求する。彼女は胸の高鳴りを覚えた。

震える息を吸いこみ、アンソニーに体を寄せて息を整えた。全身にぬくもりが広がっていく。これからも、通りで声をかけられることはあるだろう。

でも、ひとりで戦わなくていいのだ。

17

実家に到着したとき、アンソニーは不安でそわそわしていた。突然帰ってきて、両親がどう反応するかわからないからではない。いやというほどわかっているからだ。

両親の世界は金を中心にまわっている。景気のいいときは明るく陽気だ。だが、そうでないときは……アンソニーはごくりと唾をのみこんだ。破産させないようずっと努力してきた。

一四歳のときに初めて賭博場にこっそりもぐりこんでからずっと、大金を持ち帰るために全力を尽くしてきた。賭博師といえども、アンソニーが一家の稼ぎ手だった。両親は社交界に溶けこむことにしか興味がない。

今日はさらに、驚くべき知らせがある。一生の問題だ。彼らの義理の娘を紹介するのだ。アンソニーは胸が締めつけられた。扶養家族が増えることに、母はいい顔をしないだろう。妻を養わなければならないことが、両親の生活費に影響を及ぼす。

息子がいずれ妻をめとることを、両親は覚悟していなければならない……とはいえ、そのときがこれほど早く訪れるとは思っていなかっただろう。

アンソニーでさえ予想していなかった。

だが、タイミングが悪く、彼の懐具合は最悪だとしても、シャーロットは黄金よりも価値がある。

玄関へ続く短い小道に彼女を降ろしたあと、御者に一ファージング余分に払って荷物を運ばせた。彼女の手を取って歩いていき、真鍮（しんちゅう）のノッカーを叩く。アンソニーは意気揚々としていた。

しばらく待っても、誰も出てこなかった。

彼はベストのしわを伸ばした。何も起こらない。クラバットを直した。それでもまだ、応答はなかった。シャーロットは不安で青ざめ、ドアをじっと見つめている。彼は眉をひそめ、もう一度ノッカーを叩いた。気持ちがしぼんだ。

両親が出かけているとしても、使用人が応答するはずだ。またしても使用人の給料を払う金がなくなったのだろうか。アンソニーはこめかみをさすった。

金がないときの両親は……彼は懐中時計を確かめた。一〇時過ぎ。今夜は宿を取って、日を改めて来たほうがいいかもしれない。

そのとき、ドアがわずかに開いた。隙間から見える母の不安そうな顔を月明かりが照らしだす。母がドアを大きく開けた。

アンソニーはお辞儀をした。「こんばんは、母上。ぼくに会いたかった？」

「アンソニー」母は甲高い声をあげ、彼の襟をつかんで両の頰にキスをした。「ちょうど間に合ったわ」

「夕食にかい？」彼は怪訝に思った。「まだとっていなかったの？」

「えっ？　違うわよ。鴨のローストはお父様とわたしの分しかなかったわ。生焼けだったし」母が扇で喉をあおいだ。「メイドの給料を払ってほしいのよ。もうスクロッグスしかいないの。料理は下手だけど、わたしは爪を傷めたくないから。いま台所にいるわ。鍋の汚れを全部洗い落とすまで出てくるなと言っておいたの。それがすんだらお給料について話しあいましょうって。あなたが来てくれてよかった。これで面目を保てるわ！」

かわいそうなスクロッグス。アンソニーは責任が肩にのしかかるのを感じた。両親は彼の金を必要としている。常にそうだ。だが、自分自身さえ救えないときにどうして彼らを救えるだろうか。

「とりあえずなかに入ってから話さないか？」アンソニーはシャーロットの腰に腕をまわして引き寄せた。「紹介したい人がいるんだ」

「まあ！」母は息をのんだ。「恥ずかしいわ。お客さんの前でお金の話をするなんてはしたないわよね。さあ、どうぞ」台所に向かって叫ぶ。「スクロッグス！　お客様よ！」それから、期待に満ちたまなざしを息子に向けた。「メイドひとりじゃどうにもならなくて。執事を雇ったらどうかしら？」

アンソニーは恥ずかしくなり、シャーロットと旅行鞄を引っ張ってさっさと家のなかに入ると、ドアをしっかりと閉めた。「シャーロット、こちらはぼくの母親のマーガレット・フェアファックスだ。母上、ぼくの妻を紹介するよ。ミセス・シャーロット・フェアファックスだ」

「ぼくのなんですって？」母は金切り声をあげた。「アンソニー、どういうこと？　わたしがどんなに結婚式が好きか知ってるでしょう。あなたの妹にはがっかりさせられたわ。レイヴンウッド公爵のロンドンのお屋敷でこっそり式を挙げてしまって、わたしたちですら呼ばなかった――そんなの絶対に許さないわ。それなのに、あなたまで同じことをするなんて。どうしてそんなに思いやりがないの？」

「ほらね」アンソニーはシャーロットに顔をしかめてみせた。「母上にとっては、秘密にしなければならなかった理由よりも、秘密裏に結婚式を挙げたことのほうが問題なんだ。妹はすでに妊娠八カ月だったのに」

「ほぼ九カ月だったと思うわ」母は居間に案内しながら話を続けた。「そのあとすぐ双子が生まれたの」そのとき、ぞっとしたような視線をシャーロットのおなかに向けた。「まさか――」

「違うよ」アンソニーは急いで言った。数々の罪を犯してきたとはいえ、人に対して犯したことはない。そんな心配は無用だ。「孫が生まれるとしたら、早くても九カ月後だ。父上はどこ？　シャーロットを紹介したい」

「クラブに行ってるのよ」母はため息をついた。「お酒を控えてくれればいいのに。アンソニー、明日ちょっと〈ホワイツ〉へ行ってつけを払ってくれたら、お父様もものすごく感謝すると思うわ。そろそろ限界なのよ」

「母上……」アンソニーはソファに腰かけ、シャーロットを引っ張って隣に座らせた。「よく聞いてくれ。残念ながらいま借金の督促を受けていて、全然金がないんだ」

向かいの長椅子の端に腰かけた母は、彼の言葉をはねつけた。「近ごろ、苦しいのはどこも一緒よ。社交シーズン用の服をあつらえるだけでものすごいお金がかかるんだから。つけがたまったせいで、仕立て屋を替えるはめになったのよ！　この屈辱があなたにわかる？」

アンソニーは罪悪感に駆られた。身を乗りだし、切羽詰まった声で言う。「母上、聞いてくれ。ぼくは破産したんだ。多額の借金がある。どうにもならない。無一文なんだ。半ペニーもない。今週中に借金を返さないと、一生監獄で過ごすはめになる。状況は深刻なんだ。わかってくれたかい？」

母は目をしばたたき、シャーロットを横目で見たあと、傷ついたまなざしを息子に向けた。「それが少しでも本当だとしたら、結婚なんかしている場合じゃないでしょう？　言うほど深刻な状況ではないのよね。親を助けたくないのなら、そう言えばいいのに。賃貸契約が切れたら、田舎に引っこんで……なんとかやってくわ。いままでだってそうしてきたんだもの」

アンソニーは胃がきりきりした。母の言うとおりだったらどれほどいいか。両親が金を必要としているときに、見捨てることはできなかった。だが今回は助けられない。それに、両親はかなり長いあいだ自分たちの力で〝なんとかやっていく〟必要があるかもしれないのだ。

「ぼくたちは突然駆け落ちすることになったんだ」アンソニーは曖昧に説明した。「ぼくが深刻な状況に陥ってるのを知ったのは、その翌日だった。母上の言うとおり、結婚するには最悪のタイミングだ。とにかくいまは、監獄行きを免れるために金をかき集めなければならない。せめて、刑期を減らすために」

母が青ざめ、目を見開いてシャーロットを見た。「本当なの？　アンソニーが監獄に入れられるなんて」

「ええ」シャーロットは険しい顔で答え、彼の手を取った。「お金を工面することができなければ」

「ぼくのせいなんだ」

シャーロットがもう一方の手をあげて制した。「わたしはあなたの妻よ。わたしの借金でもあるわ」

アンソニーはぎりぎりと歯を食いしばった。これは本来あるべき形ではない。彼は男だ。一家の大黒柱だ。法律によって全財産の所有権が夫に与えられるのは、夫が資産を活用して妻を守るべきだと考えられているからだ。妻を無一文で置き去りにするなど論外だ。もちろん、両親のことも。

監獄のなかから家族の面倒を見ることなどできない。アンソニーが両親に愛されているのは、ことあるごとに贅沢をさせてきたからだ。彼がいなくなれば、両親は家を失うだろう。彼らもいずれ監獄に入ることになるかもしれない。

「そんなことにはさせないわ」母が細い両手を揉みあわせ、切羽詰まったまなざしを向けた。「去年、前のタウンハウスから追いだされたときに、金目のものはすべて売ってしまったの。お父様の蔵書も一冊も残ってないわ。この家にあるもので一番高価なのは、社交シーズン中ずっと着る予定のドレスね。毎回同じドレスを着ていることがばれないように、取り換えられる飾りをたくさん注文したのよ。お金がないのにどうやってあなたを助ければいいの?」

アンソニーは目をしばたたいた。母が節約術を実践していたとは知らなかった。先のことを考えて借金を減らす努力をしていたとは。父のクラブ通いに不満を抱いているのは、酒を飲むことに反対しているのではなく、つけがたまっていくことを、息子にさらに負担を強いることを嫌ってのことなのかもしれない。

「スクロッグスを解雇しないと」母が震える息を吸いこんだ。「かわいそうに。お父様にもクラブ通いをやめてもらわないとね。しかたないわ。とっくにやめるべきだったのよ。一冊の本すらない家で、どうやって楽しめばいいのかわからないけど。まあ、鍋を洗うのに忙しくて、遊んでる暇なんてないかもしれないわね。そうだ、銀器があった！」目をぱっと輝かせる。「銀器を売ればいいわ。あなたのお祖母様の磁器も。借金はどのくらいあるの？　それで足りる？」

アンソニーは言葉を失った。メイフェアじゅうの磁器を売っても彼の借金は返せないものの、肝心なのは、信じられないが、母がそれを犠牲にするつもりがあるということだ。彼は胸を締めつけられた。あの磁器は母が最も大切にしている財産だ。メイドにも触らせない。一点一点を宮殿に展示された宝のように扱っている。

それをためらうことなく売ろうとしている。

息子のために。

「わたしも家宝を持っています」シャーロットが言う。「一緒に質屋へ行きませんか？　アンソニーより大切なものなんてありません」

「みんなで行きましょう」母が意気込んで言った。「夫もまだ何か売れるものを持っているかも。一家の最大の緊急事態よ」目にパニックの色を浮かべながらも、息子の腕をさすった。

「大丈夫よ。すべてうまくいくわ」

アンソニーは真実をのみこんだ。残された時間はあと一週間もない。だが、たとえ自分を救えなくとも、両親まで破滅させることはできない。

シャーロットが彼の手をぎゅっと握り、真剣なまなざしになった。「わたしたちが頑張っても無理だと思っているんでしょう。たとえそうだとしても、大切なものを全部売り払っても監獄行きを免れなかったとしても、わたしが絶対にあなたを助けだすから」

アンソニーは胸が熱くなり、シャーロットを抱き寄せた。彼女は自分にはもったいない大切な人だ。きつく抱きしめ、髪の香りを吸いこんだ。

シャーロットは二度と放すまいと言わんばかりに抱きしめ返した。

アンソニーは喉がひりひり痛んだ。誓いの言葉は交わしていないが、シャーロットは富めるときも貧しいときもそばにいてくれる。母を見やった。両親もだ。彼らは互いに助けあう。

それが家族というものだ。

18

翌朝、シャーロットが目覚めたとき、アンソニーは旅行鞄の前にひざまずいて何かを探していた。

彼女は目をこすった。昨夜荷ほどきをしなかったのは疲れきっていたせいもあるが……この部屋にはベッドしかなく、荷物をしまう家具がなかったからだ。

家計が苦しかった時期に、アンソニーの両親は衣装戸棚も鏡台も、ひげ剃り用の鏡さえ売ってしまったのだ。

シャーロットは肘をつき、がらんとした部屋を新たな驚きを持って見まわした。小さな水差しが唯一の贅沢品だ。

彼らのような人々をずっと妬(ねた)んでいた。フェアファックス家のような人々。フェアファックス家より格下の人々のことも。靴修理屋の娘や鍛冶屋の娘、自分以外の誰にでもなりたいと思っていた。けれど、これが上流社会の貧しい人々の暮らしなら、通りで彼女に唾を吐きかける、堅気でも貧しい家の子どもたちの生活は？

シャーロットより苦しいだろう。

思いがけない気づきだった。

子どものころ、母親が娼婦をしているということが恥ずかしくて、つらくて、シャーロットに不自由をさせないために働いているのだということにまで頭がまわらなかった。

アンソニーの幼少時代がどんなだったか、見当もつかない。お金持ちだと思っていても、赤貧生活がすぐそこに待ち受けているのだ。服も本も、なんでも売り払う。彼が母親に愛されているのは明らかだ。彼の家族に一ファージングも預けられないのも。彼らが同じ間違いをし続ける限り。甘い考えで、つけ払いで生活している限りは。

アンソニーがこのような苦境に陥ったのも無理はない。階級が高いせいで商売はできず、貧しいから賭けでひと儲けしようという誘惑に勝てない。中途半端な立場なのだ。

シャーロットはむきだしの壁や絨毯（じゅうたん）の敷かれていない床をもう一度見た。宿のほうが立派だった。アンソニーに商売をしたり企業を経営したりする気があったとしても、資本金はなかっただろう。

彼女はすりきれた毛布に指を走らせた。アンソニーは賭博をするしかなく……破滅への道をたどった。

「おはよう」アンソニーが微笑んで立ちあがった。「よく眠れた？」

「ええ」シャーロットは嘘をついた。天蓋のないベッドで、窓から隙間風が入ってきて、風が吹くたびに鳥肌が立った。起きあがって言う。「もう着替えたのね。ご両親も早起きなの？」

「お昼まで寝てるよ」彼の唇が恥じるようにゆがんだ。「ぼくはもっと遅かった。朝まで賭博場にいて、それから寝ていたから」暗い顔で続ける。「監獄に入ったら、寝る時間はたっぷりあるだろうな」

「そんなこと言わないで」シャーロットは鋭い口調で言った。「コートランド公爵の遺言書に何が書いてあるかわからないでしょう。わたしが全財産の唯一の相続人かもしれないわよ」

アンソニーは顔をゆがめたが、何も言わなかった。

言いたいことはわかる。シャーロットは肩を落とした。そんなことはあり得ない。生きているあいだ彼女にまったく関心を持たなかった人が、遺言で気にかけてくれるとは思えない。

身支度をすませると、ベッドの上にふたりの財布の中身を空けた。毎晩、毎朝お金を数えることをやめられなかった。だが、何度数えようとまったく足りない。奇跡でも起きない限り。

そのとき、玄関のドアをノックする音がした。

アンソニーが眉をひそめた。「こんな朝っぱらから客なんて」

シャーロットはぞっとした。「借金取りかも」

彼が玄関へ向かった。スクロッグスはもういない。昨夜、メイドは給料と彼女を絶賛する推薦状を何通かもらい、大急ぎで逃げだした。来客の応対も自分たちでしなければならない。

シャーロットはあとを追おうとしたが、客から見えない位置で立ちどまった。ここはロンドンだ。アンソニーといて安心しているからと言って、外界の厳しい現実を忘れてはならない。彼の両親の家で侮蔑されることだけは避けたい。

それだけでも屈辱的だが、シャーロットがいるだけで彼の両親の評判まで傷つけてしまうなんて面目ない。

アンソニーがきしむドアを開けた。「どちら様ですか？」

「突然訪ねてきてごめんなさいね」女性の声がまくしたてた。「緊急事態なの。読書会の仲間に、なんでも解決してくれるというミセス・フェアファックスに相談するよう勧められて。彼女のお宅はここよね？」

「あいにく母はまだ寝ているんです。名刺を置いていってくだされば――」

「お母様？」女性が早口で続ける。「いいえ、わたしが探しているのはお若い方よ。二〇歳かそこらの。美人で、ブロンドで……」

シャーロットはどきっとした。

わたしを探しているの？

勇気を出して前に出た。「おはようございます。わたしがミセス・フェアファックスです。どうされましたか？」

上等な毛裏の外套を羽織り、見事なダイヤモンドのネックレスをつけた見知らぬ婦人が戸口に立っていた。驚いたことに、彼女はシャーロットを見たとたんに顔を輝かせ、急いでお辞儀をするようにわずかに膝を曲げた。

シャーロットは信じられず、口をぽかんと開けた。お辞儀をされたのは生まれて初めてだ。そんなことは夢にも思わなかった。

それなのに、お辞儀をされた。アンソニーの前で！

「あなたがミセス・フェアファックスね。そうでしょう」婦人がシルクの手袋をはめた手を組みあわせた。「いますぐ一緒に来てくださらないかしら。ご都合がつき次第でいいけれど。割増料金をお支払いするわ。危機的状況なの。使用人たちのことで。家政婦は新しい仕事を探すと言いだすし。辞められたら困るわ！　ミセス・トリンブルはわたしが生まれる前からラウンドツリー邸で働いているのよ」

シャーロットはまじまじと目の前の婦人を見た。

使用人？　ラウンドツリー邸？

「レディ・ラウンドツリー」アンソニーがすばやくお辞儀をした。「いままで気づかず、失礼しました」

「気を遣わないで。いまはそれどころじゃないし。公爵家や伯爵家と比べたら、男爵家なんてたいしたことないかもしれないけれど、同じように効率的に管理するのがわたしの務めなの。細かいことはミセス・トリンブルの仕事とはいえ。ああ、わたしは使用人たちと直接話をしたことさえないのよ。もうどうしたらいいかわからないわ！　あなたが頼みの綱なの。家庭教師の問題をあなたがたちまち解決してくれたと、ミセス・ポドモアから聞いたわ。ラウンドツリー邸に来て、わたしの問題もすぐに解決してくれると言ってちょうだい。報酬ならいくらでもお支払いするわ」

「それは大変ですね」アンソニーが懐中時計をちらっと見た。「あいにく、妻は午前中は予約でいっぱいなんです」

シャーロットは驚いて彼を横目で見た。

「午後の六時なら空いています。よろしければ、迎えの馬車をよこしてください」アンソニーがすらすらと続ける。「それなら、使用人が夕食の準備を始める前に少し話ができるでしょう。もちろん、謝礼を弾んでいただけるならの話ですが」

「ええ」レディ・ラウンドツリーがまくしたてる。「夕食前に解決してもらわないと困るの。あなたのおっしゃるとおりにするわ。六時きっかりに、馬車をあの角に待たせておきます。恩に着るわ」

玄関のドアが閉まると、シャーロットはアンソニーに飛びついた。「裕福ながみがみ婆さんが空から降ってきたわ。でも、どうして予約でいっぱいだなんて言ったの？　肩をすくめて帰ってしまったかもしれないのに」

「まず言いたいのは」アンソニーが彼女をくるくるまわして祝った。「レディは肩をすくめたりしない」

シャーロットは彼の腕のなかから抜けだした。「真面目に訊いてるのよ。レディ・ラウンドツリーが帰ってしまったらどうするつもりだったの？　わたしたちには――あなたにはそのお金が必要なのに」

「必要なのは二〇〇〇ポンドだ」アンソニーが彼女の手を取った。「信じてくれ、ダーリン。ぼくはこの世界をよく知っている。欲しいものを簡単にあげたらだめなんだ。選ばれた人にしか手に入らないと思わせることで、きみの値段は三倍に跳ねあがる」にやりと笑う。「彼女が提示した金額の二倍を請求しろ。まばたきひとつせずに」

「二倍？」シャーロットは声を詰まらせた。家政婦と話をすることに対して、レディ・ラウンドツリーがいくら払うつもりなのか見当もつかないが、法外な金額であるのは間違いない。「そんなに払うわけないでしょう」

アンソニーはレディ・ラウンドツリーのまねをして、祈るように両手を組みあわせた。「危機的状況なんだから払うさ」

シャーロットは噴きだした。これで希望が生まれた。彼が充分なお金を工面できなかったら、自分のお金をすべて差しだして、もう数週間時間を稼ごう。

アンソニーが彼女の手の甲を撫でた。「昼間は自由だから、何をして過ごしたい？」

答えはひとつしかない。彼女は唇を嚙んだ。「あなたさえ許してくれるなら、母に会いに行きたいの。この街で愛しているのは母だけ——わたしを愛してくれるのも。ずっと母が恋しかった」

「許すだって？」アンソニーは驚いて訊き返した。「家族に会いに行くのにぼくの許可なんて必要ないよ。一緒に行ってもいいかな？　ぼくでよければ」

シャーロットは彼の言ったことをすぐには理解できなかった。聞き間違えたのだろう。

「一緒に？」

「きみのお母さんにぼくも会いたい」アンソニーは真剣なまなざしで言った。

シャーロットは鼓動が速まるのを感じた。自分が何を言っているかわかっているのだろうか？　娼婦を社交訪問することがアンソニーにとってどういうことかを。母を敬意を払うべき相手と見なしてくれるの？　彼がどれだけ努力しても嫌悪感を隠しきれなかったら、シャーロットは耐えられないだろう。

「どうかしら」シャーロットは口ごもった。アンソニーは母のことをどう思うだろう。母は彼のことをどう思う？　どちらも傷つけたくなかった。すでに母を傷つけてしまった。

旅に出るとき、母とはあまりいい別れ方をしなかった。「運命を変えるまで帰らないと誓ったの。母を養えるようになるまで。自分になんらかの価値があると証明できるまで」

アンソニーは驚いて小首をかしげた。「きみには何物にも代えがたい価値がある」彼女の指を引き寄せて唇に当てた。「ぼくはレディ・ラウンドツリーほど雄弁じゃないかもしれないが、きみのことをものすごく高く評価している。だから、きみのお母さんに会いたいんだ。きみのことをもっと知りたいから。きみを育てた女性のことも」

シャーロットは疑わしげに彼を見あげたあと、反論をのみこんだ。気が変わる前に、急いでうなずく。

アンソニーの顔にぱっと笑みが広がった。

シャーロットは勇気を出して微笑み返した。そうと決まったからには、一刻も早く出かけたかった。

「いますぐ出発してもいい？」屋敷は静まり返っている。当面ここにいる必要はない。レディ・ラウンドツリーの迎えの馬車が来るまでは。「六時までに戻らないと。重大な約束があるから」

「そうだね。おばかさんから大金をふんだくれるよう、その時間までには家に帰ると約束するよ」

家。

その言葉を聞いて、シャーロットは喜びに包まれた。アンソニーの両親のタウンハウスに住みたいからではない。彼の言うとおり、ふたりでいるとそこがどこであれ家にいるような感じがするからだ。

でも、シャーロットの実家を、アンソニーはどう思うだろうか。彼女が生まれ育った地域を。生活のためにその屋根の下で行われたことで、彼女や母を判断するだろうか。

シャーロットは不安を振り払い、外に出て貸し馬車を呼びとめた。行き先を伝えると御者は眉をあげたが、彼女は平静を装った。首が熱くなる。御者はその地域がどういう場所か知っているか……彼女の家に何度も立ち寄ったことがあるのかもしれない。

母の家に到着するまで、シャーロットは必死で落ち着きを保った。

「ここでいいですか？」御者が詮索するような顔つきで尋ねた。

シャーロットは無言でチップを渡した。

馬車が走り去り、シャーロットは石畳の道の端に立った。通りも家も人々も、何も変わっていないように見える。ここに来ただけで、前の自分に戻ってしまったように感じた。母を心から愛しているけれど、角の娼婦とはなんの関係もないと言い張る反抗的な少女に。存在しない父を探そうと必死で逃げだした娘に。恥辱しかもたらさない世界から逃げだしたかった。よりよい人生を手に入れたかった。

不安のあまり、空気が重く感じられた。アンソニーの手を取って玄関へと歩きだす。彼の指を握りしめているのが、支えが欲しいからなのか、自分が何をしようとしているか気づいたときに、彼が逃げださないようにするためなのかわからなかった。

これがシャーロットの現実だ。過去は書き換えられない。何があろうと、ここが彼女の生まれた場所。ずっと彼女の一部だ。

ノッカーに触れる前に、ドアがぱっと開いた。驚きと喜びの入りまじった表情を浮かべた母が現れた。

シャーロットはためらい、見慣れた母の顔を見つめ返した。年がそれほど離れていないのだから、うりふたつなのも不思議ではない。

よく見なければ違いに気づかない。母の目尻にはうっすらしわが刻まれている。ブロンドの巻き毛には何本か白髪がまじっている。身長や体形や笑顔は同じだ。

だが、ふたりともいまは笑っていない。母の驚いた目に涙がたまっていた。

「もう帰ってこないと思った」母があえぎながら言う。「二度と帰ってこないと」

「ばかなことをしたわね。自分がこんなにばかだとは思ってなかった」シャーロットは自嘲した。「あがってもいい?」

母に抱き寄せられた。「もちろんよ。好きなだけいていいのよ。ここはいつだってあなたの家なんだから」

シャーロットは複雑な気持ちで母を抱きしめ返した。

ここが家であってほしくない。この家にまつわるあらゆる思い出を嫌悪している。

それでも、ここには母がいる。

愛してやまない人が。

大事な家族が。

シャーロットは体を引くと、アンソニーを引っ張って敷居をまたがせた。「こちらはミスター・アンソニー・フェアファックスよ」

母は驚いた顔をし、彼を横目で見た。

「違うわ」シャーロットは恥ずかしくて、つかえながら言った。「彼はお母さんのお客さんじゃない。わたしの夫なの。アンソニー、母のジュディス・デヴォンよ」

アンソニーが堂々としたお辞儀をした。「お会いできて光栄です」

母は信じられないといった表情でまじまじと見つめたあと、同じくらい優雅なお辞儀をした。

「光栄？」頬を染めてシャーロットを見やる。「夫って、彼は──そのー」

「ええ。知ってるわ」シャーロットは先立って客間へ向かった。少し古びているとはいえ、優美な部屋だ。「帰ってきたのは、彼を紹介するためだけじゃないの」

母が眉根を寄せた。「どうしたの？」

シャーロットはレティキュールからルビーのイヤリングを取りだした。「これは誰にもらったの？」

母は目を伏せた。「昔の話よ。もうどうでもいいこと。最初からたいしたことじゃなかったの」

「わたしにとっては大事なことだったわ」シャーロットはやさしく言った。「父親を欲しがる少女にとっては」

母は肩を落とした。「あなたにつらい思いをさせるつもりはなかったの。いい母親になりたかった。あなたを自分の手で育てるか、教会の階段に置き去りにするか、選択肢はふたつしかなかった。あなたを捨てることはできなかった。あなたが生まれる前から、あなたのことを愛していたから」

シャーロットは喉が締めつけられた。

小さいころは、孤児院に逃げこんで、新しい家族の養子になることをしょっちゅう夢想していた。普通の家の子どもになり、よい相手と結婚して母を助けに戻ってくるために。ふたりともハッピーエンドを迎えるために。

母がシャーロットの目を見つめた。「選択を誤ったとあなたは思うかもしれない。当然よ。でも、救貧院のほうがましだなんて言えない。わたしは救貧院で育ったの。大勢の子どもたちがそこを出る前に死んでいった。何人かは、わたしのように唯一の手段で脱けだした」

母の目に苦悩の色が浮かんだ。「娘をそんな目に遭わせたくなかった。あなたに死んでほしくなかった。路地裏であおむけになって、死にたいと思うようなことをさせたくなかった。だから、自分にできる最善のことをしたの」

「娼婦になったことを責めてなんかいないわ」シャーロットはあわてて言った。「わたしに不自由のない生活をさせようとお母さんが頑張ってくれたのはちゃんとわかってる。でも、頑張れば頑張るほど、評判が広まって、世間体が悪くなった」

「そんなつもりじゃなかったの」母は悲しそうに微笑んだ。「妾の生活がそんなふうになるとは思っていなかった。わたしも昔はものすごく人気があった。一年間は、ただの売春婦じゃなくて、一流の高級娼婦だった。すべてを手に入れたと思っていた。オペラに花火にロマンス。いろんなところで乾杯を受けて。夢のような日々だった」

「何があったんですか?」アンソニーがやさしい声で尋ねた。

「妊娠したの」母があからさまに答えた。「自分の体も管理できない女を妾にしたがる人はいない」顎をあげる。「そしてわたしは、ふたつ目の大罪を犯した。子どもを手放さなかった」悲しそうなまなざしでシャーロットを見た。「人気がなくなると、お客さんをえり好みできなくなった」

シャーロットはごくりと唾をのみこんだ。〝庇護者〟は守ってくれなくなった。彼女は罪悪感に駆られた。母のような境遇の女性は、上品ではないが必死だ。

母の目がうつろになった。「四歳の子どもに〝娼婦〟とか〝庇護者〟とかいう言葉を聞かせたくなかったから、できるだけ遠まわしな表現を使ったの。寝る前に聞かせるおとぎ話で、お客さんじゃなくて〝ディアナテイル〟が来ると話した」

「ディアナテイル」シャーロットはささやいた。「父親の名前だと思っていたわ」

母が乾いた笑い声をあげた。「みんなの名前だったのよ。それぞれのお客さんの長所を見つけて、物語にしたの。壁の花をダンスに誘ってあげるやさしい放蕩者とか、イングランド一の偉大な科学者とか」

「わたしは……お父さんだと思ってた」シャーロットは声を絞りだすようにして言った。「コートランド公爵の名前がディアナテイルなのだと」

「公爵って——どうしてわかったの？」母は目を見開き、さっと立ちあがった。「誰から聞いたの？」

「本人からではないわ」シャーロットはくぐもった声で言った。「数週間前に亡くなったそうよ」

「ああ」母はシャーロットの前にひざまずき、手を取った。「父親がいなくて、あなたはものすごく怒っていた、父親が誰だかわたしが知らないと、あなたは思っていた。でも、知っていたのよ。会わせないほうがいいと思ったの。あなたが望むような父親にはなれないだろうから」

公爵なのに？

シャーロットは唇を引き結んだ。自分で決めたかった。彼女も父も、選択肢を与えられなかった。

母は懇願のまなざしでシャーロットを見あげた。「わたしは愛されずに育った。母親も父親もいなかった。救貧院を出たとき、誰も気にかけてくれる人はいなかった。わたしがいなくなって寂しがる人も。あなたを同じ目に遭わせたくなかった」娘の手を握りしめる。「あなたのことを気にかけない父親よりも、大事にする母親がいるほうがいいと思ったの。ひとりでも、心からあなたを愛している親がいるほうが」

シャーロットの怒りは消えていった。

父親が誰かわかっていたほうが本当によかった？　自分に会いたがらない父親でも？

彼女は肩を落とした。よい選択肢なんてひとつもないときもある。

母がため息をついた。「あなたのためならなんでもするわ。なんでもしてきた。あなたが知っている以上に。あなたが出ていったとき、まるで空から太陽がもぎ取られたような感じがした。あなたがいなくなって寂しかった――嘆き悲しんだの。二度と帰ってこないと思っていたから。娼婦の母親なんていらないでしょう？」自嘲の笑みを浮かべる。「わたしはただ、いい親になりたかった。でも、期待外れでしかなかった。あなたにとっても、自分にとっても」目が涙で光った。「どんなに頑張っても、どんなにあなたを愛していても、あなたが生まれた瞬間からずっと失望させてしまった」

シャーロットは喉が締めつけられた。母の望みは娘に愛されること、受け入れられることだけだった。胃がねじれるように痛んだ。シャーロットが求めていたこととまったく一緒なのに、彼女はそれを与えなかった。長年それに気づかなかったことに、恥ずかしさでいっぱいになった。

シャーロットはソファから滑りおり、母の腕のなかに飛びこんだ。

「愛しているわ」母の髪に顔をうずめ、しがみついた。「いままでもずっと。お母さんのために、もっといい生活を手に入れたかったのよ」

19

午後四時になって、アンソニーは丸一日娼婦と過ごしたことに気づいた。彼の知人たちはしないことだ。ミス・デヴォンの職業が彼女の人生や娘に与えた影響について話し、娘をすばらしい女性に育てあげたことを褒め称えた。

懐中時計をポケットに戻したとき、シャーロットがちらっとこちらを見た。「もう時間かしら？」

アンソニーはふたりを引き離したくなかった。レディ・ラウンドツリーが待ってくれるといいのだが。「約束を守りたいのなら」

シャーロットは少しためらったあと、うなずいた。「どうしてもお金が必要よ。約束を守らないなんて評判が立ったら困るわ。それでも前よりはまし――」そこで顔をしかめ、真っ赤になった。「ごめんなさい、お母さん。そんなつもりじゃ……」

ミス・デヴォンは首を横に振り、悲しそうな口調で言った。「悪気はないとわかってるわ。わたしもよくやることよ」

「使用人たちのいざこざを仲裁してほしいと頼まれているの。ばかげた話だけれど、わたしが下層階級の心を見抜けるからって、お金を払ってくれる人がいるのよ」シャーロットはさっと立ちあがった。「まさか生まれの卑しい人間が〝専門家〟と呼ばれるようになるなんてね」

ミス・デヴォンが玄関までふたりを見送った。「また近いうちに、ここへ帰ってきてくれる？」

「ええ、すぐに」シャーロットははにかんだ笑みを浮かべた。

アンソニーは義母の手にキスをしたあと、シャーロットを連れて表に出た。石炭のにおいがする風が吹きつけ、顔や指が冷たくなる。貸し馬車が全然つかまらない。

懐中時計を一〇度目くらいに確かめたとき、シャーロットが肩をすくめた。「メイフェアからこれだけ離れていると、料金が安いから」

アンソニーは驚いて彼女を見つめた。住んでいる場所が違うと、世間の仕組みに対する認識もこれほど違うのか。立ち並ぶ似たような家々を見渡した。ここの住人たちは、いっこうに来ない貸し馬車を待ち続けるのに慣れっこになっているのだろうか。彼はごくりと唾をのみこんだ。下層階級の人々はさまざまな面で機会に恵まれない……金があろうとなかろうと。

ようやく貸し馬車に乗りこむやいなや、アンソニーはシャーロットに腕をまわして引き寄せた。

シャーロットが身をすり寄せてきた。「レディ・ラウンドツリーの屋敷から帰ってきたら、宝石を渡すわ。お金を相続できないかもしれないし。あなたのほうが質屋で高く売れるでしょう」

アンソニーはかぶりを振った。「売れないよ。父上の形見だろ」

「いいえ」彼女が唇を引き結んだ。「いまは母を思いだすだけ。母がわたしのために多くの犠牲を払ったことを」

彼は眉根を寄せた。「なら、どうして手放したいの？」

「わたしも大事な人のために犠牲を払いたいから」シャーロットがアンソニーの目を見て言った。「ルビーを質に入れると約束して。ふたりのために」

アンソニーはあたたかい気持ちになり、彼女の顔を見おろした。最も貴重な持ち物を引き渡すというのは、単なる犠牲ではない。信頼だ。彼がそれを売ったお金を賭け事ですったりしないと信じているのだ。彼には犠牲を払うだけの価値があると。

アンソニーはかたく決意した。シャーロットのために自分も犠牲を払おう。彼女の唯一の家宝を売らなくても監獄行きを免れる方法を見つけるのだ。

「最後の最後まできみの宝石は売らないと約束する」ほかに手段があるなら、彼女から何も奪いたくなかった。「いつか取り戻せるかどうかもわからないのに、そんな大事なルビーをぼくのために質に入れることはできない」

シャーロットは真剣なまなざしでアンソニーをじっと見つめたあと、ふたたび彼の肩に頭をもたせかけた。

アンソニーは髪の生え際にキスし、うっかり結婚した相手がこの女性だったことに感謝した。

シャーロットが自身の最大の欠点と見なしていること――娼婦の娘だということは、彼女の性格に悪影響を及ぼしてはいない。アンソニーは彼女の過去を、彼女の家族の評判を少しも気にしていない。シャーロットに自分ではない誰かになる必要があるなどと思ってほしくなかった。彼女の母親はすばらしい人で、ありのままの彼女を愛している。もちろん、彼もだ。

アンソニーははっと気づいた。なんてことだ。シャーロットを愛している。

悲しげな笑いが込みあげた。彼は勝負に勝った。次はシャーロットの信頼に応えなければならない。彼女の頭のてっぺんに頰をのせた。

貸し馬車がフェアファックス家のタウンハウスのある通りに入ったとき、レディ・ラウンドツリーの豪華な四頭立て馬車が角に停まっているのが見えた。アンソニーは御者に横づけするよう命じた。

「きみなら立派にやれるよ」励ましながらシャーロットに手を貸し、レディ・ラウンドツリーの馬車に乗り換えさせた。「その知性さえあれば」

「ラウンドツリー邸に着くまでになくさないよう充分に気をつけるわ」シャーロットが茶化した。

アンソニーはにやりと笑った。なくしたとしても、男爵夫人は違いに気づくほど頭がよくないだろう。「いいかい、提示額がいくらだろうと、その二倍を要求するんだよ」

四頭立て馬車が走り去ると、貸し馬車の御者が声をかけた。「ほかに何かご用はありませんか？」

アンソニーはポケットから硬貨を取りだそうとした。「いや——」

「やっと来たぞ！」背後から荒々しい声が聞こえてきた。「玄関の前で一時間も待ってたんだ」

アンソニーがぞっとして振り返ると、〈子猫と雄鶏亭〉で対面した借金取りたちがそこにいた。彼は不安を押し殺して帽子を傾けた。「ごきげんよう。何かご用ですか？」

「ギデオンに金を返せ」

「その件なら順調に進んでいる」アンソニーは明るく微笑み、嘘を見抜かれないことを願った。「二週間の猶予をくれるんじゃなかったかい？」

「ああ」歯の折れた男が言った。「急いだほうがいい。あと数日しかない」

「これを見りゃやる気が出るだろう」あばただらけの男が折りたたまれた書類をアンソニ

ーの胸に押しつけた。

アンソニーは、まるで祖母からのお茶会への招待状を開くかのようにのんびりと書類を広げた。

もちろん、そんな悠長な話ではなかった。

書類の一番下の印を見て、恐怖に襲われた。金を払えなければ四日後に出頭するよう命ずる呼び出し状だった。背筋がぞっとした。いよいよだ。もう逃げられない。

「招待してくれてうれしいよ」アンソニーは言った。「忘れないようスケジュール帳に書き留めておこう」

「そうしてくれ」あばただらけの男が冷ややかな目つきで言った。

歯の折れた男がにやにや笑った。「送っていかなくても平気だよな？」

当然だ。アンソニーは手が震えていないことを願いながら書類を折りたたんで外套のポケットに突っこんだ。

くそっ！　どうにかしなければ。

借金取りが立ち去ると、御者が無愛想な表情でアンソニーを見おろした。「料金を払ってもらえますか？」

「ああ」アンソニーは硬貨を放ったあと、急いで馬車に飛び乗った。「〈割れた蹄(ひづめ)〉までやってくれ」

御者が訝しげに彼をちらっと見た。「賭博場ですか？」

アンソニーは険しい顔で窓の外を見つめた。「そうだ」

賭博をしに行くわけではない。シャーロットのルビーを使うわけにはいかない。何があろうと賭博台に近づかないようにしなければならない。〈割れた蹄〉に行くのは、オーナーに慈悲を請うためだ。時間さえあれば、全額返済できる。賭博場のオーナーは金を山ほど持っている。アンソニーが借金を返すのが数カ月くらい遅れたって、痛くもかゆくもないだろう。

説得して道理をわからせることさえできれば。

アンソニーは何もかも間違っていた。無謀だった。未熟で軽率だった。だが、もう違う。喜んで責任を取る。そうすることを誇りに思う。

ただ、四日では足りない。

〈割れた蹄〉の正面玄関の前で馬車を降りた。暗い窓、古ぼけたれんが壁。一見、なんの変哲もない建物だが、ここはロンドンでいまだにアンソニー・フェアファックスを出入りさせてくれる唯一の賭博場だ。

アンソニーは堂々と顔をあげ、穏やかな笑みを顔に張りつけてドアに近づき、暗号のノックをした。

ドアがわずかに開き、用心棒が姿を見せたときはほっとした。「ヴィゴ」

がっしりした用心棒はうなずいた。「フェアファックス」

「ギデオンに会いに来たんだ」

「約束はあるのか？」

「本人に訊いてくれ」

ヴィゴは何も言わずにドアを閉めた。

アンソニーはそわそわし、首筋で手を組んで待った。

きっとうまくいく。この時間ならまだ店は混んでいない。ギデオンは会ってくれるだろう。猶予をくれるよう説得できるかどうかはまた別問題だが。

ドアがぱっと開き、ヴィゴがなかに入るよう身振りで示した。「奥にいる」

アンソニーは不安を押し隠してのんきな笑みを浮かべ、賭博場に足を踏み入れた。

低く垂れさがったシャンデリアが、ずらりと並ぶ古びたテーブルを囲むやる気満々の紳士たちを照らしだしている。ハザードの賭博台をサイコロが転がったあと、歓声や悲鳴があがった。フェローが行われている緑のフェルトのテーブルをカードが飛び交い、胴元がチップを集めている。各テーブルで異なるゲームが行われている。大勝ちする――あるいは大負けするあらゆる機会がある。

血がたぎるのを感じた。

「フェアファックス」ウェインライト卿が声をかけてきた。「お帰り。一緒にどうだ？」

アンソニーは胸が高鳴った。全身の細胞がそれを求めている。

「また今度」彼は叫び返した。「ギデオンに会いに来ただけなんだ」

「フェアファックスが賭博をしないのか？」ブラックジャックのテーブルから驚いた声が飛んできた。「終末が近づいてるな」

アンソニーはしかめっ面を向けたあとで、声の主がフィニアス・マップレトンだと気づいた。鼻持ちならないおしゃべり男で、にらんでやるだけの値打ちもない。

「賭けないなら」反対の方向で低い声がした。「一緒に飲まないか」

振り返ると、ランブリー公爵の姿が目に入った。一文なしのホークリッッジ侯爵とテーブルに着いている。アンソニーは驚いて目を見開いた。あのふたりが友人だとは思ってもみなかった。とはいえ、ランブリーの悪名高い仮面舞踏会に誰が参加しているかは知る由もない。

「ギデオンとの話がすんだら戻ってくる」アンソニーは約束した。「でも、長居はできないよ。家で妻が待ってるから」

「妻？」口笛や好意的な冷やかしの言葉が浴びせられた。「きみと結婚するなんて、いったいどんな女性だ、フェアファックス？　賭けで勝ち取ったのか？」

「実は、妻のほうがぼくを勝ち取ったんだ」案の定、けたたましい笑い声があがり、肩を叩かれた。アンソニーは声を張りあげた。「妻はきみたち全員を打ち負かすことができるだけでなく、相談役として名を成したんだ。常識に欠けたきょうだいや妻や親がいるようなら、理にかなった選択をするよう、ぼくの妻に説得してもらうといい」

「道理で賭け事をしなくなったわけだ」マップレトンがにやにや笑う。「自分の力でやめられるほど賢くないもんな」

アンソニーは微笑み返した。「いまもここでサイコロを握っているきみには言われたくないね」

「ひょっとして、レティシア・ポドモアが新しい家庭教師を雇う際に助言を受けたという女性かい？」ホークリッジ卿が尋ねた。

「そうだ」アンソニーは驚いて眉根を寄せた。「どこで聞いた？」

侯爵は顔をしかめた。「おばが同じ読書会に参加しているんだ。ミセス・ポドモアはラドクリフの最新のゴシック小説について語らずに、新しい家庭教師の自慢ばかりしているようだな」

「それなら、ミセス・フェアファックスの能力と忍耐力の高さは折り紙付きだな」アンソニーはにっこり笑った。「約束があるので、そろそろ失礼するよ」

これ以上呼びとめられる前に、急いで奥の事務室へ向かった。

ギデオンは大きなマホガニーの机で書類の山に目を通していた。真っ黒の髪が同じく真っ黒の目に垂れかかり、時代遅れの顎ひげをうっすら生やしている。

最低でも一日の半分は賭博場にいて、現金入れのなかの半ペニーから、フェローの賭博台のすりきれた緑のベーズの維持費まで、すべてを監督している。

アンソニーは向かいの椅子に腰かけて、湿った帽子を脱いだ。「きみの手下が訪ねてきたんだ」

マクスウェル・ギデオンがちらっと顔をあげた。「偶然にもスコットランドで会ったそうだな」

「さっきも家の前で会った」

「いい手だ」ギデオンは椅子の背にもたれた。「給料をあげてやろう」

「なぜこんなことをする？」アンソニーは帽子を握りしめた。「友達だったのに」

「いまもそうだと思いたい」ギデオンは平然と見返した。「だが、借金をこしらえたのはおれじゃない。おまえだ。そのせいで客たちの不信や不満を招いた。おれが問題を解決してやった。おまえはおれに借金がある」

「返済に取り組んでいるところだ」アンソニーは切羽詰まった口調にならないよう努めた。「着実に稼いでいて、明日には少なくとも四分の一は返せる。だが、これだけの額を貯めるには数カ月かかる。四日じゃ足りない」

「金を稼いでいるのか？」ギデオンが興味を示した。「そして、貯金をしている。おまえらしくないな」

「二五パーセント。明日二五パーセント返す。さらに二五パーセント……一カ月後に」

ギデオンはゆっくりとうなずいた。「おれの部下が届けた書類に書かれていた期限はいつだ？」

アンソニーは震える指で外套のポケットから書類を取りだした。「月曜だ」

「なら、月曜に会おう」ギデオンは机の上の書類に目を戻した。「全額持ってこい」

20

アンソニーは事務室を飛びだすと、賭博スペースへと戻った。さっきは陽気で懐かしく思えた場所なのに、蠟燭の火に照らされて、紫煙でけぶった賭博台が邪悪な誘いをかけてくる。

ギデオンに対する怒りでぴりぴりしていた。まともなやり方では期限内に金を稼ぐことはできない。

店内を見まわした。ここなら一度大勝ちするだけで……。

「フェアファックス」隅のほうから低い声が聞こえてきた。「一緒に飲む時間はあるのかい？」

「ランブリー」アンソニーは目をしばたたいた。公爵と飲む約束をしたことをすっかり忘れていた。賭博台の誘惑のせいだ。彼は顔をこすった。「強い酒といい仲間に飢えていたところだ。だが、ここはだめだ。ここを……出ないと」

「いいよ」ランブリーが立ちあがった。「うちにある酒のほうがはるかに上等だ。行こう」

出口へ向かう。「馬車を待たせてある」

アンソニーは公爵のあとについて店を出た。

公爵の紋章をつけた黒の堂々たる馬車が、葦毛(あしげ)の立派な馬たちに引かれて角を曲がってきた。騎乗御者が飛びおりて扉を開ける。

アンソニーはあとから乗りこみ、うしろ向きに腰かけた。

「いったい何があった？」ランブリーが尋ねる。「ワインを飲んでからにするか？」

「ギデオンに金を借りてるんだ」アンソニーは物憂げに言った。

ランブリーが刺すようなまなざしを向けてきた。「いつものことだろ」

「今回は桁が違う。返せない額だ」

「そうか」ランブリーが座席の背にゆったりともたれた。「ぼくにどうしてほしい？　金を貸そうか？」

アンソニーは壁に頭をもたせかけ、両手で顔を覆った。

それが最善の方法なのか？　友達がひとりもいなくなるまで、借金で借金を返していくのが？

あと四日しかないのだから、そうするしかないのかもしれない。

「返済する方法がない」アンソニーは正直に言った。「きみに金を借りても、問題を先送りにするだけかもしれない」

ランブリーは品定めするようなまなざしでこちらを見つめた。「うーん」

「金を借りるんじゃなくて、賃金の前払いというのはどうだろう？」アンソニーはゆがんだ笑みを浮かべた。「きみのところで新しい庭師を募集していないかい？」

「庭仕事が得意なのか？」

「デイジーとタンポポの違いもわからない。賭博以外に得意なことはない。それが問題なんだ」

ランブリーは無表情で言った。「実業家は普通、才能か知識のある人間に金を出す。きみも何か役に立つ知識を持っているかもしれない」

アンソニーはこめかみを揉んで考えた。

「イートン校に通った紳士たちが教わらなかったことをぼくが知っているとは思えない」

アンソニーはその苦労して得た教育の費用を、すべて賭博台で儲けた金で支払った。

「フランス語の知識も歴史の知識も同等だ。社交界に出入りできても、素行は悪い。ロンドンの賭博場でぼくを知らないところはない」

「なるほど」ランブリーは両手の指先を合わせた。「ヴィゴの仕事についてどう理解している？」

「えっ？」突然話題が変わったので、アンソニーは驚いてまじまじと相手を見つめた。「ヴィゴの仕事かい？〈割れた蹄〉の入り口を見張って、入場する資格のある者だけを通して、それ以外は追い払う。違うか？」

ランブリーは眉をあげた。「重要な仕事だと思うが」

「まあ……そうだな」アンソニーは自嘲の笑みを浮かべた。「ギデオンはぼくみたいに、返せない金を借りて客たちの不満を引き起こすようなくずは歓迎しない」

「それは客としてふさわしくないな」ランブリーは言った。「ほかにもいろんなタイプがいるだろう。ヴィゴは宿なし子や街娼（がいしょう）や酔っ払いを締めださなければならない。それだけでなくわがままなレディや摂政皇太子や……大変な仕事だ」

アンソニーはうつろに笑った。「ギデオンに雇ってもらえと言ってるのか？　無理だな。金を払わなければならないのはぼくのほうだ」

公爵邸の前で馬車が停まった。アンソニーはランブリーのあとについて家のなかに入り、十数脚の座り心地のよい椅子と、少なくともそれと同じくらいの数のデカンタが置かれた応接間に通された。

ランブリーはふたつのグラスに酒を注いだあと、椅子に腰かけた。「さて、仕事の話をしよう。ぼくの仮面舞踏会についてどう思っている？」

唐突な話題に、アンソニーは眉根を寄せた。公爵の仮面舞踏会は、性的な快楽のために秘密の部屋が用意されていることで悪名高い。評判を守りたい人々は、そのようなパーティーに参加したことを認めることはできない。だが実際、去年アンソニーが参加したときは、部屋は仮面をつけた客でごった返し、踊れないくらいだった。

「スキャンダラスと言っても過言ではないと思う」アンソニーはそっけなく言った。「参加したただけで、〈オールマックス〉の入場券よりずっと大きなものを失うリスクがある」

ランブリーの目がきらりと光った。「参加者は〈オールマックス〉の入場券を持っていて……守るべき評判がある人間だと推測しているんだな」

アンソニーは噴きだした。「ああ。参加したが、誰が来ているのか全然わからなかった。そこが魅力だ。匿名でなんでもやりたいことができる。誰にも知られることはない。参加者にさえ」

「だが、ぼくは知っている」ランブリーの口調は穏やかだが、目は真剣だった。「完全に匿名にするなんて無理だ。入場できるのは招待された人だけだ。舞踏会の最中やそのあとに、ほかの客を不快にさせる可能性のある人物を参加させるわけにはいかないからね。客がほかの客がしたことについて苦情を言ってくるかもしれないから、対策にもなる。参加者がミスター・赤い仮面とミス・青い仮面として出会ったとしても、ぼくはそれぞれの状況に適切に対処するために、本名を知っていなければならない」

アンソニーは眉をひそめた。まるで気楽な放蕩者が集まる楽しいパーティー会場ではなく、賭博場の安全対策のようだ。しかし、よく考えてみれば、そのような仮面舞踏会は悪の巣窟と同じようなものかもしれない。社交界の賭博場だ。招待を受けることが驚くほど高額の賭けになる。

「どうやるんだ？　どうやったらそんなに大勢を把握できる？」

「無理だ」ランブリーがワインをひと口飲んだ。「初めて舞踏会を開催したときは、たしか二四名の友人たちを招待した。気楽で楽しかった。評判が広まるにつれて、需要が増えていった。ぼくは大広間を離れるわけにはいかないから、玄関を見張ることはできない。執事にその仕事を任せているんだ」

アンソニーは記憶をたどった。舞踏会が楽しすぎて、傘と外套を預けたときのことなど忘れていたが、思い返してみると……。「そういえば、執事がひとりひとり入場を許可していたな。招待状を渡すと、小さなノートに何か書きこんでいた」

ランブリーがうなずいた。「日付と出席者全員の名前と仮面の特徴を記録している。これまでのところ大きな問題は起きていないが、面倒なことになったときのために、対策を講じておかなければならない」

アンソニーはゆっくりとうなずいた「なるほど」

「執事を監視役にするのは理にかなっているように思えるかもしれない。信用できる使用人だし、来客の取り次ぎは職務のひとつだ。しかし、そのせいでほかのことがおろそかになる。朝から通常の仕事をしなければならないのに、舞踏会は夜明けまで続くことが多いから」

アンソニーは眉をひそめた。どの職業であれ、二四時間ぶっ続けで働くのは望ましくない環境だ。とはいえ、新たに使用人を雇えば、匿名性を守りたがっている招待客の身元を、長年の経験や信頼のない使用人に明かすことになる。

胸に希望がわいてくるのを感じた。「つまり、ぼくにその仕事を与えてくれるというのか？」

「きみが軽んじている一般的な知識が役に立つんだ」ランブリーは穏やかに言った。「招待状が盗まれたり、偽造されたりすることがある。もしレディ・エックスが執事にミセス・ワイだと名乗れば、執事は言われたとおり記録して入場を許可する。だが、きみのことは簡単にはだませないだろう。きみならレディ・エックスともミセス・ワイとも知り合いだろうから、偽者を門前払いすることができる」

そのとおりだ。希望が高まった。その状況なら、ふたつの世界にまたがるアンソニーの社会的地位が、不利とならず有利に働く。

「さらに」ランブリーが言葉を継ぐ。「ぼくはきみのことを二〇年前から知っている。一シリングも預けられないが、きみは善人だ。秘密をもらしたりしないと断言できる。社交界の人たちもみな、きみの人柄を信頼している。戸口にいるのが執事じゃなくてきみなら、レディ・エックスも名前を明かすことへの抵抗感が薄れるだろう」

「なるほど」アンソニーは背筋をぴんと伸ばした。「ぼくはその仕事にぴったりかもしれないな」

「ああ、しかし、きみにぴったりの仕事とは言えないかもしれない。情報をいっさいもらさずに、ひとり残らず全員の身元を把握しなければならないだけじゃない。客もきみの正体に気づく。ミスター・アンソニー・フェアファックスがランブリー公爵の仮面舞踏会で執事をして金をもらっているということが、あっという間にロンドンじゅうに知れ渡るだろう」

アンソニーはぞっとした。この仕事を受けるのは、彼の愛する世界と縁を切るということだ。彼の知る唯一の生活、思い描いていた未来を失う。そのようなスキャンダラスな仕事を引き受けたら、社会的地位を失うのだ。

そして、妻のシャーロットも同じ運命をたどる。

ランブリーは表情を変えずに続けた。「ぼくに雇われることは、単なる醜聞ではすまない。きみがこの仕事を引き受けたら、もうふたつの世界を股にかけることはできない。社交界でのきみの評判は回復できないほどがた落ちになる」

警告の言葉が骨身に染みた。ランブリーの言うとおりだ。だが、地位と自由を交換するのが最善の――唯一の選択肢なのだ。自分の身を、結婚を、未来を守るための唯一のチャンスだ。

「仮面」アンソニーは不意に言った。「仮面をつけさせてほしい」

ランブリーが眉をつりあげた。「必要か？」

アンソニーは冷静に見つめ返した。「仕事に必要ではないが、正体を隠せば妻の評判を守れる」

「つけてもいいが、声や癖はごまかせないぞ。それでも何人かはきみの正体に気づくだろう」

「好きなように推測すればいい。証明することはできない――どうしてわかったか話すことも。自分が悪名高い舞踏会に参加していたと認めることになるからな」

「仮面をつけたとしても、外聞が悪いことに変わりはない」ランブリーは念を押した。「本当に引き受けてもかまわないのか？」

噂になっても、根も葉もない噂でしかない。

噂で破滅するか……借金を完済するか。後者なら、監獄行きを免れ、シャーロットと本物の結婚生活を、新たな人生を送ることができる。

アンソニーは胸を張った。社交界の人々にどう思われようとかまわない。ディナーパーティーに招待されなくても、〈オールマックス〉に入れなくてもいい。問題を解決することが重要だ。大事なのはシャーロットだ。これが彼女を養う、彼女のそばにいる唯一のチャンス。断ったらばかだ。

「ああ、引き受けるよ」ためらうことなく言った。

「なら、すぐに契約書を作成する」ランブリーの目が蠟燭の明かりを受けてきらりと光った。「一回目の仕事を問題なく終えたら、ぼくがギデオンに金を払う。その時点できみは起訴を免れ、借金取りに悩まされることもなくなる。だが、われわれの契約で定められた義務を履行しなかった場合は……」口調が厳しくなった。「覚悟しておけ」

アンソニーはうなずいた。その場合どうなるかについては考えないことにしよう。失敗は許されない。とはいえ、この唯一のチャンスをつかんでも、助からないかもしれない。一回目の仕事を完了する前に借金の返済期限が来れば。彼はパニックを抑えこもうとした。

「次の舞踏会はいつだ？」

「土曜だ」

アンソニーは肩をこわばらせた。間に合うかもしれない。「月曜までにギデオンに返済しなければならないんだ」

「いくら借りているんだ？」ランブリーがサイドボードの上の羽根ペンとインクを指し示した。「正確な金額を書いてくれ」

アンソニーは顔を真っ赤にしながら、どうにか二〇四〇ポンド一三シリング六ペンスと書いた紙をランブリーに渡した。改めて書いてみると、天文学的な数字に見える。自分がものすごいばかに思えた。

「わかった」ランブリーが紙をテーブルに置いた。「条件について話しあおう。きみが守らなければならない情報の機密性の高さを考慮して、高額の報酬を支払おう。ただし、きみが借金を完済するまで、稼いだ金はすべてそちらにまわしてもらう。二〇〇〇ポンドは気軽に投資できるような金額じゃない。借金を返すのに一年かかるかもしれない。それまで一ペニーも受け取れない。この条件を受け入れるか？」

当然だ。アンソニーは感謝のあまり泣きだしそうだった。一生を監獄で過ごすことに比べたら、その条件で働くなどどうということはない。たった一年でそれだけの額を稼げるなんて夢にも思わなかった。借金を返すまで報酬を受け取れないのは当たり前だ。

一年経てば。給料をもらって、ようやくシャーロットにふさわしい生活をさせてやれる。評判を失い、友人を失うことになったとしてもかまわない。

とはいえ、たやすいことではないだろう。丸一年、賭博をしたいと思う衝動を抑えなければならない。ランブリーの言いなりに行動しなければならない。些細なミスですべてが台なしになる。失敗はできない。アンソニーはぞっとした。

監獄行きを免れる唯一のチャンスが、シャーロットを失うことにつながるとしたら？

湿った手を握りしめた。もう妻のいない人生なんて考えられない。とはいえ、彼女が屈辱にまみれた人生を送るよりも、婚姻の無効を望んだとしたら、アンソニーは受け入れるしかない。

ランブリーがギデオンの借金取りを追い払ってくれると確信できるまでは、シャーロットに期待を抱かせないほうがいいだろう。またしてもがっかりさせたくない。守れない約束はしたくない。

この契約のことは、この先どうなるかはっきりするまで秘密にしておかなければならない。土曜日をうまく切り抜けたら、道が開ける。監獄行きを免れられることが決定したら、ランブリーと交わした契約について妻に話そう。

あとは、シャーロットが婚姻の無効を求めないことを願うしかない。これ以上評判を傷つけることになるとしても、アンソニーのそばにいてくれることを。

21

日曜の朝、シャーロットはフェアファックス家の出窓のベンチに座り、不安を募らせながら朝日を眺めていた。

昨夜、アンソニーは行き先を告げずに出かけてしまった。彼女を心配させたくないし、ぬか喜びさせたくもないけれど、たぶんよい知らせを持って夜明けまでには戻ると言っていた。

もう夜は明けた。ピンクの光線が灰色の霧を貫き、否が応でも日曜の朝が来たことを告げている。

シャーロットはクッションを抱きしめた。よい知らせを待ち望んでいる。それがなければ、明日、アンソニーは監獄に入れられ、貯金が貯まるまで自由の身にすることはできない。

彼女はベンチに置いたネックレスとイヤリングをちらっと見た。アンソニーは最後の最後まで売らないと言っていたが、いまがそのときだ。望みがすっかり消えたら、明日の朝一番に彼を質屋へ行かせよう。ふたりの母親にも頼んで、宝石を売ってもらう。そして、一番近くの床屋へ行き、いまいましいブロンドの巻き毛を切って鬘を作ってもらおう。いくらかでも足しになるのなら。

なんでもする。アンソニーを失いたくない。

彼を愛している。

うめき声をもらし、冷たい窓ガラスに頭をもたせかけた。不安で気が重い。

どうしてこんなことになってしまったのだろう。明日アンソニーを失ったとしても、二週間前、彼と出会う前の人生と比べればずっといい。母との関係はいまが一番良好だ。目的もある。仕事。貴婦人たちがシャーロットを褒め、必要としてくれる。夢がかなったはずだ。

それなのに、そばにアンソニーがいないのなら、何もかもどうでもいい。

車輪の音が聞こえてきた。彼女ははっと顔をあげた。笑みはすぐに消えた。アンソニーではなかった。粗末な貸し馬車ではなく、紋章入りの豪華な四頭立て馬車が見える。

ところが、馬車が停まり、降りてきたのはアンソニーだった。シャーロットはどきんとし、あわててベンチからおりると、彼を迎えに玄関まで駆けていった。

アンソニーはうつむいたまま近づいてきた。それを見たシャーロットは、気持ちが沈んだ。背中を丸め、足を引きずるようにして歩いている。

よい知らせがあるようにはとうてい見えない。疲れきっていて、あきらめているかにも思える。

だが、シャーロットがドアを開けて待っているのに気づくと、疲れた緑色の目を輝かせて走ってきて、彼女を抱きしめた。

「やったよ」アンソニーがシャーロットの髪に顔をうずめてささやく。「うまくいった。一年後には、完全に自由になれるかもしれない」

シャーロットは彼の腕をつかんだ。「うまくいったって？　何が？」

アンソニーは彼女を椅子に座らせ、別の椅子を向かい側に移動させた。そして、髪をかきあげたあと、腰をおろした。疲れてはいるが、うれしそうな顔をしている。

「ランブリー公爵邸にいたんだ」彼が言った。

シャーロットははっと気づいた。「あの豪華な馬車は！」

アンソニーはクラバットを緩めながらうなずいた。「ある仕事を引き受けたんだ。希望していた徒弟とは違うが、その賃金で借金を清算できる」

シャーロットは混乱し、眉をひそめた。「公爵があなたの雇い主なの？」

「ああ」アンソニーはゆがんだ笑みを浮かべた。「仮面舞踏会が開催される夜に、彼の執事をすることになった」

「彼の……何を？」彼女はかすかな声で訊き返した。

「一年働く代わりに、ランブリーが借金を清算してくれることになったんだ。彼の執事をやるんだよ」

シャーロットは驚きと喜びに包まれた。〝執事〟はアンソニーが探していたような見習いの仕事とは違うけれど、公爵の手伝いをするのは前進と言える。借金を清算してくれるならなおさらだ。「本当に？　自由の身になれるの？」

「完全に自由というわけじゃないが。仕事は絶対に休めないし、些細なミスも許されない。契約の条件を履行できなければ、ランブリーはぼくをただちに監獄に送りこむ権利を持っている。正当な理由があれば、ためらうことなく権利を行使するだろう」

アンソニーが身を乗りだして彼女の手を取った。「たやすいことではない。ぼくがそれほど長いあいだ責任をまっとうすると信じるのは、きみにとって危険なことだというのは理解できる。ほかに逃げ道はあるが……婚姻を無効にしたくはないんだ。きみを失いたくないから。でも、この二週間と同じように、この先一年のあいだ不安な生活を送ってくれとは言えない」

「いまも不安だわ」シャーロットは困惑した。彼の話は矛盾しているように聞こえる……肝心な部分が抜けているように。「具体的には何があったの？　これからどうなるのかしら？」

「さっき〈割れた蹄〉に行ってきたんだ。舞踏会のあと、ランブリーと一緒に。彼は約束を守った。もう借金取りは来ない。ギデオンに借りはない」アンソニーが彼女の手を握りしめた。「監獄には入らずにすむ。とにかく、いまのところは。どこにも行かないよ。仕事には行かなくちゃならないが、まっすぐ帰ってくる。一年後には完全に自由だ。それまで待つかどうかは、きみ次第だ。そのあいだに契約違反をする可能性がある。きみが婚姻無効を選んだとしても、責めないよ」

シャーロットはほっとした。明日アンソニーを失わずにすんだ。刑の執行が猶予された。だが彼は、ふたたび賭博に溺れないと約束することはできない。そして、新しい契約の条件は、不安になるほど厳しい。また同じ状況に逆戻りしたらどうするの？

彼女は背筋を伸ばした。現実的な女なら婚姻無効を選ぶだろう。一年間不安定な生活を送るのはたやすいことではない。けれど、自分はもう無力ではない。愛する人がいる。この先一生、アンソニーの隣が自分の居場所だ。

シャーロットは彼の腕のなかに飛びこんできつく抱きしめた。一日一日をふたりの最後の一日であるかのように大事にしよう。

「どこにも行かないわ。あなたもわたしも」

アンソニーが彼女の顔にキスの雨を降らせた。

シャーロットは幸せそうに彼を見あげた。この先何が起ころうと、最大限の努力をしよう。

「スケジュールはどうなっているの？　大変なの？」

アンソニーは顔をしかめた。「決まってないんだ。ランブリーが舞踏会を開催すると決めたときに、入り口に立って記録をつけなければならない。たぶん、社交シーズン中は毎週、それ以外はひと月ごとに開催されると思う」彼女の手を握りしめる。「これだけは言っておかなければならない。この仕事は……立派な仕事ではない。ぼくが恥ずべき仕事をしているという噂がすぐに広まるだろう」目に苦悩の色が浮かんだ。「きみがどれほど社会に受け入れられたがっているかわかっているが、今後ぼくと関わっていたら、きみの評判はよくなるどころか、悪くなる一方だ」

シャーロットは黙って考えこんだ。尊重されるというのはとてもすばらしいことだ。その状態がもう終わってしまうの？　希望がしぼんだ。一年間の不安定な生活が急に厳しいものに思えた。その後もずっと、新たな恥辱の日々が続くのだ。

「一年間は一シリングももらえない」アンソニーが言葉を継ぐ。「立派な家も高価な服も買ってあげられないし、オペラにも連れていけない。名声を与えることもできなくなった。自分のぼくは醜聞にまみれる。そんな状況では、ぼくと一緒にいてくれなんて言えない。自分の気持ちに正直になって、未来を選択してほしい。まだ結婚は完成させていない。ぼくがいないほうが幸せなら、無効にできる」

シャーロットは胸が苦しくなった。自分を卑下していたとき、アンソニーが過去や欠点を気にせず彼女をあっさりと受け入れてくれたとき、シャーロットは彼の意見を重視していなかった。社交界に認められることが重要だと思っていた。自分の内面を見つめて価値を見いだそうとせずに、幻想を追いかけてはるばるスコットランドまで行った。シャーロットを軽蔑し、傷つけた人々と同じことを自分が彼にしていると思うとぞっとした。

大事なのはアンソニーだけだ。

シャーロットは彼の首に腕を巻きつけ、目をのぞきこんだ。「社交界の人たちがわたしたちのことをどう言おうと気にしないわ。大事なのはわたしたちのことだけ。結婚を完成させていないから無効なんて選択肢があるのなら……」誘うような笑みを浮かべた。「どのくらい疲れてる?」

「そんなに疲れてない」アンソニーはうなり声をあげながら彼女を抱きあげ、まっすぐ寝室へ向かった。

ベッドの中央に横たえられ、シャーロットは胸が高鳴った。これで愛と献身を証明できる。もしかしたら、自分がやはり娼婦の娘であるということも。これから起きることを思うと、背筋がぞくぞくした。体がアンソニーを求めている。彼をがっかりさせてしまうかもしれない。

アンソニーは彼女の夫だ。妻は夫とベッドをともにするものだ。けれど、その行為を楽しんではいけないことになっている。結婚は事業の決定、政治的な合併、単なるめぐり合わせと言ってもいい。愛によってするものではない。ましてや情熱などない。

それは愛人とのあいだに存在するものだ。

娼婦と。

シャーロットのような女と。

残り火に背後から照らされたアンソニーが、ブーツと外套を脱ぎ、クラバットを外した。彼は魅力的というだけでなく、とてもハンサムだ。

青いベストを脱ぐアンソニーの手が、自分の手ならいいのにと思った。肌着を脱ぐと、引きしまった腹部とたくましい腕があらわになる。数日前に彼がしてくれたように、あたたかい素肌に唇を押し当ててみたかった。

でも、それは妻のすることではない。育ちのよいレディや社交界に出たばかりの上品な娘や無垢な花嫁は、そんな欲望を持たない。

そんなみだらなことを考えるのは、自分にどんな血が流れているかよく知っている女だ。シャーロットはアンソニーをひと目見て、慎み深く従順にふるまうのではなく、彼のことをもっと深く知りたいという欲望に駆られた。

アンソニーの身も心も求めていた。けれど、ふしだらな女と思われたくない。彼の尊敬を失うことだけは避けたい。

アンソニーがシャーロットの目を見て微笑んだ。

彼女は微笑み返そうとした。

紳士の尊敬を得られるのは、慎み深いレディだけだ。彼が情熱を向けるのは、奔放でふしだらな女だけ。問題は、両方の女にはなれないことだ。

どちらかを選ばなければならない。

昼の彼か、夜の彼か。

品行方正な結婚生活か……情熱か。

アンソニーはブリーチズ姿でベッドにもぐりこみ、指の節でシャーロットの頬に触れた。

「今日がきみのもとに帰ってこられる最後の日になるんじゃないかって、ものすごく心配だった」

シャーロットは言葉が出ず、アンソニーの手に頬を押しつけてうなずいた。彼が監獄に入れられ、二度と出てこられないかもしれないと思うと苦しくてしかたなかった。だから、ガウン姿で冷たい窓にもたれて丸くなり、彼が最後にもう一度帰ってくるのを待っていたのだ。彼を永遠に失うことを恐れていた。

シャーロットはアンソニーを引き寄せた。隣で寝ているだけではもう物足りない。彼の肌のぬくもりを、体の重みを感じたい。もう寄る辺ない気持ちになることはない。アンソニーはここにいる。彼女のものだ。自分は彼のものだと早く証明したい。

「キスして」震える声で命じた。取り消すことはできない。

彼はただちに従った。シャーロットをしっかりと抱きしめ、唇を奪う。

シャーロットはアンソニーの髪に指を絡め、身を任せた。部屋が突然暑く感じられた。彼がここにいる。体のなかに、心のなかにいてほしい。

体を離さずにナイトガウンを脱ごうとした。それに気づいたアンソニーが唇を合わせたままガウンをはだけた。

シャーロットは喜んで裸になった。今日は薄いリネンのナイトガウンにも、やわらかい南京木綿のブリーチズにも隔てられたくなかった。

ナイトガウンの裾を引きあげ、頭から脱いで床に放った。誰かの前でこれほど肌をさらしたことはない。

ここまで無防備になれるほど誰かを信じたことはなかった。

「ブリーチズを脱いで」息を切らしながら言った。

「いやだ」アンソニーが覆いかぶさってきた。「きみを先に悦ばせるまで脱がない」

シャーロットは眉根を寄せた。「いつも悦ばせてもらってるわ」

「きみは本当の悦びを知らない」彼がにやりと笑った。「これから教えてあげるよ」

反論する前にふたたび唇を奪われ、何も考えられなくなった。アンソニーのことしか頭になかった。彼のぬくもりや香り、唇の味に圧倒された。

大きな手で乳房を包みこまれると、乳首がたちまちかたくなった。アンソニーはそれを指で挟み、そっと、巧みに愛撫した。シャーロットは思わず背中をそらした。身も心も彼に引き寄せられた。

彼はキスをやめると、胸に唇を這わせた。

苦しいほど興奮して、脚のあいだがどくどく脈打ち、張りつめていった。言葉で説明できない何かを必死に求めている。

アンソニーは乳首を吸いながら手を下へ伸ばし、彼女が触れてほしいと切望していた場所に当てた。そして、すっかり濡れたそこに指先を滑りこませた。

彼に触れられたがっていることがばれてしまった。身をくねらせ、腰を突きあげるたびに指が奥深くへと入ってくる。

レディのようにじっとしていたかったのに、乳首を歯で挟まれ、親指で円を描かれたり、弾かれたりしているうちに頭のなかが真っ白になり、息もできなくなって、つま先を丸めて絶頂に達したあと、甘い余韻に全身を震わせた。

ようやくシャーロットの鼓動が落ち着いたころ、アンソニーがブリーチズを脱ぐ前に、はしたなくも達してしまったのだと気づいて、恥ずかしくて真っ赤になった。本性をさらしてしまった。

これで自分が結婚した女の正体に、彼も気づいただろう。シャーロットはレディではない。生まれながらの――。

アンソニーがキスをした。どんどん激しくなっていく。シャーロットは何も考えられなくなった。彼の息も荒くなり、肌は熱く、筋肉は張りつめていた。彼女はふたたびアンソニーの腕のなかに身を委ねた。欲望に流された。

「きみほど欲望をかきたてる女性はいない」アンソニーが息を切らしながらどうにかブリーチズを脱いだ。「きみはすでに完璧なのに、毎日さらにすてきな女性だったとわかるんだ。きみと結婚できて、ぼくは最高に幸せな男だ」

シャーロットは息をのんだ。喜びに包まれた。最も無防備で、むきだしで、恥知らずでみだらな姿をさらけだしても、アンソニーは彼女の過去ではなく、未来を見てくれた。娼婦の娘ではなく、妻として。

シャーロットはアンソニーを抱き寄せ、裸の腰に脚を巻きつけてしがみついた。彼がそっとなかに入ってくる。ひと突きごとに、未来が保証される気がした。ようやくひとつになれたのだから、一生放さない。

アンソニーはシャーロットの生きがいだ。愛する価値がある。この先ずっと、彼が与えてくれる驚きと喜びを、自分も彼に与えよう。彼は夫以上の存在だ。愛してやまない男性。二度と彼への気持ちを抑えこんだりしない。

今日からふたりはお互いのものだ――身も心も。

22

翌日訪れたコートランド公爵のロンドンの広大な屋敷は、立ち入り禁止の宮殿のように見えた。シャーロットはおののいて、少しためらったあと、御者の手を借りて馬車から降りた。

遺言書が読みあげられる場に、アンソニーが同席することは許されなかった。指名された当事者と弁護士しか立ち会えない。シャーロットは不安で体が重かった。公爵が生きているあいだはまったく関心を持たれなかったのに、この場に呼ばれたのがいまでも信じられない。

関係者のリストにシャーロットの名前が載っているのを見て、公爵の公の家族は不愉快に感じただろう。彼女のような女に立派な家の敷居をまたがせるだけでもいやだろうに、遺産の一部を与えるとなればなおさらだ。これから修羅場に巻きこまれるのだと思うと、むかむかした。ものすごく憎まれているだろう。覚悟しておかなければならない。

シャーロットは何度か深呼吸してから歩きだした。堂々と顔をあげ、決然とした足取りで一歩一歩立派な玄関へ近づいていく。華麗な装飾も、汚れひとつない窓も、だだっ広い庭も、何もかもが彼女がこの家の一員としてふさわしくないことを思いださせた。

それなのにここにいる。

ドアの前まで来たとき、すりきれたビーバーハットをかぶり、足をかすかに引きずっている背の低い男が突然そばに現れた。

シャーロットはその場に立ちすくみ、動悸を感じながら息を整えようとした。彼はずらりと並んだ木のどれかに寄りかかっていたに違いない。歩くことに集中していて、気づかなかった。

「ミス・デヴォン」男がお辞儀をした。「ではなくて、ミセス・フェアファックス。ご機嫌いかがですか？」

「元気です」彼女は手を差しださなかった。動悸がおさまると、その男がスコットランドからノッティンガムまでつけてきて、死んだ父の遺言書に彼女の名前があると知らせた弁護士のミスター・アンダーウッドだと気づいた。

アンダーウッドが近づいてきた。「提案いたしました件について、考えてくださいましたか？」

彼のことはすっかり忘れていた。これから考えるつもりもない。「提案って？」

「あなたが遺産を受け取った場合に、わたしが管理するという話ですよ。遺言書の開示の際や、揉め事が生じた際は、あなたの代理人として弁護します」アンダーウッドが唇をゆがめた。「必ず面倒なことになりますよ。公爵の姉上は情け容赦のないお方です。自分のことを女王だと思っているんですよ。ロンドンじゅうの人々に恐れられています。陰で〝老ドラゴン〟と呼ばれているんです」

シャーロットは身震いした。彼女より身分の高い人々に恐れられている人と対面して、無傷でいられるはずがない。

「あなたも同席するんですか？」シャーロットは訊いた。

アンダーウッドが帽子を傾けた。「あなたの顧問弁護士として、ひと言も聞きもらしません」

「あなたは新公爵の顧問弁護士ではないの？」シャーロットは混乱した。ふとあることに気づく。「新公爵はいるんですか？」

アンダーウッドは咳払いをした。「いらっしゃいますよ。海外からこちらに向かっているところです」

「なら、どうしてわたしを助けようとするの？　新公爵の顧問弁護士にはならないんですか？」

アンダーウッドが唇をゆがめた。「わたしは公爵家の顧問弁護士ではなくて、前公爵個人に雇われていたのです。公爵がお亡くなりになられた直後に、老ドラゴンに解雇されました」

なるほど、そういうことね。

シャーロットは拳を握りしめた。彼女のような人に親切にしてくれるのは、下心のある人間だけだ。公爵家にふたたび近づく手段として、アンダーウッドは彼女を利用しようとしているのだ。

シャーロットはドアに近づいた。「時間の無駄ですよ。いまのところ弁護士を必要としてはいません」

「それなら、誰があなたの財産を管理するんですか？」アンダーウッドがあわてて尋ねた。狡猾(こうかつ)な笑みを浮かべる。「ご主人ですか？　賭博台で一ペニー残らず使ってしまうのではないですか？」

シャーロットはノッカーをつかんだ手を止めた。

今日、お金を相続したとしたらどうなるかしら？

すぐにシャーロットのものではなくなる。夫が全財産の唯一の所有者であり、管理者なのだから。相続財産は彼女ではなく、アンソニーのものになる。弁護士の言うことにも一理ある。彼の懐に入ったお金はすぐに出ていった。だが、彼は変わった。発情期の羊で賭けをしたときに、自分がどれほど愚かだったか気づいたのだ。あれ以来、一度も賭けをしていない。

それでも、シャーロットの首筋を冷や汗が伝った。

アンソニーがお金にだらしないせいで、ふたりとも破滅しかけたのだ。まだ油断はできない。ランブリー公爵に返済し終えるまでは、債務者監獄に入れられる恐れが常につきまとう。思いがけず大金が入れば、賭博場へ——破滅に向かって逆戻りしてしまうかもしれない。

そんなことさせない。

アンソニーにお金の管理を任せるわけにはいかない——とはいえ、法的には彼しか管理できない。

だが、弁護士を雇えば話は別だ。

それしかない。

賭博は一瞬で大金が消える。ロンドンにはその機会が山ほどある。賭博好きの男性には誘惑が多い。シャーロットは不安を振り払えなかった。

ここまで来てすべてを失うの？　アンソニーを失うの？　今日でなくとも、明日か明後日に？　お金も一緒に？

アンダーウッドをちらっと振り返った。

彼が帽子を胸に当てた。「あなたの利益をお守りできたら光栄です」

光栄。

シャーロットは冷ややかに笑った。この男は保身しか考えていない。彼女の利益を気にかけるのは、彼女自身と……アンソニーしかいない。夫を信じるしかない。それでうまくいくよう祈るしかない。

ドアに向き直ってノッカーを叩いた。

ドアがさっと開き、一分の隙もない格好をした無表情の執事が現れた。「どんな用件でしょう？」

「呼ばれて参りました」首が熱くなり、彼女はつかえながら言った。「いまはミセス・フェアファックスですが、関係者リストにはシャーロット・デヴォンと載っているはずです」

「ほらね？」背後でアンダーウッドがささやいた。「弁護士が必要ですよ。身分が違いすぎます」

シャーロットは歯を食いしばった。彼は本当に力になろうとしてくれているのかもしれない。遺言書に名前があることを知らせるためだけに、はるばる彼女を追いかけてくる必要はなかった。コートランド家の人々はアンダーウッドの介入を喜んではいないだろう。彼女には明らかに分不相応だ。

執事がなかに入るよう合図した。「どうぞ」

シャーロットは深呼吸をしてから屋敷に足を踏み入れた。ドアが静かに閉まる。

「こちらでお待ちください」執事は廊下を歩いて応接間と思しき部屋に入っていった。室内は見えないが、人声が聞こえてくる。

「誰？」甲高い声がした。「絶対にだめよ。おじ様の私生児をこの家に入れるなんて。すぐに放りだして。おじ様の過ちをわたしたちが償う必要なんてないわ」

シャーロットは恥辱で頬が熱くなった。こうなるのはわかっていたはず。傷ついてはいけない。自分を抱きしめるように腕をまわした。アンソニーがここにいてくれたらいいのに。やはり弁護士が必要かもしれない。いっそのこと、いますぐ逃げだしたかった。

「関係者リストに彼女の名前があるのよ、メイベル」冷ややかで鋭い女性の声が言った。「あなたの気持ちは関係ない。これは家族の問題ではなくて、法的な問題なの。彼女を通してちょうだい、ティーグル」

「かしこまりました」

執事が廊下に出てきた。「こちらへどうぞ」

シャーロットは屈辱のあまり背中を丸め、呼吸に集中しながら重い足取りで部屋へ向かった。

「でも、私生児は法的に認められていないわ！」メイベルという女性がさらにうわずった声で言った。「まさか本気じゃないわよね、おば様。これは一家の恥よ。そのデヴォンとかいう女はただの……」部屋に入ってきたシャーロットを見て、言葉を詰まらせる。「あなたなの？」驚いたまなざしで弁護士を見た。「シャーロット・デヴォンはミセス・フェアファックスなの？」

シャーロットは立ちどまり、新たな恥辱に襲われた。娼婦の娘に敷居をまたがせるのを拒んでいた女性は、先日相談に来た男爵夫人だった。

「レディ・ラウンドツリー」シャーロットは小声で言った。「ふたたびお会いできてうれしいです」

男爵夫人は口をぽかんと開けてシャーロットを見つめたあと、咳払いをし、顎をつんとあげた。

「メイベル、いいかげんにしなさい」豪華な椅子に腰かけた威厳のある老婦人がぴしゃりと諭した。「この場にいたいのなら、口を閉じていなさい。礼儀をわきまえて」

この人がロンドンじゅうで恐れられているという〝老ドラゴン〟。シャーロットはおののいた。とても太刀打ちできそうにない。

「お座りなさい」老ドラゴンが命じた。「ミスター・ガリーがこれから遺言書を読みあげます」

シャーロットはよろよろと歩いて、戸口に一番近い椅子に腰かけた。

老ドラゴンと男爵夫人、ミスター・ガリーのほかに、待ちくたびれた様子でいらだたしげに扇であおいでいる面長の上品な婦人がいた。

老ドラゴンは意にも介さず、遺言執行人に言った。「ガリー、始めてちょうだい」

ガリーが咳払いをした。「今日はご足労いただきありがとうございます。新公爵をお待ち申しあげておりましたが、まだイングランドにご到着されていません。しかしながら、遺言書に新公爵の名前は記載されていないため、支障はございません」

シャーロットは口をぽかんと開けた。「新公爵は何も相続しないんですか?」

「公爵領のほかにということ……?」扇を持った婦人がゆっくりと言った。

シャーロットはうなじがちくちくした。またしても恥をかいてしまった。住んでいる世界が違うということを、わざわざ示す必要はないのに。

「領地の大部分は限嗣相続です」老ドラゴンが鋭い声で簡略に説明した。「だから、コートランドは私有財産からいくらかの現金しか遺せないの」

シャーロットは無言でうなずいた。限嗣相続など無縁の人生で、思いつきもしなかった。彼女は身をすくめた。現金しか遺せないというのも笑わせる。身分の違いを思い知らされた。手のひらに指を食いこませる。場違いもはなはだしい。

弁護士がひと束の羊皮紙を持ちあげた。「コートランド公爵は姉、レディ・ドロシア・ペティボーンに、本遺言書に別途定めのない限りすべての現金を遺贈し、次に述べるすべての遺産を管理する権限を付与する」

男爵夫人と面長の婦人が息をのんだ。老ドラゴンは威厳たっぷりにうなずいた。予想どおりの展開だったのだろう。彼女にとってはどうということもない。

老ドラゴンではなくて、レディ・ペティボーンよ。

シャーロットは自分に言い聞かせた。

「妹のレディ・アディア・アップチャーチには、生涯にわたり四〇〇〇ポンドの年金が支給される」

四〇〇〇ポンド……金額の大きさに、シャーロットは口をあんぐりと開けた。しかも毎年もらえるのだ。

「姪（めい）のレディ・メイベル・ラウンドツリー男爵夫人には」弁護士が言葉を継ぐ。「五〇〇〇ポンドを一括で遺贈する」

「年金じゃなくて？」レディ・ラウンドツリーは屈辱に声を詰まらせた。「それっぽっちしかもらえないなんて、いったいわたしが何をしたというの？」

「裕福な夫がいるでしょう」レディ・アップチャーチがそっけなく言った。「五〇〇〇ポンドよりはるかにたくさんもらっているんじゃない？」

レディ・ラウンドツリーは鼻を鳴らした。「お金はいくらあっても困らないわ」

「娘のミス・シャーロット・デヴォンには」弁護士が先を続けた。「生涯にわたり一〇〇〇ポンドの年金が支給される」

シャーロットは驚いて口をぽかんと開けた。

一〇〇〇ポンド。

生涯。

胸が高鳴った。想像もできない大金だ。

「ミセス・フェアファックス」間の抜けた調子で言った。「いまはミセス・フェアファックスです」

「ミセス……フェアファックス？」レディ・アップチャーチが彼女の名前を舌の上で転がすように繰り返した。それからはっとして、レディ・ラウンドツリーのほうを向いた。「それって、あなたが地上に舞いおりた天使だと言ってた女性？　奇跡的に使用人をまとめたという？」

レディ・ラウンドツリーは冷ややかなまなざしでおばをにらんだ。

レディ・アップチャーチは信じられないというように、シャーロットに向かって眉をつりあげた。

「そうです」シャーロットは伏し目がちに見あげ、恥ずかしそうに微笑んだ。

「そういうことなら」レディ・ペティボーンがじれったそうにきびきびした口調で言った。「父親の犯した罪のことで天使を責めるような傲慢な人間は、コートランド家にはいないわよね？　あなたたちに非難する資格がある？」

レディ・ラウンドツリーは無言でかぶりを振った。頬がピンクに染まっている。

男爵夫人が押さえつけられる姿を見ても、シャーロットは喜ぶ余裕がなかった。大金を遺されたことでまだ頭がくらくらしている。一〇〇〇ポンドは、庶民が何不自由なく暮らすのに充分な額。あり余るくらいだ。彼女は息を整えようとした。そんなにたくさんのお金を何に使おう？　母に借金はない。あったとしたらすぐに返すのだけれど。アンソニーは——。

そうだ、アンソニー！

このお金でランブリー公爵との契約を短縮できる。たぶん来年には、田舎に小さな家を借りられるだろう。質素な暮らしは彼の望みとは違うが、それで我慢しなければならない。

シャーロットは小さく吐息をついた。彼女にしてみれば夢のような暮らしだ。

「公爵はどうしてわたしの存在を知ったのですか？」小声で尋ねた。

「最初から知っていたのよ」レディ・ペティボーンがきっぱりと言った。

シャーロットの心が沈んだ。やはり父は彼女の存在を知っていた。関心がなかっただけだった。

レディ・ペティボーンが怒った口調で続けた。「でもわたしは、弟が病気になるまで知らなかった」

シャーロットは目をあげた。

「遺言書の最終稿を見るために枕元へ行ったの」レディ・ペティボーンの表情は険しかった。「母のルビーのネックレスとイヤリングについて書かれていなかったから、どこにあるのか訊いたのよ。コートランドが婚外子の母親にあげたと白状したとき、わたしはそれまで彼の過ちについて知らなかったことにショックを受けた」

シャーロットは怯んだ。価値のある人間と思われたくて、ずっと努力してきた。だが、多額の年金を受け取ることになったいまでも、過ちの結果にすぎないのだ。

彼女は顎をあげた。

別にかまわないわ！

彼らのご大層な意見も、厭世的で冷淡な態度も気にしない。コートランド家に認められようと認められまいと、シャーロットはひとりの人間だ。〝より優れている〟とされる人々が彼女には用がないというのなら、こっちだってそうだ。彼らの承認など必要ない。

「子をなすほど軽率だったと知って、みんな屈辱を覚えたわ」レディ・ラウンドツリーがつぶやいた。

レディ・ペティボーンが冷ややかなまなざしを姪に向けた。「庶子に法的な関係はないけれど、わたしたちのような家族は義務を果たさなければなりません」蔑むような口調で言う。「コートランドにペンを渡して、責任を果たすよう言ったの。死の床にあっても」

シャーロットは挑むように顎を突きだした。「ありがとうございます、マイ・レディ。義務を引き受けてくださって感謝します」

「責任よ」レディ・ペティボーンが言い直した。まなざしがやわらぐ。「あなたはわたしの姪なのよ。生きているうちに父親を知ることはできなかったけれど……いつでもわたしの家を訪ねてきてくれていいのよ。待っているわ」

シャーロットは驚きのあまり息をのみ、レディ・ペティボーンをまじまじと見つめた。希望がわいた。自分にも価値があるのかもしれない。家族なのかもしれない。

23

シャーロットはぼう然自失の状態で公爵家をあとにした。貸し馬車を探していたので、歩道の突き当たりに停まっていた、立派な一対の馬が引く幌をたたんだ黒のしゃれたバルーシュ型馬車に気づかなかった。

御者台から夫が飛びおりて、彼女にすばやくキスするまで。

「アンソニー？」シャーロットは息を切らしながら見あげた。「バルーシュなんかに乗ってどうしたの？」

「お祝いだよ！」アンソニーが彼女を持ちあげて馬車に乗せた。「午後いっぱい借りたんだ」

シャーロットは驚いて目をしばたたいた。「お祝い？　でもまだ何も――」

「コートランドは関係ない。高慢ちきな貴婦人たちがきみをどう評価しようとどうでもいい」アンソニーは彼女の隣に座ると、鼻の先端にキスをした。「きみの本当の価値はぼくが知っている。きみはかけがえのない人だ。それを証明したい」

「証明って……どういうこと？」シャーロットは混乱して訊き返した。

彼は返事をせず、手綱を振って馬車を発進させた。

風がボンネットをはためかせ、頰を撫でると、シャーロットは笑い声をあげた。ずっと粗末な貸し馬車にしか乗ったことがなかった。それでさえ贅沢だった。

男爵夫人の立派な四頭立て馬車に勝るものはないと思っていたが、これは最高だった。日差しを顔に受け、風に髪をなびかせ、夫のぬくもりを感じながらメイフェアを抜けて、アッパー・グローヴナー通りを進んだ。

活気に満ちた広大な公園が眼前に現れると、シャーロットは驚いて夫のほうを向いた。子どものころの夢を覚えていてくれたのだ。

「ハイド・パーク？」

胸の前で手を組みあわせ、心から喜んで笑い声をあげた。「ハイド・パークをドライブするの？」

「レディを連れていく場所といったらそこしかないだろ？」

レディじゃないと反論する前に馬車は公園に入り、リングと呼ばれる有名な円形の道を走り始めた。シャーロットはボンネットを押さえつけて顔を隠した。

上流社会の人々がひしめきあっている。彼女はきょろきょろ見まわした。御者用の服を着た颯爽とした紳士たち。高価なドレスに上着をまとい、美しい羽根飾りをつけた上品なレディたち。お仕着せ姿の使用人でさえ一分の隙もなく独創的だ。

シャーロットはあちこちに視線を走らせながら訊いた。「何人くらいいるの？」

「一〇〇〇人くらいかな」アンソニーはうれしそうに笑った。「まだ午後の半ばだ。六時になるころには動けないくらい混雑するから、きみもすっかり退屈して、すぐに帰りたいってせがむと思うよ」

「まさか！」シャーロットは彼の肘をぴしゃりと叩いた。いまやフェアファックス夫人、紳士の妻となったのだから、帰りたいとせがんだりなんかしない。彼女はわくわくしていた。自分たちの馬車が最後の一台になるまでここにいたかった。顔を見られない限り、レディのふりができる。

突然、アンソニーがリングの内側の端に馬車を停めて、芝生に飛びおりた。

「アンソニー」シャーロットは仰天し、馬車の縁をつかんで彼を見おろした。すれ違う紋章入りの馬車に乗ったレディや紳士たちが、好奇心に満ちた視線を投げかけてくる。彼女は目をそらした。「何してるの？」

「シャーロット・フェアファックス」アンソニーが人ごみの真ん中でひざまずき、大声で言った。「ぼくたちはたまたま結婚したかもしれないが、間違いではなかった。きみはぼくの運命の人だ。はじめからやり直したいんだ」彼女を見あげ、さらに声を張りあげた。「ぼくたちの親を呼んで、教会でちゃんとした結婚式を挙げないか？」

シャーロットは涙が込みあげ、馬車の縁をきつく握りしめた。

ロマンティストなんだから。ロンドンの上流階級の人々が集まる場所に連れてきて……彼女を選ぶなんて。

「シャーロット・フェアファックス、きみを愛している。頭がよくて、広い心を持つきみを」小首をかしげて思案するふりをする。「きみのいびきさえ好きだ。ぼくのブリーチズが汚れていてもまったく同情しないところも」

シャーロットは噴きだし、手を差しだした。社交界の名士たちに見られても気にしない。彼女が見つけた大切な人を見せてあげよう。生涯をともにする男性を。

「アンソニー・フェアファックス、わたしもあなたを愛してる。自分の意志であなたを選ぶわ。わたしを笑わせてくれて、守ってくれるところが好き。たまたま結婚したい相手は、あなたのほかにいない。これから一生、あなたの妻と名乗れることを誇りに思うわ」

アンソニーはにっこり笑ってふたたび馬車に乗ると、彼女の指を唇に押し当てた。「息が苦しくなるほどキスをしたいが、こんな人ごみでしたら恥知らずだと思われてしまう。タウンハウスに帰らないか？」

「もっといい考えがあるわ」シャーロットはレティキュールから遺言書を出して彼に渡した。「ふたりで住む家を探したあと、どこかでふたりきりでお祝いしない？」

アンソニーが書類を見たあと、はっと顔をあげた。「一〇〇〇ポンド？　毎年？」

彼女は何食わぬ顔で目をしばたたいた。「寝室を借りるのに充分な額でしょう？」

「足りなかったとしても、〈子猫と雄鶏亭〉がある」彼がウインクをした。

「そうね」シャーロットは彼の肩に頭をのせた。「あそこは楽しかったわ」

「きみの望みはなんでもかなえるよ」アンソニーが手綱をつかんで馬車を発進させた。

シャーロットはくすくす笑い、彼の腕に腕を絡ませ、ぼんやりと見える上流階級の人々ににっこり笑って別れを告げた。もうあの人たちの仲間になりたいとは思わない。

必要なものはすべてここにある。

24

アンソニーは新しいタウンハウスの食卓の上座に座り、結婚披露宴に集まった家族たちににっこり笑いかけた。

まばゆいばかりに美しい花嫁。義理の母。彼の両親。妹のサラとその夫のエドマンド。双子の甥も出席しているが、テーブルの上のごちそうよりも親指を吸うことに夢中だった。

サラが言った。「すてきなお家ね」

「妻のおかげだ」アンソニーはテーブルの向こうのシャーロットに愛情のこもったまなざしを向けた。

彼女はかぶりを振った。「タウンハウスはわたしがもらった遺産のおかげ。家具は全部アンソニーのおかげよ」

母が眉をあげた。「賭けで儲けたの？」

「一ペニーも賭けていない」彼は穏やかに答えた。そう訊かれるのも無理はない。彼の賭博癖は有名だった。「夫婦は財産を平等に分けあうべきだとシャーロットが言うから、二週間かけて投機の機会を調べたんだ」

「蒸気動力の紡績工場に投資して、一カ月で二倍にしたのよ」シャーロットが誇らしげに言った。「彼は天才だわ」

「運がよかったんだ」アンソニーは返した。「天才はきみだ。子犬を買うかどうか迷っていたレディ・グレンヴィルを助けたときのことをみんなに話してあげたら」

彼女はにっこり笑った。「いまふたつの読書会がわたしを取りあっているの」

「名刺を入れておくかごがもうひとつ必要だな」彼は暖炉のほうを身振りで示した。

結婚式は家族しか呼ばなかったので、お祝いのカードがすでにたまり始めている。シャーロットが相談に乗った女性たちや、アンソニーの友人たちも祝ってくれた。マクスウェル・ギデオンでさえお祝いの手紙を送ってきた。〈割れた蹄〉で五〇ポンドの信用貸しを行うという通知と一緒に。

アンソニーは含み笑いをしたあと、その通知を暖炉に投げこんだ。もう勝ち取るべきものはない。すべてこのテーブルにそろっている。

「乾杯しましょう」シャーロットの母親がグラスを持ちあげた。「永遠の幸運と幸福を願って」

サラが目を輝かせ、グラスを持ちあげた。「双子と一緒に遊べるいとこたちにすぐに恵まれることを願って」

アンソニーは微笑んだ。同感だ。

シャーロットと目が合うと、心がなごんだ。数えきれないほど賭博をしてきた彼は、身に余るほどのものを手に入れた。敬愛する妻。支えてくれる家族。まっとうに働いて得た金。金目当てでない友人。

アンソニーは喜びに包まれた。このような時間は、単なる幸運ではない。アンソニーは運に恵まれているだけでない。

愛されている。

エピローグ

シャーロットは手袋をはめた手で手綱を握り、ぴかぴかのバルーシュ型馬車をハイド・パークに向かって走らせた。両隣に夫と母がいる――最愛の人たちが。新車での初ドライブにふさわしい三人だ。

母は青い目を生き生きと輝かせて、周囲を眺めていた。着飾った貴族を見て吐息をもらし、豪奢（ごうしゃ）な馬車に伴走するダルメシアンに喉を鳴らして喜んだ。

一方、アンソニーはシャーロットしか見ていなかった。

初ドライブでリングを走ろうと提案したのは彼だった。シャーロットが手綱を取ってもいいかと冗談まじりに訊いたら、ためらうことなく賛成してくれた。

シャーロットは実際に手綱を取ってみて、興奮していた。力を得たように感じて、恐ろしかった。馬が彼女の命令に従っているのか、ただ延々と連なる馬車の流れに乗っているのかわからない。

「見て」母がささやいた。「紋章入りの馬車がわたしたちの馬車の速度に合わせているわ。

話しかけようとしているのかしら」

「見えないわ」シャーロットは手綱を握りしめ、歯を食いしばった。「そっちを見たら、そのまま突っこんでしまいそう」

アンソニーが手綱を奪い、その馬車を操っている紳士に挨拶した。「ごきげんよう、ランブリー」

シャーロットは口をぽかんと開けた。

「フェアファックス」公爵は女性たちに向かってうなずいた。「ミセス・フェアファックス、ミス・デヴォン」

そして、それ以上何も言わずに走り去った。

母は驚いてそのうしろ姿を見つめた。「公爵がわたしたちに挨拶してくれたの？」

「そうやって、ぼくたちの評判を傷つけようとしたんですよ」アンソニーが言った。「ぼくたちのほうがランブリーよりはるかに世間体がいいですからね」

シャーロットは愛情を込めて首を横に振った。

アンソニーは賭博の借金を完済し、公爵の仮面舞踏会で執事として働く法的義務はなくなった。いまも仕事を続けているのはお金のためだと言っているが、自分が役に立っているという感覚を楽しんでいるのだと思う。

シャーロット自身はそうだった。あるグループでは、適切なアドバイスが欲しいときは真っ先に彼女の名前が挙がる。もちろん、上流社会ではないけれど、仲間に入れてもらえることと自体が初めてだった。友達ができたのだ。彼女とつきあうのをいやがらない人たちが。

「フェアファックス！」黒い馬に乗った、ブロンドの豊かな髪を持つハンサムな紳士が満面の笑みで隣に並んだ。

「やあ、ウェインライト卿」アンソニーは帽子を傾けた。「ロットン・ロウへ走りに行くのかい？」

「もうそんな遊びに興味はない。エメラルド色のドレスを着た神々しい女性の名前を教えてくれ」ウェインライト卿が声を潜めて言った。「のぞき穴がひし形で、羽毛のついた緋色の仮面をつけた女性だ。本気なんだ」

「残念ながら役に立てない」アンソニーはきっぱりと言った。「プライバシーが最優先される。舞踏会の参加者に連絡を取りたいのなら、主催者に話してみたらどうだ」

ウェインライト卿はうなじをさすり、ため息をついた。「教えてくれないんだ。きみに訊いても同じだと言われたが、訊かずにはいられなかった」

ハンサムな紳士はそう言うなり駆け足で走り去り、おとぎ話の王子様のように姿を消した。

「ウェインライト卿ってどういう人なの？」彼が走ったあとの埃が静まると、シャーロットは尋ねた。

アンソニーは顔をしかめた。「評判の悪い公爵や伯爵の話をしたときのことを覚えているかい？　いまのがお薦めできないと言った放蕩者だよ。ウェインライトは救いがたい。舞踏室にいる女性を根こそぎものにする——仮面をつけた女性たちも」

シャーロットは夫にもたれかかった。「いつになったら招待してくれるの？　その仮面舞踏会に」

「ウェインライトがいる限り、絶対にだめだ」アンソニーはぞっとしたふりをして胸に手を当てた。

「シャーロット」母が小声で言い、扇で彼女の膝を叩いた。「ほら、あの紋章。コートランド公爵の馬車でしょう」

四頭立て馬車が通りかかり、レディ・ペティボーン、恐るべきドラゴン、シャーロットのおばが乗っているのが見えた。ふたりの目が合った。

シャーロットは緊張した。レディ・ペティボーンの自宅をいつでも訪ねていいとは言われたけれど、人前でふたりの微妙な関係を認めるのはまったく別の話だ。彼女は息を止め、おずおずと微笑んだ。

レディ・ペティボーンがうなずいた。「ミセス・フェアファックス」

シャーロットはほっと息を吐きだした。「レディ・ペティボーン。お会いできてうれしいです」

レディ・ペティボーンの馬車が先に行き、見えなくなった。

母が驚嘆のまなざしでシャーロットを見つめた。「レディ・ペティボーンがあなたに挨拶したの?」

シャーロットはなんてことないとばかりに肩をすくめた。

実は……誰が挨拶しようと問題ない。ようやく気づいたのだが、ロンドンの人々のほとんどがシャーロットの出自どころか、彼女のことを知らなかった。かつては有名だった母の顔を知る人もほとんどいない。この広い街で、ほとんど誰にも気づかれずに過ごすことができた。

いまはありのままの自分でいられる。

ミセス・シャーロット・フェアファックス。

相談役。

あちこちの活気のある読書会の会員。

借金を完済できたから街を離れることもできるが、もうそうしたいとは思わない。逃げる必要はない。

彼女は夫のたくましい肩に頭をもたせかけた。肩に腕をまわされて引き寄せられる。

シャーロットは満ち足りた気持ちで微笑んだ。

いまは友達がいる。

母を支えることもできる。

家族が増えた。
甥を甘やかすのが楽しみだ。
崇拝してくれる夫がいる。
心が愛に満ちあふれている。
ようやく家を見つけたのだ。

訳者あとがき

『ニューヨーク・タイムズ』や『ＵＳＡトゥデイ』のベストセラー作家、エリカ・リドリーのヒストリカルロマンスをお届けします。初邦訳作品となります。

賭博で二〇〇〇ポンドを超える借金を背負ったアンソニー・フェアファックスは、イングランドの賭博場から締めだされたにもかかわらず、懲りずに賭博で大勝ちして借金を返そうと、はるばるスコットランドへ向かいます。ようやくツキに恵まれ、宿で出会った謎の美女、シャーロットと自信満々で勝負をしたのですが、あえなく敗れ、絶望に打ちひしがれながらも彼女を部屋まで送っていきます。その紳士的な行為がとんでもない事態を招くとも知らずに。通りかかった酔っ払いに誤解され、シャーロットの評判を守るためとっさに彼女は妻だと嘘をついたのですが、スコットランドの法律では自分たちが夫婦であると人前で宣言しただけで法的な効力を持ち、正式に結婚したことになるのです。

アンソニーは紳士階級に生まれながらも貧しく、それでも社交界で派手な生活を送りたがる家族のために一四歳のときから大黒柱の役割を担ってきました。その階級ゆえに賭博しか稼ぐ道はなく、あげくの果て依存症になってしまったのですが、家族思いで誰にでも分け隔てなくやさしく、どんな苦境に陥っても明るく前向きでとても魅力的な男性です。とはいえ、無一文どころか借金を抱えた身で、女性を幸せにすることはできないと考えています。

シャーロットは娼婦の娘として生まれたため、美貌には恵まれたものの蔑まれ、つらい人生を送っていました。幼いころからずっとちゃんとした家庭に憧れていて、スコットランドまでひとりで旅してきたのは、領主だという名前しか知らない父親を探しだして認めてもらい、社会に受け入れられる存在となるためでした。アンソニーと出会い、生まれて初めて紳士にやさしくされ、舞いあがるシャーロットですが、正体がばれたら嫌われてしまうと恐れ、なかなか本当のことを言いだせません。惹かれあうふたりのあいだに数々の壁が立ちはだかっています。

エリカ・リドリーは読み方を覚えた三歳の頃にはもう、大人になったら作家になると決めていて、ロマンス小説を読むか書くかしていないときは、アフリカでラクダに乗ったり、コスタリカの熱帯雨林でジップラインをしたり、ブダペストで迷子になったりと、世界じゅうを旅してまわっているそうです。

本書は貧乏だけれど魅力的な放蕩者がお金持ちになる男性版シンデレラストーリー、〝Rogues to Riches〟シリーズの一作目で、六作品が出版されています。ほかにも戦争の英雄を主人公とした〝The Dukes of War〟シリーズや、雪に覆われた美しい村を舞台とした〝12 Dukes of Christmas〟シリーズといった人気シリーズをたくさん生みだしています。ユーモアたっぷりで心あたたまる作品です。お楽しみいただけましたら幸いです。

二〇二〇年三月

ライムブックス

びんぼうしんし　こううん　めがみ
貧乏紳士と幸運の女神

著　者　エリカ・リドリー
みずのれいこ
訳　者　水野麗子

2020年4月20日　初版第一刷発行

発行人　成瀬雅人
発行所　株式会社原書房
〒160-0022東京都新宿区新宿1-25-13
電話・代表03-3354-0685　http://www.harashobo.co.jp
振替・00150-6-151594
カバーデザイン　松山はるみ
印刷所　図書印刷株式会社

落丁・乱丁本はお取替えいたします。
定価は、カバーに表示してあります。
 ISBN978-4-562-06533-2　Printed in Japan